教育部人文社会科学重点研究基地武汉大学中国传统文化研究中心创新工程系列成果
国家社会科学基金重点项目「《钟惺全集》整理与研究」（18AZW015）阶段性成果

# 百年竟陵派研究文选

余来明　陈婧玥　选编

武汉大学出版社
WUHAN UNIVERSITY PRESS

**图书在版编目(CIP)数据**

百年竟陵派研究文选/余来明,陈婧玥选编 .—武汉: 武汉大学出版社,2021.1

ISBN 978-7-307-21830-7

Ⅰ.百…　Ⅱ.①余…　②陈…　Ⅲ.竟陵派—文学研究—文集　Ⅳ.I209.48-53

中国版本图书馆 CIP 数据核字(2020)第 194760 号

责任编辑:程牧原　　责任校对:李孟潇　　版式设计:马　佳

出版发行: **武汉大学出版社**　(430072　武昌　珞珈山)

(电子邮箱: cbs22@ whu.edu.cn　网址: www.wdp. com.cn)

印刷: 武汉中科兴业印务有限公司

开本:720×1000　1/16　印张:26.25　字数:363 千字　插页:1

版次:2021 年 1 月第 1 版　2021 年 1 月第 1 次印刷

ISBN 978-7-307-21830-7　定价:98. 00 元

# 前言　百年竟陵派研究综述

以钟惺、谭元春为代表的竟陵派，在明末清初文坛产生了广泛而深远的影响。明清鼎革之际，由于王朝易代等社会现实因素，钱谦益、王夫之等人斥责竟陵派“为孽于斯世”，视其创作为亡国之音，极尽贬讽。类似对竟陵派的批评贯穿整个清代，尽管存在一些有别于主流文坛的零散意见，但清代学人对竟陵派的文学创作普遍持否定态度。随着新文化运动的爆发，此前广受非议的竟陵派重新引起学界的关注。研究者由发掘竟陵派文学思想和创作的革新精神发端，不断深入对竟陵派的研究及其著作的整理，形成了一系列有影响的学术成果。

20世纪以来，学界对竟陵派的研究主要集中在以下五个方面：(1)竟陵派的总体评价与文学史定位研究；(2)竟陵派成员的生平著作考述研究；(3)竟陵派诗文创作研究；(4)竟陵派文学思想理论研究；(5)竟陵派与地域文化研究。百余年间，学界对这些问题的反复探讨与深入考察，反映了竟陵派研究重心的时代变迁，同时也体现出不同时期研究者在研究方法、研究思路上的发展与更新。

## 一、竟陵派的总体评价与文学史定位研究

竟陵派的文学评价及文学史地位的重新确认，是学界百年来不断讨论的重要问题之一。20世纪以来，竟陵派的研究大致经历了毁誉参半—拨正—回归学术并不断深入的过程。以20世纪80年代为分水岭，

在此之前，虽有五四文人对晚明散文的大力提倡，但大部分研究者仍基本沿袭清代主流文坛观点，对竟陵派的文学整体评价不高。1980 年后，学界对以往的论断展开反思，从更为客观的研究角度出发，重新考察竟陵派的文学价值。

### （一）竟陵派研究的新生期（1919—1979）

20 世纪 80 年代以前，学界对竟陵派的评价毁誉参半。部分学者受清代主流观点影响，对竟陵派的文学价值基本持否定态度；同时，新文化运动提倡白话文学与“文学革命”，引发学人对竟陵派散文的关注热潮，促使研究者开始重新关注竟陵派文学。

20 世纪前期，大多数学者仍然延续清人看法，对竟陵派评价不高，且多为否定的批评。如谢无量《中国大文学史》（1918）、刘贞晦《中国文学变迁史》（1923）、陈钟凡《中国文学批评史》（1929）、宋佩韦《明文学史》（1934）等文学史著作，基本都是沿用朱彝尊等人的评价。其中，钱基博的《明代文学》从“诗道穷而必变”的角度论证竟陵派诗风的合理性，并重新审视竟陵派的诗歌创作在诗史上的价值与意义，在这一时期的文学史著作中较为特殊。钱基博以诗歌发展史的眼光指出，竟陵诗歌的“幽深孤峭”是“别开蹊径”的行为，与中晚唐孟郊、贾岛、皮日休、陆龟蒙等诗人类似，旨在“避熟就生”，“蕲以幽冷救七子之绚烂，而为秀峭以矫公安之容易”。① 此外，钱基博就清代文坛的批评看法进行反思，认为竟陵派为人所不喜的主要原因，来源于清初钱谦益、朱彝尊等文坛巨擘的个人喜恶，与竟陵派的诗文创作、文学主张并无直接关联。

20 世纪竟陵派研究的勃兴，始于新文化运动。随着西方现代文化的传入，新旧文化之间产生巨大冲突，语言风格浅俗平淡的公安、竟陵散文，备受“五四”文人的推崇。1932 年，周作人在北京辅仁大学讲

① 钱基博：《明代文学·自序》，北京：商务印书馆 1934 年版，第 3 页。

演《中国新文学的源流》，从反叛精神、文学要旨等方面，指出晚明文学思潮与新文化运动的内在共性，将明末文学与新文化运动联系起来，为白话文写作寻求文统来源。周作人讲演的重点在于竟陵派的反叛精神，关于竟陵派的诗文创作，他注意到钟、谭二人的散文多有“奇僻之词句”①，但未作深入讨论。郁达夫、林语堂等人认同周作人的说法，对现代散文与明末文学的关联作了进一步阐发。

同时，鲁迅、阿英、陈子展等反对者的声讨之声也不绝于耳。在他们看来，竟陵派散文只是闲适之作，不值得大力提倡。阿英在《申报》副刊上发表《读〈狂言〉》，明确反对周作人将明末小品文视作现代白话文源头的论断。② 陈子展撰《什么叫做公安派和竟陵派？他们的作风和影响怎样》，质疑“公安、竟陵本来是以诗成派，今人却标榜他们的散文”③。怀琛《公安竟陵的疙瘩》一文也表达了同种疑惑，不解于思想浅薄平凡的竟陵派，何以受到近代学人的追捧。④ 这场围绕明人小品文的大讨论，进一步调整了学界的研究态度，并由此推及竟陵派散文之外的其他文体研究。

20 世纪 40 年代，在经历前一阶段的晚明文学思潮论争后，学界对竟陵派文学的评价有所转变。一方面，由于思想特质的耦合，“五四”文人过分强调竟陵派的反叛思想与革新精神，只提倡明末小品文，言论“有着浓烈的五四色彩和五四情结”⑤，学术立场与研究态度有失公允。部分文学史著作深受五四文人的影响，如刘大杰《中国文学发展史》

① 周作人：《中国新文学的源流》第二讲“中国文学的变迁”，上海：华东师范大学出版社 1996 年版，第 27 页。

② 阿英：《读〈狂言〉》，见柯林主编：《阿英全集》第二卷，合肥：安徽教育出版社 2003 年版，第 723~728 页。

③ 陈子展：《什么叫做公安派和竟陵派？他们的作风和影响怎样》，见郑振铎、傅东华编：《文学百题》，上海：上海书店 1981 年版，第 389 页。

④ 怀琛：《公安竟陵的疙瘩》，《读书顾问》1934 年第 2 期，第 56~60 页。

⑤ 吴承学、李光摩：《晚明文学思潮研究》，武汉：湖北教育出版社 2002 年版，第 9 页。

论及“公安竟陵的新文学运动”时说：“在文学运动上，他们是同一个潮流，同一个反拟古的文学运动，同样充满着反传统的浪漫精神。因为如此，关于竟陵派的文学理论，不必在这里抄引了。”① 可见研究重心仍然偏于竟陵派的“反传统”特性。另一方面，研究者沿着中国学术史的传统脉络，继续展开竟陵派的文学研究。朱东润《中国文学批评史大纲》沿用钱谦益、朱彝尊等清代文人的批评意见，认为钟、谭二人“惟其急于得名，遂不恤趋于旁蹊曲径”②。其中具有典型意义的是郭绍虞的《竟陵诗论》和钱锺书的《谈艺录》。

1941年，郭绍虞发表《竟陵诗论》，主张从更公正的学术立场出发，“阐说竟陵派之论诗主张以明他在历史上的地位；既不是贬弹，也不同提倡”③。他认为，除反对七子派的文学复古外，竟陵派与公安派在文学风格、诗文理论方面各有特点。竟陵派论诗兼顾“学古”与“性灵”两个方面，“学古而不欲堕于肤熟”，“主性灵而不欲陷于俚僻”，避免重蹈七子派、公安派的覆辙。④ 郭文不仅填补了20世纪以来竟陵诗论方面的研究空白，同时也是对以往竟陵派研究的自省与反拨。

1948年，钱锺书《谈艺录》竟陵派文学理论，认为竟陵派的文学史价值不能一概抹杀。他指出：“以作论诗，竟陵不如公安……然以说诗论，则钟、谭识趣幽微，非若中郎之叫嚣浅卤。”⑤ 同时，钱锺书敏锐地发现竟陵派诗论的相关特点，如竟陵诗论与严羽、王士禛诗学主张的相通之处，竟陵派诗论中的佛禅思想，等等。这些论点在20世纪80年代之后的竟陵派研究中逐步成为学界的主要研究论题之一，相关研究

① 刘大杰：《公安竟陵的新文学运动》，见《中国文学发展史》第二十四章，民国丛书本，上海：上海书店，1989年。

② 朱东润：《中国文学批评史大纲》，上海：上海古籍出版社2005年版，第246页。

③ 郭绍虞：《竟陵诗论》，《学林》第五辑，1941年。

④ 郭绍虞：《竟陵诗论》，《学林》第五辑，1941年。

⑤ 钱锺书：《谈艺录（补订本）》二九，北京：中华书局1993年版，第102页。

成果颇为丰富。

1949年以后，受时代变化影响，中国大陆地区对竟陵派的专题研究几乎停滞。这一时期出版的文学史，带有明显的时代痕迹，评价模式单一。以20世纪60年代的两部文学史为例，其中有关竟陵派的评述多以批判为主，且批评力度甚于公安派。1962年，中国社会科学院文学研究所编撰的《中国文学史》，认为竟陵派在反对复古文学方面和公安派有相似之处，但相对于公安派来说，竟陵文人所提倡的“性灵”，更为消极、狭隘。① 1964年，游国恩等主编的《中国文学史》，批评竟陵派“把诗文创作引向一条更为狭窄的小路。他们脱离现实生活内容，追求一种‘幽深孤峭’的艺术风格”，并认为相较于公安派而言，竟陵派的“形式主义倾向更为明显”。② 这种否定竟陵派的论调，直到20世纪80年代才有所缓和。

### （二）竟陵派研究的蜕变期（1980—2000）

20世纪80年代以后，随着人们逐渐摆脱思想禁锢，竟陵派研究进入新阶段。最突出的特点在于研究立场的拨正，研究者自觉反思过去的诸多定论，以严谨的学术态度展开研究。这一阶段，学界基本肯定了竟陵派的文学价值，但也存在评价不高的声音。

1983年，吴调公在《文学评论》上发表《为竟陵派一辨》一文，率先打破中华人民共和国成立以来竟陵派研究的沉寂状态。吴文针对清初以来有关竟陵派的种种批评，如“孤芳自赏”“信笔扫抹”“但趣新隽，不原风格”“诗境狭隘”“不如后七子”等，一一进行驳斥。该文在当时引起巨大反响，许多学者纷纷发文响应，支持重新确立竟陵派的文学史地位。如俞允海《竟陵文学及其命运》称：“竟陵文学是值得后人深入研究的文学流派，我们应该抹去封建正统文人强加的诬陷，取其

① 中国社会科学院文学所编：《中国文学史》，北京：人民文学出版社1962年版，第932页。

② 游国恩等：《中国文学史》，北京：人民文学出版社1964年版，第991页。

精华，去其糟粕，对竟陵文学作出科学、系统的研究。”① 张业茂《“流派芳千古，性灵照古今”——谈竟陵派在文学史上的贡献》认为，清代文人对竟陵派的攻讦，“无疑是门户之见，也表现了正统派对富有改革精神的钟、谭的畏惧”。②

此外，20 世纪 80 年代围绕竟陵派相继展开的系列学术活动，也为这一时期的竟陵派研究营造了良好的外部环境。1984 年 8 月，竟陵派文学研究会在竟陵派领袖钟惺、谭元春的故乡湖北天门县成立。1985 年、1987 年，在天门县相继举行了两次竟陵派文学研讨会，邀请各地专家学者讨论竟陵派研究的未来方向。会后，先后结集出版的《竟陵派与晚明文学革新思潮》（武汉大学出版社，1987 年）、《竟陵派文学研究论集》（中国社会科学出版社，1990 年）收录了两次会议的论文成果。张国光、王毅、胡诗华等人在否定以钱谦益为代表的主流传统观点的基础上，对以往的竟陵派研究成果进行反思，发掘竟陵派的文学史意义。其中，尹恭弘《论竟陵派在明代诗文演进过程中的历史地位》一文，尝试结合竟陵派的文学理论和诗文创作，重新论述竟陵派在明代文学史上的地位。该文对竟陵派诗文观的前后变化、文学风格的形成进行了详细论述，认为竟陵派的诗文观是对“前后七子”、公安派文学思想的批判接受与自我改进，并指出竟陵派散文方面的“别出手眼”，对于明末小品文有深远影响。

随着学界的自我省察，20 世纪 80 年代以后，竟陵派的专门研究开始得到重视。李先耕《简论钟惺——兼论竟陵派在文学史上的地位》，通过引用大量文献材料，论述了竟陵派的产生背景、文学思想及诗文理论特点，《诗归》的评选原则，竟陵派的深远影响，以及明清时期竟陵

① 俞允海：《竟陵文学及其命运》，《湖州师专学报》1985 年第 3 期。

② 张业茂：《“流派芳千古，性灵照古今”——谈竟陵派在文学史上的贡献》，《湖北大学学报》（哲学社会科学版）1987 年第 1 期。

派研究沉寂的原因等，力求客观评价竟陵派的历史地位。① 竟陵派的文学创作、诗文主张、选本及评点等方面，开始逐渐获得研究者的关注。

在研究者学术立场逐步调整的同时，仍有一些学者对竟陵派的文学评价不高。如马美信《论公安派与竟陵派的分歧》一文，认为公安派和竟陵派这“两个绝然不同的文学流派”，在“性灵”的内涵理解、求得方法以及诗文创作主张上，“存在着严重的实质分歧”。② 该文通过对比公安派与竟陵派的不同之处，指出公安派的“思想和文学主张表现了强烈的反封建精神，体现了资本主义萌芽时期的市民意识”，而竟陵派的“思想和文学主张表现了封制士大夫的意识情绪，体现了封建的正统观念”，最终将竟陵派的兴盛定位为“晚明解放思潮的衰退和文学上复古主义的卷土重来”。③ 这种否定态度在孙之梅的论文中也有体现，她的《鬼趣　兵象——钱谦益论竟陵派》一文，认同钱谦益对竟陵派的种种批评，并指出钱氏对竟陵派的评价，对明清之际诗风转变具有重要意义。④ 站在客观立场，一味褒扬或贬抑，都不是评价竟陵派的正确态度，而是应从历史主义的角度出发，深入分析竟陵派诗风在晚明兴起的历史因缘及其文学史意义。

### （三）竟陵派研究的深入期（2000—　）

21 世纪以后，竟陵派研究渐进深入，学界在肯定竟陵派文学价值的前提下，考察方式不断多元化，对竟陵派的文学史定位也更为客观、公允。

一部分学者认为，将竟陵派置于“纯文学”领域进行考察，对确

---

① 李先耕：《简论钟惺——兼论竟陵派在文学史上的地位》，《文学评论》1995 年第 6 期。

② 马美信：《论公安派与竟陵派的分歧》，《复旦学报》1985 年第 5 期。

③ 马美信：《论公安派与竟陵派的分歧》，《复旦学报》1985 年第 5 期。

④ 孙之梅：《鬼趣　兵象——钱谦益论竟陵派》，《内蒙古师大学报》（哲学社会科学版）1997 年第 1 期。

定竟陵派的地位具有重要意义。曾肖《论竟陵派对明末“性灵说”的创新与发展》一文，通过对竟陵派诗文主张的专门论述，指出钟惺、谭元春所标举的“古人之精神”丰富了性灵说的理论内涵，对明末性灵文学思潮的发展意义重大。① 李先耕《钱谦益论钟惺发微》在考述钱谦益与钟惺关系变化的基础上，认为钱谦益从政治角度否定钟惺纯文学主张的做法，是明末学风转换的标志。② 廖可斌《明代文学思潮史》将竟陵派称为“晚明浪漫文学思潮的余波”，指出公安派在诗文领域的主导地位被竟陵派所取代，是晚明浪漫文学思潮蜕变的一个重要表现。③

另一部分研究者则侧重将竟陵派置于明清社会予以观照，围绕竟陵派文学与明清社会、经济、文化之间的复杂关系展开研究。商传从历史学角度强调竟陵派研究与社会背景的紧密关联，他在《竟陵派与晚明时代》一文中指出，竟陵派的诗歌选评标准，“幽深孤峭”的诗文特点，以及一定程度上的“学殖不深”，都是晚明时代特征的集中体现。而清初士人对于竟陵派的批评，以及 20 世纪 80 年代以来出现的竟陵派与晚明文学热，都是特定时代背景下的产物。④ 李圣华《重估明代学术价值　建构“明学”研究新体系——从竟陵派“学殖浅陋”谈起》立足方法论的探索，试图通过考辨辨竟陵派“学殖不深”的真实情况，突破旧的学术范式与评价，为明人学术风貌正名。⑤

值得注意的是，这一阶段出现了不少竟陵派的研究专著，如邬国平《竟陵派与明代文学批评论稿》（上海古籍出版社，2004 年）、陈广宏

① 曾肖：《论竟陵派对明末“性灵说”的创新与发展》，《明代文学与科举文化国际学术研讨会论文集》，2008 年 11 月。

② 李先耕：《钱谦益论钟惺发微》，《文艺研究》2006 年第 12 期。

③ 廖可斌：《明代文学思潮史》，北京：人民文学出版社 2016 年版，第 445～454 页。

④ 商传：《竟陵派与晚明时代》，《历史研究》2004 年第 1 期。

⑤ 李圣华：《重估明代学术价值　建构“明学”研究新体系——从竟陵派“学殖浅陋”谈起》，《郑州大学学报》（哲学社会科学版）2005 年第 5 期。

《竟陵派研究》（复旦大学出版社，2006年）、郑艳玲《钟惺评点研究》（人民日报出版社，2006年）、李先耕《钟惺著述考》（黑龙江大学出版社，2008年）等，意味着竟陵派研究获得了更充分的关注。其中，陈广宏《竟陵派研究》是目前唯一可见全面系统地论述竟陵派的研究论著。全书在发掘、梳理大量一手材料的基础上，对竟陵派的产生、形成、发展过程，进行了严谨细致的考察和论述，并力图贯通竟陵派的文学观念、诗文批评、创作实践等各个方面的研究，更为客观地评价晚明竟陵派的文学史地位与作用。

本阶段关于明清以来主流传统对竟陵派的批评研究，也呈现出新的面貌。学界不再简单继承或否定旧说，而是试图站在明清文人的立场上，寻求其思想、行为上的合理性，做到学术研究中的“了解之同情”。郑艳玲《从辉煌一时到沉寂百年——明清时期的钟惺研究》梳理了晚明至清代的钟惺研究概况及其内在浓厚的时代特征。① 李圣华《清初人论竟陵派平议》总结了清初有关竟陵诗弊诸家说法的异同点，其中竟陵派以幽峭为宗、立论取材偏狭、雕刻粗浅、淫哇鄙俗、用字之弊等五个方面，为主流文坛一致不满，而相异之调表现在竟陵诗文不失淳古、瑕不掩瑜、“清气”出之、深情苦语、幽清孤峭不当废等方面。同时认为，有关竟陵派的各种争论，对清初诗学形成、创作风尚及后世批评影响深远。②

钱谦益、王夫之是明清之际对竟陵派批评最甚的文坛大家，部分研究者针对二人评价作专论研究。台湾学者严志雄《钱谦益攻诽钟、谭侧议》一文，吸收法国尔布迪厄文化社会学中的“文化场域”理论批评，将钟惺及竟陵诗学置于明末清初文化建构、生产、接受的语境中，

① 郑艳玲：《从辉煌一时到沉寂百年——明清时期的钟惺研究》，《理论月刊》2007年第1期。

② 李圣华：《清初人论竟陵派平议》，《郑州大学学报》（哲学社会科学版）2007年第5期。

重新考察钱谦益言论的深层内涵。① 张爽的硕士论文《钱谦益与钟惺之交往及其对“竟陵钟、谭”的评价》，通过梳理钱谦益与钟惺的交往过程，结合钱谦益文集中关于“竟陵钟、谭”的评述文字，剖析钱谦益猛力抨击的缘由，并借此考察易代之际“竟陵”诗派和“虞山”诗派的演进轨迹。② 张爽《钱谦益排击“竟陵钟、谭”与〈列朝诗集〉编纂旨意》进一步指出，钱谦益对“竟陵派”的猛烈抨击，主要出于构建自身诗学观念的需要。③ 邓新跃、黄细梅合撰《以毒清流以殄宗社——试析王夫之对竟陵派诗学思想的批评》认为，王夫之批判竟陵派与其宣泄亡国耻辱和力挽大雅的诗学传统取向有关。④ 凡此种种，都试图在具体历史语境中对相关论说进行辨析，以求获得更切近的认识和理解，并给予更客观的评价和定位。

## 二、竟陵派成员的生平著作考述

竟陵派成员的生平著作考述研究，以钟惺、谭元春为主，兼及刘侗、蔡复一、林古度等其他竟陵文人。研究内容主要包括对钟惺、谭元春等竟陵派成员生平经历的考述，及其著作版本的考辩、整理与出版。20 世纪 80 年代以前，学界多关注竟陵派与五四文化精神的相通处，而不太重视从学理层面对竟陵派展开研究，对竟陵派的文献研究相对薄弱。随着竟陵派文学史地位的重新确立，20 世纪 80 年代后的竟陵派文献研究日渐兴盛。

---

① 严志雄：《钱谦益攻诽钟、谭侧议》，《中国文哲研究通讯》2004 年第 14 卷第 2 期。

② 张爽：《钱谦益与钟惺之交往及其对“竟陵钟、谭”的评价》，西南大学硕士学位论文，2013 年。

③ 张爽：《钱谦益排击“竟陵钟、谭”与〈列朝诗集〉编纂旨意》，《故宫学刊》2013 年第 1 期。

④ 邓新跃、黄细梅：《以毒清流以殄宗社——试析王夫之对竟陵派诗学思想的批评》，《华东理工大学学报》（社会科学版）2008 年第 4 期。

### （一）竟陵派成员的生平考证研究

钟惺、谭元春作为竟陵派的领袖人物，二人的生平交游经历对竟陵派的文学风格与命运走向具有重要意义。明清时期的文献虽然收有钟、谭二人的小传，但对他们的生平经历却没有确切记载，导致钟、谭二人的生卒年、文学交游等史实历来说法不一。20 世纪三四十年代，由于学界普遍重视竟陵派散文的现代性特征，对钟、谭二人的生平考证用力甚少。20 世纪 80 年代以后，研究者回归作家和文本，着力通过细致梳理各类文献，考证二人的生平经历。

对钟惺生平经历的研究，主要包括钟惺的生卒年和文学交游的史实考辨。张业茂《钟惺生卒年辨》《钟惺生卒年及谭元春卒年考辨》二文通过梳理《谭友夏合集》《钟伯敬合集》中的篇目，认为钟惺生于 1574 年，卒于 1625 年。① 持相同观点的还有祝诚《钟惺生卒年考辨》、李先耕《钟惺卒年辩证》等。祝诚将钟惺生卒时间进一步确定为生于 1574 年 8 月 13 日，卒于 1625 年 7 月 24 日。② 李先耕则在质疑《退谷先生墓志铭》孤证不立的基础上，条陈六大例证，进一步证明钟惺的卒年应为 1625 年。③

钟惺作为竟陵派领袖，明清以来尚无年谱留存。20 世纪 80 年代中期，祝诚按照传统学术的路径，撰写《钟惺年表》一文，简要梳理钟惺的人生脉络。④ 1993 年，复旦大学陈广宏编写的《钟惺年谱》一书，对钟惺生平事迹作了更详细的考辨。该年谱全面考察了钟惺个人生平经历及世系概况，资料翔实，考证严谨，对推进新世纪的竟陵派研究意义

① 张业茂：《钟惺生卒年及谭元春卒年考辨》，《华中师大学报》1986 年第 5 期。

② 祝诚：《钟惺生卒年考辨》，《镇江师专学报》（社会科学版）1986 年第 3 期。

③ 李先耕：《钟惺卒年辨证》，《文学遗产》1987 年第 6 期。

④ 祝诚：《钟惺年表》，《镇江师专学报》（社会科学版）1987 年第 3 期。

重大。① 此后，研究者在此年谱的基础上，考辨订误，继续推进钟惺生平考证工作。如台湾学者侯美珍因质疑《钟惺年谱》中所录《诗经》初评本完成的时间，而加以考证。她在《钟惺〈诗经〉评点成书时间考——辨证〈钟惺年谱〉一误》一文中，通过对蔡复一宦途的整理，以及谭元春其他相关文章中的信息，考证出《与舍弟五人书》的写作时间为“天启四年晚春”，进而推翻《年谱》的论定。并以《钟伯敬批点〈诗经〉序》中所出现的“长安邸”为线索，推断钟惺在北京的停留时间才是解决此问题的重要依据。虽然该文并未得出确切结论，但已达到考辨订误的目的。② 在美国汉学界，Nancy Norton Tomasko 于 1995 年完成博士论文《钟惺年谱》[Chung Hsing（1574-1625），A Literary in The WanLi Era（1573-1620）Ming China]。该年谱在考证钟惺生平经历的同时，试图通过对钟惺这一个案的细节考察，全方位展示晚明中国社会的政治、文化、经济状况，具有后现代史学的思维特点。除这类年谱著述外，陈广宏《钟惺万历己未在吴越交游考述》、③ 戴红贤《袁中道与钟惺断交时间和原因考论》④ 等文，则专门探讨钟惺的文学交游活动。二文都择取了钟惺诗文交游中的某个重要事件，前者重点考察了钟惺万历己未年冬在吴越的交游，后者集中讨论钟惺与袁中道断交一事，通过对钟惺交游经历的梳理，探讨钟惺交游活动的背后，竟陵文学的地域传播情况与文学流派内部诗文风格的走向。

谭元春是与钟惺齐名的竟陵派领袖。相较于钟惺，谭元春的生平考证研究力度较为薄弱，且引起学界关注的时间也相对滞后。20 世纪八

① 陈广宏：《钟惺年谱》，上海：复旦大学出版社 1993 年版。

② 侯美珍：《钟惺〈诗经〉评点成书时间考——辨证〈钟惺年谱〉一误》，见林庆彰主编：《经学研究论丛》第十辑，台北：学生书局 2002 年版，第 75～84 页。

③ 陈广宏：《钟惺万历己未在吴越交游考述》，《复旦学报》（社会科学版）1995 年第 1 期。

④ 戴红贤：《袁中道与钟惺断交时间和原因考论》，《长江学术》2009 年第 1 期。

九十年代，有关谭元春生平经历的学术成果屈指可数。祝诚《谭元春年表》①《竟陵巨子谭元春评传》②，张业茂《钟惺生卒年及谭元春卒年考辨》，③ 以及顾启、姜光斗合撰《冒辟疆谭友夏世谊考》，④ 是这一时期为数不多的研究专论。其中，祝诚《谭元春年表》是最早以谭元春为研究对象进行探讨的单篇论文。该文梳理了谭元春的家世背景、科举仕途、文学交游等，为谭元春生平考述奠定了基础。此后，有关谭元春生平事迹的年谱著述，仅见陈广宏《谭元春年谱》一文行世。该谱从搜辑、排比谭氏存世的诗文作品及各类文献中有关材料入手，廓清了谭元春的行年事迹、文学活动及交游情况，兼及谭元春文学思想与创作发展脉络的梳理。⑤

进入21世纪后，越来越多的研究者有意识地加强了对谭元春的文献研究力度。明天启五年（1625），钟惺去世，竟陵派自此进入以谭元春为中心的发展后期。谭元春在天启、崇祯间的文学交往及其活动，成为学界关注的重点问题。陈广宏《谭元春启、祯间交游考述——兼论竟陵派发展后期影响的进一步拓展》一文，通过考察天启、崇祯年间谭元春在北京、江西、湖广独立开展的文学交游活动，厘清了竟陵派在这些地区新的拓展及实际影响。⑥ 谭元春率领众多竟陵派成员加入复社的行为，对竟陵派的后期发展也产生了极大影响。何宗美在《〈谭元春

---

① 祝诚：《谭元春年表》，《镇江师专学报》（社会科学版）1988年第4期。

② 祝诚：《竟陵巨子谭元春评传》，《镇江师专学报》（社会科学版）1994年第1期。

③ 张业茂：《钟惺生卒年及谭元春卒年考辨》，《华中师大学报》1986年第5期。

④ 顾启、姜光斗：《冒辟疆谭友夏世谊考》，《南通师专学报》1988年第2期。

⑤ 陈广宏：《谭元春年谱》，《中国文学研究（辑刊）》2005年第1期。

⑥ 陈广宏：《谭元春启、祯间交游考述——兼论竟陵派发展后期影响的进一步拓展》，《南京师范大学文学院学报》2003年第1期

集〉复社成员考——兼论复社与竟陵派的相互影响》① 一文中，通过勾稽大量文献材料，对《谭元春集》中的六十六位复社成员细作考辨，进而从文学流派与政治文人社团之间的历史关联入手，解释了“天下盖知宗竟陵”的形成原因。曾肖围绕谭元春与复社交游关系，撰写了一系列相关论文，包括《以谭元春为首的竟陵派与复社诸子的交游》②《论谭元春与复社的诗学关系及相互影响》③《谭元春与江西复社文人之关系考察》④《论竟陵派后期与复社结合的深层原因》⑤ 等。在研究中，曾肖梳理了谭元春与复社文人的交游情况，尤以谭元春交谊最为深厚的江西籍成员为重，并从二者的诗学关系及相互影响上，深入探讨了竟陵派与复社之间的交融与排异。

此外，竟陵派与晚明政坛的关系，也是学界重新考察的重点。相较于五四学人对竟陵派反叛精神感兴趣，新时期的研究者在发掘与重新梳理相关史料的基础上，还原历史，旨在考察晚明时代的文人生存环境。这一时期有关竟陵派与晚明党争的最早成果，当属邬国平《钟惺、谭元春与晚明党争的关系》一文。该文梳理了晚明政坛的大致概况，并由钟、谭二人的诗文中窥见二人的政治立场。⑥ 陈广宏《晚明文学变奏的政治考察——钟惺、谭元春与晚明党争之关系平议》一文，在邬文的基础上进一步细化，分别探讨钟、谭二人与晚明党争这一重大政治事

---

① 何宗美：《〈谭元春集〉复社成员考——兼论复社与竟陵派的相互影响》，《中国典籍与文化》2006 年第 2 期。

② 曾肖：《以谭元春为首的竟陵派与复社诸子的交游》，《湖北大学学报》（哲学社会科学版）2005 年第 5 期。

③ 曾肖：《论谭元春与复社的诗学关系及相互影响》，《宁夏大学学报》（人文社会科学版）2007 年第 3 期。

④ 曾肖：《谭元春与江西复社文人之关系考察》，《井冈山学院学报》2009 年第 2 期。

⑤ 曾肖：《论竟陵派后期与复社结合的深层原因》，《甘肃社会科学》2011 年第 2 期。

⑥ 邬国平：《钟惺、谭元春与晚明党争的关系》，见竟陵派文学研究会编：《竟陵派与晚明文学革新思潮》，武汉：武汉大学出版社 1987 年版，第 62~75 页。

件之间的关系。他认为，钟惺对党争表现出的关注是一种自觉行为，这来源于钟惺较为鲜明的立身准则和对政治事务的热衷，而身为后辈的谭元春，则因仕途坎坷和年岁较小，并未真正介入过政治权力斗争。①

## （二）竟陵派成员著作的版本研究与资料编纂

竟陵派成员著作的版本问题是学界关注的重心之一。研究成果主要分为两方面：一是侧重梳理、总结竟陵派成员著作的行世版本，包括篇目辑录、补遗之类的工作，如陈杏珍《谭元春及其著作》、② 李金松《谭元春佚文一篇》③ 等；二是以考辨版本真伪为目的，对钟惺、谭元春等人的著作进行版本考证，如入矢义高《〈诗归〉考》、④ 李先耕《〈钟惺文钞〉辨伪》、⑤ 李先耕《钟惺评点小说考》⑥ 等。相比之下，后者的研究成果多于前者。

关于钟惺的著作版本考证，李先耕的系列研究成果具有重要意义。2008 年，黑龙江大学出版社出版其研究专著《钟惺著述考》，全面考证钟惺的著作真伪情况。该书文献丰富，考证严谨，考证内容包括《隐秀轩集》《钟伯敬先生遗稿》《翠娱阁评选钟伯敬先生合集》《钟惺文钞》等诗文创作，以及钟惺对《诗经》《史怀》等书的评点选注。⑦ 在单纯考证辨伪的基础上，部分学者从书籍文化史角度入手，进一步观照晚明社会的商业、文化环境。陈广宏《〈词府灵蛇〉之编刊与天启间南京的商业出版》一文，以托名钟惺的《词府灵蛇》与《二集》为例，

① 陈广宏：《晚明文学变奏的政治考察——钟惺、谭元春与晚明党争之关系平议》，《南京师范大学文学院学报》2006 年第 1 期。

② 陈杏珍：《谭元春及其著作》，《文献》1998 年第 4 期

③ 李金松：《谭元春佚文一篇》，《文献》2006 年第 3 期。

④ ［日］入矢义高：《〈诗归〉考》，日本京都大学《东方学报》第 16 号，1948 年 9 月。

⑤ 李先耕：《〈钟惺文钞〉辨伪》，《文献》2007 年第 4 期。

⑥ 李先耕：《钟惺评点小说考》，《古籍整理研究学刊》2007 年第 3 期。

⑦ 李先耕：《钟惺著述考》，哈尔滨：黑龙江大学出版社 2008 年版。

通过对编刊人员、编选方法、内容来源等方面的细致分析，揭示了明代天启年间诗法类著作的刊刻特点，借此考察晚明社会士人、商业、文学之间的交互关系。①

谭元春的著作版本考证未见专著。雷莎《谭元春诗文集版本考辨》通过考察谭元春诗文集各个版本的授受源流、刊刻时代、具体面目等，比较了明代单刻本和清代选本间的优劣异同。该文更倾向于文献梳理，版本辨伪方面略显不足。②

20世纪30年代和八九十年代，是竟陵派文学著作大规模整理出版的两个高峰阶段，以钟惺和谭元春的作品为主。20世纪30年代，由于五四文人对晚明文学的推崇，以公安派、竟陵派为代表的晚明文人作品被大量翻印出版。如沈启无《近代散文钞》（北平人文书店，1932年）、刘大杰《明人小品集》（北新书局，1934年）、施蛰存《晚明二十家小品》（光明书局，1935年）、阿英《晚明小品文库》（上海大江书店，1936年）等。1935年，上海杂志公司出版由施蛰存主编的《中国文学珍本丛书》，专门收有《钟伯敬合集》《谭友夏合集》。这是20世纪以来首次出版的钟惺、谭元春的个人别集，具有重要意义。

20世纪80年代左右，钟、谭二人的著述得到进一步整理出版。主要有：张国光点校《诗归》（湖北人民出版社，1985年）；张国光点校《隐秀轩文》《鹄湾文草》（岳麓书社，1988年）；陈少松选注《钟惺散文选集》（天津百花文艺出版社，1991年）、祝诚选注《谭元春散文选集》（天津百花文艺出版社，1991年）；吴调公主编，王骧、祝诚选注《竟陵派钟惺、谭元春选集》（湖北人民出版社，1993年）；陈广宏整理，章培恒校阅《钟惺集》《谭元春集》（海南国际新闻出版中心，1995年）；刘良明编《钟伯敬小品》（北京文化艺术出版社，1996年）；田秉锷编《谭友夏小品》（北京文化艺术出版社，1996年）等。其中，

① 陈广宏：《〈词府灵蛇〉之编刊与天启间南京的商业出版》，《南京师大学报》2016年第3期。

② 蕾莎：《谭元春诗文集版本考辨》，《社会科学论坛》2012年第9期。

李先耕、崔重庆点校的《隐秀轩集》（上海古籍出版社，1992 年），陈杏珍点校的《谭元春集》（上海古籍出版社，1998 年）对竟陵派研究十分重要。这两个版本廓清了钟惺、谭元春的大多数诗文作品，为此后竟陵派研究提供了直接的文献支持。

除此之外，刘侗、蔡复一、朱之臣、徐波等竟陵文人也得到了学界关注。邬国平的研究专著《竟陵派与明代文学批评论稿》第二章“‘竟陵派’同志录”，简要介绍了竟陵派的成员及著述情况。① 之后，这种考察力度不断加深，包括对这些竟陵成员生平经历、诗文创作、文学思想等方面的挖掘、分析。陈庆元的《蔡复一的本来面目——钟惺谭元春周边人物论之一》即反映了学界的这类学术尝试。该文针对蔡复一学于钟、谭，而使“闽派从此熠也”的旧说，通过考察蔡复一的诗文特点成型年代，及其与钟、谭的交游情况，重新立论，尽可能还原历史史实。②《帝京景物略》作为竟陵派散文的代表作品，作者、版本方面也取得了一定成绩：贺亚先《刘侗生平创作考补》，③ 张次溪遗著、张淑文整理《〈帝京景物略〉的著者和它的版本》，④ 王灿炽《北京史地风物书录》⑤ 《〈帝京景物略〉及其作者考》⑥，谢国桢《江浙访书记》⑦ 等，对《帝京景物略》的作者问题、版本进行了系列考证。近

① 邬国平：《“竟陵派”同志录》，见氏著《竟陵派与明代文学批评论稿》第二章，上海：上海古籍出版社 2004 年版，第 7~14 页。

② 陈庆元：《蔡复一的本来面目——钟惺谭元春周边人物论之一》，《东南学术》2015 年第 5 期。

③ 贺亚先：《刘侗生平创作考补》，《黄冈师专学报》1998 年第 2 期。

④ 张次溪遗著，张淑文整理：《〈帝京景物略〉的著者和它的版本》，见北京史研究会编：《北京史论文集》第二辑，北京：燕山出版社 1982 年版，第 249~260 页。

⑤ 王灿炽：《北京史地风物书录》，北京：北京出版社 1985 年版，第 292 页。

⑥ 王灿炽：《〈帝京景物略〉及其作者考》，《北京社会科学》2006 年第 4 期。

⑦ 谢国桢：《江浙访书记》，上海：上海书店出版社 2004 年版，第 187~188 页。

年来，硕博论文也逐渐选取钟、谭之外的竟陵文人作为考察对象，如李木隆的博士学位论文《蔡复一研究》、① 陈雅男的硕士学位论文《林古度诗研究》、② 海霞的硕士学位论文《徐波研究》，③ 都属于钟、谭以外竟陵文人的个案研究。

## 三、竟陵派诗文创作研究

竟陵派的诗文创作研究，受学界对竟陵派的总体评价影响较大。20世纪80年代以后，随着竟陵派文学史地位的反复讨论与重新确认，竟陵派研究逐渐回归文学本位，研究者不断加强对竟陵派诗文作品的解读、分析，从钟、谭等人的诗文创作考察竟陵派的文学价值。

### （一）竟陵派的诗歌创作研究

20世纪80年代以前，学界对竟陵派的诗歌创作基本持否定态度，即使在五四文人极力推重竟陵小品文的情况下，竟陵派诗歌仍然没有得到研究者的认可。如前文所述，谢无量《中国大文学史》（1918）、陈钟凡《中国文学批评史》（1929）、宋佩韦《明文学史》（1934）、朱东润《文学批评史大纲》（1944）等文学史著作，沿用清代文坛对竟陵派的主流评价，以否定批评为主。20世纪80年代以后，竟陵派文学史地位得到肯定，研究者也随之开始关注竟陵派诗歌创作的意义与价值。

钱谦益《列朝诗集小传》将竟陵派诗歌风格认定为"幽深孤峭"，为后人广为引用。"幽深孤峭"涉及竟陵派文学创作的诸多方面，学界从多个维度对"幽深孤峭"进行了考察。部分研究者从创作论角度解读"深幽孤峭"，将其视为竟陵派诗歌的艺术境界。周学禹《论晚明竟陵派的"幽深孤峭"说》分别解释了"幽""深""孤""峭"的定义

---

① 李木隆：《蔡复一研究》，福建师范大学博士学位论文，2017年。
② 陈雅男：《林古度诗研究》，福建师范大学硕士学位论文，2006年。
③ 海霞：《徐波研究》，黑龙江大学硕士学位论文，2014年。

内涵。① 王恺《钟、谭〈诗归〉的风格理论概述》将“幽深孤峭”解释为“幽深孤奇而不失自然平淡之旨，高超莹洁而有峭拔之势”。②白汉坤《试论钟惺的诗歌理论与创作》则将“幽”“深”“孤”“峭”与诗歌题材、事物描写、作者性情、行文运笔一一对应。③ 也有学者从文人心理的角度解读“幽深孤峭”。蒋松源《关于“幽深孤峭”的断想》认为“幽深孤峭”是竟陵派成员耿介政治态度的表现。④ 孙建模《略论竟陵派“幽深孤峭”的创作宗旨》同样重视历史环境对晚明文人心态的影响，指出“竟陵派力主的‘幽深孤峭’的创作宗旨，是特定历史阶段的社会意识在文学领域中的曲折反映”。⑤ 韩玺吾《“幽深孤峭”说新解》从佛禅思想角度，认为“幽深孤峭”是“一种禅家心态的流露，是钟、谭持之用以济人于诗海之舟”。⑥

在竟陵派诗歌的文体研究中，“幽深孤峭”作为“竟陵体”的标志特征，其生成过程受到学界关注。陈广宏《论“钟伯敬体”的形成》通过梳理钟惺前期的创作经历及留存作品，求证出竟陵派“幽深孤峭”诗风的定型应在钟惺擢第之后，介于万历三十八年庚戌至万历四十二年甲寅之间。⑦ 李圣华《论钟谭体》认为仅以“深幽孤峭”来概括竟陵诗歌的特征尚不全面，由此对竟陵体的旨归、诗趣、手法等风格特征重

① 周学禹：《论晚明竟陵派的“幽深孤峭”说》，《信阳师范学院学报》1988年第4期。

② 王恺：《钟、谭〈诗归〉的风格理论概述》，《南京师大学报》1987年第2期。

③ 白汉坤：《试论钟惺的诗歌理论与创作》，《广州大学学报》（综合版）2001年第12期。

④ 蒋松源：《关于“幽深孤峭”的断想》，见张国光主编：《竟陵派与晚明文学革新思潮》，武汉：武汉大学出版社1987年版，第217页。

⑤ 孙建模：《略论竟陵派“幽深孤峭”的创作宗旨》，《湖北大学学报》（哲学社会科学版）1987年第1期。

⑥ 韩玺吾：《“幽深孤峭”说新解》，《吉首大学学报》（社会科学版）1999年第2期。

⑦ 陈广宏：《论“钟伯敬体”的形成》，《中国文学研究》1999年第4期。

新进行总结。[1] 沈金浩《论竟陵派出现的契机及钟谭的诗歌创作》认为，竟陵派并重“性灵”“学古”的诗歌主张，是晚明时期多重因素下的产物。“以古为高”的中国古代审美心理，晚明主张渐修的思想流派，以及社会现实下文人的无奈失望，共同决定了竟陵派的创作面貌。同时他还指出，钟、谭二人的诗歌创作尽管总体上都追求“幽深孤峭”，但从内容和风格来说，钟惺诗歌佛禅思想更为浓厚，而谭元春诗境虽然清冷，但生活内容和热情较钟惺丰富，写法上也相对自由活泼。[2] 雍繁星在《中国诗歌通史·明代卷》中，将竟陵诗论的核心概为“绝俗”，认为竟陵派诗歌“追求陶冶心灵、锻炼熔铸，有收敛孤高之态”。在创作实践中，“竟陵派诗歌幽深孤峭的体貌特征正是其性情心态的最好表征”。[3]

此外，钟、谭二人诗歌的独有个性也得到研究者的关注，考察更为具体。陈广宏《竟陵派研究》第八章“竟陵派的文学创作”从竟陵派的审美理念、情调风韵、语言特色三个方面，论述了竟陵派文学作品的共有特点。其中，包括对竟陵派诗歌部分创作手法的概括，如字法上多选用“幽”“孤”“虚”“静”“钦”“肃”等字，句法上多采用“以文入诗”，等等。但由于作者的写作目的倾向于竟陵派的文学共识，因此对钟、谭等人的个性没有刻意突出。[4] 颜子楠《钟惺七律的创作技法》《谭元春与钟惺七律创作技法的对比》二文则在此基础上，对钟、谭诗歌技法的研究进一步细化。前者通过梳理钟惺的 107 首七言律诗，从字法、句法层面考察钟惺诗作的创作手法与技巧，尽可能直观地展示

---

① 李圣华：《论钟谭体》，《山东师范大学学报》（人文社会科学版）2005 年第 5 期。

② 沈金浩：《论竟陵派出现的契机及钟谭的诗歌创作》，《广州大学学报》2005 年第 5 期。

③ 雍繁星：《竟陵派的诗歌》，见左东岭主编：《中国诗歌通史·明代卷》，北京：人民文学出版社 2012 年版，第 710～725 页。

④ 陈广宏：《竟陵派研究》，上海：复旦大学出版社 2006 年版，第 455～477 页。

“钟伯敬体”的文字特征。① 后者侧重论述谭元春的七律创作手法与技巧，及其与钟惺创作技法的迥异之处。②

文人结社及书画活动也对竟陵派诗歌创作产生了重要影响。如王启元《略论钟惺与南宗画》、③ 邵军《竟陵派的书画鉴藏和创作活动管窥》、④ 张涛《由幽深孤峭到醇雅浑厚：文学社群与晚明复古文风的转变——重点论述晚明复古文风形成的社群推动作用及其转变方式兼与陈广宏教授商榷》⑤ 等论文，均对此有所讨论。如何在两种艺术活动之间建立联系？相关的研究虽然在视野上有所拓展，但在具体论说上仍有待进一步探讨的地方，某些论断也须有更多的文献予以佐证。

### （二）竟陵派的散文创作

竟陵派的散文创作，是 20 世纪以来的竟陵派研究中获得关注较早的领域。20 世纪以前，清代主流文坛对于竟陵派的攻讦主要集中在诗歌领域，散文作品几乎无人提起。20 世纪前期，在新文化运动的影响下，竟陵派散文才开始进入研究者的视野。

20 世纪二三十年代，周作人、俞平伯、郁达夫等五四文人是最早将明人小品与现代白话文联系起来的先驱者。周作人指出“两次的主张和趋势，几乎都很相同。更奇怪的是，有许多作品也都很相似”，并

① 颜子楠：《钟惺七律的创作技法》，《励耘学刊（文学卷）》2014 年第 2 期。

② 颜子楠：《谭元春与钟惺七律创作技法的对比》，《励耘学刊（文学卷）》2015 年第 1 期。

③ 王启元：《略论钟惺与南宗画》，《中华文史论丛》2013 年 2 月。

④ 邵军：《竟陵派的书画鉴藏和创作活动管窥》，《湖北美术学院学报》2014 年第 2 期。

⑤ 张涛：《由幽深孤峭到醇雅浑厚：文学社群与晚明复古文风的转变——重点论述晚明复古文风形成的社群推动作用及其转变方式兼与陈广宏教授商榷》，《内蒙古大学学报》（哲学社会科学版）2014 年第 4 期。

且这种相似并非刻意模仿，“他们的相似完全是无意中的巧合”。① 林语堂在《新旧文学》中对周作人“把现代散文溯源到明末之公安、竟陵派”的做法大加赞赏，称其找到了“现代散文之祖宗”。② 郁达夫《清新的小品文字》“以为近代清新的文体，肇始于明公安、竟陵两派，诚为卓见”③。五四文人对公安、竟陵小品文的极力追捧，虽然不能算作严格的学术研究，但却真正引发了学界对公安、竟陵小品文的关注。

这一时期，学界兴起一股公安、竟陵散文的研究热潮，多篇讨论公安、竟陵散文作品的论文相继问世。主要包括：怀琛《公安竟陵的疙瘩》（《读书顾问》，1934 年）、刘燮《公安竟陵小品文读后题》（《人间世》，1934 年）、陈子展《公安竟陵与小品文》（《小品文和漫画》1935 年）等。陈子展的《公安竟陵与小品文》反对周作人等人的现代散文溯源说，他认为公安派、竟陵派与新文化运动仅在反复古精神上有所相似，但二者仍然是不同的文学现象：“公安竟陵诗是注重个人的性灵的言志派，‘五四’以来的新文学运动者似是注重社会的文化的载道派。”④ 竟陵派的“性灵说”主要表现在对“古人精神”的求索上，讲求诗文创作“真有性灵之言”。陈子展的论述，对公安、竟陵小品文的研究回归正轨有所警醒。

与此同时，在 20 世纪三四十年代的文学史著作中，竟陵派文学仍处于不被认可的边缘状态，对其散文评价也不高。相较之下，钱基博《明代文学》从文学发展的眼光考察竟陵派散文，虽不推崇竟陵散文，但仍表示“竟陵特以诗著，而文章亦自成一格”。⑤ 他对钟、谭的某些

① 周作人：《中国新文学的源流》第二讲“中国文学的变迁”，上海：华东师范大学出版社 1996 年版，第 28 页。

② 林语堂：《林语堂文集》（第十卷），北京：作家出版社 1996 年版，第 246 页。

③ 郁达夫：《闲书》，上海：上海书店 1981 年版，第 91 页。

④ 陈子展：《公安竟陵与小品文》，见陈望道编：《小品文和漫画》，上海：上海书店出版社 1981 年版，第 134 页。

⑤ 钱基博：《明代文学》，北京：商务印书馆 1934 年版，第 52 页。

具体篇目能做出比较公允的评价，如评钟惺《游武夷山记》说："洁情秀韵，颇工刻画，亦以幽秀孤峭，性与境称也。然有隽语而无快笔，不免失之枝碎；亦以生平著意字句，而无篇章之功也。"①

20世纪80年代后，竟陵派的文学史地位得到确认，散文研究也进入了新阶段。在散文分体史的研究论著中，竟陵派散文的文学价值得到了肯定。吴志达《明清文学史（明代卷）》评价："竟陵派的散文，意蕴较丰富，有些作品能达到言有尽而意无穷的境地。"。② 陈书录《明代诗文的演变》对钟、谭散文的研究更加具体、深入。他认为钟、谭的散文理论与创作实践存在"异步乃至对立"的现象：在文学理论上，他们主张散文"卓大坚实"；而在散文创作上，却呈现出"幽深孤峭、奇奥隽永"的艺术风格。这种理论与实践的错位，在钟、谭的小品文中表现尤为明显。③ 王恺《公安与竟陵——晚明两个"新潮"文学流派》认为钟、谭的小品文"虽不免有雕琢之痕，但都不乏意清骨峻之作"。④ 郭预衡《中国散文史》专辟"竟陵之文"一节，全面论述钟、谭二人的散文特色及成就。他认为，钟、谭"二人文章成就，不亚于诗。其行文风格，亦极有特色"。钟惺的散文作品，除小品文外，其论史、游记等散文创作，在反映钟惺真实心态方面，也具有重要的研究价值。谭元春散文的价值，则更多地表现在真率自然的艺术风格上。⑤ 陈广宏《竟陵派研究》作为竟陵派文学的代表论著，以辩证的眼光全面评价了竟陵派的散文价值，不仅肯定了钟、谭散文"在赋予散文文体

① 钱基博：《明代文学》，北京：商务印书馆1934年版，第59页。

② 吴志达：《明清文学史（明代卷）》，武汉：武汉大学出版社1991年版，第522页。

③ 陈书录：《明代诗文的演变》，南京：江苏教育出版社1996年版，第451页。

④ 王恺：《公安与竟陵——晚明两个"新潮"文学流派》，南京：江苏古籍出版社1996年版，第166页。

⑤ 郭预衡：《中国散文史》下册，上海：上海古籍出版社2011年版，第189~192页。

的诗性特征、拓展文学性散文的艺术表现力上”的功绩，还看到了其生涩奇拗语言背后的先锋性特点。①

与此同时，钟惺、谭元春等人的散文作品逐渐成为独立的考察对象，相关专题研究成果增多。夏咸淳《明代散文流变初探》指出竟陵派提倡散文创作含蓄蕴藉，锤炼剪裁，反对一味模拟抄袭，钟惺散文“能出之以平淡简远且有宛转曲折之致”，谭元春散文“无书本经术之气，而多情致之语言”。② 陈少松《论钟惺散文的艺术特色》一文，梳理归纳了钟惺散文的艺术特色，评价钟惺的散文意蕴深厚、文笔灵转，语言生涩但别有滋味。③ 吴承学《晚明小品研究》论及钟惺、谭元春、刘侗的散文作品时，分别各辟一节进行专论。他认为竟陵派的诗文既有联系，又有区别。“幽深孤峭”作为竟陵诗歌的艺术追求，也映射在山水游记、写景小品的景物描写中，但更多论说文的风格则是简约精警、别出心裁。④ 赵建军、闫雪《竟陵派钟惺、谭元春小品的审美理性》指出，钟惺、谭元春小品的审美特性，主要表现为以审美理性激发性灵意趣，在行文、音律及结构体式上贯彻了审美理性的“幽深独至”，是中国文学审美意识积累至晚明时期的必然结果。⑤祝诚自 20 世纪 90 年代以来发表的几篇论文，专门论述了谭元春的文学创作特色。《竟陵巨子谭元春评传》一文，称谭元春的散文具有敢于创新的探索精神。⑥《论谭元春和他的散文》（上、下）将谭元春的散文理论主张归纳为三

① 陈广宏：《竟陵派研究》，上海：复旦大学出版社 2006 年版，第 477 页。

② 夏咸淳：《明代散文流变初探》，《上海社会科学院学术季刊》1988 年第 3 期。

③ 陈少松：《论钟惺散文的艺术特色》，《南京师大学报》（社会科学版）1997 年第 4 期。

④ 吴承学：《晚明小品研究》，南京：江苏古籍出版社 1999 年版，第 160～185 页。

⑤ 赵建军、闫雪：《竟陵派钟惺、谭元春小品的审美理性》，《中国石油大学学报》（社会科学版）2014 年第 2 期。

⑥ 祝诚：《竟陵巨子谭元春评传》，《镇江师专学报》（社会科学版）1994 年第 1 期。

点：一是在思想内容方面，主张文如其人的“自然”说；二是在创作方面，主张“独有所见”的“自悔”说；三是在表现手法方面，主张“知异而异”的“自异”说。并结合具体篇目论述了谭元春散文的艺术特色。祝诚认为谭元春散文具有其独有的个性特点，“不当以‘幽深孤峭’概而论之”，且钟、谭“同是竟陵派领袖，伯敬简而远，友夏隐而秀，二人的风格之别，亦不当不辨”。①

《帝京景物略》是竟陵派散文的代表作品，由刘侗、于奕正合撰而成，主要记录北京的风土人情。研究者除对该书所记载的人文风俗等进行考察外，也充分关注《帝京景物略》的行文特色与艺术价值。关于《帝京景物略》的行文特色，人们普遍概之以“奇”。郑振铎《插图本中国文学史》称《帝京景物略》“叙景状物，深刻而有趣”，“是很着力写作的东西”，但同时郑振铎也发现这种行文手法“有时未免过于用力了，斧凿之痕，明显得使人刺目”。② 刘大杰也同样意识到《帝京景物略》的这种文体特点，他在《中国文学发展史》中称这种“无一难字，无一典故，无一经文，但读去总觉得有些不顺口，要稍稍细心，才可体会”的艺术风格，正是竟陵派的“幽深孤峭”。③ 吴承学《〈帝京景物略〉与竟陵文风》认为《帝京景物略》的“艺术特点在于奇，在于打破传统语言规范，寻求陌生化效果的创造性”。④ 尹恭弘《小品高潮与晚明文化——晚明小品七十三家评述》一书，将《帝京景物略》独特的语言效果归因于刘侗对词句的重新排列组合。⑤ 夏咸淳《论公安

---

① 祝诚：《论谭元春和他的散文》（上、下），《镇江高专学报》2005 年第 1、2 期。

② 郑振铎：《插图本中国文学史》，北京：人民文学出版社 1957 年版，第 953~954 页。

③ 刘大杰：《中国文学发展史》下，北京：商务印书馆 2015 年版，第 921 页。

④ 吴承学：《〈帝京景物略〉与竟陵文风》，《学术研究》1996 年第 1 期。

⑤ 尹恭弘：《小品高潮与晚明文化》，北京：华文出版社 2001 年版，第 323~329 页。

竟陵六家游记》，称《帝京景物略》“写景叙事，幽峭秀逸，多姿多彩”；① 刘洋《试论刘侗〈帝京景物略〉的写景视角》，论述了《帝京景物略》中的移步换景、远近落离、时空穿插等写景手法。② 此外，黄鸣《〈帝京景物略〉的世界——刘侗的情感空间》从竟陵派的视角出发，结合刘侗的历史观、科举观，以及他在《帝京景物略》写景叙事中的情感表现，详细论述了刘侗的情感空间。③ 胡迎会的硕士学位论文《〈帝京景物略〉小品文研究》，从《帝京景物略》小品文的历史背景、作者与成书情况、多样化题材、思想情感、艺术风貌等方面，较为全面地介绍了《帝京景物略》的情况。④

## 四、竟陵派文学思想研究

学界对竟陵派文学思想及诗文理论的讨论，萌芽于 20 世纪三四十年代，勃兴于 80 年代，深化于 21 世纪。竟陵派文人没有系统的理论著述，其文学思想及诗文理论观点散见于钟惺、谭元春等人的诗文别集、选本以及评点中。对此，研究者从对竟陵派文献资料的爬梳中，提炼、总结出钟、谭等人的文学思想及诗文主张。

### （一）竟陵派的诗文理论

20 世纪前期，随着五四学人对竟陵小品文的追捧，竟陵派诗文理

① 夏咸淳：《论公安竟陵六家游记》，《中国文学研究（辑刊）》2009 年第 2 期。

② 刘洋：《试论刘侗〈帝京景物略〉的写景视角》，《齐齐哈尔大学学报》（哲学社会科学版）2015 年第 1 期。

③ 黄鸣：《〈帝京景物略〉的世界——刘侗的情感空间》，见陈文新、余来明主编：《明代文学与科举文化国际学术研讨会论文集》，武汉：武汉大学出版社 2010 年版，第 114~124 页。

④ 胡迎会：《〈帝京景物略〉小品文研究》，山东师范大学硕士学位论文，2016 年。

论研究也逐渐得到重视。20 世纪 40 年代是竟陵诗文理论研究的萌芽时期，学界开始出现竟陵派诗文理论的专题研究。如前文所述，这一时期的研究成果，以郭绍虞《竟陵诗论》、钱锺书《谈艺录》最为典型。郭文提出竟陵派文学主张的成因，是为弥补七子、公安诗学不足而成。① 钱锺书《谈艺录》强调竟陵诗论的学术价值，认为“以说诗论，则钟、谭识趣幽微，非若中郎叫嚣浅卤”。② 二人的成果具有重要的学术史意义。

中华人民共和国成立后的三十年间，中国大陆地区的竟陵派文学研究基本停滞。这一时期，中国台湾，以及日本、韩国学者在竟陵派文学理论方面取得了不少成果。台湾学者的研究主要兴起于 20 世纪 70 年代。邵红先后发表《公安竟陵理论的探究》《竟陵派文学理论的研究》二文，侧重从钟惺、谭元春的文学主张入手，探察竟陵与公安两学派之间的理论源承问题。《竟陵派文学理论的研究》作为专论，主要从三个方面进行爬梳：其一，竟陵学派的形成，是钟、谭二人的性情际遇，以及竟陵派所处的历史节点的共同产物；其二，竟陵文学理论的内容与结构，都与公安派存在本质区别；其三，竟陵派文学理论中提出的“灵”“厚”“专力”“不苟”等，都是为挽救七子派、公安派的诗学弊病而发。由此得出结论认为，竟陵派理论并非源出于公安派。③ 陈万益《竟陵派的文学思想》与邵文持论相反，他认为竟陵派的文学思想虽然是为匡正七子派与公安派的诗学不足而提出，但钟、谭所倡导的“真诗精神”并非无源之水，公安性灵说始终是其得以生发的理论基础。④ 此外，日本与韩国的学术研究主要集中于《诗归》选本、评点研究上，

① 郭绍虞：《竟陵诗论》，《学林》第五辑，1941 年。

② 钱锺书：《谈艺录（补订本）》二九，北京：中华书局 1993 年版，第 102 页。

③ 邵红：《竟陵派文学理论的研究》，《台湾大学文史哲学报》第 24 期，1975 年 11 月。

④ 陈万益：《竟陵派的文学思想》，《大地文学》1978 年第一集。

后文有专门论述。

1984年，首届竟陵派文学讨论会于湖北天门县召开。关于竟陵派的文学理论问题，与会者所提交的论文大致可分为两类：一是结合竟陵派诗文主张产生的历史文化背景，比较竟陵派诗论与其他诗论的异同，借此体现竟陵派诗论的独有特点。谭邦和《竟陵派诗论的现实土壤和历史渊源》通过比较竟陵派诗论与其他诗学思想的异同，厘清竟陵派诗论的审美标准与具体形式，论证竟陵派诗论的时代合理性与历史必然性。易锦海《论竟陵派对公安派的诗文理论的继承与发展》论述了竟陵派诗论对公安派诗学的继承与开拓。张弘《钟惺诗学思想简论》以钟惺为研究对象，从钟惺诗学对公安派的超越、对严羽妙悟说的发展，以及对待民歌的思想局限三个方面，全面阐述钟惺的诗歌主张。王恺《钟、谭诗歌意境论》从以禅喻诗、妙悟内涵、审美理想等方面，进一步细化钟、谭诗学对严羽“妙悟说”的发展。潘运告《竟陵派诗论的美学思想》阐述竟陵派坚持创调、强调真情、力主深厚的诗论特点。①二是通过考察钟、谭选评的诗文选本，从选诗原则、评点意见中解读钟、谭的文学思想。主要包括周子瑜《〈诗归〉文艺观探索》、欧阳代发《〈诗归〉文艺观探索》、叶松林《从〈诗归〉看钟谭的真诗观》等。这些论文所讨论的各个方面，是学界20世纪80年代初竟陵派理论研究的重要成果，也为后来的研究提供了可参考的角度和范式。

此后，竟陵派文学理论研究方面，专著、论文也多有产出。邬国平的《竟陵派与明代文学批评论稿》一书，是研究论著中的代表作品。该书集合了作者多年来对钟惺、竟陵派及晚明文学批评的相关研究成果。其中，“竟陵派的文学理论”一章，结合竟陵派对“七子”、公安诗学理论的改造，《诗归》的编订等，全面论述竟陵派的文学理论状况。论文方面，则主要围绕“真诗精神”“活物”“灵”“厚”等诗学命题展开。

① 潘运告：《竟陵派诗论的美学思想》，《河北大学学报》1985年第4期。

竟陵派倡导的“真诗精神”体现了明代末年“性灵说”的内涵新变，独具特点。王晓顺《竟陵派诗论及其源头初探》从性灵文学发展之轨迹来探讨竟陵派的理论主张，并就公安、竟陵的诗论进行比较。① 谈蓓芳《明代后期文学思想演变的一个侧面——从屠隆到竟陵派》梳理明代后期“性灵说”的发展演变过程。② 熊礼汇《略说竟陵派对公安派性灵说的修正》认为竟陵派“期在必厚”的文学主张，实际上是要“独抒”以“深幽孤峭”为宗、“以古人为归”的“性灵”，从根本上替换了公安派性灵说的要义。③ 熊江梅《“性灵”内涵变迁的历史考察》指出，竟陵派文学思想是晚明“性灵说”的代表，在公安派的基础上，丰富了“性灵”的内涵。④ 陈小英《重情求真——竟陵派文学思想的进步色彩》指出“情与真是竟陵诗派的核心，也是竟陵派文学思想的进步所在”。⑤ 戴红贤《从“独抒性灵”到“真诗精神”——袁宏道、钟惺“性灵说”离合关系探析》，通过考察钟惺对袁宏道“性灵说”的基本态度、二人“性灵说”的内涵异同、明末性灵文学的转向原因等，凸显钟惺“性灵说”的独特性。⑥ 查清华《袁中道和竟陵派：性灵论与格调论唐诗观的调和》则取法别径，认为袁中道与钟、谭二人都重提师法古人、求取古人的精神，拓展了唐诗接受的领域，是性灵

① 王晓顺：《竟陵派诗论及其源头初探》，《内蒙古社会科学》（汉文版）2000年第6期。

② 谈蓓芳：《明代后期文学思想演变的一个侧面——从屠隆到竟陵派》，《复旦学报》1989年第1期。

③ 熊礼汇：《略说竟陵派对公安派性灵说的修正》，《荆州师范学院学报》（社会科学版）2003年第6期。

④ 熊江梅：《“性灵”内涵变迁的历史考察》，《湖南师范大学社会科学学报》2009年第3期。

⑤ 陈小英：《重情求真——竟陵派文学思想的进步色彩》，《福建论坛》（人文社会科学版）2010年专刊。

⑥ 戴红贤：《从“独抒性灵”到“真诗精神”——袁宏道、钟惺“性灵说”离合关系探析》，《贵州社会科学》2013年第2期。

论唐诗观和格调论唐诗观走向折中调和的标志。① 袁宪泼《竟陵派的书画游艺与诗学观念》认为，竟陵派的诗学观念受到其诗书画会通精神的影响，主要表现为两点：一是“‘深幽孤峭’的诗歌境界蕴含了书画的庄玄思想和遗形重意的文人笔墨技巧”；二是将文人书画理论运用于《诗归》的编选。竟陵派书画游艺的行为，造就了竟陵派独特的真诗价值。②

“活物说”是竟陵派提出的重要诗学命题，强调读者之于作品的重要性。鉴于“活物说”的特性，以及西方接受美学观念的影响，研究者多从文本接受角度考察竟陵派的“诗为活物”。刘泰山《“清物”“情物”“孤物”“活物”——钟惺、谭元春的诗歌理论述评》归纳了钟、谭诗论在“清物”“情物”“孤物”“活物”四个论诗观念中的表现。③ 邬国平《论诗为“活物”说》专门讨论竟陵派的这一理论，依次论述“活物说”的内涵、特点，以及在文学批评史上的贡献。他认为，钟、谭的“活物”包含两层含义，一是指作品本身所具有的属性，二是读者在阅读过程中实现的对文本的再创造。这意味着，竟陵派改变了文学研究中重名物训诂、学问功底的传统看法，将文学鉴赏的重心转移到对作品内在意蕴的把握方面，强调读者的艺术感受力。④ 曹红祥《诗为“活物”——竟陵派文学鉴赏理论探析》指出，“诗为活物”强调的是在艺术欣赏中阐释差异的必然性，是钟惺针对《诗经》的流传变迁史得出的结论。⑤ 陈和娣《论钟惺〈诗论〉》认为，钟惺在《诗论》中提出“诗乃活物”的见解，对中国古代诗学意义重大，理应得

---

① 查清华：《袁中道和竟陵派：性灵论与格调论唐诗观的调和》，《湖北师范学院学报》（哲学社会科学版）2006 年第 5 期。

② 袁宪泼：《竟陵派的书画游艺与诗学观念》，《文学遗产》2018 年第 2 期。

③ 刘泰山：《“清物”“情物”“孤物”“活物”——钟惺、谭元春的诗歌理论述评》，《武汉大学学报》1986 年第 5 期。

④ 邬国平：《论诗为“活物”说》，《复旦学报》1988 年第 6 期。

⑤ 曹红祥：《诗为“活物”——竟陵派文学鉴赏理论探析》，《山东师大学报》（社会科学版）1994 年第 3 期。

到重新评价。① 刘静《“诗为活物”之因的接受诗学辨异》比较了“诗为活物”说与西方接受诗学的理论异同。② 熊浚《浅析“诗为活物”》梳理了“诗为活物”的具体表现。③

“灵”与“厚”是钟、谭二人文学主张的总括。贺国强《竟陵派诗歌理论刍议》阐述真精神、清、厚、活物等诗学概念及其相互关系，以界定其具体内涵和价值。④ 李桂芹《厚：竟陵派的诗学审美理想》讨论“厚”的审美内涵，以及“厚”“灵”“学”之间的内在关系。⑤ 丁功谊《竟陵派崛起成因及文学思想探析》认为，竟陵派“试图把七子派的复古思想以及公安派的性灵主张相结合”的设想，在创作实践中并未实现，“厚”与“灵”无法达到紧密结合的境地。⑥ 陈广宏《竟陵派文学的发端及其早期文学思想趋向》通过考察钟、谭诗文之始习、才性之养成及其早期文学交游活动等方面，探究他们在这一阶段所形成的文学立场、文学思想及趋向，及其与以后各阶段文学观念与主张间的内在联系。⑦

此外，竟陵诗学深受佛、道思想的影响。黄卓越《佛教与晚明文学思潮》以钟惺为例，考察竟陵派的佛禅体验对其知识论构成的影响

① 陈和娣：《论钟惺〈诗论〉》，《韶关大学学报》（社会科学版）1996年第1期。

② 刘静：《“诗为活物”之因的接受诗学辨异》，《云南农业大学学报》（社会科学版）2009年第3期。

③ 熊浚：《浅析“诗为活物”》，《长沙大学学报》2011年第3期。

④ 贺国强：《竟陵派诗歌理论刍议》，《阜阳师范学院学报》（社会科学版）2002年第2期。

⑤ 李桂芹：《厚：竟陵派的诗学审美理想》，《华南农业大学学报》（社会科学版）2005年第3期。

⑥ 丁功谊：《竟陵派崛起成因及文学思想探析》，《内蒙古师范大学学报》（哲学社会科学版）2005年第4期。

⑦ 陈广宏：《竟陵派文学的发端及其早期文学思想趋向》，《复旦学报》（社会科学版）2007年第1期。

作用。① 周群《佛禅旨趣与竟陵派诗论》，认为钟惺诗学中的“静”与“厚”都与佛学有关，“两者的融合大致形成了一种沉潜浑穆的美学风格”。② 宋立英《论竟陵派与贾岛、姚合之关系》将竟陵派与贾岛、姚合等晚唐体诗歌相似的原因，归结为二者都受到佛教的深刻影响，以及对冷寂意象的偏爱与对幽静诗境的追求。③ 岳进《论〈古诗归〉的“隐语”式评选》指出，《古诗归》对古逸诗、《易林》、郊庙乐府等隐语式诗歌的大量选入，体现出竟陵派与禅宗精神的一致性。④ 曾肖《“诗以静好柔厚为教”——论竟陵派的审美追求与诗学宗尚》，认为竟陵派“静好柔厚”与“和平冲澹”的审美追求与诗学宗尚，是汲取儒家诗教传统、性灵文学思潮、道家美学与佛禅思想的综合产物。⑤ 李瑄的两篇论文《钟惺的佛教生活及其佚诗三首》和《禅宗“机锋”与钟惺诗的标新》主要论述钟惺的佛禅思想：前者偏重史实考证，不仅梳理了钟惺佛教修行经历，以及他与禅林高僧的交游活动，并从佛教文献中辑得三首钟惺佚诗；⑥ 后者则是有关竟陵诗学的理论研究，论证竟陵派敢于改造主流文学价值标准、大胆以俗为雅的创新思路，是禅宗“机锋”影响下的产物。⑦ 王镱苏《钟惺对〈楞严经〉的文学式评点》讨论钟惺《楞严经如说》的文学评点特征。⑧

---

① 黄卓越：《佛教与晚明文学思潮》，北京：东方出版社 1997 年版，第 76~81 页。

② 周群：《佛禅旨趣与竟陵派诗论》，《江海学刊》1998 年第 2 期。

③ 宋立英：《论竟陵派与贾岛、姚合之关系》，《兰州学刊》2010 年第 11 期。

④ 岳进：《论〈古诗归〉的“隐语”式评选》，《江西社会科学》2009 年第 7 期。

⑤ 曾肖：《“诗以静好柔厚为教”——论竟陵派的审美追求与诗学宗尚》，《中国韵文学刊》2014 年第 4 期。

⑥ 李瑄：《钟惺的佛教生活及其佚诗三首》，《中国诗歌研究》2017 年第 1 期。

⑦ 李瑄：《禅宗“机锋”与钟惺诗的标新》，《中山大学学报》（社会科学版）2018 年第 2 期。

⑧ 王镱苏：《钟惺对〈楞严经〉的文学式评点》，《中国佛学》2018 年第 1 期。

《遇庄》是谭元春晚年完成的一篇重要文献，对了解竟陵派晚期的文学思想意义重大。台湾学者谢明阳《竟陵派诗学视野中的〈庄子〉诠释——谭元春〈遇庄〉论析》，以《遇庄》为研究对象，探究竟陵派诗学视野中的《庄子》诠释，及其在《庄》学史上的特殊性。谢明阳从竟陵派的诗学视野来考察谭元春《遇庄》的精神内涵，指出《遇庄》的写作宗旨与《诗归》一样，"在于引古人之精神以接今人之心目"。① 师雅惠《"遇"与性灵：谭元春的文学接受理论——以〈遇庄〉为个案的考察》则侧重谭元春的文学接受理论。她认为，《遇庄》对《庄子》言说特点、阅读《庄子》的"遇"之法的强调，表现了谭元春的写作倾向。②

竟陵派的散文理论研究，较诗歌理论研究来说稍显薄弱。虽然竟陵派散文早在五四新文学运动时期已经引起学界关注，但由于时代因素，五四文人的关注点更倾向于散文创作，并仅限竟陵小品文。20世纪80年代，钟、谭的散文也受到重视，如首届竟陵派研讨会上，喻学才《钟谭的山水文学理论》、殷翔《读钟谭小品的一点感受》、方先江《钟惺的艺术散文说略》等论文均围绕竟陵派散文展开论述。熊礼汇《明清散文流派论》、③ 邬国平《竟陵派与明代文学批评》④ 等论著对钟、谭散文理论有所涉及。师雅惠《乱世文人的持守与展望：竟陵派的文章理论与创作》从两方面论述钟、谭二人的文论主张：一是在对"文"之内涵的理解上，钟、谭赞赏可"见之于事"的经世之文，强调"理义"之于文章的重要性，倾向正大、健拔的文风；二是在作者修养问

① 谢明阳：《竟陵派诗学视野中的〈庄子〉诠释——谭元春〈遇庄〉论析》，《台大中文学报》第36期，2012年3月。

② 师雅惠：《"遇"与性灵：谭元春的文学接受理论——以〈遇庄〉为个案的考察》，《文学遗产》2016年第5期。

③ 熊礼汇：《明清散文流派论》，武汉：武汉大学出版社2003年版，第424页，

④ 邬国平：《竟陵派与明代文学批评》，上海：上海古籍出版社2004年版，第144~148页。

题上，钟、谭强调文章作者的情感厚度、共情能力与学问识见。文末指出，钟、谭的文论主张体现了文学变革时期“新声”与“传统”的复杂关系，反映出他们在文学实践中的“性灵”追求。①

## (二)《诗归》研究与竟陵派文学思想

《诗归》是竟陵派领袖钟惺、谭元春编定的诗歌选集，分为《古诗归》和《唐诗归》两部分。《诗归》的出现在当时产生了巨大影响。钱谦益称：“承学之士，家置一编，奉之如尼丘之删定。”② 朱彝尊则称：“《诗归》既出，纸贵一时。”③ 《诗归》作为竟陵派的重要诗歌选本，不仅是钟、谭二人对所选诗文进行的资料整理，同时也是竟陵派文学思想和批评取向的直接体现。

20 世纪 80 年代以前，中国大陆关于《诗归》的研究基本处于空白状态。这一时期，日本、韩国的研究者在《诗归》研究上成果较多。如日本学者入矢义高的《〈诗归〉考》，通过具体分析《诗归》的评点方法，对竟陵派文学理论的历史地位进行了还原考察。④ 阿部兼也则《〈唐诗归〉诗评用语试探——“说不出”の“深”》⑤《诗评における逆说的表现の意味について——〈唐诗归〉“静”“深”“幽”なとをあぐつて》⑥ 以《唐诗归》为研究对象，分析钟惺诗学理论中的

① 师雅惠：《乱世文人的持守与展望：竟陵派的文章理论与创作》，《苏州大学学报》（哲学社会科学版）2017 年第 2 期。

② （清）钱谦益：《列朝诗集小传》之丁集中《钟提学惺》，上海：上海古籍出版社 1983 年版，第 570 页。

③ （清）朱彝尊：《静志居诗话》卷十八《谭元春》，北京：人民文学出版社 1990 年版，第 563 页。

④ ［日］入矢义高：《〈诗归〉考》，《东方学报》1948 年第 16 册。

⑤ ［日］阿部兼也则：《〈唐诗归〉诗评用语试探——“说不出”の“深”》，《集刊东洋学》1973 年第 29 号。

⑥ ［日］阿部兼也则：《诗评における逆说的表现の意味について——〈唐诗归〉“静”“深”“幽”なとをあぐつて》，《东北大学教养部纪要》1974 年第 19 号。

“深幽孤峭”说。

20世纪80年代初，吴调公的论文《为竟陵派一辩》打破竟陵派研究的沉寂状态，《诗归》也重新得到学界关注。1984年，首届竟陵派讨论会标志着竟陵派与《诗归》研究的新阶段，研究者从竟陵派的诗歌选本与评点入手，探究竟陵派的文学思想与诗文观念。周子瑜《从钟惺〈诗归序〉看他的诗学观》一文，以钟惺的《诗归序》为对象，从反复古、学古人真诗、“幽情单绪”三个层面探讨钟惺的文学思想。① 欧阳代发《〈诗归〉文艺观探索》和叶松林《从〈诗归〉看钟谭的真诗观》均从《诗归》的编选原则入手探究竟陵派的文学观念，前者指出《诗归》的选诗标准体现了钟、谭的“性灵”主张，后者认为《诗归》的诗歌收录情况体现了竟陵派“求真”的创作追求。王恺《关于钟、谭〈诗归〉的得失及其评价》阐述了自身对《诗归》一书的看法，以及对清人评价意见的重新讨论。刘建国《简论〈诗归〉选诗与评价诗人的标准》细致分析了《诗归》的选诗根据及诗人品次。② 同年，王恺完成硕士学位论文《从〈诗归〉看钟、谭诗歌鉴赏论》，这是国内首篇以《诗归》作为研究对象的学位论文。③ 1989年，马积高《论竟陵派的文学思想》通过考索《诗归》中的选篇和评语，论证钟、谭诗文理论中的内部矛盾是竟陵派备受打压的根本原因。他认为，钟、谭二人一方面积极响应公安派要求的独创精神，“颇有意于不拘一格，在编订《诗归》时选了许多不为人们所注意的一些小家的有真情实感的好诗”；另一方面则在主张诗文要表现真情、灵气之外，“另提‘幽怀单

① 周子瑜：《从钟惺〈诗归序〉看他的诗学观》，《西华师范大学学报》（哲学社会科学版）1985年第3期。

② 刘建国：《简论〈诗归〉选诗与评价诗人的标准》，《中国文学研究》1987年第4期。

③ 王恺：《从〈诗归〉看钟、谭诗歌鉴赏论》，南京师范大学硕士学位论文，1984年。

绪’与‘柔厚’的标准，并有意排斥一些人所共赏的名作”。① 同一时期，日韩学者在竟陵派评点领域笔耕不辍。日本学者村山吉广《竟陵派的〈诗经〉学——以钟惺的评价为中心》一文，以钟惺评点为例，论证了竟陵派诗经学在明代说《诗》传统中的地位及影响。② 1995年，韩国学者高仁德的博士论文《竟陵派的文学理论——由〈诗归〉的分析看明末评点诗评之体系》，全面探讨了《诗归》的诗学用语及评点体系。③ 并在此基础上，发表《明末诗文评点著作〈诗归〉之评诗法》一文，论述《诗归》的评诗特点。④

新世纪的竟陵派选本与评点研究，在20世纪八九十年代学术范式的基础上，继续深入考察竟陵派的诗文理论。一方面，延续传统，继续从《诗归》的选评原则中探察竟陵文学思想；另一方面，开拓新的切入点，将评点作为一种独立的文学形式进行考察，从钟、谭的评点著作中探究竟陵派的评点特色。

《诗归》中诗学概念辨析及文学思想，受到研究者的进一步关注。台湾学者陈美朱《论〈诗归〉中的别趣奇理——兼论钟、谭选诗与论诗要旨的落差》，与20世纪80年代末马积高《论竟陵派的文学思想》一文遥相呼应。该文讨论钟、谭以“别趣奇理”为尚的选诗原则，和“期在必厚”的论诗要旨之间的理论落差，认为这并非钟、谭的理论矛盾，而是二人在创作实践中“眼高手低、期而未至”的结果。陈美朱指出，钟、谭的编选初衷“虽然好以‘别趣奇理’为尚，但背后其实另有‘期在必厚’的要旨”，但由于编订过程中未能如期实现设想，

① 马积高：《论竟陵派的文学思想》，《古代文学理论研究丛刊》第十四辑，1989年。

② ［日］村山吉广：《竟陵派的〈诗经〉学——以钟惺的评价为中心》，林庆彰译，《中国文哲研究通讯》1995年第1期。

③ ［韩］高仁德：《竟陵派的文学理论——由〈诗归〉的分析看明末评点诗评之体系》，东京：庆应大学博士学位论文，1995年。

④ ［韩］高仁德：《明末诗文评点著作〈诗归〉之评诗法》，韩国语文学会《中国语文论集》第9号，1997年。

“以致有痕而好尽、多奇而乏厚，使得《诗归》在诗评家眼中有了两极化的评价”。① 陈敏《“灵”而“厚”的创作要求——从〈诗归〉看竟陵派之诗论》指出，《诗归》是竟陵派在晚明文坛得以异军突起的重要原因，钟、谭二人通过编订《诗归》阐述了竟陵派“灵”而“厚”的创作主张。② 曾肖、蒋述卓合撰《论竟陵派儒道结合的批评》一文，认为钟、谭在编选《诗归》的过程中，融合儒家“以意逆志”与道家“玄览”“独游”“遇合”的批评方法，形成了独特的批评旨趣与方法意识。③ 曾肖的另一篇论文《竟陵派以庄禅说诗的理论述评》，从竟陵诗学的“冥悟”“入神”“别趣”“言意”等诗学范畴入手，讨论《诗归》中的庄禅思想及其对严羽诗学的继承。④ 郑凯歌的系列论文《钟惺诗趣论探赜——以〈古诗归〉和〈唐诗归〉为中心》⑤《从“妙”评看〈诗归〉对〈沧浪诗话〉的接受与改造》⑥《钟惺“真诗精神”说及其诗学史意义》⑦，从《诗归》的选诗与评点出发，探讨钟惺诗趣论、竟陵诗学与《沧浪诗话》的源流关系，以及“真诗精神”的审美导向等问题。

有关《诗归》评语的考察，进一步细化为对具体诗人诗作的选评研究，主要集中于对陶渊明、李白、杜甫诗作的评点上。岳进《〈诗

① 陈美朱：《论〈诗归〉中的别趣奇理——兼论钟、谭选诗与论诗要旨的落差》，《中国文哲研究通讯》2003 年第 3 期。

② 陈敏：《“灵”而“厚”的创作要求——从〈诗归〉看竟陵派之诗论》，《济南大学学报》(社会科学版) 2004 年第 3 期。

③ 曾肖、蒋述卓：《论竟陵派儒道结合的批评》，《深圳大学学报》(人文社会科学版) 2007 年第 4 期。

④ 曾肖：《竟陵派以庄禅说诗的理论述评》，《中国文学研究》2013 年第 4 期。

⑤ 郑凯歌：《钟惺诗趣论探赜——以〈古诗归〉和〈唐诗归〉为中心》，《贵州社会科学》2018 年第 12 期。

⑥ 郑凯歌：《从“妙”评看〈诗归〉对〈沧浪诗话〉的接受与改造》，《新疆大学学报》(哲学·人文社会科学版) 2016 年第 1 期。

⑦ 郑凯歌：《钟惺“真诗精神”说及其诗学史意义》，《广西民族大学学报》(哲学社会科学版) 2016 年第 2 期。

归〉中的陶渊明——兼论明代复古派对陶渊明的评价》一文，指出钟、谭选录陶渊明诗歌的原因，在于陶诗“朴、深、浑、厚”的艺术特点，并讨论了明代复古诗学与竟陵派的迥异之处。① 台湾学者张日郡《试论〈古今诗删〉〈诗归〉中陶渊明诗之编选意识》一文，从《古今诗删》与《诗归》评选陶诗入手，比较二者的诗学取向。② 吴琼华、黄建辉合撰《〈古诗归〉与〈昭明文选〉文学观念的比较——以选陶诗为例》，则将《古诗归》与《昭明文选》进行比较，对比二者的文学观。③ 张悦《千载之下，谁为知音？——论〈古诗归〉〈采菽堂古诗选〉〈古诗评选〉对陶诗的选评》通过考察《古诗归》《采菽堂古诗选》《古诗评选》对陶诗的选评差异，探讨时代文学思想、社会政治思潮、主体审美倾向对文学批评的影响作用。④

相较于陶渊明诗歌，《诗归》对李白、杜甫诗的选评，从一个侧面反映出唐诗经典化在晚明时期的表现。岳进《竟陵论唐人七律——以〈唐诗归〉为中心》选取复古文人李攀龙的《古今诗删》作为参照系，梳理总结《唐诗归》收录唐诗的情况，指出《唐诗归》具有重中晚唐诗而轻初盛唐诗的选诗特点。⑤ 訾高槐、廖宏昌《从〈唐诗归〉看晚明诗学论争中的李白诗》，通过考察《唐诗归》对李白诗作的评点，讨论李白诗歌在晚明诗学论争下的接受情况。该文指出，钟、谭独取李白“雄”“厚”兼备之作，从调“厚”、情“深”、境“幽”、法“严”等方面，阐释李白诗静远幽微之境。《唐诗归》对李白诗的重新解读，反

---

① 岳进：《〈诗归〉中的陶渊明——兼论明代复古派对陶渊明的评价》，《殷都学刊》2009 年第 3 期。

② 张日郡：《试论〈古今诗删〉〈诗归〉中陶渊明诗之编选意识》，《语文与国际研究》2016 年第 16 期。

③ 吴琼华、黄建辉：《〈古诗归〉与〈昭明文选〉文学观念的比较——以选陶诗为例》，《内蒙古电大学刊》2011 年第 2 期。

④ 张悦：《千载之下，谁为知音？——论〈古诗归〉〈采菽堂古诗选〉〈古诗评选〉对陶诗的选评》，《河南大学学报》（社会科学版）2017 年第 1 期。

⑤ 岳进：《竟陵论唐人七律——以〈唐诗归〉为中心》，《中国诗歌研究》第七辑，中华书局 2010 年版。

映出在晚明“复古”与“性灵”的论争与汇融中，李白诗歌继续经典化的特殊表现。① 张日郡《破与立之间：论〈唐诗归〉中李白诗歌的编选策略》探讨《唐诗归》对李白诗的编选情况，通过梳理钟、谭二人对李白诗歌由“破”至“立”的三个编选环节，考察晚明时期人们对李白诗歌的态度转变过程。② 陈美朱《钟、谭评点与钱笺对清初杜诗阐释的开启》，通过对比钟、谭评杜和钱谦益笺杜的差异，结合清初诗评家对二者的接受情况，考察清初杜诗学的发展脉络。③ 她的另一篇论文《〈唐诗归〉与〈唐诗别裁集〉之杜诗选评比较》，尝试通过比较《唐诗归》和《唐诗别裁集》的选诗宗旨、所选杜诗情况，以及相关诗评内容，厘清晚明到盛清诗坛对杜诗接受观念的转变。④

除了将竟陵派的诗文选本、评点作为选家文学思想的载体外，研究者还就评点而论评点，对钟惺、谭元春的评点形式、评点特色等方面进行了讨论。其中，郑艳玲《钟惺评点研究》一书，是竟陵派评点研究的代表著作。该书分为钟惺的生平与创作、晚明评点浪潮中的钟惺评点、《诗归》、钟惺的其他评点本、题名钟惺评点的研究五个部分，对钟惺的评点进行了全面考察。其主要特点及贡献有二：其一，对大量署名钟评的文献资料进行收集、考辨，全面梳理钟惺的评点活动及评点本的出版情况；其二，除《诗归》以外，细致分析《诗经》《东坡文选》《三注钞》等学界关注较少的钟惺评点。其文献征引丰富，考证严谨，是钟惺与竟陵派评点研究领域的重要成果。此外，也有部分单篇论文致力于竟陵派评点的研究。如解国旺《明代古诗选本与评点批评——以

① 誉高槐、廖宏昌：《从〈唐诗归〉看晚明诗学论争中的李白诗》，《兰州学刊》2011 年第 1 期。

② 张日郡：《破与立之间：论〈唐诗归〉中李白诗歌的编选策略》，《世新中文研究集刊》2016 年第 12 期。

③ 陈美朱：《钟、谭评点与钱笺对清初杜诗阐释的开启》，《东华人文学报》2007 年第 10 期。

④ 陈美朱：《〈唐诗归〉与〈唐诗别裁集〉之杜诗选评比较》，《东吴中文学报》2012 年第 21 期。

钟惺、谭元春的〈古诗归〉为例》以《古诗归》为例，论述明代古诗选本与评点批评的特点。他指出，明代古诗选本评点批评一般局限于对一首诗歌的批评，缺乏理论上的概括力，但由于评点这一形式具有汇集各形式元素的特点，从而完成了“从宏观到微观、从抽象到具体的全景式的批评”。① 冯小禄、张欢合撰《明抄本〈储王合集〉手批作者考——兼论竟陵派评点特色》，通过朱之臣与钟、谭的交游事迹，以及评点内容中的竟陵派特色，推断明抄本《储王合集》是竟陵派评点的又一范本。②

## 五、竟陵派与地域文化研究

竟陵派与地域文化研究，主要指在地域文化视域下对竟陵派文学的生成、发展过程的考察。这类研究自 20 世纪 80 年代兴起，直到目前仍是竟陵派研究中的热点。

20 世纪 80 年代，由于文化热的影响，全国各地掀起宣传地域文化的热潮。湖北作为竟陵派领袖钟惺、谭元春的故乡，开展了一系列有关竟陵派研究的学术活动，并引发了竟陵派与楚地文化的研究热点。1984 年，湖北成立竟陵派文学研究会。翌年五月，首届竟陵派文学研讨会在钟惺、谭元春的故乡湖北天门举行，与会人员多达 130 余位，提交论文 40 余篇，后结集出版《竟陵派与晚明文学革新思潮》（武汉大学出版社，1987 年）。1987 年，第二次竟陵派文学研讨会如期举行，后结集出版《竟陵派文学研究论集》（中国社会科学出版社，1990 年）。两次会议上，与会人员就竟陵派产生的时代背景、文学思想、诗文风格及其文学史地位等方面，进行了深入探讨与切磋。两次会议所产生的研究成

① 解国旺：《明代古诗选本与评点批评——以钟惺、谭元春的〈古诗归〉为例》，《中州学刊》2009 年第 5 期。

② 冯小禄、张欢：《明抄本〈储王合集〉手批作者考——兼论竟陵派评点特色》，《文献》2015 年第 4 期。

果，具有里程碑式的重要意义，推进了竟陵派的研究进程。

21 世纪以来，地域文化之于文人文学思想及创作风格的重要作用，进一步得到学界的重视。随着地方志、文人家谱等文献资料整理工作的日益推进，地域文学成为近些年来人文学科的研究重点。竟陵派文学与地域文化研究也同样取得了长足发展，主要表现为楚地文化和闽地文化两个文化视域下的竟陵派研究。

楚地文化与竟陵派文学联系紧密。作为竟陵派的领袖人物，钟惺和谭元春均为湖北竟陵人（今湖北省天门人）。二人身为楚地文人，文化心理和思想主张深受楚风浸染。楚地文化与竟陵派文学的发生、发展紧密相关，相关学术成果丰硕。陈广宏《万历文坛“楚风”之崛起及其背景》，讨论万历时期“楚风”盛行的历史文化背景。他认为，万历文坛相继出现的公安派、竟陵派均为楚地作家，并非巧合，而是历史的必然结果。楚风的崛起，一方面是由于隆庆、万历以来楚地文学的繁荣兴盛，更为重要的是万历前中期李贽入楚授学所引起的巨大反响。在李贽异端思想的影响下，楚地作家有意识地以“楚风”对抗“前后七子”所欲建立的明代诗文正统地位，形成晚明“性灵”文学思潮。① 李圣华《钟惺与李维桢诗歌比较研究》，论述同为楚人的钟惺与李维桢的师承交游关系，并对二人的诗歌旨趣与创作风格进行梳理。② 魏宏远《论明代中后期“吴风”“楚调”之嬗替》通过梳理明代中后期文坛风气的变迁过程，阐论了地域文学、权力文学的嬗替与文学话语权的纷争。③此外，竟陵派文学创作中保留的明代天门方言，也成为语言学研究的珍

① 陈广宏：《万历文坛“楚风”之崛起及其背景》，《中国文学研究》2002 年第 3 期。

② 李圣华：《钟惺与李维桢诗歌比较研究》，《郑州大学学报》（哲学社会科学版）2004 年第 1 期。

③ 魏宏远：《论明代中后期“吴风”“楚调”之嬗替》，《学术界》2012 年第 2 期。

贵语料库。谢之《竟陵派钟谭韵文用韵所反映的明代天门方音特点》、① 谢荣娥的硕士学位论文《明清竟陵代表诗文用韵与现代天门方音》② 均为有关竟陵派诗文研究的语言学成果。

2014 年，为促进湖北文化繁荣发展，湖北省启动编纂《荆楚文库》的重大文化工程，计划收录历代文献和今人研究专著 1372 种，约 1600 册，全方位搜集、整理湖北历代文献，建立完整的研究湖北的资料系统，这为新时期的竟陵派与楚文化研究提供了有力的文献支持。其中《钟惺集》的编撰，即由本文选的编者之一余来明负责，将由湖北教育出版社出版。

另外，由于钟、谭二人均与闽地文人交游频繁，且晚明八闽地区的诗歌传统受到竟陵派文学的影响明显，因此闽地文化与竟陵派文学研究也得到部分学者的关注。翟勇《竟陵派与晚明闽地诗坛》以闽南蔡复一，闽中林古度、商家梅等人为例，探讨竟陵派与晚明闽地诗歌传统的交互影响，或如蔡复一对竟陵诗风的最终形成产生较大影响，或受竟陵诗风影响，成为竟陵派一员。③ 翟勇的另一篇论文《钟惺与晚明闽诗坛关系初探》更为详细地考察了闽地文人与钟惺、谭元春等人的文学交游活动，及其文学理念上的交融。他按照地域空间将这种交游划分为两大类：一类是闽地诗人出闽北上，在与钟惺交往的过程中，或固守闽地传统，或转向服膺，如蔡复一、董应举、谢兆申等，交游地点在吴中、京城；另一类是天启二年钟惺入闽主政教育，传播竟陵文学主张，得到韩锡、许豸、方鋐等闽地诗人的追随，交游地点在闽地。由此呈现出晚明不同地域文化相互交融的文学现象。④ 郑礼炬《晚明福建的竟陵诗歌

① 谢之：《竟陵派钟谭韵文用韵所反映的明代天门方音特点》，《中央民族大学学报》2003 年第 5 期。

② 谢荣娥：《明清竟陵代表诗文用韵与现代天门方音》，华中师范大学硕士学位论文，2004 年。

③ 翟勇：《竟陵派与晚明闽地诗坛》，《长春工业大学学报》（社会科学版）2013 年第 4 期。

④ 翟勇：《钟惺与晚明闽诗坛关系初探》，《中国韵文学刊》2014 年第 1 期。

创作》也通过对明末清初福建诗人创作情况的梳理，揭示出竟陵派文学运动与闽人诗歌创作之间复杂的关系。①

## 六、竟陵派研究存在的问题

在竟陵派研究的百余年间，如何从文学本位出发，全面、深入地考察竟陵派的文学特质与时代价值，是20世纪以来学界不断努力的重点。总体来看，20世纪以来国内外学术界对竟陵派文学的研究取得了丰硕的成果，尤其是自80年代起，竟陵派的文献考证、文学理论、诗文创作、选本与评点等方面，均产出了许多研究力作。同时，在研究者对竟陵派的讨论过程中，其文学观念、学术范式、研究方法等层面不断获得突破，也为后继开展竟陵派研究奠定了坚实基础。

然而，值得注意的是，就已有成果而言，仍存在一些不可忽视的问题。如竟陵派文学思想研究与其他方面不均衡，竟陵派文学传播的微观研究较为薄弱等。基于此，在今后的竟陵派研究中尚需注意以下几点：

首先，文献资料整理方面，在重视竟陵派文献考证研究的基础上，需对钟惺、谭元春等竟陵派成员的著述作进一步点校整理，形成诸如《钟惺全集》《谭元春全集》之类的个人文献集成。目前仅有张国光等点校《诗归》（湖北人民出版社，1985年），李先耕、崔重庆点校《隐秀轩集》（上海古籍出版社，1992年第1版，2017年第2版），陈杏珍点校《谭元春集》（上海古籍出版社，1998年），何丙仲点校《遁庵全集》（商务印书馆，2018年）等成果，大量由钟、谭等人选辑、评点的文献未作系统整理。同时，由于竟陵派在晚明文坛的巨大影响，明清文人对竟陵派的功过多有评价，这些资料也尚需整理。因此，全面收录涉及钟惺、谭元春等人的竟陵派研究资料汇编，对推进竟陵派文学、文化

① 郑礼炬：《晚明福建的竟陵诗歌创作》，《闽南师范大学学报》（哲学社会科学版）2014年第3期。

研究具有重要的学术意义。

其次，关于竟陵派的文学研究，需要加强历史考证与竟陵文本研究的贯通性，从微观层面还原竟陵派的历史本来面目。如前所述，学界对于竟陵派文学的传播接受情况，基本呈现为宏观描述，而对竟陵派“幽深孤峭”“真诗精神”“活物说”等文学思想的生成、演变过程，以及这些思想通过何种方式、何种情形传播各地，都没有形成明确的认识。同时，由于钱锺书等前人对竟陵派文学理论价值的强调，相较于竟陵派文学批评研究，学界关于竟陵派其他方面的讨论仍有待进一步细化、深入。

最后，要加强研究领域的开拓与学术范式的创新。竟陵派作为晚明文坛上产生了重要影响的文学流派，其相关研究未能全面而深入地加以开展。从20世纪80年代以来的研究成果来看，这种情况虽然有所改善，研究者对竟陵派的生平经历、诗文创作、文学思想、选本与评点、地域特征等方面均给予了充分关注，但总体上还是从竟陵派的某个角度出发，探讨局部问题。以竟陵派为主要研究对象的系统论著，目前仍十分缺乏。基于此，如何贯通竟陵派研究的各个方面，全面系统地考察竟陵派，值得研究者作进一步努力。

为了全面展示百年来竟陵派研究的成绩，本文选以1919年以来国内外竟陵派研究的代表成果为主，根据既有研究成果的实际情况，分“生平著作考述”“文学思想发微”“诗文创作析论”“文学评点及其他”“竟陵诗史”等五个主题，选录其中20余篇具有代表性的成果，力求多方位反映近百年学界在竟陵派研究方面取得的主要进展。选入各文，在保持选文原貌的前提条件下，按统一格式进行编排、校定，除修正个别错误，各文的内容一依原貌，以示文责自负。此外，书后附有“21世纪以来有关竟陵派研究的著作、论文目录”，以供读者查阅。尽管编者尽可能搜集20世纪以来竟陵派研究的相关论作，在此基础上认真进行筛选、校对、编排，但由于学力所限，难免存在遗漏和不当之处，敬请方家批评指正。

# 目　　录

## 第一编　生平著作考述


钟惺卒年辨正 …………………………………………………… 李先耕（3）

钟惺生卒年及谭元春卒年考辨（存目） …………………… 张业茂（6）

谭元春启、祯间交游考述

——兼论竟陵派发展后期影响的进一步拓展 ………… 陈广宏（7）

钟惺《诗经》评点成书时间考 ……………………………… 侯美珍（30）

谭元春及其著作（存目） …………………………………… 陈杏珍（42）

《钟惺文钞》辨伪 …………………………………………… 李先耕（43）

《词府灵蛇》之编刊与天启间南京的商业出版 …………… 陈广宏（47）


## 第二编　文学思想发微


竟陵诗论（存目） …………………………………………… 郭绍虞（67）

竟陵派文学理论的研究（存目） …………………………… 邵　红（68）

论竟陵派的文学思想（存目） ……………………………… 马积高（69）

佛禅旨趣与竟陵派诗论 ……………………………………… 周　群（70）

明代后期文学思想演变的一个侧面

——从屠隆到竟陵派（存目） …………………………… 谈蓓芳（80）

论诗为"活物"说 …………………………………………… 邬国平（81）

竟陵派文学的发端及其早期文学思想趋向 ………………… 陈广宏（93）

## 第三编　诗文创作析论

公安竟陵小品文读后题 …………………………………… 刘　燮（125）
略谈谭元春的诗歌创作（存目） ………………………… 尹恭弘（128）
《帝京景物略》与竟陵文风 ……………………………… 吴承学（129）
论“钟伯敬体”的形成………………………………………… 陈广宏（138）
论竟陵派出现的契机及钟谭的诗歌创作 ………………… 沈金浩（152）
钟、谭“幽”“寒”心境与“竟陵体”之形成
　………………………………………………… 刘德重　魏宏远（164）
竟陵派的诗歌 ……………………………………………… 雍繁星（179）

## 第四编　文学评点及其他

论《诗归》的美学价值（存目）　……………………… 羊春秋（199）
论《诗归》中的别趣奇理
　——兼论钟、谭选诗与论诗要旨的落差 …………… 陈美朱（200）
钟惺评点小说考 …………………………………………… 李先耕（226）
钟惺评点综述 ……………………………………………… 郑艳玲（232）
竟陵派诗学视野中的《庄子》诠释
　——谭元春《遇庄》论析 ………………………………… 谢明阳（242）
竟陵派的诗经学
　——以钟惺的评价为中心
　……………………………［日］村山吉广 著　林庆彰 译（275）
略论钟惺与南宗画 ………………………………………… 王启元（293）

## 第五编　竟陵诗史

公安竟陵的疙瘩 …………………………………………… 怀　琛（317）
什么叫做公安派和竟陵派？他们的作风和影响怎样？（存目）
　…………………………………………………………… 陈子展（321）

竟陵诗派（存目） …………………………………………… 钱锺书（322）
为竟陵派一辩（存目） ………………………………………… 吴调公（323）
论明末公安派、竟陵派文学革新思想之渊源
——兼驳清初学者对竟陵派的不实之词（存目）
…………………………………………………………………… 张国光（324）
竟陵派与晚明时代（存目） ……………………………………… 商传（325）
简论钟惺
——兼论竟陵派在文学史上的地位 …………………… 李先耕（326）
竟陵派
——晚明浪漫文学思潮的余波 ………………………… 廖可斌（343）

附录　21 世纪竟陵派研究著述目录 ……………………………………（353）

# 第一编

# 生平著作考述

# 钟惺卒年辨正

李先耕

钟惺字伯敬，号退谷，是明代竟陵派的领袖，其卒年向有1624年（天启四年，甲子）与1625年两说。最近新版之《辞海》《辞源》皆用1624年说。此说实误。追根寻源，殆出自《谭元春合集·退谷先生墓志铭》。铭文言钟“生于万历甲戌（1574）七月二十七日，没以天启四年（1624）六月二十一日”。钟惺与谭元春同为竟陵人，同为竟陵派的领袖，谭氏之言似乎可信。但由于明末刻书多误，仅据此一言而断定钟惺卒年并不可靠。下文笔者举六证以明其误。

一、铭文在上述引文前尚有一段说：“升福建提学佥事……一年，寻丁父忧去职，大计中人言。服阕居家者凡三年而退谷卒，寿盖五十有二矣。”钟惺生于1574年，按传统计算，52岁卒应是1625年。考沈春泽在“天启壬戌”（1622）六月所写的《隐秀轩诗文集序》说，此集是在“伯敬先生既以视闽学政”时所编，可知钟惺升福建提学佥事在1622年，“丁父忧”去职在1623年，就在这一年“大计中人言”，再三年而卒实为1625年。

二、《谭友夏合集》中还有许多诗文可证钟惺卒于1625年。如卷四有《甲子除夕和伯敬岁暮感怀之作因示弟辈》，钟惺如卒于天启四年（甲子）六月，怎么能有这一年的“岁暮感怀”之作呢？又同卷有《乙丑岁除感蔡敬夫钟伯敬二公之亡赋十二韵示弟》，诗中明确指出钟惺与蔡复一均卒于乙丑。又如《丧友诗三十首》序中，谭元春追述“予与钟子交……讫天启乙丑”。上述大量诗文可证铭文“天启四年”实为“天启五年”之误。

三、在钟惺死后由友人徐波刊印的《钟伯敬先生遗稿》中，收有钟惺许多写于天启四年六月之后的诗文。如写于天启四年的《七月十五日试芥茶徐元叹寄到二首》、写于天启五年的《元夕舟中雨》等，特别在徐波的《钟伯敬先生遗稿序》以及附刻的祭文中，明确写道“天启五年六月二十一日，竟陵钟伯敬先生魂灵归于冥汉”，这就有力地证明了钟惺卒年。

四、崇祯丙子（1636），陆云龙将《隐秀轩集》《遗稿》等汇刻为《翠娱阁评选钟伯敬先生合集》。此书收有钟惺的七绝《乙丑藏稿三十首》，虽然这些诗作与钟惺前期诗作风格有异，但起码可证陆氏认为钟惺活到 1625 年。陆氏崇拜钟惺，甚至盗用钟惺名义编选刻书（但这为明季风气，实不足怪），作为钟惺死后十一年为他编第一部“全集”的人，陆氏判断还是可信的。

五、钟惺视学福建时所赏识的韩锡（一名晋锡），有《韩子》一书传世。《韩子》编年为集，有不少诗文可为我们上述说法作证。如写于丙寅（1626）的《哭文宗钟退庵夫子诗九章》《祭先师钟伯敬文》等。文中说：“天启丙寅夏四月十一日，闻大宗师伯敬钟老夫子之讣，未有日月，疑其非真也。既而吾师之友徐元叹有书自吴门至。”前引徐波（字元叹）之文曾云，徐是乙丑“腊月廿二日从楚僧灵文闻凶信”，这是由楚至吴，费时半年，再传至闽亦应为次年四月，这完全符合当时交通情况，而以 1624 年为卒年则无法解释。

六、谭元春天启丁卯（1627）得中楚试的座师李明睿的《钟谭合传》，康熙《景陵县志》《安陆府志》中的《钟惺传》均言钟卒年 52 岁，谭比钟小 12 岁，而谭卒于 1637 年，故钟惺卒于 1625 年无疑。

著名史学家章学诚参与了乾隆乙酉《天门县志》的编撰工作，并写有谭元春等人的传。在《丙辰札记》中，他考证出谭小于钟 12 岁，并指出“钟伯敬生万历甲戌，卒天启五年乙丑①，年五十二”，这应为定论。

载《文学遗产》1987 年第 6 期，第 116~117 页

① 《文史通义》“国学基本丛书”本误为“天启四年乙丑”，四年为甲子，故显系五字之误植。

# 钟惺生卒年及谭元春卒年考辨
# （存目）

张业茂

载《华中师范大学学报》（哲学社会科学版）1986年第5期，第101～104页

# 谭元春启、祯间交游考述

## ——兼论竟陵派发展后期影响的进一步拓展

陈广宏

以天启甲子（1624）为发端，竟陵派进入了以谭元春为中心的发展后期。

就钟惺这一方面来说，他于天启壬戌（1622）正式赴闽就任福建提学佥事后，除了“为官至劳至俗”以至“诗则一字不敢提起”（钟惺《与徐元叹》，《钟伯敬先生遗稿》卷三），主要兴趣实际上已由诗文转向佛典，一部《楞严经》，自谓与相从闽署的贺中男“披剥者四旬”（《首愣严经如说序》，《钟伯敬先生遗稿》卷二），其研究决心之大，直欲“五十外断却一切世事，并诗文亦断之”（《与徐元叹》）。他在福建地区的文学影响，基本上仅限于所拔闽士之间。天启癸亥（1623）丁父忧去职，随之而来的便是在天启甲子二月遭福建巡抚南居益疏劾，这可以说是他人生最后阶段致命的一击，自此沉废于家，静摄终老，除了与旧相知及乡亲尚有文字往来以外，真的只是栖寻众典，“一意精求佛法”（《与徐元叹》）。《楞严如说》十卷辑成后，又说此后当究心《法华》，还一再欲引谭元春共无生之学。因为他的“晚逃于禅”，即使在他尚在世时，已经等于放弃了“艺林作司命”之权柄。唯一表现出尚不忘文事的，是在给袁祈年的一封回信中，他对自己《隐秀轩集》的传世仍显得相当在意（《答袁未央》，《钟伯敬先生遗稿》卷三）。

关于谭元春，天启甲子以恩贡应京兆试，开启了他人生经历及文学生涯的新阶段。自万历甲辰（1604）钟、谭订交以后，竟陵派的成立及其在万历后期的发展中，钟惺的影响始终占据着主导地位。而至这一阶段，与钟惺走向落寞、沉寂相对照，我们在下面将会看到，谭元春愈加独立地在中心文坛及有关区域趋于活跃，江湖声气日广。钟惺病卒后，领导竟陵派的大任责无旁贷地由他一人来担当，这使他在天启末、崇祯间文坛很快建立起沈德符所说的“之子独雄视，万夫禀号令”（《与谭友夏夜话》，《携李诗系》卷十八）的地位，“一时同人，于友夏以物宗推之”（陈际泰《鹄湾文集序》）。其实，天启壬戌（1622）他在武昌与友人孟登游寒溪寺后，梓前武昌令陈治安题寺壁六诗，或许已可看作他表现某种话语权力的一个信号，这种通过搜剔幽隐标举竟陵宗尚的做法，与钟惺刻陈昂诗有着同样的意义。在创作上，其时的谭元春“避同调之声，厌争趋之陋”的想法也愈加强烈，正如他自己告钟惺亡灵所说的：

> 然子在日，予之文已有未经子目者，意欲待业就志满，而后与子各置一地，以雪天下人“二子一手”之名。
>
> （《告亡友文》，《鹄湾集》卷七）

故竭力想要别立蹊径，如拈出一“阔”字作为钟惺“厚”之诗学观念的补充（参详《徐元叹诗序》《积烟楼近稿序》，《鹄湾未刻古文》卷一），甚至不惜“由险涩以求深厚”（钱锺书《谈艺录》二九），我们从《谭友夏合集》所收《岳归堂新诗》，亦可看到他在这方面的努力。

从整个晚明文坛来看，时至启、祯之际，随着政治、社会及学术等诸多方面出现新的变局，文学领域亦进入了更为错综复杂的局面。一方面，党争性质的改变、士人处境的严峻以及国运的岌岌可危，造就了时人一种进不可为的“末世”心态，并迫使他们重蹈传统士大夫内敛、沉潜，与现实政治相疏离的道路。在这种情势下，万历后期钟、谭在与七子、公安派的竞逐中所建立起来的影响此时达到了“海内靡然从之”（钱谦益《刘司空诗集序》，《牧斋初学集》卷三十一）的巅峰状态，正如李明睿所说的“今天下盖知宗景陵哉”（《谭友夏遗集序》）。而在另一方面，此际以种种文社的形式骤兴的文人集团，以其对现实的应对，正酝酿着新一轮重归“雅正”的复古运动，竟陵派面临极为严峻的挑战。应社、复社中人通过对《谭友夏合集》的评骘欲正“谭子之学”，陈子龙则直斥“近世以来，浅陋靡薄，当淫于衰乱矣”（《皇明诗选序》），从正反两个方面显示了竟陵派即将遭遇的命运。因此，谭元春领导后期竟陵派的发展，在今天看来，实际上居于相当微妙的处境。

探讨谭元春在天启、崇祯间的文学交往及其活动，至少有如下两个方面的意义：一是作为在晚明文坛曾经产生巨大影响的一个文学流派，竟陵派的存在不是一个抽象的概念，而是一个经历了不同发展阶段的动态过程，并与整个明代中晚至清初各地域文学种种复杂的事象纠结盘错在一起，而对这样一个具体过程的考察、描述，是我们目前在该领域研究中展开得尚不够充分的，尤其是从这个过程的整体性研究出发，相对于钟惺的研究，有关谭元春的研究明显滞后；二是整个明代文学或晚明文学的研究中，对于启、祯这一时段的研究是一个相对薄弱的环节，钱锺书先生在《谈艺录》“补遗”中指出：“有清一代，鄙弃晚明诗文；顺、康之后，于启、祯家数无复见知见闻者。”这在今天恐怕仍然是一个遗留的问题。有鉴于此，本文试图通过对谭元春天启甲子以后在北京、江西及湖广三个地区的交游情况的考述，反映竟陵派进入发展后期在这些地区新的拓展及产生的实际影响，同时为较为直观地探悉启、祯间文坛的基本面貌做一些有益的工作。

## 一、谭元春在北京的交游

北京是竟陵派崛起的重要阵地之一。万历三十八年（1610）至四十一年（1613），钟惺利用在北京参加会试及观政、任职的机会，与同年中马之骏、王象春、文翔风等“雄骏君子”相竞逐，终于以成熟的“钟伯敬体”而秀出其上，在袁宏道离京、病逝之际，在这里初步建立起竟陵派的声誉。这之后，钟、谭的活动主要在江南，直到天启甲子谭元春以恩贡应京兆试，才得以重新打入都中文坛。这时的谭元春，已不是十多年前依附于钟惺的“小谭生”，也就是说，是在他创作上“气纯格定”、声名大振之后实地与在京的文人士大夫交接，这对竟陵派影响的扩大与深入极为有利。在这里，他以他的“泛爱容众”，建立了一个相当庞大的交游圈，且特别有意于文事方面的经营，经夏历秋，比较大的社集先后有：与傅良选、徐永周等集于马是隐七枝庵；与袁祈年、张尔葆、恽本初、马文治等结长安古意社于城东；与葛一龙、周永年、张尔葆等集于茅维邸中；与谭贞默、袁祈年同赴于奕正招，入西山作数日游，并与葛一龙、周永年等集于奕正园中；与周永年、陈梁、金声等夜集所居柏鸾堂，归前与马之骏等集茅维邸中，日益显示出他在中心文坛的重要地位。虽然“试不偶如故”，但“是时谭子名遍天下矣，所著书流行国门，群少年争嗜之，禀为师匠”（邹漪《谭解元传》，《启祯野乘》卷七）。此后，他又在崇祯四年（1631）与崇祯七年（1634）两上京师，更加强了竟陵派在这一区域特有的辐射作用。

兹将谭元春在北京的交游择要考述如下：

马之骏（1588—1625），字仲良，新野人。万历庚戌进士，除户部主事。历员外郎中，降广德州同知，升应天府通判，调顺天。寻复官户部主事。天启乙丑，卒于官。兄之骐，并有时名，而之骏尤为秀发，与钟惺同时以诗称。钱谦益称：“仲良之持论，欲为调人于李何袁钟之间，以才情风调自树赤帜。”（《列朝诗集小传》丁集下《王秀才留》）有《妙远堂集》。事迹见《列朝诗集小传》丁集下《马主事之骏》、《静志居诗话》卷十七、乾隆《新野县志》卷五《人物·乡贤》。之骏与钟惺为同年进士，与元春神交已久，至天启甲子始得谋面，屡有诗酬唱；元春归前，之骏邀饯，并共茅维同赋。之骏卒天启乙丑（1625）后，元春于崇祯四年赴京途中，过新野，有《新野吊马仲良诗》。

于奕正（1594—1636），初名继鲁，字司直，宛平县学生。性好古，尝集天下金石志。其诗名《朴草》。《静志居诗话》卷二十一有传。谭元春与于奕正的关系尤其值得注意，周损《朴草序》谓奕正“独于寒河谭伯子有深嗜笃好焉，凡堂壁轩楹、卷帙皿具、额幅联笺以及标跋铭款等，宝友夏一滴墨，真欲使成龙而尤恐其飞去也。……然知友夏知己为同里钟退谷，而不知有燕于司直独何欤”（《诗慰初集》于奕正集卷首），可见其对元春情有独钟。谭元春每次来京，几乎都住其园中，后又将刘侗（约1593—1637）介绍给他，他们三人所结成的亲密同志关系，是后期竟陵派发展过程中的一件大事。周亮工《书影》卷五载：

奕正工为诗歌，好游名山，尝言秋山严静淡峙，如有道高人。每天霜清木老时，骑驴而往，穷岩绝岫，数百里间，无不周览。遇断碑，必披荆剔藓以识之。或攀枯萝，蹑危石，逾其绝顶，慨然赋诗，有超世之概。与楚谭元春友夏、刘侗同人尤称友善。两君来京师，必客其园。与同人著《帝京景物略》。崇祯乙亥，偕同人取道秣陵，遍游名胜，将之楚，会友夏止之遂归，而疾作，殒于金陵旅舍。……于生南行，将著《南京景物略》，竟以友夏不果，惜哉！

这里提到的《帝京景物略》，就被认为是竟陵派散文的代表作。朱彝尊以为“其诗南学于楚，然燕赵之风骨尚存”（《静志居诗话》卷二十一）。陈田也认为，奕正“诗学竟陵，清韵铿然，盖彼法之铮铮者”（《明诗纪事》卷二十五）。陈伯玑评曰：“司直极推服友夏，而不能为所囿，故所作俱精坚完整，转驾友夏之上。”（《诗慰初集》于奕正集卷首）评价都相当高。

周永年，字安期，吴江人。有文名。钱谦益《列朝诗集小传》丁集《周秀才永年》曰：“少负才名，制义诗文，倚待立就。才器通敏，风流弘长。禅宫讲席，西园北里，参承错互，诗酒淋漓，莫不分身肆应，献酬曲中，海内咸以通人目之。……所著诗累万首，信笔匠心，不以推敲刻鉥为能事。余尝有诗云：‘安期下笔无停手，元叹撚毫正苦心。’”永年与钟惺、谭元春皆早有交往，所为诗多少亦受到影响。

葛一龙（1567—1640），字震甫，吴之洞庭人。由赀生选授云南布政司理问。诗有盛名，有《尺木斋》《修竹编》《筑语》等集。然钱谦益说他“已而年渐长，笔渐放，楚人谭友夏之流相与尊奉之，浸淫征逐，时时降为楚调，可为一喟也”（《列朝诗集小传》丁集《葛理问一龙》）。他与钟惺、谭元春皆交好，顾梦游《独秀轩诗序》记其言曰：“而先生则自称曰：余诗盖鲜当意，是用屡迁。前溯廿年于伯敬得一字，曰‘厚’；又溯十年，于能始得一字，曰‘古’，莫之忘也。”（《葛震甫诗集》卷首）可见其于钟惺之推服，故诗风确实受到竟陵派的影响。万历己未（1619）在南京即与元春酬唱往来。天启甲子在北京更屡有过从，常常一同参加社集，有诗同赋。元春此际还为其作《题筑吟》。他的《葛震甫诗集》，据说就是钟惺、谭元春、陈继儒在天启间为之选订付梓的。

茅维，字孝若，归安人，茅坤之子。万历乙卯举人，授翰林孔目。以经世自负，尝诣阙上书，不报。其为诗，与臧懋循、吴稼竳、吴梦旸并为“苕之四子”。有《十赍堂集》数十卷。传见《列朝诗集小传》丁集下《茅太学维》。茅维京中之邸显然成为当时名士游谈佳处，元春在天启甲子尝数过其邸谈艺，并屡有社集。

袁祈年，字未央，改字田祖。袁中道子，出为宗道后。以荫入监，天启甲子举北闱乡试。年四十九卒。传见《列朝诗集小传》丁集中《袁仪制中道》、《复社姓氏传略》卷八。祈年与元春在青年时代即有交往，以京山黄玉社诸子为媒介，万历三十八年，祈年尝作《庚戌夏日怀友夏》诗（袁中道《珂雪斋近集》附《小袁幼稿》），对元春有很高的期许。他与袁宏道子袁彭年，与元春均有多年的深交，常有诗书往来切磋艺道，与钟惺亦有交往。钱谦益以祈年诗“秀而不实”而深痛之；至于彭年，时人以中郎子而诗文折入钟、谭，颇为惜之。

陈梁，字则梁，初名吕应，字梦张，慕狄梁公为人，因更名字。海盐人。给事中陈所学第五子。少入太学，游京师，与魏大中定交。大中被逮，裹粮从之，预为经理后事。喜扬雄、司马家言，诗文不肯苟下笔。晚岁僧服茹荤，治生圹于郭外，结屋三楹覆之，曰此亳社遗意也。

暇辄召客纵饮圹前。有《易疑》《诗疑》《个亭集》《苋园集》。传见《静志居诗话》卷二十一、《复社姓氏传略》卷五。陈梁在天启甲子与元春亦过从甚密，除了在京一同参加社集活动，还与周永年、赵鸣阳偕元春同过利西泰墓而吊之。他与赵韩离京前夜，特地前往元春寓所叩门相告。陈田评其与赵韩诗曰：

> 启祯间竟陵之说甚行，家矜牛鬼，人诧蛇神，奇奇怪怪，何所不有。海盐陈则梁、平湖赵退之，扼其流波。余录则梁诗“了知年命促，姑妄话神仙”，犹见解脱；退之诗“孤主河山如瓦注，群公门户自金汤”，特自警策，譬拾金于恒河也。
>
> （《明诗纪事》卷二十三）

知两人诗皆为竟陵所染，而此间谭元春与他们的交游不能不认为是一直接的传播途径。

赵韩，字退之，初名京翰，字右翰。平湖人。父刑部郎中维寰，文名动海内。韩复继起，有大许小许之目。万历壬子贡入成均，晚年自号榄生，著有《榄言》《蜡言》《蔗言》。传见《复社姓氏传略》卷五。

谭贞默，字梁生，嘉兴人。崇祯元年进士（《千顷堂书目》卷二十八）。天启甲子在京与元春邻寓。元春赴于奕正招游西山，贞默与袁祈年同行，《帝京景物略》收录了他们不少同游诗。

恽本初，字道生，号香山，常州武进人。诸生，以例贡国子监，居京师三十年不遇。崇祯甲申，举贤良方正，除内阁中书。弃官归，更名向。本初是著名的画家，工山水，学董、巨二家法，有《画旨》四卷。传见《复社姓氏传略》卷三。天启甲子，恽本初与元春初识于京师，尝共结长安古意社，并有画赠元春。

张尔葆，字荷生，会稽人。大理丞汝霖子。官扬州府同知（《米家四奇诗》卷三）。尔葆为张岱之二叔，张岱的喜好竟陵诗文，应该与其二叔有一定的关系。尔葆以画著名，婿陈洪绶颇得其传。万历己未秋冬，元春游越，尔葆与马文治曾在西湖之上挐舟相寻，结果失之交臂，天启甲子于长安古意社中始得见。时亦有画赠与元春。

马文治，字远之，平湖人。游京师三十年不遇，归家杜门，以贤良征，不赴，乙酉没于难。传见《携李诗系》卷二十二。文治亦为长安古意社中人。

钱麟翔，字仲远，桐乡人。友于友夏。不知是否出于替朋友讳护的好意，他竟竭力否认钟、谭对《诗归》的著作权，朱彝尊说他曾传布说“《诗归》本非钟、谭二子评选，乃景陵诸生某假托为之。钟初见之怒，将言于学使除其名。既而家传户习，遂不复言”（《静志居诗话》卷十八“谭元春”）。元春此次在长安古意社中与之初相见。

徐永周，字公穆，阆中人。崇祯贡生，入清。《蜀诗》卷十二、《鉴阁芳华集》卷十五有小传。永周与元春颇相得，在共结长安古意社前数年，即曾邀元春入蜀而未果；天启六年（1626）永周还特地赴竟陵，访元春寒河居，相与游晴川、夏口，并以诗相请益，元春为作《渚宫草序》。

李长科，字小有，江南兴化人。崇祯辛巳贡生，怀集知县。传见《皇清诗选》卷十二、《金陵诗征》卷三十。长科与元春为旧识，这次也参加了长安古意社。崇祯七年（1634），二人再次在京见面；崇祯九年（1636）夏，元春有诗寄之白门。

金声（1598—1645），字正希，嘉鱼籍，休宁人。好学，工举子业，名倾一时。崇祯元年进士，授庶吉士，改御史。福王立于南京，擢左佥都御史，坚不起。清兵破南京，声纠集士民保绩溪、黄山，被执至江宁而死。唐王赠声礼部尚书，谥文毅。《明史》列传第一百六十五有传。金声在崇祯政坛上有不凡的表现，在天启间则主要以时文名。谭元春天启甲子在京寓万福寺，与金声、胡自牧朝夕同堂读书，谈论文字，名其堂曰柏鸾堂，暇时亦常集会。

胡自牧，字用涉，武昌人。此次上京，与元春同行。崇祯元年（1628），有白门客至元春寒河居，元春将重新评订之金声时文稿与自订制艺交付与他，并作《柏鸾堂合艺序》。

郭天亲，字圣胎，莆田人。万历中国子监生。其弟郭天中，字圣仆，更有时名。传见《明诗纪事》庚签卷八。他们兄弟与钟惺、谭元春俱有交往。天启甲子在京中，天亲曾同元春、袁祈年、周永年一同在葛一龙住所聚会，元春也曾过天亲斋中咏石。

从上面举述的交游中我们可以看到，受竟陵派影响或成为其追随者的为数不少。北京作为中心文坛的重要性是毋庸置言的，上面所举述的这些文字圈中人士，来自五湖四海，绝大多数在游学、游宦之后复又四散开去，故具有很强的辐射性。都中的文学风尚是四方郡国所追随的目标，尽管这会使得各种文学流派、各种文学团体、各种文学主张在这里相互较量、争锋，竞逐异常激烈，但一旦征服了这里的门庭，便会获得引导全国文学潮流的话语权力。

当年钟惺在北京的竞逐，应该说已经为竟陵派在这里的树帜奠定了良好的基础，然正所谓江山代有才人出，文学风气的变易在都中文坛也是异常迅疾的，若要始终保持一种文学流派的主导地位，仍需要人们一再地去占领这个阵地，不断地强化自己所在流派的印记，谭元春此际在北京开展活动的一个重要意义正在于此。另外我们还可以看到，谭元春在这里的交游圈与钟惺当初的相比较，在身份上也还稍有差异。元春所与交，大多数都还是同他自己一样，属于未获得高级功名者，那些仰慕、崇拜他的文章的人，也大多是所谓的“少年”，或如王夫之以轻蔑的口吻所批评的，是“经生”“游客”：

> 若竟陵，即普天率土干死时文之经生，拾沈行乞之游客，乐其酸俗淫佻而易从之，乃至鬻色老妪，且为分坛坫之半席，则回思北地，又不胜朱弦疏越之想。
>
> （《明诗评选》卷四）

他们身上有更多的湖海习气，相对来说，他们也是更为年轻的一辈。因此，征服他们，同时也就意味着将竟陵派的影响渗透到更为广泛的阶层，也更具有持久力。

说到北京的中心地位，我们还要提到这样一个事实，那就是崇祯二年（1629）复社成立后，北京还成了谭元春与该社领袖及有关成员交通声气的地点之一。崇祯甲戌（1634），谭元春第三次就试于京师，寓所与杨廷枢、陈子龙、夏允彝、吴昌时之邸舍同巷，为此，元春还特地作诗纪之。我们知道，元春兄弟五人俱名列复社，在他本人诗文集所提到的交游中，正式参加复社的就有六十余人，而今传较为通行的《谭友夏合集》，即由复社成员张泽序刻于崇祯癸酉（1633）秋，该集每卷卷首所列校评姓氏计二十四人，基本上都是应社、复社中人，其领袖人物如张采、张溥、杨廷枢、周钟、周立勋等俱在列，似乎受到了相当隆重的待遇。然而实际上他与复社的关系相当微妙，谭元春加入复社，与大多数非核心层的成员一样，并无多大政治上的动机，而只是出于文事上的考虑。但是，竟陵派的文学主张，与复社领袖们的主张并不一致，创作风格更是相去甚远。如果说，谭元春作为竟陵派领袖真的受到应社、复社之核心层的推崇，就文学本身的因素来说，一方面当然是竟陵派自万历末以来在这些社事的发源地吴中地区长期深入影响的结果，正如前面已经论证的，张泽在序中也说，“海内奉谭子之教也久矣，泽亦寝处其中者十有余年”，又谓自己与朱隗、徐汧等十年来“摩挲既久，径路斯熟”（《谭友夏合集序》）。（有人就怀疑是张泽等人借复社领袖们的大旗，推行一己之文学嗜好，故包括张泽、朱隗、徐汧、潘一桂等人在内，被视为后期竟陵派的同调。朱彝尊即谓朱隗：“云子际钟谭盛行之日，唱酬吴下，遥应南风。”《静志居诗话》卷二十一）而在另一方面，他们在这个时机向天下人标示“谭子之为谭子”，却应该还有出于个人喜好以外的背景，那就是欲借“奉谭子之教”，与同他们在文学主张上展开论战的江西派文章家争夺文柄。因为下面将会说到，谭元春与江西的那些文章大家有着比较深的关系，他们对“以物宗推之”的谭元春同样相当关注。然而，不管同时也是一文学集团的复社对于谭氏的标举出于何种动机，在客观上，他们的这种举动，使得后期竟陵派借助于复社本身的巨大势力，在明末社会又一次将这一文学流派的影响推向深入。

## 二、谭元春在江西地区的交游

江西地区在当时是一个文艺重镇，启、祯间尤以时文家称名天下。钟惺虽然在天启二年（1622）由南京返家途中经过江西，但他在南昌除了拜访那位博通经史的宗室朱谋㙔外，似乎未见与那里的艺文圈有涉。而谭元春与这一地区的文章家却有着非同一般的关系，且不说早年得汤显祖为序《谭子五篇》，据眉史氏《复社纪略》卷一载，艾南英与莱阳宋玫，章世纯与元春弟谭元礼同砚席，天下羡之若神仙。他自己在崇祯壬申（1632）游南昌时，则专门向自称“二十年知己”的陈际泰出示自订之时文稿，又以所作古文求正，陈际泰因为之作序而极尽赞美之词（见《鹄湾集》卷首《旧序》）。元春卒后，其弟谭元声又来到赣州，以所辑元春遗稿与这里的师友商定，并请曾文饶序之。钱继章在《人琴集·鹄湾遗稿》的序中谓“其遗集一刻楚中，一刻江右，而江南流传绝少”，多少显示谭元春与江西地区的某种特殊关系。

导致谭元春崇祯间两度入江西的一个直接的中介，是他天启丁卯（1627）得中乡试第一名的座主李明睿，为南昌人。崇祯壬申春，元春来到南昌拜谒李明睿的父亲，因而得以与这里的文人群体交接，如陈际泰、万时华兄弟、徐世溥、喻周父子、余正垣、刘斯陛、熊人霖、陈宏绪、苏桓、朱健等人，多负海内重名；有一次在滕王阁集会，见招文士有二十人之众。崇祯乙亥（1635），谭元春再一次来到江西，与李明睿同游庐山，并与李周围的人游处。他在这一地区的深入影响，可以汤显祖之子汤开先为例，开先与李明睿过从甚密，为诗由少慕徐渭，转而酷嗜钟、谭，傅占衡《潭庵集序》还特别记述了其“尝因作十灯题，举友夏‘照残身益幻，看定妄难生’句，以为妙绝”（《诗慰初集》）这样一个细节。

兹亦将谭元春在江西所建立的交游圈择要考述如下：

陈际泰（1567—1641），字大士，临川人。举崇祯七年进士，授行人。居四年，护故相蔡国用丧南行，卒于道。有《易经说意》《周易翼简捷解》《五经读》《四书读》《太乙山房集》《己吾集》等。传见《明史》列传第一百七十六、《启祯野乘》卷七。际泰以时文名世，为江西四大文章家之一，亦为江西文坛的一大领袖。他在为谭元春所作的时文稿《旧序》中自谓与元春有二十年的交情。崇祯壬申，元春游南昌，出示其文稿求序，际泰与陈宏绪、万时华诸子同观，宏绪、时华以为"是眉山近上者，又或谓似刘锐诸作"，际泰则以为不然："余接视惊起：诸君大差，此固合《史》《汉》以来诸体液而出之，而以己之性情行之者也。"（《鹄湾集》卷首）其论虽多溢美之词，却颇契友夏之心，因为元春于己之时文亦颇自负，自以为直追"正始之音"。

万时华，字茂先，南昌人。生而颖异，诸经子史无不历览成诵。家宰李长庚官江西布政时，合十三郡能文者为豫章社于南昌，首时华与万曰佳、喻全祀，时华尤为所推。工诗古文词，负海内重名几四十年，崇祯中保举守令诏下，布政使朱之臣荐于朝，应征北上，抵维扬，辄病不起。有《溉园》初、二集，《园居》《田居》《东湖集》。又《诗经偶笺》，习毛、郑者宗之。传详《复社姓氏传略》卷六。有弟起先，亦有时名。《复社姓氏传略》卷六有"万抟，字风后，时华弟"，或即其人。元春与时华兄弟更为投契，交情也更深，所谓"茂先、起先尤魂梦眷眷人也"（《与茂先起先》，《鹄湾未刻古文》），常有诗、书往来，叙生活起居并想念之情。尝为作《万茂先诗序》，引为同志。元春在崇祯五年游西江后，曾将是年秋冬所集之《剪石草》寄示，《遇庄》成，亦以相寄。时华之《诗经偶笺》，被认为是竟陵派之流的《诗》解。

徐世溥，字巨源，号榆溪，新建人。好学能文，时艾南英以时文奔走天下，闻世溥名，与约为兄弟，江南诸名士无不以杓斗归之。鼎革后，匿影杜门。所著有《榆溪集》《外集》及《易系》。传详《复社姓氏传略》卷六。可见世溥亦江西文坛宿将。崇祯五年元春在南昌时，多有社集，与世溥交好。元春行前曾忽病心火，因有“弟不死，尚能从巨源究千古诗赋之变”（《与徐巨源》三，《鹄湾未刻古文》卷二）之说，亦见元春对他的推服。

喻周，字京孟，南昌人。顺治丙戌举人，官恭城县知县。父子并有文名。《复社姓氏传略》卷六亦有传。崇祯五年春，元春在南昌盘桓两月，曾参加喻周父子斋中的社集。元春以父仲廷为“奇古”，京孟为“深婉”。

刘斯陛（1597—1632），字士云，南昌人。给谏一爌子。弱冠补弟子员，尽发遗书读之，高文典册，无弗练达。时海内坛坫蔚兴，斯陛与里中万曰佳、陈宏绪、徐世溥、甘元鼎、李奇、邓履古、余正垣狎主齐盟，四方名俊莫不望走其门，诸文宗至江右必与之上下议论，交若等夷。数试不得志，病消渴卒。传见《复社姓氏传略》卷六。刘斯陛也是江西文坛的一个领袖人物。其所居之泛阁，好为风雅之士游谈之所，元春崇祯五年在南昌时曾数度相过，诗酒酬和。惜其英年早逝，令元春有“风流文酒、疏怀朗致、小塘小阁、一藤一花俱已矣”之叹（《与茂先起先》一，《鹄湾未刻古文》卷二）。

陈宏绪（1597—1665），字士业，号石庄，新建人。兵部尚书道亨子。性警敏好学，家集书万卷，兄弟友朋日夜讲习。以荫生荐授晋州守。谪湖州府经历，署长兴、孝丰二县事。寻为巡按劾罢，后屡荐不起，移居章江，辑《宋遗民录》以见志。著述颇丰，有《周易备考》《尚书广录》《诗经群义》《石庄集》《恒山存稿》《寒夜集》。传详《复社姓氏传略》卷六。陈宏绪也是当时的文章大家，而与元春交好。

苏桓，字武子，工古文，早卒。江宁顾梦游镌其稿行世。《复社姓氏传略》卷六有传。元春崇祯五年在南昌，尝与同集万时华夕佳楼，并有诗赠其客维扬。

熊人霖，字伯甘，进贤人。兵部尚书明遇子。崇祯丁丑进士，授义乌令。壬午，迁工部主事。卒。《复社姓氏传略》卷六有传。人霖与元春亦互有赠答。

余正垣，字小星，有《昔耶园集》。传见《复社姓氏传略》卷六。正垣在江西文坛亦很有地位，元春崇祯五年在南昌时，曾与同集，并有诗送之赴庐陵。元春此后凡与江西人士通书，以上诸子必附问候。

曾文饶，字尧臣，泰和人。元春于曾文饶颇为推尊，文饶于元春亦然。据文饶为元春所作遗集《序》，谓“与元春通声气者二十年”（《岳归堂未刻诗》卷首），然一直未曾谋面。崇祯五年元春游南昌时，恰逢尧臣出游，两人失之交臂，遂成终身遗憾。元春卒后，其弟谭元声来到赣州，以所辑元春遗稿请曾文饶序之，文饶以“友夏诗文皆真率，然工巧者不能至也”，“如友夏者，绝去町畦，自开户牖，真可独步当时、流声后代矣”（《岳归堂未刻诗》卷首）誉之。曾文饶同里又有曾房仲，元春尝为之序诗，曰：“房仲朴素如寒流，斋食学道，于世纷一无所好，而独好于世所不急务之诗，与世所不争求之人如予辈者，亦从而梦想饮食之，不惜以二十年之精魂，与之淡淡结于天地之间，而二十年后始遣人持书赉所作以告之，岂不可深念耶！”（《闲园诗选序》，《鹄湾集》卷五）

朱健，字子强，进贤人。天启元年乡举，仕邵武推官，有《苍崖子》《古今治平略》。传见《江西诗征》卷六十二。元春崇祯五年在南昌，尝与朱健、陈际泰、万时华兄弟、刘斯陛、陈宏绪等同集龙沙寺。

戴国士，字初士。新建人，孝廉。《明诗平论》卷十八、《滕王阁续》十四有小传。元春崇祯五年在江西，尝游新建西山，同戴国士雨宿嗣昭园。此后屡有书信往来，关系相当密切。国士还曾赠兰于元春寒河。

谭元春在江西地区所开拓的局面具有十分重要的意义。江西地区自宋以来就积淀起比较深厚的文学传统，明初已有很大的发展，历明代中晚则达到其全盛，尽管在其内部也始终有新变与保守的冲突，但其发展基本上是自足的。就上述这些江西文宗而言，他们自有其文学主张，而且从艾南英与陈子龙那场名闻遐迩的冲突来看，他们还很是维护自己的主张。在这种情形之下，一种外来的文学潮流要想进入这一地区，实在并不容易。然而，谭元春凭借自己的真诚与魅力，逐渐地在这个地区建立了他的影响，使得竟陵诗风突入其间（前述汤开先的转而嗜钟、谭便是证明），他在这里以交游圈为阵地，发挥了显著的作用。

当然，任何一种交流其影响总是双向的，谭元春在江西地区的游历，给他自身对文学的认识、诗文创作的取径带来了某种微妙的变化。在与这些江西文友的书信中，他不止一次地提到“章门吾师友地”（《与茂先起先》二），“弟真以西江为师友之乡也”（《答朱子美》），这应该不是一种虚谀之词。在与楚中友人王启茂的书中，他也这么说：“西江人士读书有风概，弟乐与游之。”（《与王天庚》二）我们发现，经过与江西文友的交往，他对“唐以后书”也产生了一定的兴趣，不仅在丧母庐居时“常携《稼轩长短句》”（《辛稼轩长短句序》，《鹄湾未刻古文》卷一），而且在崇祯八年（1635）与王启茂的书中曰：

> 刘子修（按：即刘长庆，子修其字，石首人）曾在茅店问予所阅书，告以大凡，又言预刻韩、柳、欧、陈，陈谓同父也。介甫文，弟所敬，子固文，弟所爱，而皆未一动笔详阅，欲以次了之。又有山谷、淮海、皋羽、秋崖之属，弟皆阅一过，甚佳。岂能以意去取一人哉？前述之书来，极称介甫，弟将细览焉。
>
> （《与王天庚》一，《鹄湾未刻古文》卷二）

于诸多宋代诗文大家皆有好评。翁人龙在《鹄湾集选序》中曾提到谭元春“晚年亦曾向余悔厥畴昔所选《诗归》，别有批驳”（《诗慰·鹄湾集选》卷首）一事，如果此事属实，则更应对元春此际受到江西文章家的影响有充分的估计。

## 三、谭元春在湖广地区的交游

湖广是钟、谭家乡所在的地区，似乎原本就应该在他们这个流派发展的势力范围之内。然而钟惺长期游宦在外，在整个湖北、湖南的交游反而开展不大充分；相形之下，谭元春在这个地区的交往要广泛得多，影响也更为深入。青壮年时居家读书、寻游山水，性喜交游的元春已经在家乡的周边地区建立了若干比较固定的交友圈，主要有武昌、黄州的孟登、龙埙、龙临霁、黄正色、刘敷仁、陈沂、金瓯、官抚邦兄弟等，麻城的刘侗，公安的袁祈年、袁彭年、王辂等，武陵的杨鹤、杨嗣昌父子等，湘潭的周楷兄弟、周侯、夏君宪等，其中江、黄一带及湘潭，钟惺皆未及深入。元春自天启甲子下第后，所谓“愈纵其气于舟车”（邹漪《谭解元传》，《启祯野乘》卷七），自次年秋始（时钟惺已卒），频频出游，即湖广地区言，先后再至公安、武陵，去了当阳一带，还一再过访江夏，崇祯二年春又至湘潭。所到之处，以上述这些文友圈为核心，不断利用自己的影响，将竟陵风习渗透到当地一般的文人士子中去。他所居的寒河，也成为当时招引宾客往来的一个游谈佳处。《明诗纪事》曾于多处论到“楚诗多为竟陵所染”，这其中谭元春在这一时期的作用是相当显著的。

我们亦将谭元春在湖广地区的交游择要考述如下：

孟登，字诞先，云南副使孟绍庆之子。武昌人。万历己酉举人，知腾越州。后因事坐落职。据《湖北先贤诗佩》，谓其“善古文诗词，与艾南英、刘侗、谭元春才名相埒”，说明他在启、祯文坛上有一定的地位。有《老斫园集》。传见《湖广通志》卷五十一《人物志》、《复社姓氏传略》卷八。孟登是元春青年时代的友人，交往一向密切，或一起读书，或相携出游，亦常有诗书往来，故文学见解与诗歌风格大抵相类。崇祯元年，孟登为兰阳广文，值五十生辰，元春有《寄孟诞先初度时在兰阳》诗。又孟登与钟惺亦有交往，曾为钟惺刻其视闽学政时所辑《闽文随录》。最值得一提的，恐怕要属他与元春在天启壬戌同游武昌寒溪寺，发现前辈诗人陈治安题壁诗，两人在叹赏之余，予以梓行，竭力标举其幽隐之义，对步入后期的竟陵派来说，是一件很有意义的事。

龙埙，字梦先，黄冈人。亦为元春青年时代的友人，元春曾为之作《龙梦先长安近艺序》，称其作“渊永清奥”，又谓“子之神在山水，固宜有此也”（《鹄湾未刻古文》），则其风格可以想见。

黄正色，字美中，号慈云，蕲水人。崇祯丙子举人，官芜湖县知县。正色也是元春多年的至交，曾与谭氏兄弟读书寒河，而且他们还有一个共同的朋友——刘侗。万历戊午（1618）省试，元春、刘侗等人以文奇受到降等的处分，令正色非常担心，遂走避浠川，故元春有诗曰：“万历戊午秋，奇士坠崇冈。是时黄子恐，凤啄四海疮。雨雪不就饮，怀异走四方。”（《忆今年春夏黄美中与予兄弟读书近闻其客浠川》，《谭友夏合集》卷之十七）

刘侗（约1593—1637），字同人，麻城人。崇祯甲戌进士。后之吴县任，卒于维扬舟次，与元春谢世在同一年。刘侗与元春早年同出钱塘葛寅亮之门，为人个性及文风都有相似的一面。他们共同经历了万历戊午（1618）省试坐以文不可解、并被降等的风波，然自此名声益著。此后他们来往也愈加频繁，在北京参加考试时，元春又将于奕正介绍给了同人，前面说过，他们三人的聚首，是后期竟陵派的一件大事。刘侗与于奕正同辑的《帝京景物略》是传世的名著，被认为是带上了明显的竟陵派印记，《明诗纪事》引曹溶《静惕堂集》曰：

> 同人以文体矜奇，为学使置下等，愤懑入太学，连举乡、会试，留都亭日与于司直共辑《帝京景物略》，文笔诡异，盖亦服习竟陵派者。
>
> （辛签卷二十）

刘敷仁，字济甫，江夏人。崇祯壬午中顺天举人，甲申南归，抗节不仕。有《悟山草》等集。据《湖北先贤诗佩》，谓敷仁“与谭元春以文行相砥砺，凌给谏义渠、林太史可任悉屏驺从往访，曰刘先生门无杂宾，弗以仆御溷高士庐也”，知其文章、节义并为世所重。传见《复社姓氏传略》卷八。天启末曾由江丰至竟陵，读书授徒，与元春弟元声师席相望。

黄耳鼎，字以实，号淡岩，蕲水人。幼好学。崇祯丙子应顺天乡试，道逢老人，为邻里株连，鬻其女，耳鼎纡途三日，倾囊赎女以归之，因后试期。会棘闱火，改期，再试遂中式。丁丑会试第三，授中书，秩满擢广西道御史。巡按陕西，值李自成破城，遂奔赴江南。寻卒。传见《湖广通志》卷五十二《人物志》、《复社姓氏传略》卷八。耳鼎与元春亦多年旧识，崇祯六年（1633）春夏间，元春筑花时在家堂于朱花阁旁，与耳鼎闲居，并有诗述赠。

杨嗣昌，字文弱，武陵人。杨鹤子。杨嗣昌与钟惺同为万历三十八年进士，钟惺与其父子皆交好。然在启、祯间元春与杨氏父子的关系更密切。虽然嗣昌的主要发展是在事功，陈田还是指出了他“诗颇染竟陵流派”（《明诗纪事》辛签卷二十二）这样一个事实。

周楷，一作周圣楷，字伯孔，湘潭人。为童子即称诗，钱谦益亦称其“而才自清迥，时有佳句”（《列朝诗集小传》丁集《周秀才楷》）。他十九岁时过白下，颇为钟惺、袁中道所赏识，中道引之为同调，欲让他共张楚之诗道，钟惺却在为他所作的《周伯孔诗序》中告诫说“不为明人，亦不为楚人”，“要以自为伯孔”。《沅湘耆旧集》引《湘潭县志》所载此间事曰：

> 弱冠游京师，与竟陵钟伯敬惺善。见有一夕为《竹枝词》三十首者，心不善之。钟曰：“能过此乎？”周曰：“儿女子语耳，何足烦长者。”乃扃户剪灯，漏三下得百首示钟，皆颖脱妙丽。明日，百诗满都中。久之，伯敬趋令南还就举子业，乃绳经切传，出

> 入诸大家，耻与时流竞，以是沉顿者十余年。将四十，筑湖岳堂于湘潭之东偏，而读书帆园，接待天下名流……
>
> （《沅湘耆旧集》卷四十一）

可见钟惺对他的影响还是很大的，故一般认为“伯孔与钟伯敬友笃，其诗不脱竟陵习气”（同上）。不过，后来钟惺与周楷的交往其实并不多，只是万历戊午在南京聚晤过，当时谭元春也在。倒是元春在楚中与之多有往来，万历四十四年（1616）与崇祯二年（1629）曾先后两度过访湘潭，崇祯二年这一次恰是伯孔移家湖岳堂之际。周楷的湖岳堂确是一个接待天下名流的文艺沙龙，下面将会述及。其实湖南名隽如冯一第、陶汝鼎、严首升、邱世望以及车以遵等，大多与周圣楷、周圣权兄弟等人在同一个交游圈中，而与谭元春有所交往。从这个艺文圈再推展开去，甚至还可找到王夫之年轻时“改从竟陵时响”（《述病枕忆得》）的影响所自。

周侯，字宜一，号乳庵，湘潭人，邵武守之基幼子。以荐授攸县教谕，迁推官，未任。己丑之役殉城，死于泗洲庵，《湘潭志》入《忠义传》。周侯与周楷同在一个文学圈中。《沅湘耆旧集》的编者选其诗很少，原因就在认为他“诗染竟陵习气太深，偶存一二首以见当日风尚如此，宜其来外人之掊击也”（《沅湘耆旧集》卷三十九）。崇祯二年元春过湘潭，尝访周侯家。元春归，周侯一直送之岳麓山下。

夏君宪，以字行，湘潭人。诸生。少负才名，与同县周伯孔友善，著作甚多，烬于兵燹，仅存乐府古体五首。夏君宪也是周楷文学圈中的同志，而与元春相交。不过，《沅湘耆旧集》的编者对于他却颇有好评，曰：“当钟谭盛行时，伯孔辈争相附和，君宪断断自异，独不染其习气……”（《沅湘耆旧集》卷四十二）恐怕那也只是程度深浅的差异罢了。与他们同在一个文学圈中而与元春有交者，还有谢璜，字仲玉，湘潭明经。著有《此园诗》《益楚初集》《燹余集》。易贞吉，字顺之，武陵人，崇祯间贡生。传均见《复社姓氏传略》卷八。

鉴于谭元春与上述这些文友圈的相互激荡及其传播作用，启、祯间的楚中文坛几乎可以说是一片时响，不管为不为竟陵风习，大多不能尽然摆脱钟、谭的影响。我们从后代一些总集的记载中，可以搜集到不少这方面的材料。兹举数例：

冯一第，字椳公，长沙人。天启丁丑举人。张献忠陷长沙，被执，不屈，死之。有《代古诗》一卷，《贲阁吟谱》二卷。陈田据《沅湘耆旧集》记曰："作《代古诗》，断自虞初，迄隋季，得入诗者四十九人，谓李唐而下，变诗为律，称近体，无古诗，遂止不作。尝与竟陵交，竟陵招先生读书寒河、入诗社，不赴。古诗严冷幽峭，不能尽脱钟谭习气。然其真挚独造处自多，犹不病其为竟陵流派也。"（《明诗纪事》辛签卷二）

陶汝鼐，字仲调，一字燮友，宁乡人。崇祯癸酉举人，除新会教谕。福王时授翰林待诏，迁兵部郎中、五省监军，改检讨。有《广西涯乐府》《嚏古集》《寄雪楼集》《褐玉堂集》。朱彝尊曰："先生壮岁好游，自吴入越，与先人订侨、札之分，尝留槜李度岁。……诗虽未脱竟陵之派，然觉爽气殊伦。"（《静志居诗话》卷十九）陈田则曰："仲调诗有异才，惜为竟陵所染，当其合作，如金钟大镛，不作铮铮细响。"（《明诗纪事》辛签卷十九）

严首升，字平子，华容人。崇祯中拔贡，鼎革后削发为僧。有《濑园集》二十卷。陈田论曰："平子论明诗，推李空同、徐青藤、汤义仍，不许与竟陵，而所作乃与竟陵无殊，惟七律音节嘹亮。"（《明诗纪事》辛签卷二十五）《沅湘耆旧集》亦说："诗染竟陵习气太深，故不多录。"（卷三十二）

邱世望，字当世，武陵人，诸生，有《江篱馆诗》三卷。据《沅湘耆旧集》载，世望"与周伯孔交挚，尝与伯孔同以诗质太常……太常盛称其诗力挽波靡，根柢性灵"（卷三十二）。陈田谓："楚诗多为竟陵所染，弥望榛棘刺目，当世诗特清俊，如亭亭新荷，不染污泥。"

(《明诗纪事》辛签卷第二十八)然从其所作《谭友夏过武陵予以村居未晤赋寄》《挽钟伯敬》诸诗，颇可窥对钟、谭的倾慕之情。

车以遵，字孝思，一字孝则，号劬人，一号劬园，邵阳人，参议大任子。诸生，崇祯中荐辟不出，国变后隐居。有《声香阁》、《高霞堂》正续集、《贝叶集》等。《沅湘耆旧集》卷三十二其传曰：“明季言诗者必归钟谭，先生初与之抗，继乃迥出其上。《高霞堂集》谭友夏、陶密庵、王山长诸君均有序。陶密庵序略云：……早岁余与孝思同出诗质钟伯敬，甚许可，而余两人诗皆数变。孝思道力深，诗力亦深，不复知有竟陵矣。”其推重如此。陈田则曰：“孝思楚人，知有钟谭而已，古诗亦有真气。”(《明诗纪事》辛签卷三十一)

王夫之，早年亦受到竟陵诗风的影响，《沅湘耆旧集》的编者谓其《晓同夏叔直出寺读米菊水司寇所镌谭友夏记》《霜度岳径》《寄友》三诗“玩其体格，似不离竟陵习气，故自定稿中删去。盖先生早岁尚不以钟谭为非，晚乃自辟町畦，吐弃一切，出入陶谢，不复知有公安、天门矣。崇阳蒙正发诗有‘爱听船山骂竟陵’之句，此其征也。今仍存之者，一以见先生诗力境界同异，又以叔直先生同游，一字俱不可没也”(《沅湘耆旧集》卷三十三)。夏汝弼，字叔直，衡阳诸生。

米元僩，字吉人，辰溪人。米万钟孙，米肇灏(字梁若，一字大程)子，崇祯七年举人，有《罗峰诗文集》十三卷。陈田曰：“吉人诗有妙悟，竟陵派之佳者也。”(《明诗纪事》辛签卷二十一)

杨德远，字仲先，长沙人。崇祯末贡生。《沅湘耆旧集》卷二十六载曰：“仲先为恪愍公后，少负隽才，慷慨负意气，常结社湖以南，肆力于古。诗不多见，大抵亦不离竟陵习气。”

郭履跹，字季林，一作季陵，衡阳人。崇祯壬午举人。乱后隐居石狮岭下，竹坞药栏，日吟啸其中以自娱，有《涉园草》，不传。《沅湘耆旧集》载：“船山先生《南窗漫记》中有云：郭季林有《涉园草》

一帙，竟陵体也。其有意致者良自洒然，为摘录之。”（卷三十五）

刘友光，字杜三，攸人。崇祯丙子举人，入清为沙河知县，升行人，未赴卒。“杜三名重一时，诗文书法所至群推服，与同郡郭幼瑰、陶密庵及吾郡车孝思、潘章辰诸先生交尤笃。……杜三诗凄切婉秀，善于言情，与竟陵交，而不全堕彼法，早岁师吴梅村，亦不袭其风调……”（《沅湘耆旧集》卷四十五）

程本，字子源，华容人。著有《柿叶园集》。《沅湘耆旧集》编者据《华容志》所云“与严濑园交，严诗以清快胜，程诗以苍郁胜”，而取两家诗较之，认为“严非程匹远矣。平子服膺寒河，心摹手追，如恐不及；子源豪迈自喜，一洗竟陵流派”（卷三十八）。

刘在朝，字广乘，监利人。天启乙丑进士，除福清知县，征授户部主事，历员外郎中，出为易州兵备副使，有《兰心堂》《唤蝶斋》等集。陈田曰：“广乘诗取意幽婉，虽为钟谭所染，亦彼法之铮铮者。”（《明诗纪事》辛签卷十八）

唐世徵，字魏子，一字琴叠，湘潭人。顺治辛丑进士，授司理，改玉山知县。吴三桂变作，弃官远遁，悲愤卒于广陵。著有《数峰诗》《燕游草》《为郎小草》《碧泉诗钞》诸集。《沅湘耆旧集》编者引王山长《碧泉诗钞序》曰：“诗虽稍染竟陵习气，而沉挚镵刻，清而不俗。”（《沅湘耆旧集》卷五十一）

吴李芳，字茂孙，一字茂生，邵阳人。崇祯已卯举人，又康熙甲辰进士，官中书舍人，出为固原州知州。《沅湘耆旧集》的编者谓“茂孙在当日盛有才名，与（王）稚潜、（唐）袖石诸老交好，有集久佚，今所存诗止三首，殆犹不免竟陵习气”（《沅湘耆旧集》卷五十一）。

由上面这些材料我们可以看到，整个湖广地区在启、祯间已完全为竟陵风气所淄染，无论文士、隐流，都被笼罩在钟、谭巨大的阴影之下，所谓“弥望棒棘刺目”，稍能自出清迥，已殊为不易，如黄冈杜浚那样“独以杜陵为师”相抗衡，实在是凤毛麟角，故不管其成就如何，朱彝尊以“豪杰之士”相许（《静志居诗话》卷第二十二）。王夫之中年以后对竟陵时风的深恶痛绝，虽说不免偏激，却实在是有自己成长过程中的切肤之感。

载《南京师范大学文学院学报》2003 年第 1 期，第 84~94 页

# 钟惺《诗经》评点成书时间考

侯美珍

## 一、前　　言

在明代的《诗经》著作中，钟惺（1574—1625）《诗经》评点备受瞩目，研究者之众、相关论文之多，他书罕及。就笔者所知，研究钟惺《诗经》评点相关的论文，有以下诸篇：

（一）村山吉广著，林庆彰译：《钟伯敬〈诗经钟评〉及其相关问题》，原载《诗经研究》第6号（1981年6月），第1~7页。《中国文哲研究通讯》第6卷第1期（1996年3月），第127~134页。

（二）村山吉广著，林庆彰译：《竟陵派的诗经学——以钟惺的评价为中心》，原载《东洋的思想与宗教》第10号（1993年6月），第1~4页。《中国文哲研究通讯》第5卷第1期（1995年3月），第79~92页。

（三）游适宏：《就“诗”论〈诗〉：晚明〈诗经〉评点的兴起及其性质》，《道南文学》第十二辑（台湾政治大学中文系，1993年12月），第321~347页。

（四）傅丽英：《钟惺的〈诗经〉研究论》，《第二届诗经国际学术研讨会论文集》，语文出版社1996年版，第484~492页。《明代诗经学》，语文出版社 1996 年版，第 60~67 页。《经学研究论丛》第四辑，台湾圣环图书公司 1997 年版，第 83~90 页。

（五）李先耕：《钟惺〈诗〉学著书考》，《诗经研究》第 21 号（1997 年 2 月），第 1~4 页。

（六）杨晋龙：《钟惺及评点式参考书》，《明代诗经学研究》（台湾大学中国文学研究所 1997 年博士论文），第 289~301 页。

（七）陈文采：《钟惺〈批点诗经〉析论》，《台南女子技术学院学报》第 17 期（1998 年 6 月），第 15~25 页。

（八）刘毓庆：《钟惺的"诗活物"说与〈诗经〉评点》，《从经学到文学——明代诗经学史论》，第 183~191 页。

（九）张淑惠：《钟惺的诗经学》，台湾东吴大学中国文学研究所 2000 年硕士论文。

（十）刘毓庆：《钟惺〈诗〉学略论》，《山西大学学报》（哲学社会科学版）2001 年第 5 期，第 43~48 页。

以上诸作，在这个研究领域中做了披荆斩棘的开创工作，然而在上述的论文中，或限于篇幅、或对素材取舍之故，多数集中于对此书内容特色的介绍，对于一些基本问题仍未厘清，譬如：钟惺《诗经》评点初评本和再评本有何差异？钟惺《诗经》评点之作，成于何时？本文首先着手处理钟惺《诗经》评点完成时间的问题。

钟惺《诗经》评点，传世有多种版本，虽初评本彼此有异，然就笔者所见的台湾"国家图书馆"、日本九州岛大学、上海复旦大学三处所藏的三本而言，大体上是一样的，仅局部略有出入，皆属钟惺《诗经》的初评本；而再评本则是立足于初评本，再次评点、补充而成，评语较详尽、丰富，与诸初评本间有较多的歧义。笔者所见复旦大学藏再评三色套印本卷首附有钟惺所作《诗论》，后署"明泰昌纪元岁庚申冬十一月竟陵钟惺书"，所以再评本成书时间较无疑义，可据《诗论》而定为庚申——泰昌元年（1620）左右成书。以下主要讨论钟惺《诗经》初评本的成书时间。

陈广宏先生所作《钟惺年谱》将《诗经》初评本完成的下限系于“万历四十四年”，云“评点《诗经》已成”，“至迟是年春之前，伯敬已有《诗经》评本”，① 之后，张淑惠即从此说。② 然而，陈广宏所订的时间是否正确呢？

陈广宏论定的依据，参其后附的两条资料。其一为凌蒙初（1580—1644）《钟伯敬批点〈诗经〉序》，凌序云：“吾友钟伯敬，以《诗》起家，在长安邸中，示余以所评本。”③ 凌序未署时间，文中亦未言及钟惺“示余以所评本”的时间，无法用来直接证成初评本作于“万历四十四年”。另一条为谭元春（1586—1637）的《与舍弟五人书》，④ 信中言及谭元春与蔡复一（1576—1625）⑤ 的会晤以及其评点《诗经》的近作《诗触》，并道及钟惺《诗经》评本，是故，此信成为考察的重要对象。

以下将从交代蔡复一宦途入手，借以考订谭元春《与舍弟五人书》的作成时间，并尝试从其他线索，重新商榷钟惺《诗经》初评本完成的时间。

---

① 陈广宏：《钟惺年谱》，上海：复旦大学出版社 1993 年版，第 148、149 页。此书为章培恒主编《新编明人年谱丛刊》之一。

② 参张淑惠：《钟惺的诗经学》，台湾东吴大学中国文学研究所 2000 年硕士学位论文，第 110 页。按：除张淑惠之作外，其他研究钟惺《诗经》学的著作，皆未言及初评本完成的时间。

③ 凌蒙初《钟伯敬批点〈诗经〉序》，为钟惺《诗经》评点初评本之序，再评本删去，改以钟惺自作的《诗论》为序。

④ 此文见谭元春著、陈杏珍标校《谭元春集》卷第二十七，上海：上海古籍出版社 1998 年版。按：下文中引《谭元春集》，但标注卷数。据谭元春《先府君志铭》（卷第二十五），谭父生子六人，长即元春，弟五人，依次为：元晖、元声、元方、元礼、元亮。

⑤ 蔡复一，字敬夫，《明史》卷二四九有传。其生年据钟惺《蔡先生传》云“伯子少惺二岁”推得，文见李先耕、崔重庆标校《隐秀轩集》卷第二十二（上海：上海古籍出版社 1992 年版）；卒年则据谭元春《送少司马蔡师闽榇文》（卷二十六）所云。

## 二、谭元春与蔡复一

谭元春《与舍弟五人书》言及其评点《诗经》，近日已完成《商颂》《鲁颂》最后的批点，增减修改之后，“将同蔡钟二评刻之”，名之曰《诗触》：

> 《诗经》商、鲁二颂，舟中批完……到京当再细增减一过，将同蔡钟二评刻之，题曰《诗触》，触于师友也。

此蔡、钟二评，指的是蔡复一、钟惺的《诗经》评点之作。① 陈广宏定此信的作时为万历四十四年丙辰（1616），故以为钟惺的初评本当于此时已完成。然而，谭元春写此信的时间果真为万历四十四年吗？

蔡复一与钟惺相识于万历三十八年（1610），因钟惺之故，谭元春结识蔡复一，② 且师事之，③ 两人交情深厚，见录于《谭元春集》中，相关的诗文、书信极多。蔡复一赞美谭元春“笔慧而人朴，心灵而性厚”；谭元春以蔡复一为“师友骨肉”④，誉其为“人伦之表也”⑤，并

① 民国林学增等修、吴锡璜纂《同安县志》卷二十五《艺文志》载蔡复一有“《毛诗评》一卷”，成文出版社影印民国十八年（1929）铅印本。

② 钟惺作于万历四十年（1612）的《报敬夫大参》云：“吾邑谭元春字友夏者，异人也。比于某，真所谓十倍曹丕。读公之诗，知其人。今寄其《简远》《虎井》二集，当自知之。谭生今年二十六，尚为诸生。其时义可出入嘉宾、子逊，砥砺名行，老成简练，他日有用之才也。有此异人，不可不使公知之。”（《隐秀轩集》卷第二十八）当是在钟惺介绍、极力推荐后，谭、蔡二人才得结识。

③ 谭元春《蔡清宪公全集序》云：“元春固得亲以诗文逮事清宪公，北面称弟子者。”（《谭元春集》卷第二十二）《寄陈玄晏书》云：“敬夫吾师也，伯敬吾友也。”（卷第二十七）蔡复一并曾为谭元春诗集作《寒河诗序》（《谭元春集》附录一）。

④ 《谭元春集》卷第二十七《与舍弟五人书》。

⑤ 《谭元春集》卷第三十一《遣奠杨弱水先生哀词》。

许其为“生平知音”①。蔡氏过世之后，谭元春所作的悼念之作，② 可见“知音”之说，殆非虚言。而辨证《与舍弟五人书》作时的关键，在于信中所提到的谭蔡“郧阳之会”，到底两人相会于何时。

## 三、谭、蔡的“郧阳之会”

《与舍弟五人书》一开头即与诸弟分享和蔡复一于郧阳相会之事：

> 廿九到郧阳，初六自船返襄中，与胡用涉从大路行。每会蔡公一番，即骨为之重，识为之高，人生真不可向损处走也。蔡公以黔事大坏，奉命速征，军书如山，思手不停，偷闲节劳，与我作两夕静谈。

因“黔事大坏”，蔡复一在赴黔百忙之际，忙中偷闲与谭元春会面。此处涉及蔡复一政治生涯的浮沉，兹引《福建通志》所载以明之：

> 蔡复一，字敬夫，同安人。万历乙未进士，授刑部主事。……迁兵部武库郎中，出为湖广参政，分司荆、岳。时方有事贵州，黔抚议剿，复一独言抚，不听，坐免。起镇易州，抚治郧、襄。黔苗为乱，擢兵部侍郎，赐尚方剑节制五省，入黔督师，斩馘无算。复一议为捣巢之计，会施州兵逃归，不克成功，罢免。移境上候代，尚日夜治军需，调兵食，劳瘁不辍，卒于军。赐祭葬，谥清宪，赠

① 《谭元春集》卷第二十八《答韩求仲书》。

② 参《蔡清宪公全集序》（卷二十二）、《送少司马蔡师闽榇文》（卷二十六）。

尚书，有《遁庵全集》行世。①

担任湖广参政时，“黔抚议剿”，复一“独言抚”，故坐免。后起用，然因“黔苗为乱”——即谭元春所云“黔事大坏”，又令其“入黔督师”。但道历程，而时间则未点明，幸好可借《明史》蔡复一传及谭元春相关的记述，将模糊的时间稍为廓清。

《明史》载蔡复一万历二十三年成进士，“居郎署十七年，始迁湖广参政”，“则复一赴湖广参政任，当在万历辛亥”。② 万历三十九年辛亥（1611）就任湖广参政，而何时去职呢？

据谭元春《少司马蔡公抚黔文》云：“当万历乙卯、丙辰间，公在辰阳。辰与黔，兵食相及，有欲用民力于苗者，公执不可，因自解归去。”(卷二十四）知其“万历乙卯、丙辰”——即万历四十三(1615)、四十四年仍在任上，而不久，即因意见不合免官归去。再参《送少司马蔡师闽榇文》所述：“忆公万历己、庚间，公已拂衣归乡，自号遁士。”（卷二十六）“万历己、庚”，指万历四十七年己未(1619)、万历四十八年庚辛，此时已拂衣归乡，可见去职之时约在一六一六至一六一九年之间。

《钟惺年谱》在“天启四年”处考证云：

> 谭元春《谭友夏合集》卷五有《伯敬画武夷一景寄蔡先生以授其婿林观曾题之》，知伯敬尚有画赠蔡复一，当亦在去年伯敬返竟陵至今春间作。时复一尚居闽。今年二月，蔡复一始任兵部右侍

① 引自郝玉麟等监修雍正《福建通志》卷四十五《人物》(《景印文渊阁四库全书》本)。据《总目》(《四库全书总目提要》卷六十八《地理类》“福建通志”条）言，此书乃“雍正七年承诏纂辑”，“至乾隆二年书成”。

② 参陈广宏:《钟惺年谱》，第79页。

郎兼右佥都御史巡抚贵州，见《熹宗实录》卷三十九。①

由此得知“擢兵部侍郎，赐尚方剑节制五省，入黔督师”之时，在天启四年（1624）二月左右。蔡复一因“黔事大坏”而“入黔督师”之前与谭元春相会，故谭蔡之会当在天启四年二月之际。而由于《与舍弟五人书》中又有“久旱早热，晚春便如仲夏”语，故这封信的写作时间当在“天启四年晚春”。而万历四十四年丙辰之时，蔡复一在湖广参政任内，无“入黔督师”之事，谭蔡郧阳之会当不在此时。

除了以蔡复一的政治生涯为证外，尚可由以下两端，进一步推翻“万历四十四年”之说，而强化笔者“天启四年”的推论。

其一，《与舍弟五人书》云在舟中批完商、鲁二《颂》，“到京当再细增减一过，将同蔡钟二评刻之”。《送少司马蔡师闽榇文》又云：“公来黔，方予过京师，郧署执别。”“到京”“过京师”的记载，皆指出谭元春郧阳之会后，将赶赴北京的事实，其故为何？乃因谭元春久困诸生，屡试不中，适逢恩选入太学，天启四年以恩贡上京应试。② 若为万历四十四年丙辰，则据谭元春《游南岳记》云：“丙辰三月，谭子自念其为楚人，忽与蔡先生言：‘我且欲之岳。’于是遂之岳。”（卷二十）湖南之游，似与前所言的郧阳之会、赶赴京师应考诸事有所冲突。

其二，《送少司马蔡师闽榇文》云蔡复一天启五年十月四日“以病

---

① 引自该书第234页。经查《明熹宗实录》卷三十九（台湾“中央研究院”历史语言研究所1966年校印本），第11页，天启四年二月处载云：“蔡复一为兵部右侍郎兼右佥都御史巡抚贵州。”故任命时间确实可信。然而，前引《福建通志》云蔡复一在赴黔之前，“起镇易州，抚治郧、襄”。谭元春《少司马蔡公抚黔文》亦云辞官之后，“数年来，海内多事，天下思公甚，公亦念天下，由晋岳起郧中丞，民以乂安”。所以蔡复一被派任兵部右侍郎兼右御史巡抚贵州之前，并非居闽、赋闲在家，而是在“抚治郧、襄”，《钟惺年谱》此处亦误。此又可据《明史》卷二四九《蔡复一传》得证：“光宗立，起故官，迁山西左布政史。天启二年以右副都御史抚治郧阳。”知光宗泰昌元年（1620）蔡复一已重返政坛，于天启二年抚治郧阳，天启四年入黔督师。

② 参陈杏珍：《谭元春集·前言》。

终于平越”。文中又言及两人：“郧署执别，殷勤相订，但谓公明年凯旋，则相迎于武陵之邸。曾未两年，而功未成而遽归，身未归而遽死。”以蔡复一死于天启五年十月往前推算，“未两年”，与笔者所论定的“天启四年晚春”符合，二者相距一年半左右，未满两年。

根据上述种种理由，所以陈广宏将《与舍弟五人书》系于万历四十四年是错误的，故以此信为据，进而论定钟惺《诗经》初评本于万历四十四年已完成，在推理上也不能成立①。

## 四、初评本完成时间重探

因钟惺《诗经》再评的三色本署泰昌元年（1620），而谭元春《与舍弟五人书》完成于天启四年（1624），晚于再评本，所以，此封信对于考察初评本完成的时间可说是毫无帮助。倒是凌氏所刊初评的朱墨本前所附凌蒙初《钟伯敬批点〈诗经〉序》，留有一些线索。

凌蒙初《序》云：“吾友钟伯敬，以《诗》起家，在长安邸中，示余以所评本。”在本文“前言”中已言此《序》后未署时间、文中未明言钟惺何时示以评本，凌蒙初虽云“吾友钟伯敬”，但《隐秀轩集》中却未留存任何两人往来的诗文记载。而凌蒙初的生平，至今尚未能勾勒得很清楚，② 无法从凌氏方面得知他何时与钟惺见面。“时间”既无着落，而地点“长安邸”倒值得一探究竟。

“邸”，指的是宅第，然钟惺是湖广承天府竟陵人，考察《钟惺年

① 笔者要声明的是，虽证得《钟惺年谱》之小误，然瑕不掩瑜，陈广宏先生此书，引述资料丰富，除谱主外，与钟惺来往的友人亦做了交代，于学界大有裨益。本文许多的论证，皆以此书的整理作为基础，仰仗之处不少，谨致谢忱。

② 叶德均《凌蒙初事迹系年》，收于《戏曲小说丛考》（台北：文史哲出版社 1989 年版），第 577~590 页。因数据的局限，所呈现的凌氏的生平行踪仍模糊，例如万历三十三至三十六年以及三十八至四十三年完全空白，其他年份亦简略。

谱》，未有钟惺赴长安的记录，何需于长安设邸？① 假设是短暂停留，故未有诗文往来，是以《年谱》未载，却又不太可能，因久留乃有设宅第之需。然“长安邸”所指为何呢？

在以往的诗文中，就有以“长安”来泛称京师的现象，如李白《金陵诗》云“晋家南渡日，此地旧长安”，而在钟惺的诗文中亦不乏其证，《隐秀轩集》卷六有《十七夜到京看月所寓因题其轩曰僦月》一诗：

> 不见长安月，那知近二年。卜居惟问此，对影已欣然。
> 光在更深后，圆当我到先。清寒真可僦，绝胜买邻钱。

此诗为钟惺万历四十年十二月十七夜在北京所作，自万历三十九年四月离京出使四川，至此时还京，庶几二年，故诗有“不见长安月，那知近二年”之语，② 此“长安月”指的是北京的月色。依此类推，凌《序》所云的“长安邸”，指的当是钟惺在北京的住所，以长安旧为京师，故在此诗及凌蒙初的《序》中用来代指北京。这个推论又可从凌杜若的识语中得到印证：

> 仲父初成自燕中归，示余以钟伯敬先生所评点《诗经》本，受而卒业，玩其微言精义，皆于文字外别阐玄机，足为词坛示法门，非仅仅有裨经生家已也。因寿诸梨枣，以公之知《诗》者。③

① 按：《钟惺年谱》所以能编成，一则仰赖钟惺的诗文存世不少，二则仰赖友人与之往来留下的诗文可观，得以勾勒出钟惺的行踪。钟惺《隐秀轩集自序》云：“尽删庚戌以前诗，百不能存一。”（《隐秀轩集》卷第十七）所以《年谱》在万历三十八年庚戌之前，因数据不足较为简略，然对于探讨《诗经》初评本作成时间并无大碍，因为钟惺在庚戌年始登进士第，声名逐渐传扬，评点、刻行《诗经》，应在登第之后。又，观其庚戌年后，与友人互动频繁，当不致有钟惺久留长安，而却未留有相关诗文为证的情形。

② 参陈广宏：《钟惺年谱》，第 100 页。

③ 凌杜若为钟惺《诗经》初评朱墨本的刊印者，正文所引见初评本卷首。

“自燕中归”，“燕”为河北一带之简称，明清或称北京为燕京，是故“燕”又可以按狭义指北京一地，如钟惺《舟狱集自序》云：“丙辰，钟子自燕请假而南，暂憩金陵。”（《隐秀轩集》卷十七）《题鲁文恪诗选后二则》云：“予喜诵乡先达鲁文恪诗文，庚戌官燕，曾从其孙睢宁令乞一部，欲选之。”（卷三十五）皆是以“燕”代指北京之例。又如钟惺作于万历四十一年六月的《题胡彭举画赠张金铭》云：“金铭索予画在燕，为癸丑春。予之题成而寄金铭也，予在燕邸，金铭在济阴官邸。”（卷三十五）以“燕邸”称呼其在北京的住宅，又是一例。

以上所述，皆足以作为凌《序》中的“长安邸”是指钟惺在北京的住所的证明。于是，钟惺在北京逗留的情形，就成了破解初评本完成之时的关键了。

考察钟惺停留在北京有以下三个时段：

（1）自万历三十八年初①至三十九年四月，因奉使四川而离京。

（2）自万历四十年十二月至四十一年九月，因奉使山东而离京。

（3）自万历四十三年二月初还京，至此年六月因出典黔试而离京。试毕还京，② 至万历四十四年八月离京。从此，未尝再至北京。

钟惺将初评本交付凌蒙初是在哪个时段呢？笔者以为在第一个时段中，钟惺刚于万历三十八年三月考中进士，观政于京，且未有设邸的相

① 以下时段之归纳，多本自《钟惺年谱》的梳理。考《年谱》所载，钟惺三十七年八月与友朋相聚于南京后，回到竟陵，而后再赴京，《秋日舟中题胡彭举秋江卷》诗其序云：“己酉秋，予将由金陵还楚。”（《隐秀轩集》卷第二）可以为证。又《题焦太史书卷》云：“惺生平不喜无故而求见海内名人……至秣陵焦弱侯太史，犹欲一见其人。己酉惺以计偕过秣陵，适先生谢客，未遑求见而去。”（卷三十五）举人入京参加会试称“计偕”，此记钟惺己酉赴北京应考路过南京拜访焦竑不遇之事，来年三月钟惺中进士，未能精确断定钟惺抵达北京的时间，姑定为“三十八年初”。

② 钟惺八月在贵州典试，试毕还京途中与谭元春会于安陆，谭作《伯敬典黔试过家还京与予遇于安陆以诗三首》（卷三），其一有“以家为道路，驱车仍上京。霜雪我无缘，寒香村气生”语，可见钟惺在霜雪中还京，未明何时抵达，然四十四年春钟惺已在北京。

关诗文记载，其声名是否大到足以让凌蒙初造访、赞扬，为之传刻此书，亦值得怀疑。笔者以为此时段似较不可能。直至万历四十年十二月第二次赴京，始有《十七夜到京看月所寓因题其轩曰僦月》一诗，言及其卜居于京，名其轩为“僦月”之事,① 此时交游较先前为广、声名益显，所以揣测交付凌蒙初《诗经》初评本约在此之后，至于是万历四十一年、四十三年还是四十四年，因未见足以为据的文献，目前无法判断。

## 五、结　　论

本文因质疑陈广宏先生《钟惺年谱》将《诗经》初评本完成的下限系于万历四十四年春，而加以考证。以《年谱》论定的依据，主要仰赖谭元春《与舍弟五人书》一文为万历四十四年所作的判定，故文中首先考察此信的时间判定是否正确。透过对蔡复一万历末至天启年间宦途的整理，以及谭元春其他相关文章的佐证，推翻《年谱》的论定，证明此信当完成于天启四年晚春，已晚于刻成于泰昌元年的再评本，是以无法借此信以证《诗经》初评本的作时。

笔者进而从凌蒙初的《钟伯敬批点〈诗经〉序》所云“长安邸”考索，参以钟惺的诗文、凌杜若的识语等，判定“长安邸”乃指钟惺在北京的住所而言，而钟惺在北京的停留时间遂成解决此问题的重要依据。

考察钟惺有三个时段流连于北京，笔者推测，钟惺、凌蒙初在燕邸

---

① 钟惺友人亦有相关诗文提到僦月轩，如王象春在万历四十四年作《伯敬至京有轩以僦月名者因同仲良颜之》，有“有居不得月，何以休瘦骨。僦轩贮床席，僦月为诗窟。月是轩主人，僦轩先僦月”等语（《问山亭诗集选》“壬子”）。四十一年钟惺自作《僦月轩后竹》诗（《隐秀轩集》卷第六），陆梦龙则有《和伯敬僦月轩后竹》诗，有“促膝长安地，高轩似尔稀，几时兼种竹，对月倍清晖”语（《憨生集》“五言律”）。以上参陈广宏:《钟惺年谱》，第 101、114、115 页。

的会面，以钟惺在北京设宅后，即万历四十一年、四十三年、四十四年较有可能，《诗经》初评本亦当完成于这段时间。

推翻了《年谱》的推论，然亦未能考得初评本确切的作成时间，实因数据有限，证据薄弱，不敢自信，无法做明确的推估。谨将所考整理如上，以翩将来学者续有发现，可立足于其上继续探究。

本文原载于林庆彰先生主编《经学研究论丛》第十辑（台湾学生书局2002年版），第75~84页。收入本书时，作者又作了修订。

# 谭元春及其著作
# （存目）

陈杏珍

载《文献》1998年第4期，第231~235页

# 《钟惺文钞》辨伪

李先耕

《四库禁毁书丛刊》第160册收录了上海图书馆所藏清人抄本《钟惺文钞》（下文简称《文钞》），此书不分卷，仅存寥寥十五叶。从影印本来看，其丝栏不甚清晰，是用精美的行书抄在半叶八行的笺纸之上的。抄本首叶有“李氏珍玩”“曼生”两印以及一方“坊＊所得”的闲印。首篇篇题《纪盛诗序》下有“楚人钟惺记”五字。此书共收文七篇：《纪盛诗序》《学政条约序》《节录款则七段》《江阴示诸生》《浣花溪记》《先师雷何思太史集序》《萧氏族谱序》。《萧氏族谱序》文末有“嘉庆丙辰春仲梦楼王文治拜读”的题款以及“梦楼”“王文治印”等三方印。最后一叶有“二年至月风雨之夜曼生读记”的题记以及“李氏珍玩”等印记。题款者王文治，丹徒人，生于雍正八年（庚戌，1730），字禹卿，号梦楼。乾隆三十五年（1770）探花，为著名书法家。有《放下斋初存稿》《梦楼诗集》等。官侍读，曾出使琉球，外任云南临安知府，被劾罢归，掌教杭州崇文书院。卒于嘉庆七年（1802），年七十三。丙辰为嘉庆元年，王氏年已六十七，对钟文犹云“拜读”，可谓敬意有加。亡友凌家民君言，“署名‘曼生’者姓李氏，非著名篆刻家陈豫钟；李氏曼生事履无考”。其题记在嘉庆二年。《文钞》中的《浣花溪记》《先师雷何思太史集序》两篇见于笔者与崔重庆先生合作点校的《隐秀轩集》（上海古籍出版社，1992年版），其余五篇则不见于钟惺现存的诗文集。笔者当年整理《隐秀轩集》时，主要根据钟惺自选的天启刻本《隐秀轩集》三十三卷，钟惺死后友人徐波刊刻的《钟伯敬先生遗稿》四卷，崇祯年间陆云龙刊刻的《翠娱阁评选钟伯敬先生合集》十六卷所收录的钟惺诗文；此外还从明清人所编的诗文集中录出署名钟惺的诗文十五篇。如果此本《文钞》为真，当是钟惺著作的新发现。但细加寻绎，感觉署为《钟惺文钞》而为现存钟惺诗文集所失收的五篇，其实是他人之作。

首先是仕履不合。其《节录款则七段》实从《江阴示诸生》中“厘为款则十五条”中节录而来。而《江阴示诸生》《学政条约序》等文说明作者应是江南学使。或以为江阴教谕或训导也可作《江阴示诸生》，但观其文中“较试上下江各属”，“今行及下江矣，下江文笔固高，而苏、松二府又为下江之尤”等语,① 实非仅江阴一地。且《学政条约序》明言“故风厉习俗，振兴文事，皆学使者之专责也。今天子宣德，意崇教化，念江南为人才地，寄任匪轻，慎简在廷，使往视学，遂诏大臣共举三人。于是使者之名，谬登启事，召对至再，特荷上知，来莅兹土。受命之日，且愧且惧，不知所为。退而自惟，使者自束发受书，即补弟子员，其中甘苦得失，固已遍历亲尝。今日备官而忘之，则负愧滋甚。使者所以俯仰今昔，洗心自矢，以教尔多士也”。这只能是江南学使的口吻。但是钟惺并没有担任过这一职务，所以不可能是钟惺所作。

其次是时代不合。在《节录款则七段》中，有“若金正希之精深，陈大士之雄健，包长明之隽永，（罗）② 文止之淡宕，黎左岩之幽曲，杨维节之岸异”。这里除罗文止（万藻）为天启七年举人之外，其余诸人——金正希（金声）、陈大士（际泰）、包长明（尔庚）、黎左岩（元

① 上江原指安徽一带，下江则指江苏，因长江由安徽入江苏。《江南通志》卷一〇五：“巡抚都察院江南分上下江设两巡抚：苏松巡抚，自明嘉靖以来久设，国朝因之。初辖江苏松常镇五府，康熙五年凤抚奉裁，始并辖淮杨徐三府州。康熙元年停止提督军务之衔。十三年以军兴，复令提督军务。安徽巡抚：国初以操江兼管，后以任重事繁，康熙元年操江军务归并总督，始专任巡抚之事。所辖安徽宁池太庐凤七府，滁和广三州。”

② “罗”字夺，据《古欢堂集》原文补入。

宽）、杨维节（以任）皆为崇祯进士。他们之中除金声成名较早之外，其他可以说都是崇祯年间的八股名家。而钟惺去世在天启五年（1625），绝不可能列举这些人。此外，这些文章中一再称“明季”“前明”，这只能是清人口吻。而《节录款则七段》有言“文社之兴，始于明季。其初自一二荐绅先生聚徒讲学，日以浸广，而依附者遂借以求名。于是入者谓之同类，出者谓之匪人，而朋党之势成矣。朋党既成，则朝廷之上彼此相倾，至于颠覆而不悟。论世者所以慨焉三叹也。今朝政清明，群工和协，从容礼让之风达于天下，固无前明之所为者”。这种对明末党争的看法，以及与当时朝政的对比是清初顺治及康熙初年常见者。

在《江阴示诸生》中有如下字句：“所以使者考试以来，此种文字尽置劣等，此在上江诸郡比比然。今行及下江矣，下江文笔固高，而苏、松二府又为下江之尤，宜无有剽盗割裂为文字者。”可见这时的江南学使是统管上江、下江的。查《江南通志》卷一〇五云：“提督学政，顺治二年，上下江督学御史分差二员，九年始合为一。十年停差。御史照直隶、顺天等处，特设督学内翰林院二员，分考上下江。十二年，改南直隶为省，照例以道臣督学，止用提学佥事二员，停差翰林。康熙元年，裁并归一，改为督理通省学政道。二十四年，复用翰林院。雍正三年，仍分上下江各一员。”可见作者所任合上下江为一的江南学使只能是在顺治九年以及康熙年间。在《江南通志》所列举的人选中，最符合条件的就是康熙十九年（1680）至二十一年间任江南学使的田雯。

《山东通志》卷二十八云：“田雯，字紫纶，德州人。康熙甲辰进士，初任中书舍人，改户部员外。时滇楚用兵，军需旁午，雯请以白粮附漕艘带，运费不烦而民力省，至今著为定例。升工部郎中，提督江南学政。江南文气骫靡，雯力崇古学，所取皆雄骏通伟之士，风气为之一振。改补湖广督粮道，内升光禄卿。寻出抚江宁。江苏漕白为天庾要供，是年秋雨积阴，米色多变，百姓艰于输纳。雯特疏以请，民得随时交兑。又以运河至京口一带，地势崇高，凿山成河易于坍卸。向例冬日挑浚，天寒风雪，千夫荷锸泥淖中，艰苦万状。雯请动司库，大加挑浚，一劳永逸，以省岁挑之劳费。至今苏常百姓德之。其他如减湖田之增税，免庐课之办铜，前后俱次第允行。调抚贵州，时苗獞猖獗，粤省方议会剿。雯移书制府，谓制苗之法，犯则治之，否则防之而已。若兴师动众，劳民伤财，于事无益。自是大征之议遂寝。丁忧，起补刑部右侍郎，寻调户部，出督河工，以病告归，卒。雯于史学最深，为文浑涵雄健，成一家言。所著有《长河集》《姜山先生诗稿》。”看来田雯绝不是钟惺那样“仅以诗文为当时师法”（谭元春《退谷先生墓志铭》）的人。《四库全书》收录有田雯的《古欢堂集》。《纪盛诗序》见于其卷二十四，而卷二十七则收录了《学政条约序》（附十五则、江阴示诸生），《文钞》所收录的《节录款则七段》分别是其第一、第九、第五、第六、第二、第八、第十一则。《萧氏族谱序》也见于《古欢堂集》卷二十七。

田雯写《学政条约序》的时候应是他刚刚上任不久——康熙十九年（1680），这时距钟惺写作《浣花溪记》（万历三十九年，1611）不过69年，距沈刻本《隐秀轩集》刻成（天启三年，1623）57年，距钟惺去世（天启五年，1625）55年。117年后（嘉庆元年，1797），博学名流如王文治也已经分不清两人的作品了。而据程泱《田雯部分作品被误植为王念孙》一文①介绍，田雯的作品还曾被假置于王念孙名下，实为作者之不幸。

载《文献》2007年第4期，第109~110页

① 程泱：《田雯部分作品被误植为王念孙》，《文献》2007年第1期，第158页。

# 《词府灵蛇》之编刊与天启间南京的商业出版

陈广宏

《钟伯敬先生朱评词府灵蛇》《钟伯敬先生朱评词府灵蛇二集》，是以钟惺名义评点的商业出版物，明天启四年、五年相继梓行。其性质是前代诗法、诗格、诗评等著作之汇编。钟惺卒天启五年乙丑六月二十一日①，而题钟惺撰《叙灵蛇二集》署“天启乙丑秋日”，则其为坊贾伪托明矣。坊间利用钟惺之名牟利，万历中已开始，比较集中的如金阊闾拥万堂，刊有《古名儒毛诗解十六种》三十四卷（题钟惺辑）、《钟伯敬评秘书九种》六十六卷等。天启至崇祯间题名钟惺的编选评注本增多，苏、杭、南京之书坊皆有，固应与其卒后声望日隆有关，某种程度上或亦与李贽著作于天启五年遭四川道御史王雅量再度申禁相关，如钟批本《三国志》《水浒传》实皆据李卓吾评本《三国志》《水浒传》而略增删改易其批语可证。借钟惺名义批评、纂辑的商业出版物，遍涉四部②，然诗法类著作唯此（有意思的是，之前题李贽编辑的此类著作亦有一种，曰《骚坛千金诀》）。

---

① 陈广宏：《钟惺年谱》“天启五年”谱，上海：复旦大学出版社 1993 年版，第 244~245 页。

② 李先耕：《钟惺著述考》第二章“钟惺编选评注诸书考”，哈尔滨：黑龙江大学出版社 2008 年版，第 108~123 页。

## 一、编刊者及其交游圈

我们先来看编刊者。《词府灵蛇》计分元、亨、利、贞四集，其元集卷首题署曰："景陵钟惺伯敬父选，丰城李光祚赞庭父辑，秣陵程云从龙德父校，唐光夔冠甫氏阅，唐建元翼甫氏梓。"①（亨、利、贞集无题署）《词府灵蛇》二集计分精、气、神、骨四集，其精集卷首题署曰："景陵钟惺伯敬父评，秣陵程云从龙德父订，兄唐捷元垣之父阅，唐建元翼甫氏梓。"② 神集同，气集与骨集改"兄唐捷元垣之父阅"为"兄唐光夔冠甫氏阅"，余同。两集均署"金陵唐翼甫藏板"，表明版权归唐建元所有。除李光祚仅参与第一集的选辑，基本上属同一个出版班底的工作。

在这个班底中，李光祚应为被聘请的职业编书人。光祚，字赞庭，一字镇静，丰城（今属江西）人。贡生，以经明行修荐为推官。史称"学问甚笃"。传见同治《丰城县志》卷十五"人物志"。光绪《江西通志》"艺文略"据《丰城县志》著录李光祚编纂《四书纲目》《周易纲目》《小学注解》三书。所谓《周易纲目》，当即天启五年（1625）吴郡周鸣岐启新斋刊李光祚辑《丘方二太史朱订秘笥易经讲意纲目集注》四卷《周易本义》不分卷（三色套印本），托名丘兆麟、方应祥二人所订。如其小传遂称"与方应祥、丘兆麟为道义交"③。万历四十年（1612），南京书坊主王凤翔（王安石廿二世孙）梓《新刻临川王介甫先生诗集》一百卷，乃李光祚校，书前并有其所撰《光启堂重校荆公文集序》。另，书林詹伯元刊李光祚辑《新锓李先生类纂音释捷用云

① 《钟伯敬先生朱评词府灵蛇》，金陵唐建元朱墨套印本，国图藏，《中华再造善本》影印。下引同。

② 《钟伯敬先生朱评词府灵蛇二集》，明天启间金陵唐建元刊朱墨套印巾箱本，台湾"中央图书馆"藏。下引同。

③ 《（同治）丰城县志》卷十五"人物志五·儒林"。

笺》六卷,① 一本作《新锓李先生类纂音释捷用云笺》十一卷，钟惺编，陈继儒评释，万历间詹伯元刊,② 可见李氏与托名钟惺之间已有瓜葛；此或又与明末清初以来坊间屡有翻刻的“李赞廷先生纂辑”《如面谈新集》或《增补如面谈新集》相关。③

程、唐诸氏皆南京当地书坊中人。程云从，字龙德，余未详。其职司当为校订。由《词府灵蛇》与二集卷首钟惺叙皆为程氏所书观之,④ 此人或又充当写字人，若此则很有可能在该著书籍形式的文艺化改新方面发挥重要作用。唐建元，字翼甫，南京十多家唐姓书坊主之一。唐捷元、唐光夔当为其兄或从兄辈。应该说，他们已非一般家族业主的帮衬，如唐光夔尝编撰《四书通典备考》十二卷，《贩书偶记》录为“康熙丙寅刊”，《美国哈佛大学哈佛燕京图书馆藏中文善本书志》所录本为“康熙三十三年文枢堂梓行”（唐捷元阅）；又清乾隆间有诸如三多斋、积秀堂、金阊业书堂等多种版刻之《增补四书人物备考》十二卷，署唐光夔详阅，可窥其在做举业书方面的作为。与其时众多成熟的职业出版商相似，这个班底集策划、编校、刊印、营销于一身。

不仅如此，倘据其他相关材料，或可由之追溯一个更大的出版人交游圈。2014 年春季拍卖会古籍善本专场，西泠印社有一件拍品，为精抄本《新镌广辑海内名家工画能书》四卷，据其展示的书影，内封题

---

① 杨绳信:《中国版刻综录》，西安：陕西人民出版社 1987 年版，第 171 页。

② 杜信孚:《明代版刻综录》第五卷，扬州：广陵古籍刊印社 1983 年版。

③ 如会元楼、锄经书屋《如面谈新集》，积秀堂、文盛堂、藜照堂、翠筠山房《增补如面谈新集》诸版。所谓“新集”，当针对已有日用尺牍选集《如面谈》而言。约天启、崇祯间，苏州坊间先后刊《如面谈》十六卷，题钟惺纂辑，冯梦龙订释；《如面谭二集》十八卷，题钟惺辑。今《四库禁毁书丛刊补编》收录。

④ 见《钟伯敬先生朱评词府灵蛇》卷首“叙”末所署“秣陵程云从龙德甫书”，并钤程氏名、字印两方。《钟伯敬先生朱评词府灵蛇二集》卷首“叙灵蛇二集”末虽无上述题署，然书体同前集“叙”，其卷头亦仍钤有两方程氏名、字印。

“镌张伯起先生朱评工画能书”“金陵余思泉藏板”，卷一卷头署“古吴张凤翼伯起氏编辑古扬李云翔为霖氏参订金陵唐捷元恒（垣）之氏、先（光）夔冠甫氏校阅金陵余大茂思泉氏”。此著未见刻本流传，在日本，国会图书馆等藏有江户时代写本《新镌广辑海内名家工画能书》三卷。① 由唐捷元、唐光夔二人于此中出现，串联起两个比较重要的人物，一为李云翔，一为余大茂。

是著题“张凤翼朱评”“张凤翼编辑”，应为将计就计的广告策略，② 实即李云翔编订，卷首有天启丙寅（1626）李云翔序。云翔，字为霖，江都（今属江苏）人。③ 与李光祚相类，亦其时在南京的职业编书人。值得注意的是，他恰又是打钟惺招牌的《新刻钟伯敬先生批评封神演义》二十卷的编订写定者。余大茂，字思泉，南京书坊主，据天启七年（1627）余思泉、张宾宇刻朱墨套印本《新镌诸子拔萃》“诸名公参选诸子姓氏”，末署“金陵余庆堂余大茂思泉氏、新安毓秀斋张起鹏宾于氏仝阅”，知其书坊号余庆堂。显然，就《工画能书》而言，包括李云翔及二唐在内，皆属为余氏工作。类似情况还有这本《诸子拔萃》，其卷一卷头题“明邗江李云翔为霖甫评选秣陵社友唐捷元垣之甫参阅余大茂思泉甫较梓”，卷二有“秣陵社友唐光夔冠甫甫参阅”，卷六又有“春谷社友盛于斯方圆甫参阅”“江都社友曹大阶升之甫较梓”等。④ 唯卷首李云翔序曰：“余友唐翼甫诸君欲梓之以公海

① 最先关注此拍品并用于李云翔相关探讨者，乃日本青年学者岩崎华奈子君，参见［日］岩琦华奈子：《李云翔の南京秦淮における交友と编注活动》，九州大学中国文学会《中国文学论集》2014 年第 43 号。

② 岩崎华奈子已注意到《四库全书总目》卷一百十四子部二十四“艺术类”存目录有张凤翼撰《海内名家工画能事》二卷，疑此《新镌广辑海内名家工画能书》或即在《工画能事》之画论、画诀基础上再加上字论、字诀二卷，见［日］岩琦华奈子：《李云翔の南京秦淮における交友と编注活动》。

③ 周明初：《李云翔生平事迹辑考及〈封神演义〉诸问题的新认识》，《文学遗产》2014 年第 6 期。

④ 周明初：《李云翔生平事迹辑考及〈封神演义〉诸问题的新认识》，《文学遗产》2014 年第 6 期。

内，余特述其所以，书于其首。”① 似版权又与唐建元相关。

上揭周明初教授之文勾稽李云翔生平事迹，尝引《新镌六院女史清流北调词曲》卷首李云翔天启六年（1626）所撰“序”及出版人庞应石《附言》，述李氏是年初夏寓居南京，为本地书坊龙光堂主人庞氏编著书籍，并参加南京的文人结社，所谓“同社友程、唐诸君，偕二三丽人泛水秦淮”。这一方面可证李氏与唐建元、唐捷元、唐光夔及程云从辈的交往，显示这些书坊中人及职业编书人模仿文人士夫的交际及生活方式，寄兴诗酒，以风雅为尚；另一方面则串联起南京又一家书坊主龙光堂庞应石，② 并由李云翔万历间同类著作《金陵百媚》，一直可以究及其与冯梦龙的交往。

此外，值得关注的尚有社友盛于斯，字方圆，南陵（今属安徽）人。诸生，与刻书世家周文炜、周亮工父子友善，亮工为作《盛此公传》（《赖古堂集》卷十八）。检盛于斯《休庵影语》，有“与李为霖”“与唐翼甫”等书信，并以“取功名正在此日”相勉。③ 又其《纪遗》一文，记己所作“《草堂别集并杂诗》一帙，计三十余篇，在白门程龙光处”，“手柬数十幅，在唐翼甫处”等，④ 皆可见其与金陵程、唐诸氏交情之厚。

## 二、《词府灵蛇》二种的编法与材源

《词府灵蛇》与《二集》的编刊，当然是典型的商业“制作”，作为面向更广泛阶层初学者的“通俗诗学手册”，颇具实用价值；而从生

① 杜泽逊：《四库存目标注》册四“《诸子拔萃》八卷”条，上海：上海古籍出版社2007年版，第2072页。

② 庞氏尝刻《谭友夏先生评订秀野轩集一二卷岩栖集七卷同波集五卷》，（明）释慧秀撰。

③ 盛于斯：《休庵影语》，上海：开明书店1931年版，第91、92页。

④ 盛于斯：《休庵影语》，第53页。按，程龙光，疑即程云从或其兄弟辈。

产环节而言，则充分体现了效益最大化的原则。

李光祚在编《词府灵蛇》一书时，应该并无二集、三集之系列计划，那是《二集》叙中才交代的。故从该著的编纂来说，无论编法、材源，皆不算新鲜，有现成的取资。自成化以来，如杨成刊《诗法》、黄省曾编《名家诗法》、朱绂编《名家诗法汇编》等前代诗法汇编著作，辗转承袭，已经显示了商业出版的特点，并成为此一专类书的公共资源。除此之外，《词府灵蛇》的编法至少还应特别受到《诗法指南》（万历二十七年南京蕴古堂刊本）与《新镌吴会元增订翰林诗法》（万历二十八年序刊本）的影响，二著在当时的流行程度，可以《诗法要标》（韩国藏钞本）即据以“删定增选”证之。王槚《诗法指南》的影响主要体现于《词 府灵蛇》的元、亨两集，即将所据元人诗法著作如《诗法源流》《诗法家数》《木天禁语》及南宋《诗人玉屑》所录诗论等打散重编，以原有二级标题为单位，杂采众说，以类相从，大抵按照学诗的进阶，构成其内容安排，不复注明出处。至于利、贞两集，以原集形式汇编《诗家一指》、《诗学禁脔》、严沧浪《诗法》、《金箴集》、杨仲弘《诗法》、《沙中金集》、《诗法正宗》、《诗宗正法眼藏》等著，则同《翰林诗法》的路数。

具体而言，如元集起首采用《诗法源流》论“诗道之大原”一段及姜尧章解释诸体之说，以为“诗学正论”接《诗法家数》之“诗学正源”“律诗要法”（《诗法指南》题作“诗学正源”“诗学正义”），以下据《诗法指南》“诗有题目章法”之解说，列为“律诗章法”。其用意即取自《诗法指南》，以上述诸条为总义及体制。其下接“篇法”诸论，自亦顺理成章。相比较而言，此部分《诗法指南》仅有“诗有律诗绝句八句为律四句为绝”“诗有句法对法”，而李光祚则取《木天禁语》“六关”之“篇法”充实之（其文本或即来自《翰林诗法》卷四），并取王昌会《诗话类编》卷二“名论”之法，将诸如《诗法源流》之论绝句、《诗法家数》之“绝句”，《诗法家数》“律诗要法”之

“七言”、“五言古诗要法”之“五言古诗”“七言古诗”等插并其中。① 以下以“格局”统“诗有赋比兴”至“诗有著题泛说”诸条，其内容较“篇法”似又进一层，主要关乎表义的诗歌修辞法。从其取材来看，亦大体在《诗法指南》前卷“诗有情景虚实”“诗有明暗例”“诗有著题泛说”等条目的基础上，补充“诗有赋比兴”（参见《翰林诗法》卷十“诗教指南集”，《诗法指南》后卷“诵美诗法”“讽谏诗法”等例诗及解说）、“诗有拗体”（参见《诗法指南》“诗有律诗绝句八句为律四句为绝”有关例诗及解说）、“诗有体用”（参见《诗人玉屑》卷十）、“诗有体志”（参见《翰林诗法》卷一“翰苑诗议”引王世贞所论，原出《文式》卷上，系皎然《诗式》“辨体有一十九字”例证）等相关内容。末接“气象”十论，作为各类风格描述，亦出《翰林诗法》卷一“翰苑诗议”引王世贞论。

亨集基本上围绕诗歌作法之宜忌须知编成，其来源以《诗人玉屑》为大宗，兼及《诗家模范》《名公雅论》《诗家一指》《诗法家数》《木天禁语》《诗教指南集》等多种元人诗法著作。其中亦明显有采自《诗法指南》的痕迹，如起首之“诗法口诀”条（《诗法指南》据《诗家模范》）、“诗用浅语”条（《诗法指南》当录自敖英《唐诗绝句类选》卷三“时序”张籍《秋思》眉评）；亦可见采自《翰林诗法》处，如卷尾之“诗重音节”条（当据卷一“翰苑诗议”引王世贞所论）。内容编排大抵仍求以类相从，如“诗戒讪镑”至“诗可以观”诸条，皆涉诗之功能；“先意义后文词”至“含不尽之意”诸条，乃论诗之“意”；“诚斋论造语法”至“点化古语”诸条，穿插论诗之句法与用

---

① 另可证其取资王著者，是该书仅有的寥寥几个眉评，实从《诗话类编》卷一辑出或稍加变易，如“一字血脉”中的“以情字为血脉”，“双抛”之“首句风物凄凉，次句古战场，颔联应古战场，颈联应风物凄凉，结尾总承两意而结之”等。（王昌会：《诗话类编》，蔡镇楚编：《中国诗话珍本丛书》本第 5 册，北京：北京图书馆出版社 2005 年版，第 42 页，第 48～49 页）至于《二集》的眉批，则改为简单的字词音释。

语；“阳陵论下字法”至“一字师”诸条，皆论字法；“妙于用事”至“叙事尽详”诸条，论诗中之用事、叙事；“诗韵当熟”至最后“诗重音节”诸条，则属论诗之押韵、音节、平仄等声律论。其后尚附刻《古诗十九首》及古乐府若干首以充数，当然，亦可算是诗式示例。

利、贞两集已如上述。值得注意的是，如贞集所录杨仲弘《诗法》，其“荣遇”“讽谏”至“赓和”诸诗法，题名虽基本同杨成序刊本《诗法》以来至《翰林诗法》等的称法，然实际上文本却据《诗法指南》而录，包括其所增之诗例与解说，以及新添加之“宫词”诗法一种，惟诸诗法排列次序又略作更易，诗例则各选其二首。另外，“眼用实字”以下，直至“五言失粘”条，实为《沙中金集》的内容，编刊者于此失题，多少显示其粗率处。

值得一提的，还有《词府灵蛇》卷首题钟惺撰序，其内容实皆割裂他序移花接木而成。兹将相关出处排比如下。“叙”曰：

> 诗者，持也，持人之性情也。倪动籁宣，刻玉不足纪其盈虚，铸金未能均其清浊。其合也，则荛竖机女，动叶宫商；其杂也，则刻鹜雕龙，祇彰骫骳。岂非哀乐之感冥乎自然，律吕之调非由人事者也。
>
> 余浏览古今，扬扢风雅，《三百五篇》有一字不韵、有一字不法者乎？能法法，则法为我用，不法而法；不能法法，则我为法缚，法而不法。
>
> 代历既湮，流风寖沫，业是者虽知根柢于唐，鲜能穷本知变。然自惭肤立，比鉴未穷，窃欲什逐风雅，人握灵蛇，乃上溯黄轩，下迄我明，凡逸文断简，片翰只韵，孤章浩帙，乐府声歌，童谣里谚，七略四部之所鸠藏，齐谐虞初之所志述，无不搜括，期于明四始，彰六义而止。虽然，轮斲蜩承，剑舞出神，其有机焉以遇之，且得而先能哉。昔有登坛说法，拈花微笑而下，则恶用乘韦先、十二牛也邪。

起首一段，即据金陵名贤顾起元之《潭西楼集序》，仅删易数字：

诗者，持也，持人之性情也。天倪自动，人籁相宣。刻玉不足纪其盈虚，铸金未能均其清浊。其合也，则涂歌巷号，动以叶于宫商；其离也，则刻鹜雕龙，祇自彰其骫骳。岂非哀乐之感冥乎自然，律吕之调非由人事者也？①

中间一段，虽未找到确切出处，然诸如此类论“法”之说，洵为当时格套语，如：

夫诗有法乎？亦何法乎？法在古之人，而法法者在我。固知法法而不法，于法者之为得也。②

自得者能用法，能使法为我用，能离法而自立法。③

凡氏皆可法，凡氏皆不必法，而不法之法，其法自在。④

语云：“有法法无法。”又云：“道法自然。”是编虽谭及有法，而法无所法之旨，跃然以呈学诗者。……惟因法而法，无法之法，以游于自然之途，则诗虽技哉，进乎道已。⑤

其受《诗法指南》“题辞”影响的可能性更大。⑥ 第三段当剿袭张四维

① （明）顾起元：《潭西楼集序》，《懒真草堂集》文集卷十三，明万历四十六年刻本。

② （明）梅守箕：《刘元定浮云编序》，《梅季豹居诸二集》卷九，明万历间刻崇祯十五年续刻本。

③ （明）袁中道：《曹医序》，《珂雪斋集》前集卷九，《明代论著丛刊》本，台北：伟文图书出版公司 1976 年版，第 997 页。

④ （明）邹迪光：《于惠生冶城草序》，《始青阁稿》卷十一，《四库禁毁书丛刊》集部第 103 册，北京：北京出版社 2000 年版，第 291 页下。

⑤ （明）朱之蕃：《刻诗法指南题辞》，周维德：《全明诗话》，济南：齐鲁书社 2005 年版，第 2411 页。

⑥ 此“题辞”实南京名贤朱之蕃所撰，参见陈广宏：《〈诗法要标〉与晚明诗法著作的生产与传播》，《文学遗产》2016 年第 1 期。

为冯惟讷作《古诗纪序》：

> 先生以隽才大雅，高步一时，见世之为诗者多根柢于唐，鲜能穷本知变，以窥风雅之始，乃溯隋而上，极于黄轩，凡《三百篇》之外，逸文断简，片词只韵，无不具焉；秦汉而下，词客墨卿，孤章浩帙，乐府声歌，童谣里谚，无不括焉。七略四部之所鸠藏，《齐谐》《虞初》之所志述，无不蒐焉。……代历既遐，流风寝沫，后之学者莫得涉其津涯。①

惟其间略作切割置换、增插删并，以图稍能变异其面貌。

《二集》的编纂已无李光祚，不过显然仍沿袭了这个出版班底的创意与手法。或许是《词府灵蛇》的销量令他们感受到此中商机，这时有了将之做成一个系列的出版计划，题钟惺《叙灵蛇二集》所谓“然有三集，庶为全书。一集如工作鋣掜，学者必以先取孤行，纸几为贵。是集则字字精义，言言纲格，不离声闻辟支，已证上乘正宗。三集取历代俊句，汇为吟隽，亦一金谷之瓶花盆石也”②。从之前该类著作的出版情形来看，元人乃至宋人的诗法著作资源已较难再有利用、开发的空间，他们于是又开掘材源，一方面在取材上更多向宋元诗法以上之唐五代诗格著作，以及唐前如《诗品》《文心雕龙》等经典诗文评著作拓展，另一方面在种类上，亦试图由诗歌作法向品评、诗序乃至摘句等样式充扩。当然，其利用的大宗资源亦是现成的，那就是集南宋前诗格、诗法著作之大成的重编本《吟窗杂录》。

《二集》分精、气、神、骨四集，香港吴嘉慧已撰有专文，对该著

---

① （明）张四维：《古诗纪序》，（明）冯惟讷：《古诗纪》卷首，明万历刻本，复旦大学图书馆藏。

② 《叙灵蛇二集》，《钟伯敬先生朱评词府灵蛇二集》卷首。

资料出处及舛误有较详探讨，可以参看。① 其精集属诗之评品，主要据《吟窗杂录》卷二编刊钟嵘《诗品》上、中、下（之前如胡文焕《诗法统宗》亦据校刊），然题名改为《衡品》以掩人耳目。其后更配立《广衡》一目，前一部分看上去乃分别辑录王世贞、李攀龙、杨慎、何景明、李梦阳等人诗论，集评唐名家诗，实据《艺苑卮言》卷四辑刊，然其中如题“何仲默曰”一段，实移高棅《唐诗品汇》“总叙”以充之；“李献吉曰”一段，又移李维桢《唐诗纪序》以充之。之所以会出现这种情况，或即取自蒋一葵《诗评》之“统论二章”所录《唐诗品汇》“总叙”与李维桢《唐诗纪序》。后一部分“《团扇》二篇”至“齐梁诗”八条，包涵汉魏六朝与唐诗，实分别录自皎然《诗式》卷一至卷四相关条目（见《吟窗》卷八、九），却并不标明出处。

气集大体分作两大部分。“猎叙”主要辑刊若干唐宋总集、别集之诗序，分别据《吟窗杂录》卷四十一“杂序”及卷二十六“历代吟谱”、卷三十七“评品”等所录，还包括卷十三“处囊诀”与卷十八上“续金针诗格序”。“晰秘”以下至“王玄编物象例附”属诗格，乃据《吟窗杂录》（分见卷三、卷十四）题贾岛《二南密旨》与王玄《诗中旨格》加以编刊，前者录至“总例物象”，惟题目大多以“原”改“论”，由“诗六义”之旨格叙起（其“备晰六义”诸条加入齐己《风骚旨格》“诗有六义”之诗例），及于篇目、物象；后者则全录其诗格部分，算是“物象”之例，仍以二级标题的形式编次，亦不标明出处。

神、骨两集基本上为诗格专集。神集以《二南密旨》卷末“论总显大意”“论裁体升降”，接题白居易《文苑诗格》全文（《吟窗》卷四）；复接题王昌龄《诗格》卷下“诗有三境”至“常用体十四”（《吟窗》卷四、五），以下以类相从，加入齐己《风骚旨格》“诗有十体”（《吟窗》卷十一）；又据《风骚旨格》其下“诗有十势”，顺便将

① 吴嘉慧：《〈钟伯敬朱评词府灵蛇二集〉辨讹》，《东方人文杂志》2010年第4期。

神彧《诗格》"论诗势"中十势（《吟窗》卷十二）一并改编为"物象构势"贰拾势；下接《风骚旨格》"诗有二十式""诗有四十门"，还接题王昌龄《诗格》卷下"落句体七"（加二例）至"诗有五用例"(其顺序略有调整)；最后编入神彧《诗格》"论颔联"等四条，再截取李洪宣《缘情手鉴诗格》"诗忌俗字"一条（《吟窗》卷十）补白。骨集"确评"以下三条，截取自皎然《诗议》（《吟窗》卷七)；李少卿并《古诗十九首》至"调笑格"之"戏俗"，截取自皎然《诗式》(《吟窗》卷八、九)；"综议"至"十五例"复截自《诗议》；"剔病"之"六易犯病例"至"高下二格"录自题王昌龄《诗中密旨》，惟顺序略有调整；"偶对例"九对、"由浅入微"十体录自题李峤《评诗格》(与《诗中密旨》并见《吟窗》卷六)；"偷逗例三"、"品藻"三例又截自皎然《诗式》，后者诗例全换；"五种破题""原道"则截自神彧《诗格》。至于以下"严（丽）辞之体又有四对"至卷末"梁词人丽句"（分别录自《吟窗》卷三七、卷三八与卷十四）实已涉"句图""句对"，可以想见计划中"取历代俊句，汇为吟隽"的《三集》之模样，不过，这一"全书"的出版计划似并未完成。

从总体上看，《二集》的编纂，其利用现成资源摘比缀辑、改头换面的功夫——那主要应是出于规避版权纠纷的考虑，相对而言要显得更粗率一些，或许毕竟少了像李光祚那样有学问的操刀手。同样，其伪托之钟惺叙，似亦显得更加肆无忌惮，其中除上引自叙三集出版计划的那段话当出于编刊者自身外，基本上就径直将浩然子撰《吟窗杂录序》拿来，截其末句"然天下万法，未有自虚空入者，发轫导源，非有所资益，则伤于妄行"①，易置起首处，而"有雄词老笔、浑然醇正者"以下，大段袭用中仅略作删改而已。

① （明）陈应行：《陈学士吟窗杂录》卷首，明嘉靖二十七年崇文书堂刻本。下同。

## 三、书籍形式翻新与坊间趋雅之尚

明代嘉靖、万历以来，是印刷出版呈爆炸性增长时期，无论出版书籍数量之巨,① 还是出版物范围之广（甚至“异书辈出，剞劂无遗”②），皆属空前。天启年间刻书业承此高峰，相应地亦面临着如何进一步拓展市场的压力。另外，若据周亮工晚年（顺治末康熙初）的说法：“六十年前，白下、吴门、虎林三地书未盛行，世所传者，独建阳本耳。”③ 则对天启间南京等地的江南刻书业来说，当正处于努力超越闽本之流通量或曰市场占有率的发展关头。

诗法类著作虽非坊刻诸多种类之大宗，然自成化、嘉靖、万历，已经历一波又一波刊刻流传的高峰,④ 既积累了相关资源，亦会令市场在某种程度上趋于饱和，除非另辟新思路，变化其手段，以开拓市场需求，引领新一波的诗学消费。“制作”《词府灵蛇》二种的这个出版班底，恰恰抓住了这一时机。与吴中刻书相似，南京的刻书一般以其精著称，而与建阳刻书之滥形成对照，应该说，在刊刻该著时，唐建元这家书坊亦仍循此特点，只不过在新形势下又有了新的追求。

这一新的追求，就是在整个晚明社会耽于日常生活物质性享受的氛围下，书籍本身也成为一种雅玩，因新技术的支持，而被打造成精美的

---

① 大木康教授在其所著《明末江南的出版文化》第一章“明末江南书籍出版状况”中，尝据杨绳信编《中国版刻综录》做过一个分期统计，合计从宋至明末的 3094 种出版册数中，有 2019 种出版于嘉靖、万历至崇祯约百年间，实际上占到 65%的比例。[日] 大木康：《明末江南的出版文化》，周保雄译，上海：上海古籍出版社 2014 年版，第 7 页。

② （明）谢肇淛：“事部一”，《五杂俎》卷十三，上海：上海书店出版社 2001 年版，第 264 页。

③ （清）周亮工：《书影》卷一，上海：古典文学出版社 1957 年版，第 8 页。

④ 可参看张健《元代诗法校考》“前言”有关诗法类著作在明朝编刊流传三个高峰时代的论述，北京：北京大学出版社 2001 年版，第 14~18 页。

观赏品。既然是赏玩对象，视觉感受乃第一要义，外在造型、装帧无疑成为价值指标。因此，最为显著的翻新之举，正体现于书籍形式上。首先，两种《词府灵蛇》皆打“朱评”的招牌，根据陈继儒《史记钞序》标举的印刷史进展：“自冯道、毋昭裔为宰相，一变而为雕板；布衣毕升，再变而为活板；闵氏三变而为朱评。”① 我们知悉，所谓“朱评”，指的就是朱墨套印新技术，当然，它与文学、经史的评点之兴相关。这项技术，也就是万历中期以来至天启间进入运用盛期，吴兴闵氏、凌氏固然是其代表，若南京、苏、杭及徽州皆有，唐建元亦是拥有的一家。将双色套印运用于《词府灵蛇》二种，说起来亦是要以朱色凸显文本中重要词句与圈点（包括诗题与出处，以及人、地、著作等专名线，其《二集》卷首还专门有“凡例”交待符号的用法），以醒眉目，然更为重要的功能，或还在于有朱色错落有致地点缀于墨色之中，客观上美化了版面；他如内封双色套印、用竹节纹做边框的书牌，亦令人有赏心悦目之感。其次是该著选取了颇为精致的袖珍本样式，开本小巧；每半叶八行、行十六字的排版，舒朗有致；其字体亦一反晚明印本那种趋于标准化的“宋体字”之板正，而由能书之士以楷体书写（包括卷首“叙”的行草），整个版式上因而颇能呈现玲珑俊秀之气。此外，该书的书名显然采用的是一种美辞化题名，尽管难脱庸常，却也多少显示出编刊者对于文艺气习的追求。

作为商业出版，固然以即时的效益为先，然要体现精刊之质量，毕竟内容编校上亦不可不顾及。在这方面，专业行家的作用就显得尤为重要，故相对说来，如前已述，有职业编书人李光祚参与的《词府灵蛇》，或更能显现做书的用心及水平。同样利用现成的材源，其裁剪嫁接功夫，看上去要显得老到圆熟些，而较少出现不顾文意、随意截去字句段落的情况。例如，该著利集所录《诗家一指》，其“十科”之九“物”条，《翰林诗法》承杨成《诗法》本等，作“凡引证古今，当如

① （明）茅坤：《史记钞》卷首，泰昌元年闵振业刻朱墨套印本。

已造，毋为彼夺，缘望（妄）失真，其如窅然色之胶青，空然水之盐味，形趣泯合，神造自如”；《词府灵蛇》本则有所节略，作“凡引证，当浑成无牵合，如胶青盐味，形趣泯合，神造自如”，删并转接颇为自然，亦能体现其概括力。类似的例证又如：元集“五言短古篇法”条，出自《木天禁语》，《翰林诗法》本承杨成《诗法》本等，作“辞简意味长，言语不可明白说尽，含糊则有余味”，《词府灵蛇》本删略作“辞简意长，语忌显尽，模糊则有余味”。贞集所录杨仲弘《诗法》，其“咏物”诗法条，《翰林诗法》本承杨成《诗法》本等，作“咏物之诗，要托物以伸意，要二句咏状写出（生），忌极雕巧”，《诗法指南》本已有删略，作“此诗可托物以伸意。要咏状写生，忌极雕巧”，《词府灵蛇》本则更简作“托物申意，要雅咏，忌雕巧”。从刊刻与校勘这样的环节来看，其利用前代已有之诗格、诗法著作，新产生的文字脱衍讹误当然还是有不少，然大面上过得去，个别地方也还有纠正前人刻误处，如贞集所录《诗宗正法眼藏》，作为诗例之杜甫《孔明庙》“宗臣遗像肃清高”句，之前的本子“宗臣”作“功臣”。不管怎么说，校订者的主要精力，应该是放在了诸如套色定位、朱色词句与圈点分布等的技术性检验上。

如果我们将《词府灵蛇》二种这样在书籍形式上的新变，与前面提及天启间唐氏兄弟参与校阅的《新镌广辑海内名家工画能书》《新镌诸子拔萃》等书联系起来加以观照，无论就其朱评之用，抑或版式、字体乃至书牌等，皆会看到一种相类的装帧设计追求与趣味（如《工画能书》应该还有精美的版画①），显现的是出版界趋雅的新风尚。范景中教授《套印本和闵刻本及其〈会真图〉》一文，专门讨论吴兴闵齐伋之于套印技术的贡献，认为闵氏于崇祯庚辰（1640）秋刊印的《会真图》，代表了中国古代版画史上的高峰。在文中他猜测，闵齐伋

① 其他如前举龙光堂庞云衢梓行《新镌六院女史清流北调词曲》，亦配附品质上乘的诸多版画。

在南京或开有书坊，若此则《会真图》之制作，与本身皆刻于南京的《萝轩变古笺谱》《十竹斋书画谱》，可能同出一批艺人之手。① 这种感觉的获得，是基于对启、祯间南京所刊版画风格的把握，无论是否有机缘进一步证实，我们都可以感受到此际南京书坊在出版工艺上的成就与地位。更为重要的是，之所以有此等成就与地位，如范文亦已提示，其背后实际上存在着一个万历间已兴起的单纯为观赏而出版书籍的传统（同上引）。这无疑是值得我们倍加重视的书籍文化史现象，《词府灵蛇》二种的出版也正处于这个传统或者说这个潮流中。

由此回过头去看上文考察的唐建元这个出版班底及其联系更广的出版人交游圈，他们像文人韵士一样社集，或与名流相酬唱，追求风雅的娱乐生活，建立较为广泛的社会网络，我们不难理解，那也是一种文化资本的积累方式。而将“通俗诗学手册”之类的书籍重新包装，制作成珍赏之物，作为商业出版一道亮丽的风景，恰是他们这一人群实践文人化趣尚的成果。应该说，这种商业与文艺气习的相互渗透与结合，是晚明文化才开始具有的特征。

天启间南京出版业这种群体性交游及趋雅之尚还提示我们：其一，以往我们在讨论明代出版文化时，仍比较多地关注私人刻书业之家族传承及其发展，尚未及深入思考这种行业内横向联合、互动协作的作用以及可能带来的互利共赢效应，这对于探究商业出版的发展模式或许更为重要。当然，要理清此中的关节，尚需发掘更多的个案。其二，结合晚明消费社会人与物之间关系的探讨，在分析这一人群于交际及生活方式上呈现的文人化趣尚时，或许我们应更多地关注出版人整个群体、整个阶层素养的提升及其动因，而非仅仅个别关注那些声名在外的职业编书人。其三，此际出版人运用万历中期发展起来的新技术，实现书籍形式的翻新，当然受到进一步开拓市场压力的驱动，但也应看到他们有意通过自己的努力引领日用娱乐消费的主体能动性，已开始尝试将经济权力

---

① 范景中：《套印本和闵刻本及其〈会真图〉》，《新美术》2005 年第 4 期。

转化为某种文化权力，这种自信与作为，又与这一阶层的自我意识或个性自觉的强化密切相关。

载《南京师范大学学报》2016年第3期，第120~127页

# 第二编 文学思想发微

# 竟陵诗论
# (存目)

郭绍虞

载《学林》第五辑，1941 年 3 月，第 83~89 页

# 竟陵派文学理论的研究
# （存目）

邵　红

载《台湾大学文史哲学报》1975年第24期，第196~244页

# 论竟陵派的文学思想（存目）

马积高

载《古代文学理论研究丛刊》第十四辑，第213~220页

# 佛禅旨趣与竟陵派诗论

周　群

## 一

作为增公安之华、纠公安之偏的竟陵派，在经历了“海内称诗者靡然从之”的一时之盛后，便屡受通人所讥，钱谦益、顾炎武、朱彝尊、王夫之、毛先舒等人无一不然，尤其是钟、谭二人的学养常为后人所不屑。其实，在共同标举“性灵”的公安、竟陵之中，钟、谭格外注重学养之于创作的重要性。他们选编《诗归》，就是要力避鄙俚轻率之弊，涵茹古学，以求开新。他们认为学比才更为重要。钟惺曰：“人之为诗，所入不同，而其所成亦异。从名入、才入、兴入者，心躁而气浮。躁之就平，浮之就实，待年而成者也。从学入者，心平而气实。”（《孙昙生诗序》）期求“奇奥工博”之致，就是要“使人有一唱三叹，深永不尽之趣”（《文天瑞诗义序》）。他们“宁厚无佻”，并非自逞小慧的不学无根之辈。正因为如此，他们所编的《古今诗归》才“盛行于世，承学之士，家置一编，奉之如尼丘之删定”（钱谦益《列朝诗集小传·钟提学惺》）。当然，钟、谭之学，首先是指熟谙古人诗歌的精华，其次是指更广阔的学术文化背景。其中，受佛学的浸润尤为显著。清人纳兰容若就认为钟惺“妙解《楞严》，知有根性”（《渌水亭杂识》），成就在对钟惺訾议殊甚的钱谦益之上。

钟、谭二人相比，钟惺对佛学研习更多，当其四十八九岁之时，常感念人生无常，以至“悲泪自失”，“以为读书不读内典如乞丐食，终非自爨。男子住世数十年，不明生死大事，贸贸而去，一妄庸人耳。乃研精《楞严》，眠食藩溷，皆执卷熟思，著《如说》十卷，病卧犹沾沾念之”（谭元春《退谷先生墓志铭》）。虽然年近五十始著《如说》，但正如李先耕、崔重庆所考订的《钟惺简明年表》所云，在万历二十一年（1593），年仅二十岁时，即“以多病讽诵佛经”，诗文中禅光佛影便隐约可见。迄晚年，更孜求佛理，对佛教中的重要经籍多有研习，认为“《金刚经》不能以笔墨训解，只须多诵，胸中自能了然”（《与徐元叹》），又表示“此后当研心《法华》。盖此经指点见成，止是证道分，见修二分全未说破”（《与徐元叹》）。当然，钟惺的佛学思想主要集中在对《楞严经》的研究方面。

《楞严经》与《大乘起信论》是佛教经论中真伪问题聚讼最多的两部。其译人、译时均殊堪疑问，原属秘密部，日本的《大正新修大藏经》便将其收在密教部里。但自宋代以后，此经便盛行于禅、教之间。智旭在《阅藏知津》中称其“为宗教司南、性相总要。一代法门之精髓，成佛作祖之正印”，所说的常住真心性清净体，与天台、贤首的圆教宗旨相吻合，并详细说明了圆、顿、禅的途径，特别是大势至菩萨的念佛圆通，观世音菩萨的耳根圆通，无论是台、贤还是禅、净都容易接受。同时，此经的译文辞采华美，也受到了文人学士的喜爱。加之宋元以来，楞严咒又成为丛林的早课之一，因此，对此经的讲习疏解便十分普及。袾宏、真可、德清、智旭、圆澄、焦竑、钱谦益、续法等都对《楞严经》有过述解。《楞严经》不但为名僧大匠所重视，文人雅士所喜爱，乃至羽客道人也对其颇为关注。如明代著名道士、阴阳派东派的开创者陆西星，除了著有《宾翁自记》等道教著作之外，还撰写了《楞严经说约》《楞严经述旨》。钟惺重视《楞严》，作《如说》十卷，“以文士之笔代僧家之舌”，主要就是因为该经“意义幽深，会者未易”（钟惺《楞严经如说原序》）。虽然台、贤、禅、净诸家对《楞严经》都有疏解，并互有争论，但钟惺的诠解仍本于禅宗明心见性的宗旨。正如他所云："菩提之途路无多，真心独露，见性自除。"（钟惺《楞严经如说原序》）他诠说《楞严》，表现了其祖述原典的学术倾向。这与其选评古诗，"引古人之精神以接后人之心目，使其心目有所止焉"（《诗归序》）的文学主张及尚厚的美学风格完全一致。他评诗论文、吟诵酬唱时表现出的静寂空灵的美学旨趣，与其浸淫佛学有密切关系。

与钟惺相比，谭元春并无佛学专论，但他同样浸润于佛学，曾说："苟有人焉，身口意能净，贪嗔痴能减，杀盗淫能息。而太平之治，官司之守，可以不劳而化矣。予以为《全藏》者，佛所以辅帝王治天下之书也……经谓一切众生皆依食住，我今愿一切饱食众生皆依经住。"（《洪山四面佛庵建藏经阁募疏》）视《全藏》为"辅帝王治天下之书"，晚明盛行的会通儒释的时风，在谭氏身上也可得见，"愿一切饱食众生皆依经住"，可见其向心佛教的意愿。他还说："明公以佛作诗，而春以诗作佛。"（《奏记蔡清宪公》其二）与一般文士们以禅说诗、借禅味诠释诗境并不完全一致，而是走上了以诗说佛、以礼佛为归宿的道路。

关于竟陵派的佛学造诣及诗禅之论，后人的评价不一，纳兰容若认为钟惺悟解《楞严经》"在钱蒙叟上"，而著名学者钱锺书先生则云："余窃以为谭艺者之于禅学，犹如先王之于仁义，可以一宿蘧庐，未宜久恋桑下。伯敬引彼合此，看朱成碧。禅亦生缚，忘维摩之诫；学不知止，昧荀子之言。于是鹦鹉唤人，尽为哑子吃蜜。"结论是"其病痛在此"（《谈艺录》第二九）。诗、禅本不同道，恰是实情。正如钱先生所说："盖禅破除文字，更何须词章之美；诗则非悟不能，与禅之悟，能同而所不同。"（《谈艺录》补遗四）我们认为，虽然有"以心传心""教外别传""不立文字"的祖师禅，但还有依教而修的如来禅，即天台所谓一行三昧。后者在《禅源诸集都序》中被视为最上乘禅，是心法之极致，并认为禅宗初祖菩提达摩门下辗转相传者即是如此。据《楞伽经》注解所云："如来禅者即首楞严也。"而钟惺精研《楞严》，因此，在钟惺那里，禅是禅定而非禅宗，即不是"不立文字"的祖师禅。这样，钱先生所说的诗、禅之“所”，在“立文字”方面之“异”，对钟惺则容当别论，这是我们在探究其佛学思想与诗论、诗歌创作的关系之前理应辨明的。

## 二

钟、谭二人选评《诗归》，以救文坛之弊意在求古人真诗所在，纠公安派浅俗之偏。求真诗在钟惺看来，就是要“察其幽情单绪，孤行静寄于喧杂之中，而乃以其虚怀定力，独往冥游于寥廓之外”（《诗归序》）。钟惺认为创作者、鉴赏者都不能在喧氛之中迷其所如，而要心定神寂。佛教所谓“定”，是说要定心于一境，使其不要散动。概分为两类：一是与生俱来，与心相应而起的，谓之散定，《俱舍论》中称之为三摩地；二是修习而得的禅定，如小乘佛教三学中的定学，大乘佛教六度中的禅定波罗蜜。在印度佛教中，色界谓之禅，无色界谓之定。佛教传至中土，禅宗初祖菩提达摩自南天竺泛海东渡，入嵩山少林寺，面壁而坐，终日默然，时人称为壁观婆罗门。曹洞宗的正觉曾著《默照铭》及《坐禅箴》，扇扬默照的禅风，其要义如正觉所说的那样清心潜神，默照内观，彻见诸法本原，无纤毫芥蒂作障碍，廓然忘缘，皎然莹明。当然，禅法的寂然无为，是要彻见心性而成佛，实质上说的是“心寂”，这与诗人笔下所描绘的“境寂”不尽相同。但受到佛禅沐染的文士们常将禅的观法自觉不自觉地流注于笔端，诗作中表现的也是肃穆沉寂的境界，诗人的心境往往是安闲不迫、超越尘嚣的。如诗人王维佞佛颇甚，其山水诗往往体现出静寂空灵的色调，如《鸟鸣涧》一诗中，虽然也描绘了花落鸟鸣的动境，但目的是以动映衬静，人闲、夜静、山空、物我俱寂才是该诗的主旨。

钟、谭二人的诗歌以幽深孤峭见称，其得失是非前人已有详论，兹不赘述。但要说明的是，幽深孤峭既是指造语奇谲、追幽凿险的风格，又体现为寂静空灵、荒寒冷僻的意境。他们和王维一样热衷于在诗歌中表现静寂闲适之境，张泽评价谭元春的诗歌是“道永而静，志坚而清”（《谭友夏合集序》），钟惺作诗也期期于“选声穷静理，结构换清思”（《访邹彦吉先生于惠山园》）。因此，他们艳羡得佛理禅机的诗人王维，如谭元春云：“花红来觌语，吾适念王维。”（《过徐生新居题其初构园》）但是仔细分析，王维与竟陵派文人所描绘的空寂又有所不同，王维多写的是自然物境，而竟陵派文人更崇尚“性情渊夷，神明恬寂”（钟惺《简远堂近诗序》），即心灵的静谧。如钟惺有这样的诗句：“戏拈生灭候，静阅寂喧音。到眼沙边月，幽人忽会心。”（《夜》）“空山鸡犬夜无惊，静者深深独往情。”（《梦山中题壁有石引长松天一笑之句起而足之往索彭举画》）“庭空常肃穆，树古自低回……鸟声园所始，灯影漏先催。静者方成悦，冰霜照夜杯。”（《访元叹浪斋》）在钟惺看来，“高人有静机”，在“丝肉喧阗”的环境中，唯有“静者能通妙理”（《喜邹彦吉先生至白门惺以八月十五夜要同李本宁先生及诸词人集俞园》）。此之静，不是王维所描写的空山寂林、旷野幽谷，是主体心灵的清静，是神魂栖潜的状态，能达到这一境界的便是深悟禅理的“高人”，他所倾慕的“玉貌铁骨，渊镜肃然”（《邹彦吉先生七十序》）的督师邹彦吉便深得静者三昧。显然，这与佛教修禅行而远离乱念的“定心”的含义颇为相似。《大智度论》卷二十六：“定心者，定名一心不乱，乱心中不能得见实事。如水波荡，不得见面；如风中灯，不能得点。”钟惺也注意“默证胸中静躁情”（《寄谭友夏复招之》），并将其表现为诗中境界。

在诗歌理论方面，他们同样如此。钟惺在《陪郎草序》中说“夫诗，以静好柔厚为教者也”，“喧不如静，薄不如厚”。竟陵派诗论中的“厚”常被人们论及，尤其常被为竟陵派申辩者所引论，以期证明竟陵文人并非学殖浅陋。贺贻孙曰：“严沧浪《诗话》，大旨不出悟字，钟、谭《诗归》，大旨不出厚字。二书皆足以长人慧眼。”（《诗筏》）同时，人们常常引述钟惺《与高孩之观察》中的一段文字，注重于灵与厚的关系。在该文中，钟惺说：“诗至于厚而无余事矣。然从古未有无灵心而能为诗者。厚出于灵，而灵者不即能厚。弟尝谓古人诗有两派难入手处：有如元气大化，声臭已绝，此以平而厚者也，《古诗十九首》，苏、李是也。有如高岩峻壑，岸壁无限，此以险而厚者也，汉《郊祀铙歌》、魏武帝《乐府》是也。非不灵也，厚之极，灵不足以言之也。然必保此灵心，方可读书养气，以求其厚。”钱锺书先生认为钟惺的诗论是以“厚”为诗学，以“灵”为诗心。吴调公先生也认为“竟陵主要旨趣之一，是极力主张‘灵’与‘厚’相结合”（《为竟陵派一辩》，《文学评论》1983年第3期）。而对“静”与“厚”的关系一般论述甚少。其实，在钟惺的诗学理论中“静”是与“厚”同样重要的范畴，两者的融合大致形成了一种沉潜浑穆的美学风格。当然，在钟、谭二人的作品中，静远荒寒的境界随处可见，卓大厚重的风格并不明显。但是，他们提出这一美学观念，无论其是否臻达，都表明了“心向往之”的审美追求。探讨其诗学理论，并不完全需要在创作中逐一得到印证。在《诗归》中，钟、谭两人追求深静幽适的美学风格的文字随处可见，他们在谢灵运《夜宿石门诗》中见其“静理”，对王昌龄《巴陵别刘处士》诗“于静深中看其力量”。“静”在诗歌中的表现也有不同。从刘长卿《和灵一上人新泉》中见到的是“静远幽厚”，而对于孟浩然的诗歌“当于清浅中寻其静远之趣”。钟、谭所谓“寂”“静”是静者与静物浑然为一的静远幽深的诗的意境，而尤其强调了创作者与观赏者晶莹澄澈、纤尘不染的心境。因此，他们虽然承认“静是山水之情”，但更注重主体的心“静”，认为谢灵运《游赤石进帆海》中的“阴覆”二字，“非老于水上静观人不知”，谢庄的《山夜忧》中“夜光尽，山明归”一句，“非极静心眼不知”，谢灵运的《石室山诗》是“静者独步之言”。由于作者心“静”，客体的属性也就不足为囿了，旷野幽林固然如此，历史题材也为他们的“静”心所观照。他们评王维《西施咏》云：“情艳诗到极深细、极委曲处，非幽静人原不能写。”由于读者心“静”，诗人及诗歌本身的风格则反而并不重要，李白的作品构思奇幻，想落天外，情思奔放，常摹写天外飞来的瀑布、白波九道的江河等动景，而他们则说，“读太白诗当于雄快中察其静远精出处”。竟陵派的这一美学旨趣与他们的诗歌创作实践大致吻合。值得一提的是，竟陵派文人诗尚“幽深孤峭”，诗中的理趣是含而不露、蕴藉深婉的，但是，从诗歌中描述的静寂之理来看，不是通常的以明月清空等可感的画面表达其意象，而是直露显豁、一目了然的。如钟惺云：“寒照星星内，能通静者机”（《佛灯》）、“山鬼窥幽独，钦兹静者衷”（《赋得不贪夜识金银气》），描写雄奇的岱宗，也以“雍穆无言”（《岱游告成示康虞茂之》）显示其峻伟硕大的气概，诗人由此而体味到的也是“深感同来俱静慧，能将愿力答真形”（《岱游告成示康虞茂之》）。诗歌中“静”理的直豁与诗论中“幽深”的悖离，是钟惺在以诗说佛，但这又恰恰与禅门证悟的旨趣迥然有别。钟惺也力求以禅悟诗，但在论及寂理时，正如他在《感归诗》第十首自注所云“谭友夏谓余以聪明妨禅，语多影响”，他诗歌中“极无烟火”（《答同年尹孔昭》）、暗蓄机锋的文字并不多见。钟惺诗的这一特点，与明代后期的禅风有关。当时禅门宗匠虽然孜求翻新，但已并无多少创见。临济宗的高僧法藏不得已而别开以义理解释禅机的一路，将本来玄奥难解的禅机说得明明白白：“盖古人闻得‘如何是佛’，答个‘干矢橛’，便反思道；所问是佛，为什么不见答个菩提、涅槃、妙性、真如，而单单道个‘干矢橛’，答不如问，有何长处，因此疑心顿起，放意不过，凭他闹处闲处，总是此疑。如万丝结住，百不能解，愈思愈疑，因之情绝心断，彻见答处的确，谓之悟道。”（《三峰汉月禅师语录》卷七）文士们也感到禅悟尚欠稳实，而大多走上了禅净合一的途径。因此，他们以禅说诗、以诗类禅也不像唐代诗人那样精纯而“极无烟火”。谭元春谓其“聪明妨禅”，大致是指诗中少禅趣而多理障而已。

## 三

佛教认为，凡是有为有漏之法莫不皆含苦性，因此，佛经中说有无量众苦，但是，就身心顺逆缘境来说，总有三苦，即苦苦（由寒热饥渴等苦缘所生之苦）、坏苦（乐境坏时所生之苦）、行苦（一切有为法无常迁动之苦）；八苦，即生、老、病、死、忧别离、怨憎会、求不得和五盛阴苦。一切诸苦都归苦谛所摄，苦谛是佛教四谛之一。称其为“谛”，是说真实不妄，经如来亲证的。四谛是佛教的基本教义，是大小乘各宗共修、必修之法。在佛教看来，苦是世间普遍存在的真谛。

钟惺阅藏研经，虽然对佛教四谛并无详细的论述，但诗歌中荒寒冷峭的景致随处可见，写景状物往往涂抹上一层浓浓的凄苦情绪。诗人笔下的情、景、物到处都散发着飒飒逼人的寒气。如“霜落寒流外”（《十五夜月》）、“孤情寒水边”（《舟晓》）、“清寒真可截”（《十七夜到京看月所寓因题其轩曰僦月》）、“寒江从此阔”（《松滋泊风》）、“寒照星星内”（《佛灯》）、“何夜寒河月”（《感归诗十首》之十）、“相与成寒空”（《山月》）、“天寒群影见慈情”（《山夜闻鸦同诸子分韵即成》）、“桥回寒瀑月三更”（《梦山中题壁有石引长松天一笑之句起而足之往索彭举画》）、“寒钟卧古今”（《九日至玉泉与友夏居易登览宿于寺》）、“寒影何默然”（《宿乌龙潭》）等。乃至同一首诗中，“寒”字迭见，如《隔雨听鼓吹宴俞仲茅驾部水榭作》：“池水淡淡秋飕飕，夜中听睹寒相周。主人哀乐本异人，喧静不同同其幽。有声落叶哀蝉内，难向叶声蝉声求。池月倦来檐雨代，灯光欲去去不收。始知雨外有繁响，化为寒雨鸣中流。一雨秋薄中难障，鼓音人语出两头。此时地天人一籁，悲哉隔雨不隔秋。”中国古代的杰出诗人一般都是善得江山之助者，刘勰说“若乃山林皋壤，实文思之奥府”（《文心雕龙·物色》），略晚于钟惺的名画家董其昌也说过“大都诗以山川为境，山川亦以诗为境”（《画诀》卷二）。文人们的理想往往是亲近自然之境，沉湎于山水之美，山水诗至东晋时已“蔚成大国”。诗人们融情于自然之中，如仲长统“踌躇畦苑，游戏平林，灌清水，追凉风，钓游鲤，弋高鸿，风乎舞雩之下，咏归高堂之上”（《后汉书·仲长统传》），在灵山秀水之中，情感得到了升华，心灵得到了净化和解脱。他们笔下的奇山异水一般都有很强的审美价值。大诗人李白即使复沓噫吁“蜀道之难，难于上青天”，以神奇莫测之笔，摹写了蜀道的奇险，但是全诗始终昂扬着亢壮雄奇的基调，表现的是诗人心仪惊羡的情绪。另一些作家则以“性本爱丘山”的文人情致，写下了许多风格清新秀丽的山水佳作。他们的作品如同一支恬静优美的抒情乐曲，给人以清新的美感，但是钟惺笔下的山水自然景观则以荒寒飒肃的基调在文坛独标异帜，这固然是由其“深幽孤峭”的诗学旨趣所决定的，但同时无疑亦与受佛学的浸润，深悟苦谛有关。虽然佛教所谓苦谛，是指众生外有寒热饥渴等逼恼之身苦，内有烦恼之心苦，主要就主体而言，而诗歌中描写的则主要是“苦境”，但诗歌是诗人“言志”“缘情”的载体，诗人视野中的客观物象，林林总总的大千世界，无不受作家情感的沐染，也是其主观精神的体现。凄苍荒寒的自然景观，是作家孤苦寂寞心境的外现，自然山水也着染了佛理，正如钟惺注杜甫《万丈潭》“清溪合冥寞”句所云：“读此三字，谓山水无理，吾不信也。山水无理，决不能幽灵。”就受佛学浸润而言，谭元春不及钟惺。钟、谭的诗学理论也稍有不同，谭元春曾说：“盖明公之诗厚而不浊，清而不寒。近情而不刻，剜肠而不苦。”（《奏记蔡清宪公》其四）通过对玉华、大西、玉田之景的比较说明，亦可见其诗学旨趣：“玉华是仙宅，玉田是蛟窟。玉华如万花，大西如老柏。大西之妙，使人可入可出，玉田之妙，使人一出不敢入。玉华之妙，使人既出复思入，再出再入而不厌。玉田如极寒炼师，大西如极真老衲，玉华如极幽文人。”（《奏记蔡清宪公》其五）“苦”“寒”在谭元春看来是诗学一病，他所倡导的是“清”“幽”境界。他最推赞玉华，以其喻人，最推文人之“幽”，实质是以其说明诗歌的不同境界。钟、谭有别，究其学术根底，是谭元春虽偶染佛禅，但又研习老庄，他曾说：“《庄子》则我五六年苦心得趣之书，今春又看到诸家注，又参订过郭注，方自信为不谬不僻。”（《与舍弟五人书》）又对袁述之说：“弟近日正得潜心《庄子》一书。”（《答袁述之书》）由于老庄逍遥恣肆、任情适性的人生观念和美学观念与竟陵派“深幽孤峭”的美学宗旨，“孤行静寄”“独往冥游”的鉴赏方法和创作方法并无多少顾盼之处，他们并没有如庄子那样主、客体大化同一，人与自然融为一体。虽然谭元春同曹学佺“发三山，来建康，上匡庐，观瀑布，游阳羡，探善权、玉女之奇”，但他们很少从自然之中得到愉悦。存乎胸中、发乎笔端的是“寂寞之滨、宽闲之野”，自然山水也就成了森然窅冥、落落瑟瑟的凄然景观。虽然谭元春力避苦寒三味，但诗歌中仍然拂动着寒光冷气，如《开看胡彭举画》：“因忆胡居士，将画时一看。在目但须臾，行遍江南山。空阴结积翠，群林声响干。苍苍溪云并，溪寒云亦寒。人度石梁尽，晴开野庭闲。高卑幽气入，下笔非有端。可以独依依，愁中通夕安。”谭元春的作品中除了有这些直接描写苦寒之境的外，还有的是写秋草霜露之景、荒榛幽独之所，同样也涂抹上了一层凄婉的色彩。虽然谭元春诗歌的数量和成就不及钟惺，但意境并无本质上的区别。竟陵派文人的这种诗学特质，直接继承了李贺、孟郊等人的风格，正所谓“险怪如夜壑风生，暝岩月堕，时时山精鬼火出焉；苦涩如枯林朔吹，阴崖冻雪，见者靡不惨然”（谢榛《四溟诗话》卷四）。

就总体而言，竟陵派的文学思想和创作，与公安派袁中道一样，是革新高潮过后的沉静的理论思考，是对公安派文学的修正，这从其尚“厚”的美学旨趣、注重学殖的学术追求都可以看出。当然，他们虽都受佛禅浸润，但公安派主要从“狂禅”中得离经慢教的精神，竟陵派则据此而形成了荒寒孤峭的风格。公安派之失在浅露，竟陵派之失主要在于通过苦寂之境的描写表现了落寞的情绪。“鬼趣”之斥虽然过苛，但也并不完全是意气之论。

载《江海学刊》1998年第2期，第166~171页

# 明代后期文学思想演变的一个侧面

## ——从屠隆到竟陵派

（存目）

谈蓓芳

载《复旦学报》1989 年第 1 期，第 44~53 页

# 论诗为“活物”说

邬国平

## （一）

明代后期曾经风靡文坛一时的竟陵派，在我国文学批评史上首次提出了诗为“活物”的全新命题，这标志着我国古代的文学鉴赏理论发展到一个新的阶段。钟惺①的重要文学批评论文——《诗论》是它的杰出代表。

《诗论》见于《钟惺批点诗经》一书卷首，文末署写作时间为“明泰昌纪元岁庚申冬十一月”，后被收入钟惺《隐秀轩集》(列集)。通过对我国第一部诗歌总集《诗经》的产生、流传、迁变诸多情况的深入探究，钟惺在理论上作出了诗为“活物”的高度概括。

《诗论》开宗明义即说：

> 《诗》，活物也。游、夏以后，自汉至宋，无不说《诗》者，不必皆有当于《诗》，而皆可以说《诗》，其皆可以说《诗》者，

① 《辞海》《辞源》和国内各种文学史、文学批评史教科书都把钟惺的卒年写成1624年，误。谭元春《丧友诗三十首引》云：“予与钟子交……讫天启乙丑(1625)。”(《新刻谭友夏合集》卷五) 又，徐波《遥祭竟陵钟伯敬先生文》云：“天启五年（1625）六月二十一日，竟陵钟伯敬先生魂灵归于冥漠。”(《钟伯敬先生遗稿》附) 据此，钟惺卒年当为1625年，时年五十二岁。

即在不必皆有当于《诗》之中。非说《诗》者之能如是，而《诗》之为物不能不如是也。

钟惺认为，《诗》是一种流动的、非僵止的“活物”，“活”是作品本身的一种客观属性，而不是任何读者、研究者随意附加给它的。他说，从亲自删《诗》的孔子，到汉朝研究《诗》的专家韩婴，其间包括亲耳聆听了孔子授《诗》的七十二位学生，以及同他们时代相差不远，把赋《诗》作为一种外交辞令的各国使臣，他们对《诗》都没有一个统一的理解，有的甚至可以说同《诗》的原义完全不相符合，何况时代更晚的读者，理解的差异自然就更加明显了。尽管如此，他们各自的理解又似乎皆可以成立。这又是为什么呢？除了诗歌意蕴的丰富性，其旨归难以为读者所穷尽这一原因之外，钟惺认为，还同诗歌这样一种文学样式反映内容的艺术特性有关：“夫《诗》取断章者也，断之于彼而无损于此，此无所予而彼取之。”就是说，一首诗的章节与全篇属于整体与局部的关系，而章节本身又可以有它自己的比较完整、相对独立的含义。因而，读者在鉴赏、引用诗歌的时候拥有比较多的自由，可以从多种角度去感受、品味它的内容，结果各自领略的意蕴也不尽相同。既然作品本身提供了多种理解的客观依据，那么，各个读者所感知的或即是作品内容的一部分；不同时代的读者对作品意蕴不断地重新发现，其累积的结果，遂使原作的内容越来越清晰。《诗》所以被称为“经”，就在于它具有这种“活”的特性。所以钟惺说：

说《诗》者盈天下，达于后世，屡迁数变，而《诗》不知，而《诗》固已明矣，而《诗》固已行矣，然而《诗》之为《诗》自如也，此《诗》之所以为经也。

把《诗》看作一种“活物”，那么，以为自己已经穷尽了《诗》的旨义，别人的解说都不过是一派胡说，这就只能是一种偏狭而鄙陋之论。

钟惺批评道：“今或是汉儒而非宋，是宋而非汉，非汉与宋而是己说，则是其意以为《诗》之指归尽于汉与宋与己说也，岂不隘且固哉！”钟惺从作品本身来说明文学“活”力之所在，并以此明断千古之是非，与历来的其他种种说法相比较，他的解释是较为令人满意的。

诗之为“活物”还因为它离不开鉴赏者主观条件的变化。钟惺从自己前后读《诗》而体会不同的经历中认识了这一点。他在《诗论》中谈道：他早年对《诗》是这样一种感受和理解，后来读《诗》又产生了“有异于前者”的新的体会，当别人问他将来是否还会“更取而新之”时，他十分干脆地回答道：“能。”原因何在？钟惺把它归结为读者内在条件的变化，即所谓“趣以境生，情由日徙”之所致。鉴赏者自己年龄的增长、阅历的丰富、知识的积累、生活的改变，必然引起他自身的情态心境、鉴赏能力和审美趣味的变化。钟惺由自己的阅读经历而想到，个人尚且如此，不同时代的读者、读者与作者本人对作品的理解发生分歧就更是在所难免了。他说：

> 夫以一人心目，而前后已不可强同矣，后之视今，犹今之视前，何不能新之有？盖《诗》之为物能使人至此而予亦不自知，乃欲使宋之不异于汉，汉之不异于游、夏，游、夏之说《诗》不异于作《诗》者，不几于刻舟而守株乎！故说《诗》者散为万而《诗》之体自一，执其一而《诗》之用且万。噫！此《诗》之所以为经也。

竟陵派的另一代表人物谭元春也指出：古人作品中能够传世的精神意脉，并不是一成不变的，“其佳妙者原不能定为何处，在后人各以心目合之”。因此，读者群的变化，可能会对流传下来的文学作品作出完全不同的评价，原来被人视为是“疵纇”，“安知后世之传不即在此”？（《答袁述之书》）如果说，读者群的不同会引起作品价值观的变化，那么，读者与作者对作品理解的差异则表明读者以自己的理解去选古人作品，在某种意义上也可看作是他自己著书了。

从钟惺、谭元春的论述可以看出，“活物”包含这样二层意思：其一，作品本身蕴涵的丰富，诗歌形式可供“断章取义”的自由，这就是说，“活”是作品作为一种客体本身所具有的属性。从这一点来说，作品是主，读者是客，后者从属于前者，“非说《诗》者之能如是，而《诗》之为物不能不如是也”。钟惺指的就是这种主从关系。其二，读者并非只是作品的消极领受者，阅读的过程，实际上又是一个再创造的过程。经过读者这一环节，不仅作品的多种潜在蕴义可能会被不断地发现，而且，读者还会不断地改变和丰富作品的含义。钟惺认为，读者对《诗》的理解“异于”作《诗》者原来的命意是很自然的，因此，固执于读者的理解不能与作者的命意相异的观点不过是一种“刻舟守株”之见。

然而，钟惺并没有因此而否定作品作为一种客体有其自身一定的内在规定性。他在《诗论》中认为，《诗》是有它“本事本文本义”的，因此，后人虽然对作品可以有不同的理解，而归根结底还要受到作品原质的一定制约，说明读者理解的自由并不是绝对的、无限的。钟惺与谭元春选《诗归》所坚持的一条宗旨就是“以古人为归”，钟惺在《诗归序》里说：“选古人诗，而命曰《诗归》。非谓古人之诗，以吾所选为归，庶几见吾所选者，以古人为归也。引古人之精神，以接后人之心目，使其心目有所止焉，如是而已矣。”他们所引的“古人之精神”是有所选择和带倾向性的，实际上是他们自己所理解和向往的古诗中的内容。但是，他们坚持古诗中有“古人之精神”的存在，其一般的意义也就是承认文学作品是有其本来的内在意蕴的，否则也就无所谓“以古人为归”了。显然，从作品方面着眼，承认诗是“活物”，并不是完全排除作品的原义对读者的规定性，不过是把刻板的、单一的定向变成了灵活的、多维的启导。

由上可知，钟惺、谭元春对诗歌属性的认识，避免了鉴赏批评理论中忽视作品的原意有其确实性一面，或者是把读者仅仅视为作品的消极领受者这样两种片面的观点，特别是其中关于读者的主动性和再创造能力的论述（这是他们全部论述的重点），与现代文学理论重视读者的意见已经比较接近。应当引起我们足够的重视。

## （二）

诗为“活物”说的提出，还表明钟惺把文学鉴赏的重心移到了对作品内在意蕴的把握方面，突出了读者艺术感受力的重要性，从而改变了文学研究中注重名物训诂、强调学问功底的传统看法。

钟惺认为，诗歌鉴赏主要是对作品意蕴“神而明之，引而伸之”。他在《诗论》中说：

> 汉儒说《诗》据小序，每一诗必欲指一人一事实之。考亭（朱熹）儒者，虚而慎，宁无其人其事，而不敢传疑，故尽废小序不用。然考亭所间指为一人一事者，又未必信也。考亭注有近滞者、近痴者、近疏者、近累者、近肤者、近迂者。考亭之意，非以为《诗》尽于吾之注，即考亭自为说《诗》，恐亦不尽于考亭之注也。凡以为最下者，先分其章句，明其训诂。若曰有进于是者，神而明之，引而伸之，而吾不敢以吾之注画天下之为《诗》者也。故古之制礼者，从极不肖立想，而贤者听之；解经者从极愚立想，而明者听之。今以其立想之处，遂认为究极之地可乎？

在钟惺看来，汉儒依《诗》小序“每一诗必欲指一人一事实之”以及朱熹解《诗》“间指为一人一事者”，其实都未必可信；他又认为，读《诗》而“分其章句，明其训诂”是最基础的工作，如果以此为满足，不再求进，那只表明他刚刚接近鉴赏的门槛，尚未升堂入室。重要的是通过章句、训诂之门，弄清必要的史迹实事，进而能对作品“神而明之，引而伸之”，也就是说要从作品的内在意蕴方面去深切地领略和掌握它。

这种鉴赏的要求决定了他们对“慧性”的期待和重视更甚于对“学问”的追求。所谓“慧性”实际上是一种艺术感受能力。钟惺在《与谭友夏（二）》说：曹学佺“言我辈诗清新而未免有痕，却是极深中微至之言，从此公慧根中出”。他在《再报蔡敬夫》中又说：“自谭生外，又无一慧力人如公者棒喝印正。”谭元春则更是祈求于亡灵以增进他的慧性，他在《自序》里说：“告亡父母，增吾慧。”邹之麟评钟惺著书与他人不同：“他人之论著，以才以学，彼独以慧以悟。”① 这确实能够道出钟惺（包括谭元春）评书立说的特点。从钟惺评《诗经》和他与谭元春合评《诗归》来看，许多评语透露的是一种感情的共鸣，是对诗歌艺术形象的观赏，然而也只有这样的艺术感受才能算是文学鉴赏。

读者以自己的慧性对作品产生切实、深刻、独特的感受，从而把握作品的内在意蕴，进入艺术的“究极之地”，读者为此需要付出艰辛的劳动，对作品文本作深细、周密的思虑。钟惺在《与谭友夏》信里说：“轻诋今人诗，不若细看古人诗，细看古人诗，便不暇诋今人也。”这种“细看”不仅一般地指认真阅读，还蕴含着仔细体味的意思在内，除了要求正确地了解作品的字义，还要弄清它的结构脉络，体味出诗人的语气和表情来，这样才可能深入地理解作品，提出自己独到的见解。《诗归》一书在这方面确实有很多佳例，下面仅举谭元春评岑参《还高冠潭口留别舍弟》诗为例，以见其胜人之处。岑参诗如下：

> 昨日山有信，只今耕种时。遥传杜陵叟，怪我还山迟。独向潭上酌，无上林下棋。东溪忆汝处，闲卧对鸬鹚。

这首诗读来颇费解。看诗的题目，我们知道它是诗人为辞别弟弟回高冠

① 《史怀序》，《史怀》卷首。

潭口而作。诗的前面四句写诗人回去的原因是那里有人在想念他，希望与他相聚。这还比较好懂。然而后面四句却不明白说的是什么意思，主语究竟是谁？“忆汝处”的“汝”又是指谁？皆不知所云。谭元春批曰：

> 不曰家信，而曰“山有信”，便是下六句杜陵叟寄来信矣。针线如此。末四语就将杜陵叟寄来信写在自己别诗中，人不知，以为岑公自道也。“忆汝”“汝”字，指杜陵叟谓岑公也。粗心人看不出，以为“汝”指弟耳。八句似只将杜陵叟来信掷与弟看，起身便去。自己归家，与别弟等语，俱未说出，俱说出矣，如此而后谓之诗；如此看诗，而后谓之真诗人。（《唐诗归》卷十三）

经过谭元春的一番解释，我们才知道后面四句诗的主语是杜陵叟，“汝”是指诗人岑参，这四句是对杜陵叟来信内容的复述，说因为诗人不在身边，他感到异常寂寞，百无聊赖。这样就和前面的“怪我还山迟”的内容紧紧地衔接起来了，整首诗的意思才得以明白。我们不得不佩服谭元春鉴赏、分析诗歌的才能，如果没有慧性，没有对这首诗进行过细细的体会，决然讲不出这样一番透彻的道理。谭元春首先通过对“山有信”三个字的体会，认定这是此诗的“针线”（即我们常说的结构脉络），然后便确定杜陵叟为后面四句诗的主语，于是整首诗的疑难便涣然冰释。由此可见“针线”（结构脉络）分析对诗歌鉴赏具有多么重要的意义。有人称赞钟惺、谭元春对《诗归》中的作品能够“阐其大略，抉其微指，即句节而字比之者，都于无字句处抒写作者之性灵，开发后人之陋习”①，并不是溢美之词。

现在我们可以把钟、谭的诗歌鉴赏批评理论的要点概括如下：鉴赏的任务在于对作品的意蕴“神而明之，引而伸之”，而不是停留在名

---

① 闵振业：《诗归小引》。

物、字义、本事等考辨和索求上面；实现鉴赏的途径是通过细读，以慧性对作品产生切实、深刻、独特的感受。尽管他们在实际鉴赏过程中还没有完全达到自己的要求，但这些意见本身是富有价值的。

## （三）

竟陵派的诗为“活物”论在我国文学批评史上占有重要的地位，它表明古代文学鉴赏批评理论达到了一个新的历史高度。

在我国先秦典籍中，《周易·系辞上》提出“仁者见之谓之仁，知者见之谓之知”，肯定了理解和认识的相对性。《庄子·齐物论》曰“彼亦一是非，此亦一是非”，反映了对同一事物作是非之评判，其标准依人们所站立场、所持观点的不同而不同。这些对人们理解在鉴赏和批评文学作品的过程中发生意见纷多的现象是富有启发性的。

到了西汉，在董仲舒《春秋繁露》卷三“精华第五”首先出现了“《诗》无达诂”的记载。虽然作者对这一说法的内涵未作明白的解说，但参照他对同时提到的“《春秋》无达辞”的具体例子的说明，我们不难了解前者的原意是：理解《诗经》的字义要注意它们的多义性和可变性，不应拘泥于一义，固执一端，以为一种解释处处皆通，而要“从变从义”，对具体情况作具体分析，这样方能比较准确地把握作品的旨义，减少理解原作时走谱离调的弊病。这就要求读者具备更高的独立辨析能力，从而也必然增加理解过程中的个人主观性，而在作者看来，这种主观性的增加恰好是为把握作品的客观性提供了一种更大的可能。以上的观点，成了汉今文经学派以己意判断儒家经典的理论依据。后人对“《诗》无达诂”的理解往往超出其原来的经学意义，而使它变成一句文学理论批评术语，指人们对诗歌（广泛一点讲，也可指一切文学作品）的欣赏和理解难以归向一致，承认某种程度的阐释自由。这种文学鉴赏论的价值在于，它指出了文学鉴赏过程中鉴赏者内在条件的差异和局限给鉴赏所带来的影响，并且示意不同的理解所得出的各个相别的结论均有接近作品本旨的或然性。然而，这一富有意义的命题却在很长时期内没有得到古人更为深入的阐述，也没有在文学批评领域得到更加广泛的应用，传统的、旨在对文学作品的含义和价值作出单一判断的鉴赏与批评观念，没有发生重大的变化。

明代中期，王阳明继“江门学派”之后，建立了心学派，从而使心学有一次登峰造极的发展。心学对明代中、晚期重视个人主体精神的社会思潮产生了一定的有益影响，文学鉴赏和文学批评也显露出了一种新的特点，一些受新思潮影响的人力图从各家的注疏中摆脱出来，争取对过去的文学作品拥有自己的理解和阐释的自由。杨慎在《升庵诗话》卷十一“偃曝”条里对此种情况有所反映：“……而谬者犹曰：‘诗刻必去注释，从容咀嚼，真味自长。’此近日强作解事小儿之通弊也。”这些“新派人物”认为：读者应该直接诵读原作，独立完成对作品的理解，无须参照他人的意见（抛开一切注释）。他们以全盘否定别人的研究成果的形式来肯定各人在阅读中理解和阐释自由的问题，这显然带有很大的片面性，其遭到强调学问功夫的杨慎的讥嘲是很自然的事情。但是，它也包含着某种合理的认识因素，即文学作品的“真味”包含在文学作品本身之中，前人的注释只反映他们的收获和体会，并不能够代替我们自己对作品的理解，因此，阅读时应该充分发挥读者的主观能动性，不必在头脑里预先给自己设下一个个框框，而把阅读只是当作就范于这种框框的消极行为。这一点正是被后来的一些文学批评家所屡屡提及的。何良俊《四友斋丛说》卷一云：“余尝谓《诗经》与诸经不同，故读《诗》者亦当于读诸经不同。……盖引伸触类，维人所用。……自有宋儒传注，遂执一定之说，学者始泥而不通，不复能引伸触类。”王世懋《艺圃撷余》云：“说诗者，人自为说。”所谓“人自为说”“维人所用”，是对各人理解发生差异的必然性的肯定；反之，“执一定之说”“泥而不通”则是阅读和解述中的一种僵化规象，是不足取的。这些以零碎的形式出现的论述，为我国文学鉴赏理论将出现一个新的突破吹响了前奏。

钟惺、谭元春领受了晚明社会思潮的冲荡，早期尤以受“公安派”的影响为显著。他们的思想与正统观念多有违忤之处。钟惺“不尽拘乎礼俗”①，后终以“公然弃名教而不顾”② 的罪名招致罢官。谭元春行事“洒洒落落”，对那些“自以为学道”者言不符行的虚伪情状极为鄙薄。③ 诗为“活物”论的提出，既是对前人上述合理的思想成分的继承，也是他们自己这种求新精神的充分体现。

与前人对阐释自由的认识相比，诗为“活物”论含义更加明确。“活物”虽是一种比喻，却较好地阐明了诗歌的生命力与它持续的传播和被不断地重新理解之间的内在联系。钟惺认为，《诗》之所以能够称为“经”，不在于它恒久不变，恰好相反，正是在于它能够容纳后人不同的理解和阐说。他对《诗》之为“经”的说明，深刻地道出了《诗》之为文字的一个重要原因，论述也较前人更为完整。前人的解说都比较零碎，而《诗论》却是一篇专门探究“活物”问题的完整的论文。在《诗论》中，钟惺对问题的分析比较透彻，论点的展开也比较充分，整篇文章具有较强的逻辑力量。总之，无论从哪方面来看，《诗论》都是我国古代表述阐释自由理论的最重要的一篇论文。

## （四）

对于钟、谭的文学鉴赏理论和批评实践，清人表现出截然相反的两种态度。肯定者如冯镇峦（字远村）在《读聊斋杂说》中云：“作文人要眼明手快，批书人亦要眼明手快。……远村此批，即昔钟退谷先生坐秦淮水榭作《史怀》一书，皆从书缝中看出也。”“予批《聊斋》，自信独具冷眼。倘遇竟陵，定要把臂入林。”有的人虽然未如此明白地表态，但依然可以看出他们之间思想认识上的渊源联系。如秦瀛《诗测

① 谭元春：《退谷先生墓志铭》。

② 顾炎武：《日知录》卷十八“钟惺”条引巡抚南居益疏劾。

③ 谭元春：《答金正希》。

序》云：“《诗》无定体，言《诗》亦无定解。”① 无“定体”“定解”云云，实际上是“活物”的另一种说法。又如近代文学批评家谭献《复堂词录序》云“作者之用心未必然，而读者之用心何必不然”，把肯定读者创造性的观点表述得更为简明。由此可窥对后人影响之一斑。

但总的来说，钟、谭的思想是清人长期否定的对象，尤其是在清初，众人更是对之大张挞伐，且领头的都是一些大家、名家，更助成了舆论一边倒的局势。他们给钟、谭下的一道判决词是“空疏不学”，如以《诗归》为“不考古而肆臆之说”，斥之为“妄诞”，② 指斥钟、谭提倡的那一套“专以空疏浅薄诡谲是尚，便于新学小生操奇觚者不必读书识字，斯害有不可言者已”③。这足以使我们明白，“空疏不学”虽然不是他们否定钟惺、谭元春的文学理论价值的全部理由，至少也是一个重要的理由。钟惺、谭元春的评点议论是以慧性见长，而不是以学识广博取胜。清人著书立说重考据、求出处，不尚空泛的议论，这固然有它的长处，但对鉴赏、批评文学作品来说，单是弄清字义、典故等硬性问题是远远不够的，它还需要鉴赏者与批评家具有比较丰富的艺术想象力和艺术明悟才能，钟惺、谭元春的评论正是以后者见长，二者恰好反映了明、清不同的学风特点。

尽管清人从学问的角度来否定钟、谭文学理论的价值带有很大的片面性，但是在他们的理论中也包含着合理的成分，如认为文学研究和文学批评必须首先辨明材料本身的可靠性，人们应当准确地领会作品文本的原属意思等。他们遵奉实事求是、无证不信的治学原则，取得了很高的学术成就。钟惺虽然也承认作品内质的规定性和阅读对象对读者的制约性，但在鉴赏和批评实践中，随意性的成分毕竟过多，而使一些阐解远离甚至违背了作品的本旨。如《古诗归》卷一《几铭》“皇皇惟敬

① 《小岘山人文集》卷三。
② 《日知录》卷十八“改书”条。
③ 朱彝尊：《胡永叔诗序》，《曝书亭集》卷三九。

□□生垢□羢□”，其中有四个字空阙，用空阙符号来代替。像这样一首连文字都很不完整的作品本来是不应当入选的，可是钟、谭却把它选录了，这倒不是因为他们不知道上面这个道理，而是他们把空阙符号都当作“口”字，并加以赞评。钟曰：“读‘口羢口’三字，竦然骨惊，觉《金人铭》反饶舌。”谭曰：“四‘口’字叠出，妙语，不以为纤。”这也可以算是一种好奇之过，成为后人的笑噱。①《诗归》除了疏于考订所导致的讹误之外，更多的是属于对原文的错误理解，有的评语故作深解，令人莫名其妙。像这类无中生有、穿凿附会式的所谓鉴赏批评，可谓之自由，决不可谓之理解，其结论必然经不起别人最起码的检验。

他们虽然能够在理论上顾及鉴赏批评中尊重作品的客体规定性和发挥读者的主体能动性两个方面，但是他们在实践中毕竟更偏重于后者，导致了对前者有意无意的疏忽；在如何探求作品原貌、原旨的途径、手段等问题上，他们也没有提出切实能行、可收实效的解决办法，这就难免使弄清作品的“本事本文本义”一语流于空洞，不易付诸实现。如果我们对文学批评家可以提出培养高度的慧性的要求，那么，我们也同样有理由要求他们打下扎实的学问基础；如果理解自由是应当倡导的，那么，严谨治学也是应当遵循的。二者皆为进行文学鉴赏与批评所需要，合之则双美，离之则两伤。这也是我们今天应当记取的。

载《复旦学报》1988 年第 6 期，第 17~22 页，第 16 页

① 见周亮工《与林铁崖》（《赖古堂集》卷二十）。按：像这类失于考辨所致的错误在《诗归》中尚有，其原因或与钟、谭选作品所依据的母本本身的不精当有关，如《四库全书总目》的《诗纪匡谬》提要云：“（冯）舒因李攀龙《诗删》，钟惺、谭元春《诗归》所载古诗，辗转沿伪，而其源总出于冯惟讷之《古诗纪》，因作是书以纠之。”又如《唐诗归》选《黄台瓜词》，“四摘”作“摘绝”。《诗归》提要云：“高棅《唐诗品汇》载此诗，已作‘摘绝’，则非惺之所改。然惺因仍误本，是亦其失。”所见甚是。

# 竟陵派文学的发端及其早期文学思想趋向

陈广宏

如所周知，竟陵派是因其代表作家钟惺（1574—1625）、谭元春（1586—1637）的乡贯而得名的一个文学流派。尽管这一流派的发生、发展，实际上与那种由地域关系结社唱酬形成的地方性文学群体未可同日而语，但钟、谭早年在家乡的文学活动，毕竟是他们文学成长道路上一个不容或缺的历史阶段，它为竟陵派的诞生提供了某种土壤，而构成该文学流派的某些基本质素，在这一阶段也确已孕育而成。至钟惺万历戊申（1608）冬离家游宦前，不仅作为该派今后各个时期文学基本主张滥觞的早期批评观念业已形成，而且随着钟、谭组合的构成，两人在这段共处时间相对较长的日子里，通过切磋磨合，对之又有所确认，并开始用于指导他们的创作实践。已有的竟陵派研究，对于钟、谭这一阶段的文学活动关注甚少，恐怕也就因此难以认识它对于竟陵派文学（尤其是文学思想）形成及其发展的意义，本文拟就此做一些梳理和探讨。

## 一、钟惺、谭元春的始习与才性

钟惺、谭元春从事文学创作，始于万历二十年代：钟惺“逾二十而后为诗”①，是在万历二十一年（1593）后；谭元春将自己的古诗、

① （明）李维桢：《玄对斋集序》，《大泌山房集》卷二十一，明万历间刻本。

近体创作追溯至十六岁时的摹习，则亦在万历二十九年（1601）间。虽然这个时代李攀龙（1514—1570）、王世贞（1526—1590）已先后作古，但他们所领导的后七子一派文学复古的势力在南方诸区域却仍然长盛不衰，如钟惺早年为生员时与之有师生之谊的邹迪光（1549—1626）(时任湖广提学副使)，折官位辈行而先后与钟、谭交的冯时可（时任湖广参政)，以及乡先达李维桢（1547—1626）等，皆为此派巨擘，虽然目前尚没有什么材料可说明他们对于钟、谭的文学创作有直接的影响，但钱谦益所说的“万历中年，王、李之学盛行，黄茅白苇，弥望皆是”① 却是事实，故钟、谭的始习不能不受到此风的浸染。就钟惺早年的创作而言，李维桢《玄对斋集序》就曾有“集中诗可百余篇，而汉、魏、六朝、三唐语，若起其人于九京，口占而腕书者”② 这样的评价，可见其拟古之酷肖。钟惺自己也承认，谓自己之少作“大要取古人近似者，时一肖之，为人所称许，辄自以为诗文而已”（《隐秀轩集自序》）③。至于谭元春，从其自述亦可见，少于诗，真可谓摹体以定习，一部《文选》，拟之殆遍，④ 终至于以魏晋标格。李维桢序其早期

① （清）钱谦益：《袁稽勋宏道》，《列朝诗集小传》丁集中，上海：上海古籍出版社 1983 年版，第 567 页。

② （明）李维桢：《玄对斋集序》，《大泌山房集》卷二十一，明万历间刻本。

③ （明）钟惺：《隐秀轩自序》，（明）钟惺著，李先耕、崔重庆标校：《隐秀轩集》卷第十七，上海：上海古籍出版社 1992 年版，第 259 页。本文所引《隐秀轩集》皆据此本，后引仅标篇名、卷次及页码。

④ 其《序操缦草》曾有详述，谓：“予年十六学为诗，初无师承，亦不知声病，但家有《文选》本，利其无四声，韵可出入，窃取而拟之殆遍。其法止如其诗题与其长短之数、起止之节，而易其辞，亦自以为拟古也。越三年，始有教之为近体者（案：据其《三十四舅墓志铭》，谓从伯舅魏良翰学律诗四声）。是时亦粗知诗意，有问予拟《古诗十九首》及韦孟以下诸诗者，则面发赤。后数年又稍进，并陆士衡之《拟古》、江文通之代拟诸作，私心亦有所不惬，则遂泛泛焉回翔于古诗、近体之间，盖未有专力，至于今愧之。而要其犹知此中升降，执笔运思，辄有一二字近古者，则亦十六时刻画殆遍，暗暗为我根株也。”（《谭友夏合集》卷九）

诗集说，“友夏诗无一不出于古，而读之若古人所未道”（《谭友夏诗序》）,① 称赞他的诗近于汉魏、晋人间，虽不免有溢美之词，但确也承其取径而言。无论他以后的创作如何追求自出性灵，这一阶段的学古成为他求取变化之资，邹漪谓其“少喜言诗，颇规摹《昭明》选体，落笔辄肖；已复去之，学盛唐。后乃出心颖、取奇俊，翩翩多致”②，正指出了他在诗歌创作上由“泛泛焉回翔于古诗、近体之间”进而自求灵异这样一个相互衔接的过程。他自己后来在《答刘同人书》中说“初年求之于神骨，逾数年乃求之于气格，又数年乃求之于词章，前后缓急、难易加减之候，惟已得用之”,③ 意在说明自己采用的是不同于常人的由抽象的完形而至具体的表现的琢炼方式，但“拟议以成其变化”本来也是复古派的主张。所谓“文章由学，能在天资。才自内发，学以外成”（《文心雕龙·事类》），早年的这种学习之功，多少总会在他们今后的文学事业留下某种印记，即便是起而排击王、李之学而求创变，其取向亦终不脱古人之传统，这又未必不是此际的经历暗暗为之根株。

其实，从谭元春所作的《徐中丞集序》中，我们还是可依稀找到他们在家乡受到七子一派影响的痕迹。这里的徐中丞即徐成位，竟陵人，其子徐惕为钟、谭密友，因与钟、谭俱有交往。元春尝记其言曰：“吾在仪曹时，居闲寡务，与王敬美、孙月峰诸公，切劘为古学，颇知古人之意。”（《徐中丞集序》）④ 则其习尚可知。作为富有阅历的贤长，他的经验之谈在元春一辈通家年少的心目中应该是有分量的，尽管

① （明）李维桢：《谭友夏诗序》，（明）谭元春著，陈杏珍标校：《谭元春集》附录一，上海：上海古籍出版社 1998 年版，第 941 页。本文所引《谭元春集》皆据此本，后引仅标篇名、卷次及页码。

② （明）邹漪：《谭解元传》，《启祯野乘》卷七，明清史料汇编影印本，台北：台湾文海出版社 1984 年版。

③ （明）谭元春：《答刘同人书》，《谭元春集》卷第二十八，第 777 页。

④ （明）谭元春：《徐中丞集序》，《谭元春集》卷第二十二，第 604 ~ 605 页。

他以“人生在世，上则性命不易之理，次则民物有用之学，焉用是招尤之言为哉”为教诲，劝诫元春应该立大志，那也不过是指出向上一路，意在希望年轻人不要仅止于以文人名世；而从元春自己理解的“而又以春之嗜古也，壹似欲摧折其盛气，如欧公之于徐无党者”来看，实还有在古文辞创作上对之加以调教、锤炼的意思，这便不是一般的教示可相比拟。由此一隅，亦可窥测他们早年在文学上成长的环境。

然而这样的局面似乎并没有持续多少年，因为也正是这个时代，袁宏道（1568—1610）树起“独抒性灵，不拘格套”的旗帜，由吴中而北京，自创一派，“务矫今代蹈袭之风”（《雪涛阁集序》）①。尽管它在当时的影响未必如钱谦益描述的那么大——“中郎之论出，王、李之云雾一扫，天下之文人才士始知疏瀹心灵，搜剔慧性……”②，但已波及楚中钟、谭之所在则是确然无疑的。根据现有的资料，至少在万历二十八年（1600），亦即公安派成立渐次达到前期鼎盛之年，二十七岁的钟惺以诸生入郡都试，与同舍京山诸生魏象先论明诗，已有指目公安之论，这在下面将有详述。它意味着，在钟、谭开始其文学生涯之初，已经为这样一股强劲而新鲜的创变之风所冲荡，这在促使他们重新思索文学应该如何表现这样一些根本问题的同时，对于今后文学道路的选择，无疑亦起到了某种示范树鹄的作用。

依照钟惺的记载，他与谭元春在万历三十二年（1604）十月已开始交往，③ 这对竟陵派的形成来说，当然是一个标志性的事件，因为正

① （明）袁宏道：《雪涛阁集序》，（明）袁宏道著，钱伯城校：《袁宏道集笺校》卷十八，上海：上海古籍出版社1981年版，第710页。

② （清）钱谦益：《袁稽勋宏道》，《列朝诗集小传》丁集中，上海：上海古籍出版社1983年版，第567页。

③ 关于钟惺、谭元春的交往之始，两人的记载稍有出入。钟惺的回忆略详：“记甲辰（1604）十月，谭友夏过予，日为客作书，予弟从旁凝视颇笃。友夏察其意之近于书也，书《古诗十九首》，使之影摹，辄肖。”（《书茂之所藏谭二元春五弟快札各一道纪事》）谭元春的记载则在其为悼念钟惺而作的《丧友诗三十首》小序中，谓“予与钟子交，庶为近古，起万历乙巳（1605），讫天启乙丑（1625），盖二十一年，交终矣”。似以钟记更确。

是他俩自此引为同道，扬扢风雅，互为声气而相得益彰，才得以在晚明文坛以竟陵体号召天下，李明睿《钟谭合传》更因此申论说："使世之知景陵之文不在文，而在交谊之厚，故一时文名噪甚，夺中原七子之帜而建之标，良有以也。"① 不过，钟、谭之组合并非自然天成，相反，他们的气质才性实际上还是有很大差异的，这一点往往为人所忽视。他们之所以能够在后来令"天下人"有"二人一手之名"（《告亡友文》），② 在很大程度上可以说是早期相当长一段时期不断磨合的结果。

在同时代人的心目中，钟惺是一个性格特征非常鲜明的人，如果只能用一个字来加以描述，那么，"冷"字大概是最为恰切的。谭元春《退谷先生墓志铭》谓其"性深靖如一泓定水，披其帷，如含冰霜，不与世俗人交接"③，其同年友邹之麟在《史怀序》中则曰："其人风貌清严，神检闲逸，与人居落落穆穆，间佐片语，微甚冷甚，令人旨，亦令人畏。"④ 又，陈继儒在未与钟惺订交前，"始闻客云，钟子，冷人也，不可近"（《潘无隐诗序》）⑤。当然，这种"严冷"的性格与我们所说的作家之才性尚不能等而观之，就个性而言，本来也并非全然出于先天及幼习，还须由其整个人生经历养成，但不可否认，一种成其为这一个而非他者的内在质性在很大程度上带有与生俱来的成分，它决定了一个作家才性的方向与类型。钟惺生来羸弱多病，他的嗣父就曾分析过"此子敏笃，志强体弱"（《家传》）⑥，对其自幼在气质与体格等方面的相关特点把握得还是相当准确的，显示了非一般严父所能具有的细致的观察力。根据现代心理学的常识，我们知道，大凡在体格上明显呈

① （明）李明睿：《钟谭合传》，陈允衡编：《岳归堂集选》，收于《诗慰初集》，清顺治刻本。

② （明）谭元春：《告亡友文》，《谭元春集》卷第二十六，第 724 页。

③ （明）谭元春：《退谷先生墓志铭》，《谭元春集》卷第二十五，第 681 页。

④ （明）邹之麟：《史怀序》，（明）钟惺：《史怀》卷首，湖北丛书本。

⑤ （明）钟惺：《潘无隐诗序》，《隐秀轩集》卷第十七，第 265 页。

⑥ （明）钟惺：《家传》，《隐秀轩集》卷第二十二，第 374 页。

纤细脆弱特征的人，一般说来，往往具有敏感、抑郁却执着、顽强的心理素质。比之对于外部世界的拓张，他更多地关注自我内心世界的活动，有着较为强烈的自知、自恋与自我保护意识，而与他人保持一定的距离。事实上，时人所述种种有关钟惺沉静落穆、冷面隔俗的性格特征，在很大程度上都可以在这一常识上得到解释。因此，在钟惺身上，那种内向、抑郁、坚执自我近乎严刻而又富于感受性的质性，在赋予他特殊的诗人气质的同时，还交织着一种十分强烈的通过不断内省追求自我超越的知性特征，古人常常将这种类型称作“学道人”。前贤有所谓“夫多病则与学道者宜，多难则与学禅者宜”① 的说法，除了指出宗教情操与寻求自我解脱、自我救赎在功用上的密切联系外，也已涉及体格与人的基本动机之间的内在关联问题。李维桢在为钟惺早年诗集所作的序中，曾记叙了钟氏“逾二十而后为诗，复以善病讽贝典，修禅观”②这样一条经历，恰好印证了其多病的体质与潜心修道之间的这种内在关联。并且，因为他的有志于文学恰巧与他开始习静修持禅观是同步的，这种巧合不能不看作才性的作用与发展。当然，这种习禅的经历本身，对其今后的整个思维方式，尤其是审美的观念及文学表现方式，又有着极为重要的影响。

正是这种才性的体现，让我们看到，在钟惺的人格价值序列中，“渊静”显然是第一义的，他常常以之作为品鉴人的标准。这是一种政治上的理想人格，如他赞许同为楚人的官应震“然渊静坦然，望而知其端人也”（《官古愚先生传》）③，尽管在东林党人眼中，官氏为结党乱政的“四凶”之一；又如竭力推崇蔡复一，谓“然亦非幽恬渊净者，胆决不坚，识决不透；亦未有不幽恬渊净，而可谓真挥霍弘才，公其人

① （宋）苏辙：《筠州圣寿院法堂记》，（宋）苏辙著，曾枣庄、马德富校点：《栾城集》卷二十三，上海：上海古籍出版社 1987 年版，第 503 页。

② （明）李维桢：《玄对斋集序》，《大泌山房集》卷二十一，明万历间刻本。

③ （明）钟惺：《官古愚先生传》，《隐秀轩集》卷第二十二，第 359 页。

也”（《报蔡敬夫大参》）①，在当时充满“躁竞”的政治环境中，特别标举“幽恬渊净”之气魄与境界。这当然也是文学艺术上的理想人格，如他对谭元春的文学创作从根本上提出“性情渊夷，神明恬寂”（《简远堂近诗序》）② 的要求；序黄汝亨诗，亦首先肯定他“渊通净远，世之所谓有道人也”（《黄贞父白门集序》）③；其他如赞誉同年徐象一，谓“吾友徐水部，文心本塞渊”（《赠徐象一年丈并索其画》）④，称扬金陵友人郭天中、范迂，谓“伊人寄静外，奇尚而素心”（《舟过郭圣仆范漫翁二居士》）⑤，凡此种种，不一而足。

在中国传统的文学批评中，才性与风格之关系一直是人们关注的问题。在钟、谭生活的时代，对于这一问题的认识，亦早已成为当时文人士大夫的一般知识，如果说，屠隆所说的“士之寥廓者，语远；靖亮者，语庄；宽舒者，语和；褊急者，语峭；浮华者，语绮；清枯者，语幽；疏朗者，语畅；沉着者，语深：谲荡者，语荒；阴鸷者，语险”（《王茂大修竹亭稿序》）⑥，仍是从个性决定文学风格的角度立论，分析何种才性类型导致何种类型的风格；那么，江盈科所说的“大都其诗潇洒者，其人必鬯快；其诗庄重者，其人必敦厚；其诗飘逸者，其人必风流；其诗流离者，其人必疏爽；其诗枯瘠者，其人必寒涩；其诗丰腴者，其人必华赡；其诗凄怨者，其人必拂郁；其诗悲壮者，其人必磊落；其诗不羁者，其人必豪荡；其诗峻洁者，其人必清修；其诗森整

① （明）钟惺：《报蔡敬夫大参》，《隐秀轩集》卷第二十八，第459页。

② （明）钟惺：《简远堂近诗序》，《隐秀轩集》卷第十七，第250页。

③ （明）钟惺：《黄贞父白门集序》，《隐秀轩集》卷第十七，第265页。

④ （明）钟惺：《赠徐象一年丈并索其画》，《隐秀轩集》卷第三，第29页。

⑤ （明）钟惺：《舟过郭圣仆范漫翁二居士》，《隐秀轩集》卷第三，第33页。

⑥ （明）屠隆：《王茂大修竹亭稿序》，《白榆集》卷三，台北：伟文图书出版公司明代论著丛刊本。

者，其人必谨严”（《雪涛诗评》）①，则是从文学即个性之展示的一面，阐述“诗本性情”的道理，目的都是为了说明“诗如其人”。也正是从这样一种相当自觉的认识出发，谭元春作为钟惺的知音，依据其理想人格的价值基准，曾将风格初定的钟诗状作玄对清明之山水、能发静者之机的载体，所谓“有闻无声肃肃如，惟恬惟淡涵其博”（《题伯敬诗集》）②。如此超乎形想的虚怀之表现，当然足以发明钟惺追求内在超越的理性化审美个性，但是，我们也应该充分注意到，这毕竟只是他们基于钟惺“学道人”的性格自我标示的才性修养及风格历练之目标，从前面分析的钟惺的种种个性特征来看，掩映在这恬淡玄远之追求背后的，有坚执自我的严刻，沉浸于内省的挣扎，还有对外部世界充满警惕的冷眼，这些并不闲逸的心理内蕴，不可能不在文学作品中有所反映。因此，倘若我们仍在“诗如其人”的分析框架内开展对钟惺创作风格特征及其成因的探讨，那还须对历来批评家提出的“子云沉寂，故志隐而味深”（《文心雕龙·体性》）、“苛刻之人，其诗峭厉而不平”（《林伯恭诗序》）③ 之类的表述有所关注，它们可以帮助我们理解钟惺的气质、才性与实际创作中所谓“深幽孤峭”风格之形成的某种内在联系。

谭元春的气质、才性与钟惺并不相类。这一点在谭氏祭奠钟惺的《告亡友文》中交代得非常详具，他忏悔道：

> 予以顽旷之性，见人嬉游，狂顾勃发。常同子书史静对，淡若无物，杯斝遥陈，酬劝不施。虽欢情日接，而乐事时乖，旬月之内，吟啸他往，当其挽袂固留，予尝不顾而去。始知静者朋侣倍

① （明）江盈科：《雪涛诗评》，《说郛续集》卷三十四，清顺治三年宛委山堂刊本。

② （明）谭元春：《题伯敬诗集》，《谭元春集》卷第四，第 115 页。

③ （明）宋濂：《林伯恭诗序》，《宋学士文集》卷三十三，明正德间刊本。

笃，此又予负子矣。①

从他的自述我们可以看出，若按照西方传统的气质学说，谭元春原本属于典型的多血质类型，热情冲动，豪荡不羁，又意气高广，喜交游纵乐，因而后人有“浪子”之目，② 或谓“友夏诗虽不称，而为人跌宕，不愧名士”③。这方面的性格与钟惺恰成对照。大致说来，钟喜幽独孤行，而谭喜嬉游泛交；钟性静而严刻，好作深湛之思；谭性动而顽旷，而有灵奇之才。元春的这种气质多秉承家族的遗传，然而，尽管如此，谭元春却并没有使他自己这一类的才性得到充分的发挥。因为值得注意的是，在钟、谭二人的关系上，钟惺的影响在进入以谭元春为中心的竟陵派发展后期之前，始终占据着主导地位，在早期更是如此。这一方面当然是因为钟毕竟比谭年长十二岁，在谭尚未完全成年之前，钟的见解已相当成熟且已获一定的才名；在另一方面，则是因为钟的那一种气质、才性对谭来说恰好具有互补性，因而格外具有魅力，而使“友夏为其所摄”④。元春曾不止一次地提到早年钟惺等人对他的陶冶、改造：

回思少年时，有作高奇诗古文之志，后来师友扶持，并有类奇士高人之性情。(《答池直夫》)⑤

寻常厌人沾泥带水，喜一过而忘之，故伯敬诸子，取其根器，而恨其不肯学道。(《答金正希》)⑥

这里所谓的“师友”，除了钟惺，主要尚有蔡复一（1576—1625），他

① （明）谭元春：《告亡友文》，《谭元春集》卷第二十六，第725页。
② （明）王夫之：《明诗评选》卷七，船山遗书本。
③ （清）宋征璧：《抱真堂诗话》，郭绍虞编选，富寿荪校点：《清诗话续编》，上海：上海古籍出版社1983年版，第126页。
④ （明）王夫之：《明诗评选》卷七，船山遗书本。
⑤ （明）谭元春：《答池直夫》，《谭元春集》卷第二十八，第782页。
⑥ （明）谭元春：《答金正希》，《谭元春集》卷第二十八，第783页。

也是竟陵派的重要成员。谭元春在万历乙卯（1615）致蔡复一的信中，不无诚恳地说：“如‘简交以得已，敛名以厚实’，春要药也。”（《奏记蔡清宪公前后笺札》三）① 虽然引用的是蔡复一规劝自己的话，却与钟惺在《简远堂近诗序》中对元春的要求同一声口，显然是他们平时引导他“学道”老生常谈的观点。故元春相信他们的鉴识而自觉地进行自我改造，“予进而求诸灵异者十年，退而求诸朴者七八年”，并自谦说“于所谓灵与朴者，终隔而不合”（《题简远堂诗》），② 蔡复一倒是鼓励他“人愈朴，性愈厚，是进德之验”（《与舍弟五人书》）③。来自钟惺等人的这种影响对元春来说可谓铭心刻骨，故当钟惺去世后，元春回顾彼此的交情，表达对亡友的拳拳服膺，也仍充满深情地说：“天下结交人，无如亡友深；能从浮浊世，取人一片心。”（《答徐元叹》）④ 正因为如此，当年钟惺能够毫不谦虚地说：

> 友夏少年，才高意广，勇于自信。人所指摘，苟不能相中，虽其言出畏友名师，不能强友夏以必听。而片言去留，待予裁决。友夏亦何私于予！（《简远堂近诗序》）⑤

除了表示两人的投契，言下之意，谭之所以私于己，实以己言必有以相中。

因此，我们也就不再会感到不可思议，像谭元春这样与钟惺在气质、才性上截然不同的人，在对作家的品鉴上，却始终秉承钟惺“性情渊夷，神明恬寂”（《简远堂近诗序》）或“幽恬渊净”（《报蔡敬夫

---

① （明）谭元春：《奏记蔡清宪公前后笺札》（三），《谭元春集》卷第二十七，第756页。

② （明）谭元春：《题简远堂诗》，《谭元春集》卷第三十，第816页。

③ （明）谭元春：《与舍弟五人书》，《谭元春集》卷第二十七，第746页。

④ （明）谭元春：《答徐元叹》，《谭元春集》卷第十六，第469页。

⑤ （明）钟惺：《简远堂近诗序》，《隐秀轩集》卷第十七，第250页。

大参》)① 的价值标准，如：

然使足下意加虚，神加静，与人处加温克，而又减无用之名，减无用之应接，减似有用实无用之意气，减可以用不必即用之经济，至于粗之减声色，精之减笔墨，即其所为止生也，一增损焉，古文在是，古人在是矣。(《与茅止生书》)②

司直诗书无所不涉，而中有渊沉之性，不随古今增其浮艳。(《朴草引》)③

而性灵渊然以洁，浩然以赜，且为吾辈同调。(《万茂先诗序》)④

由此不难看出，钟、谭早期的磨合，根本上是以钟惺的创作个性和文学思想为基准的。这不仅铸就了元春的审美观念，而且直接影响了他的创作风致。他的前期创作，更多的是对钟惺趋于定型的诗歌风格的附丽，钱锺书谓论友夏诗当分别《岳归堂稿》之前后，“《岳归堂稿》以前诗，与伯敬同格”,⑤ 实在是一种很精辟的分析。当然，有的时候他也会不经意地流露出自己的“本色”来。

## 二、钟、谭与京山黄玉社诸子的交往

钟惺、谭元春早年与京山黄玉社诸子的交往，向不为研究者所注意，然它却是钟、谭早年在家乡开展的一项重要的文学活动。它恰好处

① (明) 钟惺:《报蔡敬夫大参》,《隐秀轩集》卷第二十八，第 459 页。
② (明) 谭元春:《与茅止生书》,《谭元春集》卷第二十八，第 775 页。
③ (明) 谭元春:《朴草引》,《谭元春集》卷第二十四，第 678 页。
④ (明) 谭元春:《万茂先诗序》,《谭元春集》卷第二十三，第 623 页。
⑤ 钱锺书:《谈艺录（补订本）》二九，北京：中华书局 1993 年版，第 102 页。

在钟、谭订交的初期，这就为其磨合提供了一种契机及活动的舞台，他们早期一些重要的批评观念与文学主张，正是在与该社这些共同的文友相互切劘砥砺的过程中确立并予以阐发的。更为重要的是，这一交游圈是钟、谭与公安诸袁发生联系的一个媒介，通过这一媒介，他们能够比较确切、及时地了解公安派的文学主张以及在当时文坛的最新动态，而来自公安派的影响，最早也体现在该社某些成员的创作中。

所谓京山黄玉社，据钟惺作于万历戊申（1608）十月间的《明茂才私谥文穆魏长公太易墓志铭》，知为京山诸生魏象先在万历丁酉（1597）后与同邑王、谢、谭诸少年为举业所起的社，兼称诗，在当时邑中产生了一定的影响。社中成员事迹可考者如下：

其一，魏象先（1574—1608），字太易，早有文誉，好诗，而性不近俗，属文必奇。早年出应童子试，为李维桢所异，以为“异日当以文鸣世”（《明茂才私谥文穆魏长公太易墓志铭》）①。钟惺早闻其名，至万历二十八年（1600）以诸生入郡都试，两人同舍，始得相与论诗。其后各时时以诗相示，钟惺并因此得以与黄玉社的其他成员有所交往。万历戊申（1608）春，钟惺还曾偕谭元春过访京山。象先为诸生十年，常不利，戊申（1608）抱病参加学使之试，以诸生六等而遭放黜。归而作《六等吟》二十首自广，悲愤谑浪，嵚崎怪谲。病日进不衰而卒。临终遗书，要求钟惺志其墓，同邑谭如丝撰行状，谭元春作传。

其二，王应翼、王应箕兄弟。应翼（？—1641）字稚恭，号天乐，万历己酉（1609）领乡荐。初知广东崖州，改陇州，降山西藩参军。寻迁知云南姚州，以丁外艰，未赴。起复知河南许州。崇祯十四年（1641），李自成攻陷许昌，与子王国俱死。史称其“于诗独攻近体，锻辞琢句，沉郁可喜”②。所著有《采山楼》诗文十数种。应箕字稚衍，崇祯已卯（1639）乡试，仅中副榜。亦工诗文，著有《清远

①（明）钟惺：《明茂才私谥文穆魏长公太易墓志铭》，《隐秀轩集》卷第三十三，第522页。

②《（康熙）安陆府志》卷二十“文学列传”，康熙八年刻本。

斋诗》。

其三，谭如丝、谭如纶兄弟。谭完子。如丝字素臣，少工词翰，为诸生有盛名，见知于李维桢，期以远大。应乡试十一次，两中副榜；晚以贡官汉川广文。卒年七十一。诗文散佚，仅有存者。如纶字有秩，才情风韵，独步一时。七入乡闱而不中，仅以贡终。所著有《长恩室诗集》。

其四，至于黄玉社中的谢姓少年究竟为何人，虽不得确载，然由谭元春集中及袁中道《珂雪斋集》有关记叙推之，知当即谢景倩（？—1610），字通明，诸生。其事迹不见于史志，因与公安袁祈年及谭元春相友善，而有一些零星的资料得以保存。中道《游居柿录》卷五载其卒于万历庚戌（1610），事甚异。乃与友王应翼饮邑中多宝寺中，以肉戏置阎罗口中，是夜归，即暴病身亡，王应翼也大病一场。中道以其“因果可畏”而记之。袁祈年有《哭谢通明》二首，谭元春则有长诗《挽谢通明》。谭诗纪其“维岁在甲辰，与君初把臂。曰既盟之后，归好如兄弟”（《挽谢通明》）①，则二人订盟之岁，即钟、谭定交之年；又有“魏子（按：即魏象先）病数月，死尚留一字”，“怨子不自珍，适以快众忌。曰诸生存者，而皆斯人类”（同上），可窥谢与黄玉社之关系。

如上所述，钟、谭与黄玉社诸子的交往之所以重要，是因为这种交往在很大程度上具有文学的性质。黄玉社的发起，虽不出当时一般文社切磋制艺，以为学问之地、功名之门的宗旨，但其成员却保持了对于文学的特别嗜好，正如谭元春《魏太易传》中所记述的：

> 然亦未常罢吟，故社中文与其诗人各一帙，帙径寸也，魏子独三帙，帙径寸。②

① （明）谭元春：《挽谢通明》，《谭元春集》卷第三，第33页。
② （明）谭元春：《魏太易传》，《谭元春集》卷第二十一，第576~577页。

诗成，或诵，或向同社生诵，或自赏，或笑也。①

尤其是这个魏象先，“无他好，好诗”（《魏太易传》）②，“至其吟诵，寒暑昼夜不倦”（《明茂才私谥文穆魏长公太易墓志铭》）③。他们这群少年早年为表现脱俗的个性多少有一些诞放，因而为邑人侧目，魏象先即因所作诗而得祸邑中。就他的诗歌创作来说，钟惺于其身后曾经有过一段颇为完整的评论，可看作对象先一生创作历程的总结：

初年法峻格严，其于汉、魏、六朝、三唐语，各肖其神，各不相借，晚益颠倒淋漓，老放昌披，无不如意。往往自托于长庆，世或指长庆为太易，不知其用稚为老，用险为稳，用凡为奇，用乱为整，要以不必为我式，而能为我用。而太易亦自厌今之为伪初盛者，思易以真中晚，用杂霸治之，聊以矫俗玩世，通其垒块之气，横佚之才，真率潇散之趣。要其顿挫沉郁，居然自有一太易。（《明茂才私谥文穆魏长公太易墓志铭》）

这里虽欲为死者讳而多方加以回护，并许其自具面目，但仍可看出对其晚期的诗风并不赞许。这从谭元春所作的《魏太易传》中所谓“晚乃自以为固，持论愈异，输泻倾吐，以资笑傲”④，可以看得更清楚。他在创作上的这种转变，显然受到了崛起于当时的公安诗风的影响，有着以公安率性之“真”矫治七子一派拟古之“伪”的自觉动机，当然，也还有其人生遭际方面的致因。

实际上魏象先所经历的诗风转变，恰恰是处于这一时代的年轻诗

① （明）谭元春：《魏太易传》，《谭元春集》卷第二十一，第577页。

② （明）谭元春：《魏太易传》，《谭元春集》卷第二十一，第576页。

③ （明）钟惺：《明茂才私谥文穆魏长公太易墓志铭》，《隐秀轩集》卷第三十三，第522页。

④ （明）谭元春：《魏太易传》，《谭元春集》卷第二十一，第577页。

人，包括钟、谭自己所面临的文学道路上的选择。早年所服习的七子拟古之风固然积弊已久，对此其前辈诗人就已有比较清醒的认识，然最近若干年公安派以“以意役法”“出而振之”（《中郎先生全集序》）①，是否即意味着诗歌创作的出路呢？钟惺在与魏象先结识之初就讨论过这个问题。他在二十七岁那年入郡都试，恰与魏同舍，两人因此得暇相与论诗。在论及明诗时，钟惺下结论说：“明诗无真初盛，而有真中晚、真宋元。”又说：“近日尸祝济南诸公，亲尽且祧，稍能自出语，辄诧奇险；自我作祖，前古所无，而不知已为中晚人道破。由其眼中见大历前语多，长庆后语少，忘其偶合，以为独创。然其人实可与言诗。”（《明茂才私谥文穆魏长公太易墓志铭》）② 钟所记“君绝叹，以为奇快”（同上），有几分真正获得魏的赞同，现已不得而知，从魏象先的后期创作来看，他恰恰是全然以公安派的主张与风格为自己的发展方向的。而就钟惺的态度来说，无疑是有所保留的。他以七子一派为假初盛，公安派为真中晚、真宋元，首先表明在拟古派与性灵派的文学主张与创作之间作出了十分明确的价值判定，从而确立起反王、李之学的基本立场。他肯定公安派的“真”，意味着对其发抒性灵而各具独造之主张的某种认同，这确是矫正拟古之“伪”的关键，并且，从“然其人实可与言诗”的评价来看，他对公安派代表作家袁宏道的识力还是相当佩服的。但是，对公安派及其所标举的前驱徐渭辈追求完全属于个人的表现语汇，不复持择而以为“独创”，乃至堕入所谓“奇险”，却同样明确表示了不满，一开始就显示出与该派作家在表现“性灵”取径上的异趣。他这里提到的“辄诧奇险”，所指应该有徐渭（1521—1593）。孙矿在批评当时文坛风气时曾曰：

① （明）袁中道：《中郎先生全集序》，（明）袁中道著，钱伯城点校：《珂雪斋集》卷十一，上海：上海古籍出版社 1989 年版，第 522 页。

② （明）钟惺：《明茂才私谥文穆魏长公太易墓志铭》，《隐秀轩集》卷第三十三，第 522 页。

近十余年以来，遂开乱道一派，昨某某皆此派也。然此派亦有二支：一长吉、玉川，一子瞻、鲁直。某近李、卢，某近苏、黄。然犹有可喜，以其近于自然，某则大矫揉耳。文派至乱道则极不可返，尔来作人亦多此派。此实关系世道，良足叹慨！（《与余君房论诗文书》）①

如果说，其中所言“子瞻、鲁直”一支指公安袁氏而言，那么，“长吉、玉川”一支即指徐渭，因为徐渭所学，是中晚唐奇崛险怪一路诗风。他自己就曾说过：“韩愈、孟郊、卢仝、李贺诗，近颇阅之。乃知李杜之外，复有如此奇种，眼界始稍宽阔。”（《与季友》）②

当然，我们也可以认为，钟惺的这番批评实际上是针对公安派及其前驱的创作现象而非其主张而言的，该派的创作实践与其理论主张毕竟还是存在着一定的差异。不过，归根结底，这仍反映出竟陵派与公安派在文学主张上的不同。虽然钟惺承袁宏道“真诗”的观念，已将文学创作的关注焦点转向作家主体之性情表现，然公安派在主张这种性情之真实自然的表现是诗歌唯一本质的同时，将个性及其自由表达视作文学创作的最高原则，如此，“性灵”的呈现自然无须借助于古人；而钟惺则以为，在古典诗歌如此深厚的传统中，一个作家要找到完全属于个人自创的表现语汇与审美经验是不可能的，正所谓“不知已为中晚人道破”，况且它会使诗不成其为诗。他的理想在求“真大雅”，③ 而这恰恰要求古代作家的创作中真正可传的精髓为我所用，在传统的延续及见证中寻找个性的最佳表现方式，这是他后来明确提出“求古人之真诗”

---

①（明）孙矿：《与余君房论诗文书》，《姚江孙月峰先生全集》卷九，清嘉庆间刊本。

②（明）徐渭：《与季友》，《徐文长三集》卷十六，《徐渭集》第二册，北京：中华书局1983年版，第461页。

③ 见（明）沈德符：《槜李诗系》卷十八，《与谭友夏夜话》述谭序《玄对斋集》语，详下。

"求古人精神所在"的出发点。

如魏象先这般自觉接受公安派新变主张及诗风的影响，而令自己的创作风格产生明显的转变，是否为黄玉社诸子共同的倾向，现在似乎没有确凿的材料加以判定，不过有一点可以肯定，该社不少成员皆与公安袁氏存在着某种接触和联系，这在成为钟、谭与公安派发生联系的媒介的同时，使公安派创作得失及其所引发的文坛风气的重大变化突出地成为包括钟、谭在内的这整个年轻诗人群体集中关注、探讨的话题。谢景倩与袁祈年善，并曾至公安，见诸袁中道《游居杮录》卷五；《袁祈年诗》的《楚狂之歌》除《哭谢通明二首》外，尚有《与谢通明江边叙别》，为赠别公安之作，其谓"君负辟支去，予诗笥里哀。苏黄同一品，李杜不分才"①，知他们的交往也是以文学为主。又《小袁幼稿》有《谢通明寓中读谭友夏诗偶成二首》，则祈年最初获知谭元春，即通过景倩，他早年曾过访京山。后来谭元春与王辂书谓"中郎先生知不肖姓名"（《与王以明》）②，显然是通过这一渠道传递过去的，袁祈年《小袁幼稿》有《庚戌夏日怀友夏》：

> 未晤已称是法侣，平生眼空仅汝许。聆音不自君口来，每于人口得君语。僻居江浒气如蒸，思君清音解予暑。署中披拂惟有风，风历郡邑到予所。到予所时风已残，犹胜四塞热忙处。③

如此高相期许，如此思贤若渴，中郎知其名便也不足为怪。有记载与袁祈年交往的还有王应翼，袁中道《游居杮录》卷八载万历癸丑（1613）秋，得王与祈年书，示悼中郎意，以为中郎如白、苏辈，皆为阴仙；又

① （明）袁祈年：《与谢通明江边叙别》，（明）袁中道：《珂雪斋近集》附录，台北：伟文图书出版公司明代论著丛刊。

② （明）谭元春：《与王以明》，《谭元春集》卷第二十七，第752页。

③ （明）袁祈年：《庚戌夏日怀友夏》，（明）袁中道：《珂雪斋近集》附录，台北：伟文图书出版公司明代论著丛刊。

赞誉中郎“文，今日欧、苏也；诗，今日元、白也”。这至少显示了他对袁宏道这位公安派主将文学成就的敬仰与推许。

由此看来，钟惺在与黄玉社诸子交往期间撰作那篇著名的《与王稚恭兄弟》并非出于偶然，其讨论的内容恰恰就是他们当时极为关切的共同话题，关系到他们对以公安派为代表的诗歌新变走向及其利弊的重新估价，以及对自己创作道路何去何从的执定。这篇书信以作于万历二十八年（1600）或二十九年（1601）间的可能性为大，① 当时江盈科（1553—1605）的影响借与袁宏道同调由吴中而东南正日益扩大，不仅袁宏道稍前几年梓行的《敝箧集》《锦帆集》《解脱集》皆其为序，且在万历二十八年（1600）其《雪涛阁集》十四卷编成付梓前，也已有数种诗文集刊行。他的创作特点，袁宏道曾评价说是“信腕信口，皆成律度，其言今人之所不能言，与其所不敢言者”（《雪涛阁集序》）②，其时已有人指出其诗“中或有一二语近平近俚近俳”（同上），比之袁宏道，确实更有“矫枉之过”（《哭江进之》诗序）③ 的弊端。袁中道也说他“诗多信心为之，或伤率意”（《江进之传》）④。这一点恰为钟惺所恶，况其为人所趋，故钟惺将之视作更为危险的敌人：

① 此信称袁宏道为“袁仪部”，宏道于万历二十八年（1600）补礼部仪制主事，至三十五年（1607）始调吏部，则信当此数年间作。又称江盈科为“江令”，盈科自长洲令离任在万历二十六年（1598），至早于次年夏抵京城任大理寺正，或最初一二年钟惺尚不知其已调官，然再往后推，这种可能性将越小。参见黄仁生辑校《江盈科集》卷首章培恒师序“注释”［一］之考证（长沙：岳麓书社 1997 年版）。

② （明）袁宏道：《雪涛阁集序》，（明）袁宏道著，钱伯城点校：《袁宏道集笺校》卷十八，上海：上海古籍出版社 1981 年版，第 710 页。

③ （明）袁宏道：《哭江进之》诗序，（明）袁宏道著，钱伯城点校：《袁宏道集笺校》卷三十四，上海：上海古籍出版社 1981 年版，第 1092 页。

④ （明）袁中道：《江进之传》，（明）袁中道著，钱伯城点校：《珂雪斋集》卷十七，上海：上海古籍出版社 1989 年版，第 727 页。

江令贤者，其诗定是恶道，不堪再读，从此传响逐臭，方当误人不已，才不及中郎，而求与之同调，徒自取狼狈而已。

国朝诗无真初盛者，而有真中晚。真中晚实胜假初盛，然不可多得。若今日要学江令一派诗，便是假中晚，假宋元，假陈公甫、庄孔旸耳。

学袁、江二公与学济南诸君子何异？恐学袁、江二公，其弊反有甚于学济南诸君子也。眼见今日牛鬼蛇神，打油定铰，遍满世界，何待异日？慧力人于此尤当紧着眼。①

这里的“国朝诗无真初盛者，而有真中晚”，在差不多同时的与魏象先论诗中刚刚说过，如果说彼时尚觉以“真”矫“伪”为当务之急，那么此时因为议论到这位“其诗定是恶道”的江盈科，因为眼见这种率易诗风已经“遍满世界”，他对“因袭有因袭之流弊，矫枉有矫枉之流弊”（同上）表现出更深的焦虑，从而强烈反对学公安诗风。他将江诗斥为假中晚，假宋元，假陈（献章）庄（昶）体，虽然明说是因为“其才不及中郎”，实际上认为是袁宏道辈那种“自我作祖”“辄诧奇险”的必然发展，故而将袁、江并举，以为学袁、江二公，其弊则无不同，反有甚于学后七子一派，它与自己所求之“真大雅”距离更远，故而告诫大家更当警觉。显然，这里表述对其时影响日盛而弊端日显的公安派所应采取的立场，显得更明确、更强硬了。袁中道《花雪赋引》中所谓钟惺“誓相与宗中郎之所长，而去其短”② 当即发端于此际，而这恰是竟陵派“乘间而起”的立足点。进而于万历戊申（1608）动身东下南京前，钟惺在与谭元春的书信中提出，“轻诋今人诗，不若细看古人诗；细看古人诗，便不暇诋今人诗”（《谭友夏之四》）③，是在

① （明）钟惺：《与王稚恭兄弟》，《隐秀轩集》卷第二十八，第463页。

② （明）袁中道：《花雪赋引》，《珂雪斋近集》卷三，台北：伟文图书出版公司明代论著丛刊。

③ （明）钟惺：《谭友夏之四》，《隐秀轩集》卷第二十八，第462页。

此基础之上的一种发展，看上去不过是指示学诗的门径，我们却不妨看作他们由批判性的姿态向建设性方向转变的某种征象。

钟惺与王应翼兄弟讨论江盈科诗时所提出的警诫，应该有更为具体的针对性，即针对他们周围这些文学伙伴中所显露出来的那种效习公安诗风的倾向而言，对江的抨击不过是借题发挥而已，意在借此帮助他们澄清认识，而他自己的观点、立场，也正是在与黄玉社诸子的各种讨论中愈来愈走向明晰、坚定，一步一步接近他后来成熟期的主张的。因此，说钟、谭与京山黄玉社诸子的文学交往是竟陵派诞生之际的一番演练，对该派文学思想的形成有着重要的意义，恐怕是并不过分的。从钟惺与他们探讨的言论来看，他在这一群体当中具有举足轻重的地位也是毋庸置疑的。

## 三、《玄对斋集》与《简远堂诗》

钟惺在万历丙辰（1616）所作《隐秀轩集自序》中追忆自己的创作经历说：

> 予少于诗文，本无所窥，成一帙辄刻之，不禁人序，亦时自作序，大要取古人近似者，时一肖之，为人所称许，辄自以为诗文而已。①

由是首先获知，在林古度万历甲寅（1614）刻于南京的《隐秀轩集》之前，实际上钟惺曾刊有多种诗文集。由于他在《自序》中说的将万历庚戌（1610）看作创作上自新的一个里程碑，自此为求必传而不轻作，且于此前诗亦按所悟“信心”“信古”标准严加删选，“乃尽删庚戌以前诗，百不能存一”，则不仅早先的这些诗文集自此不传，即早期

① （明）钟惺：《隐秀轩集自序》，《隐秀轩集》卷第十七，第259页。

所作诗文保存下来的也很少。就其诗歌创作而言，庚戌（1610）前所作在今传《隐秀轩集》中存三四十首，则其二十岁后至三十七岁前所作诗在数量上本相当可观。

在这些早年刊刻的诗文集中，现可考知集名并大致情形的只有《玄对斋集》，李维桢《大泌山房集》卷二十一中尚存其为钟惺所作《玄对斋集序》①。《序》中称“钟伯敬孝廉”，则其作序时间只能在万历癸卯（1603）秋后至万历庚戌（1610）前。钟惺万历癸卯（1603）乡试中式年届三十，而李序历述钟习古文辞经历由“龀”而“十一”而“逾二十”，未及三十以后事，似应即在钟惺中举后不久为之撰作，故又有“夫一孝廉何足为伯敬重也”的激勉语。至少李序并未提及钟惺游学金陵事，则是集结集于万历戊申（1608）冬后的可能性应该可以排除。这样，集中诗文绝大多数为钟惺早年在家乡所作当无疑问，所谓“吾里山川灵秀，菀积不知几何年，而始收之伯敬五寸之管、五色之毫”。李维桢在序中又谓“诸弟与犹子辈亦窃好之（按：谓古文辞），而亟称伯敬所为古文辞”，知其时钟惺已享才名，其集颇为当时楚中才士所好。维桢此序，即受其少弟李维楫请托而作。

钟惺与李维桢及其家族的交往，当亦是其早期文学活动的一项重要内容。如李序所言，李家与钟家上世皆由江西徙至湖广竟陵皂角市，是为同乡。又据钟惺《家传》，钟、李两家祖辈即为布衣交，钟惺祖父钟山卒后，李维桢父李淑尝引维桢往吊焉。不过，或许是因为维桢万历乙亥（1575）即由词林外补，浮沉外僚达三十年，故实际上钟惺的成长受这位名列“后五子”之乡先达直接的影响并不大，他于维桢的评价，除“道广”外，并不及其他。倒是如李序所载，他与维桢诸弟及诸侄的关系或许更近密些，由钟惺现存的诗文集，亦可证其尤与那位以例授武英殿中书的李维楫并其子李宗儒（名营道）、李宗文（名营之?）交好，而他们与公安袁中道、袁祈年也有某种联系，或许在这个楚中文士

① （明）李维桢：《玄对斋集序》，《大泌山房集》卷二十一，明万历间刻本。

的交游圈中，常常会交流一些属于年轻一辈对文学的看法，他们倒是会受到来自钟惺、袁氏兄弟的影响。

李维桢对钟惺此集所呈现的创作风格有一个总体上的评价，前面已经作了引述，所表彰的是他在取径汉唐方面的成就，似乎有意将这时的钟惺视作承古文辞一派而起的后起之秀予以标举。有意思的是，该集的另一位序者，钟惺的同志谭元春却并不这么看。谭序今已不存，线索是由沈德符（1578—1642）一首《与谭友夏夜话》① 提供的，诗曰：

> 予幼习楚人，中道得伯敬。示我玄对稿，序者曰谭柄（友夏小字也）。抗论卑时贤，齿少气独横。最戒傍人门，位置须坚定。欲还真大雅，必斥伪先正。斯语吾堪师，一笑岁寒订。②

此诗作于钟惺卒后。由诗中所述可知，谭元春亦曾为《玄对斋集》作序，李维桢《谭友夏诗序》称“友人谭友夏，尝叙钟伯敬诗，谓‘子亦口实历下生耶’”③，或即为是集所作。而所谓“齿少气独横”，似点明应作于元春与钟惺组合初期。其序中所论卑时贤、戒傍门，大意可从此前钟惺与魏象先议论明诗的言论中窥得，乃抨击七子一派及其趋附影从者，而“欲还真大雅，先斥伪先正”一语，虽是沈德符以更为简明直捷的诗语概括出来的，但也明显可以看到，其旨趣主要是基于钟惺“明诗无真初盛，而有真中晚”的结论而获得的。沈德符诗中谓自己“中道得伯敬”，根据现有的资料，仅知钟惺与沈德符最早在万历庚戌（1610）冬曾同集韩敬寓所话别。若是年两人同在京之际确为相交之始，则钟惺以《玄对斋集》出示，说明至万历庚戌（1610）这一年，他创作上自新的前夕，或者说在万历甲寅（1614）所刻《隐秀轩集》之前，《玄对斋集》仍是他最重要（或许也是最近刊刻）、代表早期创

① 《檇李诗系》卷十八录有全篇，《明诗纪事》卷二十三引了前半首。

② （明）沈德符：《檇李诗系》卷十八，清康熙间刻本。

③ （明）李维桢：《谭友夏诗序》，《谭元春集》附录一，第941页。

作成就的一部诗文集，从他的自珍，从时人所重之李维桢、钟自己“独盛推服”① 之谭元春为之作序，都可看出这一点。这样，像现存《隐秀轩集》中所留存的早期有确切年代可考的诗篇，如作于万历二十六七年间（1598、1599）的《悬军》，乃或万历三十三年（1605）的《乙巳病中作》等，应当都是经由万历甲寅（1614）所刊《隐秀轩集》选存的《玄对斋集》中的作品。

谭序斥伪尚真、反对时趋的要义虽经沈氏转述，但仍可看出大致与钟惺当时的主张相仿佛，已经鲜明地表现出独立的反拟古立场。这也应该能看作代钟惺立言，并且可据以证实他们在此际已开始有意识地欲用于指导自己的创作。李序与谭序在对钟诗定位上所显示出来的矛盾，当然首先归因于他们所属的阵营及立场不同，李维桢尽管对“师古者”“学步效颦”之弊已有所指斥（参见《书程长文诗后》），却毕竟仍是后七子派中人。但我们也应该看到，这种矛盾同时也反映了钟惺的创作与他已经达到的认识仍有相当一段距离，或者说他在这时还没能在创作上真正摸索出解决个性与传统，即“信心”与“信古”之间矛盾的有效途径，不然他不会在后来以万历庚戌（1610）为界，对自己早期作品大加删汰。这种理论与创作实践的相对一致，毕竟要到下一阶段方见达成。

集以“玄对斋”的斋名命名，所取何义？或许钟惺官行人际为楚督学马人龙作《玄览集序》中所言“古人有言，神情与山水相关，相关者何也？所谓方寸湛然，玄对山水者也”，可透露出某种消息，这是取自晋人孙绰《太尉庾亮碑》之名言——“方寸湛然，固以玄对山水”，其意旨与他《黄贞父白门集序》的“而其胸中一往悠然穆然、莫测其际者，亦不离山水文章而得之”② 可相与为释，讲求的是保持心体的虚寂灵明，冥想式地观照自然，所谓“默游于广大清明之域而不知”

① （明）邹漪：《谭解元传》，《启祯野乘》卷七，《明清史料汇编》影印本，台北：文海出版社 1984 年版。

② （明）钟惺：《黄贞父白门集序》，《隐秀轩集》卷第十七，第 265 页。

（《潘稚恭诗序》）①，一旦神朗而觉照，自能通玄彻幽，领悟至道。这是钟惺基于自己的才性及早期修持禅观的特殊经历发展起来的对合“道”“艺”而言的理想境界的一种标持，用作自己诗文集的命名，表明这时的钟惺已经不满足于仅仅对当前文学风尚作出评判、取舍，而是试图通过此种关乎虚静体道的思想方式与审美经验，在诗人心性与诗境之间重新探寻一种契合关系。由此同样可以看出，他从容受“道”的角度对心性修养提出要求在此后基本上是一以贯之的，而这种先期的理论准备，无论对他在下一阶段诗学理论以“平气精心、虚怀独往”的要求改造“性灵”学说，还是对其所谓“深幽孤峭”诗风的开展，皆具有直接的导向作用。

《简远堂诗》是谭元春早期的诗集，朱之臣《寒河诗序》曰：

> 谭友夏已行诗有《简远堂》《虎井》《秋寻》《西陵》《退寻》《客心》《游首》诸集，大半皆游览之作，而家刻止《简远》一种耳。②

则《简远堂诗》为谭氏已行诸集中最早的一种［其《虎井诗》为万历辛亥（1611）、壬子（1612）客游南京的结集］，③且是唯一的一种家刻，所收作品为早年家居之作当亦无疑问。是集至迟在谭元春万历辛亥（1611）冬赴南京前当已刻成。万历壬子（1612），钟惺有书报蔡复一，又郑重其事地向他举荐谭元春，而以《简远》《虎井》二集相寄（见《报蔡敬夫大参》）。④不过，或许这还不是他最早刊刻的诗集，据钟

① （明）钟惺：《潘稚恭诗序》，《隐秀轩集》卷第十七，第268页。

② （明）朱之臣：《寒河诗序》，《谭元春集》附录一，第942页。

③ 蔡复一《寒河集序》亦曰：“论友夏诗，其行者为《简远堂》，为《虎井》，为《秋寻》《退寻》《西陵》《同游》，未行者为《寒河集》，而其情理之离合浅深，亦若与年而相长。”（同上）似点明上述元春诸集之依年次编刊。

④ （明）钟惺：《报蔡敬夫大参》，《隐秀轩集》卷第二十八，第460页。

惺《简远堂近诗序》，此前他还曾经为谭“刻诗南都”，谭则“戒予勿乞名人一字为序”。① 又《谭友夏合集》中录存的李维桢《谭友夏诗序》，似亦应为比上述已行诸集更早的诗集所撰。只是这样的集子当时已经不传，具体情形亦无从可考，可能是因为毕竟属于少作，没有产生多大的影响。

《简远堂诗》原刊今亦不传，部分作品在今传谭集中尚有存者。据朱之臣万历丙辰（1616）《寒河诗序》，《寒河集》是他于元春家中“尽发其藏，得诸集前后诗刻之”（同前引），则《简远堂诗》于是集中有所收存。此后当再经拣选，收入《岳归堂合集》及张泽崇祯六年（1633）序刻的《谭友夏合集》之《岳归堂已刻诗选》。因而今存元春万历辛亥（1611）冬客游南京前所作，应该多为《简远堂诗》中的作品，然所存实已不多。

所幸的是，钟惺的《简远堂近诗序》和谭元春的《题简远堂诗》都得以完整地保存了下来，作为对谭元春早期诗歌创作经验的一种总结，同时也体现这一阶段钟、谭二人对诗歌表现形态及创作途径的一种探索。这两篇序对我们来说显然更为重要，因为它们是我们据以详细了解钟、谭在这一时期诗歌理论及发展趋向的又一宝贵资料。钟惺在所作序中，首先直言不讳地指出了谭元春最近一个时期“颇从事泛爱容众之旨”的毛病，或许这是成名之初的青年大多会经历的一个过程，何况谭元春自己的性格本来就有“喜交游，不屑有所择”（《祭谭太公文》）② 的特点，不过钟惺是从诗歌表现功能与诗人性情之关系的角度，对谭元春应持怎样的创作态度作出自己的规诫的。他由“简远”二字入手——这原本是自己近日拈出规劝友夏、而友夏取为堂名之语，引出自己对诗歌所代表的艺术本质的一番思考，以此作为对创作主体心性修养的一种要求：

① （明）钟惺：《简远堂近诗序》，《隐秀轩集》卷第十七，第249页。

② （明）钟惺：《祭谭太公文》，《隐秀轩集》卷第三十四，第555页。

诗，清物也。其体好逸，劳则否；其地喜净，秽则否；其境取幽，杂则否；其味宜淡，浓则否；其游止贵旷，拘则否。之数者，独其心乎哉！（《简远堂近诗序》）①

这成为他早期诗学理论一个十分重要的论断。以“清”专为诗歌之本质，在中晚明已不算是侧弦别调，如胡应麟曾说“诗最可贵者清”，并进而有“格清”“调清”“思清”“才清”之分。不过，由于比起“偏精独诣”来，他更属意于“具范兼镕”，所谓“才大者格未尝不清，才清者格未能大”，因而竭力赋予“清”更大的外延，而以“超凡脱俗”释之，强调“非专于枯寂闲淡之谓”。② 屠隆谓：“诗于天壤间，最为清物也。亦恒吐清士口吻、山溜之响，琮琮然松篁之韵，萧萧然灵濑所发，涤人心神，沁人肌骨，必无俗韵。酒肉伧父，尘坌栖襟，垢氛填胸，彼乌知诗？”③（《凌沂州集序》）又说：“余睹古之为声诗者，率高彭泽、右丞、襄阳、苏州诸公，则以其人俱耽玄味道，标格轶尘，发为韵语，亦悠然清远，如其人，故足贵也。”④（《贝叶斋稿序》）则其持论与钟惺所论已相接近，诗之所以“最为清物”，乃在于它是一种天籁之音，故对于创作者这方面的要求来说，必须远离尘俗，虚静其心灵以求之。如果说胡应麟的以“清”为诗最可贵者尚主要是在风格论的范畴内讨论的，那么屠隆已将讨论的重点移向本体论，因而把“耽玄味道，标格轶尘”视作创作主体必须具备的素质，价值取向也只锁定在诗人才性之“清虚简远”上，正如他在《与唐嗣宗》中所说的：“文

① （明）钟惺：《简远堂近诗序》，《隐秀轩集》卷第十七，第249页。

② （明）胡应麟：《诗薮·外篇》卷四，上海：上海古籍出版社1989年，第185页。

③ （明）屠隆：《凌沂州集序》，《栖真馆集》卷十二、十三，明万历庚寅刻本。

④ （明）屠隆：《贝叶斋稿序》，《白榆集》卷七，台北：伟文图书出版公司明代论著丛刊本。

人才子须清虚简远，乃益可贵。"① 钟惺在这篇诗序中，正是由这样的认识对诗为"清物"展开讨论，从"体"之"逸"、"地"之"净"、"境"之"幽"、"味"之"淡"、"游止"之"旷"等五个方面的要求，试图赋予它更为确定的内涵。其目的当然不是以诗歌为一种抽象的客体作技术性的考察，而是由道艺合一的境界，设立诗人心性修养之目标，上述五个方面实际皆由创作主体的身心处境发论，归根结底，要求诗人"独其心乎哉"。故序中特别提到"市"之"至嚣"，"朱门"之"至礼俗"，而以"古称名士风流"之"门庭萧寂，坐鲜杂宾，至以青蝇为吊客"为范，修养的途径不外"索居自全，挫名用晦，虚心直躬"，唯此，则"可以适己，可以行世，可以垂文"。因此所谓的居心"简远"，对诗人而言，就是一种虚静体道的审美体验要求，它与袁宏道前期的"性灵"说讲率性、见在、天趣不同，是那种专思寂想式的"虚定"，一开始便具有重修持、求内省的倾向，这是很值得注意的地方。从这个意义上也可以说，"简远"与前述之"玄对"实如出一辙。

谭元春的《题简远堂诗》，明刻《岳归堂合集》置于卷首，题作《自序》，末署"万历己未秋八月一日谭元春书"，似当为《岳归堂合集》所作。然检《岳归堂合集》所收诗，讫于天启三年（1623）冬，元春首次赴京应试前，距此序撰作已逾四年之久。张泽崇祯六年（1633）序刻之《谭友夏合集》收入此篇，题作《题简远堂诗》，或为元春整理旧稿时所自题，《岳归堂合集》付梓时，遂录以为序；虽非少作，却仍可看作是对其早期诗歌创作经验的一种总结。该序正是从反省自己的诗歌创作经验入手，他将"诗文之道"归结为"灵"与"朴"的相辅相成，道理看似简单，成却艰辛，那是十多年来在实践中不断摸索之所得。与钟惺直接从创作主体心性修养的角度提出审美体验要求不同，谭元春将这样的问题转化为诗歌创作技巧层面的探求：

① （明）屠隆：《栖真馆集》卷十二、十三，明万历庚寅刻本。

故有志者常精心于二者之间，而验其候以为深浅，必一句之灵能回一篇之运，一篇之朴能养一句之神，乃为善作。①

这是从作品句、篇之间的辩证关系构成探求真正炉火纯青的诗歌表现方式，看上去仅仅是讨论具体做法，却未尝不可将之形上化为一种言意之辨，因为这种创作技巧上的“灵”“朴”关系，从更深层次上说还是诗人沉隐宽朴之精气与灵异独拔之表现的辩证关系的一种体现，朴待灵以妙显，灵恃朴而厚养。谭元春自己后来也说过，“性情者皆朴之区也”（《朴草引》）②。这样一种“灵”“朴”关系，实际上与传统文学理论与批评中的“隐秀”说有异曲同工之妙，“灵”也可从“篇中之独拔者”（《文心雕龙·隐秀》）的角度加以理解，元春所谓“如心居内，目居外，神光一寸耳，其余皆皮肉肤毛也”；而将“朴”看作“韫珠玉”之“川渎”（同上）当亦不谬，故元春有“一篇之朴能养一句之神”之谓。尽管以“隐秀”命名其轩名并集名的钟惺对此的关注另有诱因，但他在这种传统诗学理论上发展起来的求灵求厚、以厚救好尽与有痕的主张，显然已由谭元春的“灵朴”说发其端绪。钱锺书先生曾有一个很有意思的说法：

友夏以“简远”名堂，伯敬以“隐秀”名轩，宜易地以处，换名相呼。伯敬欲为简远，每成促窘；友夏颇希隐秀，只得扞格。③

虽然意在说明“盖钟谭于诗，乃所谓有志未遂，并非望道未见”（同上），却十分敏锐地指出了他们各自在创作理论的探求上尚有不同的特

① （明）谭元春：《题简远堂诗》，《谭元春集》卷第三十，第815页。

② （明）谭元春：《朴草引》，《谭元春集》卷第二十四，第678页。

③ 钱锺书：《谈艺录（补订本）》二九，北京：中华书局1993年版，第102页。

点。由此看来，说谭元春“灵”“朴”关系的探讨与“隐秀”说存在某种联系，应该也不算是无根柢之谈。

谭元春在这篇序中所达到的认识，对于竟陵派成其为竟陵派具有十分重要的意义。如果说，他在少时求“灵”的过程中可能受到过公安派的影响，那么，转而求“朴”的过程便可看作对公安派已有比较自觉的批判，所谓“灵慧而气不厚则肤且佻矣”①（钟惺评常建语），可为之作注脚。这里面当然有钟惺对他的陶范、改造，正如蔡复一曾经说他“人愈朴，性愈厚，是进德之验”（《与舍弟五人》）②。这种“灵朴”说的出现，意味着钟、谭终于找到创作上纠救公安之弊的具体途径，并且发展成竟陵派诗学主张的一个基本命题，即求灵求厚，“期在必厚”。

## 四、结　　语

以上我们从钟惺、谭元春诗文之始习、才性之养成及其相互磨合，在家乡重要的文学交游活动以及早期创作成果与经验总结等几个方面，试图展示竟陵派诞生之际一幅比较具体而全面的历史图景，并且，在一种历时性视角的观照下，探究他们在这一阶段所形成的文学立场、文学思想及趋向与以后各阶段文学观念与主张的内在联系，③ 证实这一阶段对于竟陵派文学定型、发展的重要性。由这样一幅图景，我们看到，无论是竟陵派反对当时文坛“七子”一派拟古风气与公安派率易文风的基本立场之确立，还是他们在批判与取舍的同时，初步形成自具面目的创作风格、审美旨趣以及文学理论与批评观念，其实都有其具体的历史

① （明）钟惺、谭元春：《唐诗归》卷十二，续修四库全书本。

② （明）谭元春：《与舍弟五人》，《谭元春集》卷第二十七，第746页。

③ 有关竟陵派文学的阶段划分及演进脉络，可参看拙文《论竟陵派形成、发展的四个阶段》，复旦大学中国古代文学研究中心编：《中国文学研究》第二辑，2002年。

语境，不仅都可以在他们的才学修养、文学成长环境、个人生活经历以及文学创作实践等诸多因素中找到因果解释，而且似乎每一步皆落实于具体的文学事件与具体的文学活动过程中。因此本文的梳理与探讨，也算是将对一个文学流派有关诗学理论、创作风格等问题的考察还原到历史过程中去的一种尝试。

载《复旦学报》2007 年第 1 期，第 96~108 页

# 第三编

# 诗文创作析论

# 公安竟陵小品文读后题

刘　燮

文艺家自有文艺家之特性，随之而文艺亦各具各之风格，读其书而知其人，性格殆从作品中传出之尔。为诗也为文也，天才什之七，学之什之三，既不须埋头苦思，然后著笔，亦不须背囊野寻，呕出心肝而后已也。盖若施耐庵《水浒传序》所云："薄莫篱落之下，五更卧被之中，垂首撚带，睇目观物之际，皆有所遇矣。"无前人之胸次，无前人之性格，莫强学之，强学之，虽似而终非一似也。刘熙载《艺概》论陶潜之文云："陶渊明为文不多，且若未尝经意，然其文不可以学而能，非文之难，有其胸次为难也。"

前人之诗文，亦非绝不可学，学其精神则可，学其皮毛则不可。出而变之则嘉，袭而守之则劣矣。不然，学个陶潜，其唯似个陶潜，学个杜甫，其唯似个杜甫而已。

苏东坡词早年学柳耆卿，曾载于《与鲜于子骏一纸书》，略谓"近却颇作小词，虽无柳七郎风味，亦自成一家"。出柳而能变柳。不徒变柳，而劝人亦毋庸学柳。尝讥秦淮海《满庭芳》词，谓乃学柳七句法，于是遂开词家之豪放一派。思此，则知坡翁之所以为坡翁矣。

文艺之道，一经模拟，什去其二三矣，再经模拟，什去其六七矣。故一体文艺，迭次倒袭，即不亚迭次遭了浩劫，其破碎凋敝，势有不得不变了也。

七子之文敝，袁伯修变之，继之有乃弟宏道小修。公安之文亦敝，钟伯敬、谭友夏复变之。文体屡变，非变之喜其格新调新也。乃文艺家自求解脱尔。小修《阮集之诗序》云："凡学之者害之者也，变之者功之者也。中郎已不忍世之害历下也，而力变之，为历下功臣。后世君子，其可不以中郎之功历下者，功中郎哉。"钟伯敬《问山亭诗序》亦云："势有穷而必变，物有孤而为奇，石公恶世之群为于鳞者，使于鳞之精神光焰，不复见于世，李氏功臣，谁有如石公者。"

中郎变七子之文，而为七子之功臣，变于鳞历下之诗，而为于鳞历下之功臣，伯敬、友夏变公安之文，而为公安之功臣矣。小修求变中郎之文，知弊而弗文弊也。伯敬变中郎之文，乃以中郎之功人者功中郎也。

中郎曾悔少作，谭友夏在《中郎续集序》中，亦曾有是类话。《续集序》云："往公之哭江进之也，有悔其诗文妙理，生前未商语。后寄黄平倩札，有悔其瓶花诗文，俱有痕迹语。夫公之妙于悔，何待公言哉。细心读破砚集，又似悔潇碧矣。细心读嵩华游稿，又似悔破砚矣。今察公续稿，其文章中，卓大而坚实者，又似为古人俱下一悔脚矣。"

中郎自悔思自变也。变之正所以显之，仍之正所以晦之也。友夏能于中郎文辞中，参透此意，直然变之，真属知己。然此话已经人道破，《中郎续集序》中曾引袁述之话云："先子不可学，学先子者，辱先子也。子不为先子者，实是先子知己。"友夏谓其识已看定天下所必趋之壑，友夏变之，真个已看定天下所必趋之壑也。

钟谭评选《诗归》，云非谓古人之诗，以已选为归，乃引古人诗之真精神，以接众目而为归。其持论不作拟古之诗文，对七子着笔也，直不以独舒性灵为能事，对公安下药也。而以直觉去了解古人，寻古人真诗真文之所在处，决不兴众言为伍。谭子曰："专其力，壹其思，以达古人，觉古人亦有炯炯双眸从纸上还瞩人。"

写散文贵乎气象超脱，达闲澹不着力而自能入妙处，为最高法门，亦即其最难处，钟、谭之文，徒占散文中晦涩孤冷一席，以其独寻古人之真，故孤冷。复矫公安之澹，故晦涩。孤涩是其好处，亦是其疵处。盖写小品，务须把握住当时之景，当时之情，若加以组织与含蓄，则易染矜才之霸气。故读钟、谭文章，时窥见其于写景写情为之中，尚加杂上议论云尔。然此亦真属其孤心静寄之作，虽写小品文，而尚俱有诗人心。谭友夏《丧友诗》不云乎："美耻同归谗独受，此中真赏在孤行。"

清朱竹垞、纪河间品评钟、谭，谓其多织功诡谲之辞，视公安、竟陵为野狐外道，屡加非薄语。然提要亦曾云："虽无当于古之作者，而小品点缀，则其所宜，寸有所长，不容没也。"朱、纪乃泥古之辈，犹不忍淹埋好文章，盖心眼已默许之矣。

二十三年秋

载《人间世》1934年第16期，第227~232页

# 略谈谭元春的诗歌创作（存目）

尹恭弘

载《光明日报》“文学遗产”第585期，1983年5月3日第3版

# 《帝京景物略》与竟陵文风

吴承学

以钟惺、谭元春为代表的竟陵派是晚明时代与公安派同领风骚的文学流派，但人们对竟陵派的认识大多只是在其诗歌方面，其实，其散文也有相当鲜明的艺术特色。竟陵派散文在晚明文坛曾经影响甚大，海内“靡然从之”，晚明著名作家如王思任、祁彪佳、张岱等都受到竟陵派的影响，而刘侗与于奕正的《帝京景物略》则可说是得到竟陵派的“真传”，是竟陵派散文的代表作之一。

刘侗字同人，号格庵，湖广麻城人。他曾因“文奇”而被礼部奏参，崇祯七年进士，曾选任吴县知县，赴任时逝于扬州。刘侗与谭元春有同乡之谊，关系密切。谭元春既是前辈，又是竟陵派首领，刘侗与之趣味相契，声气相通，便自然成为竟陵派中人了。于奕正虽非竟陵人，但与楚谭元春、刘侗同人友善，性喜山水，“每于霜清木老时，骑驴而往，穷岩绝岫，数百里间，无不周览。遇断碑，必披荆剔藓以识之。或攀枯萝，蹑危石，逾其绝顶，慨然赋诗，有超世之概”。于奕正长于京师，对帝京名胜和风土人情了解尤深。刘侗和于奕正原来计划撰写《南京景物略》作为《帝京景物略》的姐妹篇，可惜还没有完成，两人便先后辞世了。(参见周亮工《书影》第五卷)

明代的文人墨客，多是江南人，故江南的山水秀色是明代山水游记的主要内容。刘侗虽是南方人，然“北学而燕游者五年”，他写作《帝京景物略》，是因为他认为此地山水景物兼有自然美与特殊的人文意义：“考中原之山势，江北主，江财宾。古圣先王，笃生必于江北。……天下之水，东趋沧海，沧海所涯，号称天津。故山水之攸结，莫并我帝京者。于焉神人萃，物爽冯，成周鼓文，汉代瑞像，胫翼谓何，气先符应。”（《帝京景物略·叙》）其特殊的文化地理优势，远非他地可比。在写作过程中，于奕正负责摭求事实，因此，于奕正对于《帝京景物略》的构思和取材起了重要作用；刘侗负责排纂成文，因此此书的文学成就主要应归功刘侗。他们的合作是相当认真的，“事有不典不经，侗不敢笔；辞有不达，奕正未尝许也。所未经过者，分往而必实之。出门各向，归相报也”（《帝京录物略·叙》）。此书以实录兼审美的眼光审视地方风物，记述了北京地区的风景名胜和习俗风情，它既是一部内容翔实可信的地方景物志，也是一部很有审美价值的艺术作品。

《帝京景物略》成书于崇祯八年，在他们之前记山水的有郦道元的《水经注》，记梵刹的有杨衒之的《洛阳伽蓝记》，记熙游的有周密的《武林旧事》。但《帝京景物略》内容更复杂，范围更广泛。尽管早有古人成功的著作可供借鉴，作者却提出此书“其布体陈辞，不更蹑向人一步”，其语言和体例都自成一格，可见作者的目标很高。此书详细记叙了北京地区的景物，以地区分卷为城北内外、城东内外、城南内外、西城内、西城外、西山（上）、西山（下）、畿辅名迹八卷，共记景点 129 个，每景一篇，每篇之末各系以与景点相关之诗。每记一景点，又追源溯流，以景为经，以史为纬，故此书不仅是一部写景小品，也是一部有关北京历史地理文化的重要书籍。

《帝京景物略》的主要内容包括山川、寺院、园林、民俗风情几方面，刘侗在《帝京景物略·略例》中谈到此书写作的体例：“山川记止夷陵，刹宇记止衰盛，令节记止嬉游，园林记止木石，比事属辞，不置一褒，不置一讥。”作者持一种客观的态度，对于记述对象，不漫加褒贬，这是一种历史的眼光。因此，此书与一般山水游记有很大差异，作者的感情通常是深藏不露的。另外，作者又是用一种审美的眼光去观察、取材和写作的，作者用充满诗意的文学语言，为我们艺术地再现了

17世纪北京的风土与景物，细心的读者可以从字里行间体会出作者的思想感情来。如《钓鱼台》，作者用相当客观的态度，冷静而清晰地叙述了钓鱼台亭园的历史变迁，并且生动地描写了钓鱼台的佳景。但从叙述中，我们也不难体会到作者对世事沧桑之感：园亭随着主人的不断变更而不断更名，“今不台，亦不亭矣”，只有那自然景物，山水泉流，树木花鸟，千古不易，给人永恒的美感。（卷之五“西城外”）

明代园林十分兴盛，此书不少篇章记载了明代北京的园林艺术。如《定国公园》一则写定园总体的特色是“朴”。园中土垣不加涂饰，土池也没有驳岸，建筑物十分随意，树林的种植也任其自然，不按行列栽培。而且在古屋之中，“额无匾，柱无联，壁无诗片”。但刘侗认为这种造园“实则有思致文理者为之”，因为它反映了一种追求平淡、崇尚自然的与“文理”相通的园林美学思想。“藕花一塘，隔岸数石，乱而卧，土墙生苔，如山脚到涧边，不记在人家圃。”这是一种高妙的造景艺术，以文人写意画的技法运用到造园之中，追求简朴，以有限的空间和景物来再现大自然的无限，让人产生一种置身于自然景观的感觉。定园的总体风格追求“朴”，如“一堂临湖，芦苇侵庭除，为之短墙以拒之。左右各一室，室各二楹，荒荒如山斋。西过一台，湖于前，不可以不台也。老柳瞰湖而不让台，台遂不必尽望”。这反映了明代园林艺术追求古朴的风尚。此外如《英国公新园》写英国公新园的特点，不在于其园内的亭轩台阁之美，而在于它巧妙地借用了园外大自然之景，突破了园林的空间限制。此园三面环水，四周风景宜人。园中只构一亭、一轩、一台，然四面湖光山色竞相奔来眼底。东边是万顷春绿秋黄的稻田，西边是晓青暮紫的西山，南眺万岁山云气蒸蔚，北望远树含烟，园中园外，浑然一体，形成气象万千的园林景观。连桥上的行人，也成为园中之景，画中之境：“过桥人种种，入我望中，与我分望。”（卷之一“城北内外”）这是多么富有情趣与人文气息的风景。计成的《园冶》一书曾提出“借景”的理论，这里反映的正是“借景”的园林美学思想。

《帝京景物略》对当时北京民俗风情的描写，也很有认识价值。作者在这方面是有意识加以记录的，作者对民俗风情倾注了相当大的热情，如《灯市》记北京正月的灯市之盛，《春场》详记北京一年四季民间的重要节日及其风俗。《高梁桥》写清明时节高梁桥民间娱乐活动，其中有爬竿、翻斤斗、筒子、马弹解数、烟火水嬉等。文中写爬竿与斤斗最为精彩。如云爬竿：

> 扒竿者，立竿三丈，裸而缘其顶，舒臂按竿，通体空立移时也，受竿以腹，而项手足张，轮转移时也。衔竿，身平横空，如地之伏，手不握，足无垂也。背竿，髁夹之，则合其掌，拜起于空者数也。盖倒身忽下，如飞鸟堕。
>
> （卷之五“西城外”）

这些绘声绘色的描写，真实而生动地再现了当时民间的杂技艺术。就是在今天看来，这些杂技还是达到相当专业化的水平。在《帝京景物略》中，有关民俗风情的描写倒是比较平实流畅的，与书中那些写山水园林的文笔有所不同，顺便一提，《帝京景物略》也多少提供了当时中外文化交流的一些材料。如《城隍庙市》提到当时市场上外国的商品“有乌斯藏佛，有西洋耶稣像，有番镫，有倭扇，有葛巴剌碗”（卷之四“西城内”）。从这些描写中可以看出当时中外文化交流的一隅。《利玛窦坟》中记载了利玛窦初到中国所携带之物品（如耶稣像、万国图、自鸣钟、铁丝琴）和到中国后主要的事务。作者从中国传统儒学的眼光来介绍“西儒”之学的特点，颇有历史价值。在字里行间，刘侗还流露出对于“西儒”之学的敬仰之情，《天主堂》一文提到天主教堂是利玛窦所造，教堂“供耶稣像其上，画像也，望之如塑，貌三十许人。左手把浑天图，右叉指若方论说次，指所说者，须眉竖者如怒，扬者如喜，耳隆其轮，鼻隆其准，目容有嘱，口容有声，中国画绘事所不及”。这当然是就绘画中人物形象的透视与质感而言，反映部分文人对西洋艺术的欣赏态度。

把竟陵派散文置于中国古代散文艺术发展史中，更能看出其艺术特点与创造性。唐宋以后，散文发展走向文从字顺，文气流畅，在审美方面更趋向于生活化。从明初开始，散文发展的主体是走唐宋的路子，唐宋派与公安派更是如此。竟陵派虽承公安派而来，却有截然不同的审美趣味。公安派散文平易畅达，长于机趣；竟陵派矜练深刻，神气内敛。公安派散文世俗味极浓，文笔也不避俚俗；而竟陵派则幽情单绪，孤行静寄。公安派的语言放纵恣肆，浅切流利，而竟陵派则字斟句酌，刻意安排。公安派的散文绝不装腔作势，以畅快求新而易失之浅俗；竟陵派绝不落俗套，以奇崛求新，而往往失之枯涩险僻。《帝京景物略》是竟陵派作品的典型，它把钟惺、谭元春的审美倾向加以集中和放大，其语言风格与钟、谭散文相比，显得更为诡奇生涩而别具一格。

刘侗写景烦冗删尽，善摄事物之神。它描写山水园林，往往重在最有特征之处，如《曲水园》写其富于水竹，更以形态如松“肤而鳞，质而干，根拳曲而株婆娑”的“松化石”著称（卷之二“城东内外”）。《洪光寺》写一个遮天蔽日的柏树世界，“人行径上，上丁丁雨者，柏子也；下跄跄啐者，柏枯也。耳鼻所引受，目指所及，柏声光香触也”（卷之六“西山上”）。《白石庄》全篇则以柳为主脑，“庄所取韵皆柳”一句定下基调。园中之虬松、小亭、台阁、荷池、海棠、芍药、牡丹全是围绕着柳色来写的，构思颇为别致。（卷之五“西城外”）

古来山水园林作品很多，难以出新，而刘侗最出色的本领就在于能于寻常景色中写出别趣来。寻常的景物，到了刘侗的笔下，就绝无浮泛轻浅之病。他的成功之处有两方面，一是在寻常的景物中写出特殊的感受。如《香山寺》写甘露寺的金鱼，“泉上石桥，桥下方池，朱鱼千头，投饵是肥，头头迎客，履音以期”（卷之六“西山上”）。写池中的金鱼，争食迎客，“履音以期”，这种感觉便写出奇趣来了。另一方面是能以不寻常的表达方式来表达寻常的事物，以特殊的比喻，或特殊的想象，或特殊的遣词造句，使人得到一种新鲜感、奇特感。刘侗状物写景，如木雕，如篆刻，如锥画沙，如铁画银钩，力透纸背而丝丝入扣。其文笔险绝，奇峰迭起，而文境瘦削，自成一格。如《西堤》写夏天荷花盛开，荷叶茂盛，到处散发着荷的香味，“花香其红，叶香其绿”，说荷花的香味由红色溢出，荷叶的香气从绿色飘来。这种红香、绿香的说法非常奇特，让人过眼不忘。又如《云水洞》：“登大小摘星岭，西望胡良拒马大小河，如练，如带，如游丝，在拄杖下，颠则落河中耳。”（卷之八“畿辅名迹”）写远方的河所用的比喻是前人用过的，但说它“颠则落河中”的写法却又是别出心裁的。

刘侗有意识打破语言常规，以追求陌生化的艺术效果。前人文章的佶屈聱牙，往往是因为使用古僻生疏的字词而形成的，但刘侗却善于把最常用的字、词编排得生涩诡奇，他主要是用变异的语言来表现特殊的艺术感受。比如他喜欢变化词性，以名词作为动词，如《水关》：“水一道入关，而方广即三四里，其深矣，鱼之；其浅矣，莲之，菱芡之，即不莲且菱也，水则自蒲苇之，水之才也。”句中的“鱼”“莲”“菱芡”“蒲苇”在文中都成为动词。又如《海淀》：“水之，使不得径也；栈而阁道之，使不得舟也。”这里的“水”是蓄水，“栈而阁道”是建造栈道使之成为阁道之意，这也是把名词动词化了。这种表达不仅显得奇峭，而且的确比通常的表现方式更为简括。刘侗喜欢用极短的句式，如《三圣庵》中的句子：“有台而亭之，以极望，以迟所闻者。三圣庵，背水田庵焉。门前古木四，为近水也，柯如青铜，亭亭。台，庵之西。台下亩，方广如庵。豆有棚，瓜有架，绿且黄也，外与稻杨同候。”读起来节奏迫促，与传统的山水游记行云流水般自然的语言根本不同。这是因为他有意识地尽可能删去唐宋以来古典散文中常用的用以起承转合与使文气舒缓自如的虚字。如“门前古木四，为近水也，柯如青铜，亭亭”句，若在“亭亭”之后补足“如盖”之类的补语，文气便顺畅平易。作者在“亭亭”二字突然结束，文气蓦地变得奇峭起来，刘侗为了洗去文气的平弱，喜欢特殊句式，或有意地变化句法，使之失去对称平衡，造成音韵上的不流利，以求得文势奇僻峭拔。如《白石庄》写柳：“春，黄浅而芽，绿浅而眉，深而眼。春老，絮而白；夏，丝迢迢以风，阴隆隆以日；秋，叶黄而落，而坠条当当，而霜柯鸣于树。”（卷之五“西城外”）对于几个季节的描写，偏用完全不同的句式。甚至，描写春季的句式，也决不统一，以追求一种变化，一种与公安派的流利不同的美感。又如《雀儿庵》：

> 雀儿庵，在潭柘后山五里。在千峰万峰中，在四时树色，四时虫鸟声中。庵，方丈耳。一灯满光，一香满烟。然佛容龛，容供几；僧容席，容榻，容厨；客来客坐，庵矣。山田给粥饭，叶给汤饮，蔬果给糗饵，庵矣。
>
> （卷之七“西山”下）

传统古文中的排比句，都是累累如贯珠的流畅，而刘侗这里虽然也运用排比句，却是故意追求一种艰涩生拗之趣。文中的表达方式很特别，如说“一灯满光，一香满烟”，点一盏灯就使满庵生辉，点一支香就使满庵弥漫着烟，作者之意是特别强调雀儿庵之小。这种表达方式的确见出作者在文字上的苦心经营。

刘侗喜欢突破传统表达方式，在《温泉》一文中，先是细致地描写了温泉之美，文章的结尾用这样两句话作结：“泉而东六十里，大汤山，又一温泉；再东三里，小汤山，又一温泉。”（卷之五“西城”外）他竟然用相同的句式重复地表现同一意思，文笔似乎显得稚拙而累赘！当然，他完全可用传统古文中“环滁皆山也”式的简括经济的表达方式，但那样便显不出刘侗语言的个性了。他之所以反复强调“又一温泉”，一则是表现他对温泉的喜爱之情，二则也是表达对此地温泉之丰富的意外惊喜。鲁迅先生的著名散文《秋夜》的开头“在我的后园，可以看见墙外有两株树，一株是枣树，还有一株也是枣树”，恰恰也是用一种看起来重复烦冗的话，传神准确地表达他当时寂寞单调的心境。

虽意趣与《温泉》不同，却有异代同工之妙。

总之，《帝京景物略》的艺术特点在于奇，在于打破传统语言规范、寻求陌生化效果的创造性。在中国古代众多的地域风物志中，《帝京景物略》是相当出色的；而在记述北京风土景物的书中，《帝京景物略》是出版较早而又最有艺术特色的一部。正是由于其风格的独特性，它才能在中国文学史上占有一定的地位，并对时人和后人产生影响。如张岱的《西湖梦寻》一书就受到其影响，它以北路、西路、南路、中路、外景五门，分记其胜。每景首为小序，而杂采古今诗文胪列其下，其体例全仿刘侗《帝京景物略》。但平心而论，《帝京景物略》追求奇峭而过于刻意，时时弄到造作的地步；而过于追求突破语言规范，寻常的意思，有时却令人难于考索。其佳妙之处如曲径通幽，别有洞天；而其劣处则“如衣败絮行荆棘中，步步牵挂”。

竟陵派在清代颇受压抑，如清初的钱谦益就这样攻击竟陵派的诗文：“如木客之清吟，如幽独君之冥语，如梦而入鼠穴，如幻而之鬼国。”“鬼气幽，兵气杀，著见于文章，而国运从之。”（《历朝诗人小传》）几乎要把明朝灭亡的原因归于竟陵派的诗文，其罪名大得可怕。在代表着中国正统文学观念的《四库全书总目》中，竟陵派也是受到强烈批评的。刘侗的文章被评为“幺弦侧调，惟以纤诡相矜”（《四库全书总目》卷七七）。不过，《四库全书总目》的负责人纪晓岚倒是说了一些比较公道的话。他在《帝京景物略序》中指出：“明之末年，士风佻，伪体作。竟陵、公安以诡俊纤巧之词，递相唱导。”但接着笔锋一转，说到《帝京景物略》一书“胚胎于《世说新语》《水经注》，其门径则出入竟陵公安，其序致冷隽，亦时复可观。盖竟陵公安之文虽无当于古之作者，而小品点缀，则其所宜，寸有所长，不容殁也”。在这里，纪晓岚对于竟陵文章用了两种标准，当他用传统古文标准来衡量时，就认为它们“诡俊纤巧”“无当于古之作者”；但当用小品的标准来审视时，则认为它们“序致冷隽”，是最能表现竟陵派特点的文体。这种批评反映出这位既代表正统文学观念而又相当有艺术眼光的批评家严格而通脱的态度；而从另一个角度则可以说，《帝京景物略》的艺术成就为竟陵派的散文争了一口气。

载《学术研究》1996年第1期，第73~76页

# 论“钟伯敬体”的形成

陈广宏

所谓“钟伯敬体”，是以竟陵派领袖钟惺（1574—1625）命名的一种诗歌风格，它的特征，同时代的钱谦益曾以“深幽孤峭”相概括。从某种意义上说，它又与其时所谓的“钟谭”“竟陵体”几乎是相同的指称，是竟陵派诗风的代表。在钟惺万历四十八年（1620）所作《潘稚恭诗序》中，已有这样的记述：“稚恭（潘之恪字）之友有戴孝廉元长者，序稚恭诗，忧近时诗道之衰，历举当代名硕，而曰近得竟陵一脉，情深宛至，力追正始。”又说：“近相知中有拟钟伯敬体者，予闻而省衍者至今。”沈春泽在《刻隐秀轩集序》中也说：“盖自先生以诗若文名世也，后进多有学为钟先生语者，大江以南更甚。”（《隐秀轩集》卷首）可以说，正是以钟惺为主体的这样一种独具面目的诗歌创作（不管其后褒贬如何），加上他与谭元春评选《古唐诗归》作为一种理论上的号召，使得竟陵派在当时文坛产生了相当广泛而持久的影响。

那么，钟惺这种被以“钟伯敬体”标识的诗歌风格，究竟是在何时趋于定型而成立的呢？从上述的情况来看，这个问题显然不仅仅关涉钟惺本人创作个性的确立，实际上更是竟陵派在晚明文坛获得它的地位并辐射它的影响的前提与关键所在，因而很有探究的必要。本文即拟通过钟惺前期有关的创作经历及其留存的作品，对此做一番具体的考察、求证。

# 一

万历四十四年（1616），钟惺在为其新刊《隐秀轩集》所作的自序中曾说：

> 予少于诗文，本无所窥，成一帙辄刻之，不禁人序，亦时自作序。大要取古人近似者，时一肖之，为人所称许，辄自以为诗文而已矣。侧闻近时君子有教人反古者，又有笑人泥古者，皆不求诸己，而皆舍所学以从之。庚戌以后，乃始平气精心，虚怀独往，外不敢用先入之言，而内自废其中拒之私，务求古人精神所在。虽不能得古人一二，然举其所得之一二以示人，其为人耳目所不经见及经见而略不厝意者，十固已八九也。间取己作以覆古人，向所信以为古人确然在是者，觉去古反滋远；有所创获晚出、使人愕然以为悖于古者，古人尝先有之。始悟近时所反之古，及笑人所泥之古，皆与古人原不相蒙，而古人精神别自有在也。乃尽删庚戌以前诗，百不能存一，而庚戌以后，以为与其轻而弃之也，宁勿轻而作之。

大要以为自己万历三十八年庚戌（1610）以前所作，皆求似古人而不求诸己，故悔而尽删；庚戌以后，在认真反省近时“教人反古者”（七子一派）与“笑人泥古者”（公安派）根本之失的基础上，终于悟得“信于心，信于古”的标准而有所树立，自信所作已能于古人精神之所在有所得，并因此建立起一种比较慎重的创作态度——“勿轻作之”，以求其“必可传”。

很显然，万历三十八年是钟惺为自己创作上自新所设定的一座里程碑。由于作序这年距此已有相当长一段时日，距其《隐秀轩集》之结集刊行也有足足两年的时间，则他对自己创作前后变化的阶段划分应该不是一种即兴的、随意性的论述。这也确是钟惺首次对自己的创作经历作总结性的回顾。我们不妨就此线索稍加展开，看看钟惺自己的界定能否作为我们分析其独特诗风形成的依据。

钟惺“逾二十而后为诗”①，其时代恰是嘉、隆以来后七子“续前七子之焰”、标举复古之风盛行之日，故而钟惺在学为诗之始不免受到此风很深的浸染。李维桢在《谭友夏诗序》中，曾引述谭元春叙钟诗语，即谓钟氏“子亦口实历下（指李攀龙）生耶”②。这也正是钟惺上面自述的“予少于诗文，本无所窥”，“大要取古人近似者，时一肖之，为人所称许，辄自以为诗文而已”。不过这样的局面似乎并没有持续多久，因为也正是这个时代，袁宏道树起“独抒性灵，不拘格套”的旗帜，由吴中而北京，自创一派，“务矫今代蹈袭之风”③。这一影响很快波及袁、钟共同的家乡所在楚中。根据现有的资料，至少在万历二十八年（1600），亦即公安派成立渐次达到前期鼎盛之年，二十七岁的钟惺以诸生入郡都试，与同舍京山诸生魏象先论明诗，已有“明诗无真初盛，而有真中晚、真宋元”，及“近日尸祝济南诸公，亲尽且祧。稍能自出语，辄诧奇险：自我作祖，前古所无。而不知已为中晚人道破。由其眼中见大历语多，长庆后语少，忘其偶合，以为独创。然其人实可与言诗”（《隐秀轩集·文藏集·明茂才私谥文穆魏长公太易墓志铭》）这样的议论。这表明，这时的钟惺一方面接过袁宏道“真诗”的概念，已在七子拟古派与公安性灵派之间作出了十分明确的价值判定；而在另一方面，他对公安派那种“自我作祖”乃至堕入“奇险”的诗风也表现出不满，这在差不多同期所作的《与王稚恭兄弟》一文中，借对江盈科的批判，有更为激烈的表述，甚至说“学袁、江二公，其弊反有甚于学济南诸君子也”（《隐秀轩集·文往集》）。按理说，至此钟惺已经以一种独立的批评姿态奠定了竟陵派的基本立场，他此后作于万历三十七年的《周伯孔诗序》中劝诫周楷不为“明人”（指七子一派）、亦

① （明）李维桢：《玄对斋集序》，《大泌山房集》卷二十。

② （明）李维桢：《谭友夏诗序》，《大泌山房集》卷二十三。

③ （明）袁宏道：《雪涛阁集序》，《瓶花斋集》之六。

不为“楚人”（指公安派）（《隐秀轩集·文昃集》），作于万历四十一年（1613）前后的《问山亭诗序》中称赞王象春“居石公（即袁宏道）时，不肯为石公，则居于鳞（即李攀龙）时，亦必不肯为于鳞”（同上），均可证实这一点。然而事实上，钟惺在这一阶段所能顾及的尚是破的一面，尚未能做到他所谓的“平气精心，虚怀独往”，因而没能真正摸索出一种纠救“七子”与“公安”那种他认为是“皆不求诸己”的有效途径。在创作实践上更是滞后：现可考知他在为孝廉期间（1603—1609）曾有《玄对斋集》刊行，此集虽已不存，然从李维桢序中“集中诗可百余篇，而汉、魏、六朝、三唐语，若起其人于九京，口占而腕书者”① 的评价来看，恰恰仍未能彻底摆脱“取古人近似者，时一肖之”的境界而确立属于自己的风格。也正因为如此，他会对包括该集在内的早期作品毫不留情地大加否弃，所删诗“百不能存一”。

自万历三十七年己酉（1609）首次游学南京开始，钟惺进入了一个重要的人生阶段。一个显著的标志，就是他在次年，也即万历三十八年春，终于在北京得中进士。这当然也同时开启了他文学生涯的新阶段，因为在此之前，他所有的文学活动基本上尚局限于家乡所在的楚中，而随着此次东下游学又公车北上，他在南、北两都努力经营，不仅打入了中心文坛，而且借有关文学交游圈的建立，在那里已经初步奠立了一定的地位。这些年在两都文坛的竞逐与磨砺，对于他文学上的成长，其意义将是无可估量的。其实，在钟惺赴南京之初给谭元春的一封信中，已经透露出他于诗歌创作开始有意识由破向立转化的某种信号，他说：“轻诋今人诗，不若细看古人诗。细看古人诗，便不暇诋今人也。思之！”（《隐秀轩集·文往集·与谭友夏》）同样的话他在稍后给弟钟恮的信中又告示一番，也加上了“数语味之”提请注意（同上《寄叔弟恮》），这可以看作他后来拈出“古人之精神”的发端。不过，相比较而言，他此次在南京的时日毕竟稍短，还得留心举业文字，不像

① （明）李维桢：《玄对斋集序》，《大泌山房集》卷二十。

万历庚戌以后在北京官行人，有四五年的时间得以从容专其力于诗文。钟惺的同年丘兆麟对他们这批“同籍兄弟结绶于朝者”在这四五年间的文学活动之盛曾有过一番追忆，说是“其时又边警不闻，退食多暇”，故“一时同志”“遂日过从”，“说者谓不让琅琊、历下诸子”。①钟惺本人在万历四十二年甲寅（1614）给蔡复一的书信中则这样描述说：“每念致身既迟，而作官已五载，以闲冷为固然。习成偷堕，每用读书作诗文为习苦销闲之具。”（《隐秀轩集·文往集·与蔡敬夫》）由此可见，主要正是在北京的这一段有以实修诗文的经历，为钟惺无论是文学思想还是文学创作趋于“气纯格定”，提供了极宝贵的契机。于是，作为一种必然的结果，我们看到，在创作上，钟惺不无自得地对蔡复一说：“别后（按：钟惺万历庚戌在京与蔡复一结识，次年蔡即由郎署出为湖广参政）凡有所作，历境转关，似觉渐离粗浅一道。”（同上）这明显是衡之以他提出的“外不敢用先入之言，而内自废其中拒之私，务求古人精神所在”的新标准所得出的结论。钟惺并由此自信其可传，而将此前的作品经删定结集为《隐秀轩集》，交由林古度于万历甲寅在南京刊行。在批评这一方面，则同样是在万历甲寅九月前，利用居家与谭元春共处的机会，初步完成了《诗归》的评选工作，欲借操持选政，将自己终于完形的文学思想与诗歌主张传播于世。

从上面对钟惺前期创作经历所作的粗线条勾勒中，我们不难看出，钟惺自己划定万历庚戌以后他本人创作及文学识见上的新阶段应该是可信的，无论从哪方面讲，这道界线还是比较明显的。一种相对成熟定型的诗歌风格，亦唯有在这样的条件下，才可能真正获得诞生。对于这样一个事实，曾经是钟惺同年兼友人的钱谦益就曾予以持说，谓钟惺是“擢第之后，思别出手眼，另立深幽孤峭之宗，以驱驾古人之上”②，这表明至少在当时，人们对于这个问题的认识是清晰的。

① 《王枕崖先生诗集序》，《玉书庭全集》卷十二。

② 《列朝诗集小传》丁集中《钟提学惺》。

## 二

我们再从钟惺前期留存的作品来进一步加以验证。

由林古度万历甲寅刻于南京的那部《隐秀轩集》，也未没能流传下来，不过，从钟惺所作《自序》我们可以获知，这部标志钟惺前期创作新高的诗文集，所收作品除了删得“百不能存一”的少量万历庚戌以前诗，主要是万历三十八年至万历四十二年间的作品。好在今传天启二年（1622）沈春泽序刻的钟惺《隐秀轩集》中，仍保留了不少这数年间的诗作，并且，也还有少量删余的庚戌前作品收存，故仍可作为我们比对分析之资。

今存钟惺集中万历庚戌以前诗共计四十余首，其中万历三十六年戊申（1608）冬赴南京前所作不超过十首。就戊申冬前的这些作品而言，可以确切系年的，大约只有《悬军》（万历二十六年）、《乙巳卧病作》二首（万历三十三年）、《哭魏太易》三首（万历三十六年），我们就以此作为钟惺早年在家乡所作的样例。这六首诗皆为五言，除《乙巳卧病作》二首为古体，其余都是近体。《悬军》写时事题材。万历二十六年（1599）九月，兵部尚书邢玠率军分道进击进犯朝鲜的倭寇，诗即从闻此消息写起，颂扬中华帝国天子以恩威服远的正义性，并以一种居高临下的口吻，希望朝鲜在供给军需方面不要倦怠。这样的诗本来就没有多少个人的感受可言，在撰作上则纯用语体，平铺直叙，显得平浅而工稳，虽无七子格高气浮之习气，但很难说有什么特色。钟惺于此诗存而未删，或许一方面因为这是他少作中较少模拟痕迹的一篇，另外更主要的原因可能是这是他早年即有经世大志的一个记录。《乙巳卧病作》写的是他个人经历中的一段小插曲。钟惺在年轻时就体羸多病，据其《家传》（《钟伯敬先生遗稿》卷四），万历乙巳（1605）这一年他曾病卧道院，乡试时的同年好友谢奇举、李纯元还特地前来探视，诗中所写当即是这时的内心体验。前一首描述自己病中种种羸弱不堪的情态及介乎生死之际的感受；后一首写自己对人生意义的某种反省，抒发不愿以一己之性命徇圣人所立之不朽事业及家族之责任的矫激情志，希望能逃避这一切系累，诗末还用常卧疾斋宫的后汉周泽之事相比况。像这样关乎性命的咏怀之作，若按他后来的风格，可以有更为幽潜微茫的取径，更为荒寒险僻的意象，更为新警简峭的表达方式，但他这时仍以颇为平正的角度叙写，所采用的句式及譬喻也相当浅易，如谓自己“有时如婴儿，饥寒仰母便；有时如老人，奄奄息如线”；而其矫激情志如“天生七尺躯，岂为尔曹地。性命徇他人，劳劳成底事”，亦是率意直抒，在某种程度上倒是有“劲质而多怼，峭急而多露”① 的“楚风”意味，并无古拙微奥之感，去所谓的“清绮邃逸”又不啻千里。至于《哭魏太易》，为京山友人魏象先病卒于万历三十六年戊申十月而作。因为所悼为有独特遭遇的奇人，故诗已有意识从奇处着笔，尽量由亡者才情之奇绝、命运之坎壈凸显事之不平，又特意以其一些常人欲加避讳的不常之举入诗，如罢诸生后作怨诗《六等吟》，临终前自题铭旌为“遗文”等，作为其奇情孤诣予以表扬，这些特殊的用意在《与谭素臣兄弟》（《隐秀轩集·文往集》）中与谭如丝讨论其作魏氏行状时亦皆有所表述。然若拿他的诗与他后来为尹伸之女所撰《断香铭》（《隐秀轩集·文藏集》）相比较，则明显缺乏那种萧散清寒、幽幻迷离的意境。不过，这三首诗在语言风格上已开始出现他后来常用的用虚字结撰的散文句式，如“不然予哭子，岂合尔歼身”，“世所悲奇数，君翻就盛名”，“如君宁得老，而我孰为群”，它出现在近体诗中，是一个值得注意的现象。总之，从钟惺早年硕果仅存的作品来看，基本上呈现比较平易的风貌。这或许与他有意趋向所谓的“真中晚”以反拨七子的“伪初盛”有关，尽管已开始有立意及行文上追求奇峭的尝试，然尚未形成鲜明而统一的个性与风格。

钟惺在赴南京途中及万历已酉在南京所作同样尚处于探索阶段。兹

① （明）袁宏道：《叙小修诗》中语，《锦帆集》之二。

举其《江行俳体》十二首及《秣陵桃叶歌》七首为例。二者皆七言近体，前者为律，后者为绝句。从他所取诗歌体式来看，显然受到当时公安“宁今宁俗”之取径的影响，故特以《竹枝》《柳枝》体映写风土民俗，“取夫俚而真，质而谐”（《秣陵桃叶歌序》）。然在另一方面，此时的钟惺对公安末流那种“牛鬼蛇神，打油定铰，遍满世界”的粗率鄙俚诗风已经是深恶痛绝，故在取其清新质朴、自然真率的同时，又欲以一种雅韵化的手段来加以纠治，强调“要使体浑而响切，事杂而词整，气诙而法严”（《江行俳体序》），显示出他对于诗歌表现形式的关注。应该说，这种着重艺道方面的探索还算是成功的，如“风送白鱼争入市，江过黄鹄渐多矶”，“泽国火耕兼水耨，霜林枣地接枫天”，“近海蜃晴朝列市，乘风鱼背昼张帆”，“古寺夕阳流水外，游人不信是城中”，写得既轻灵舒展，又整丽而有韵致。正因为如此，连对竟陵诗一向苛刻的钱谦益，在《列朝诗集》中也不得不承认，“《江行俳体》，其赴公车之作”，“习气未深，声调犹在”，① 而将十二首悉数采入。不过，这也从一个侧面证实，他这时的风格与所谓“深幽孤峭”之“习气”仍有相当的距离。再如五言古诗《五月七日吴伯霖要集秦淮水榭是日雨》，是一首游宴诗，袁中道在其《游居柿录》卷三中也记载了这一集会。为了能比较清晰地说明他这首诗与后来已经定型的风格之差异，我们在钟惺集中找出一首相同体裁与题材的作品来加以比较，那就是作于万历四十四年的《四月三日杨修龄侍御游宴海淀园》。二诗在叙述模式上基本相似，皆由时节、气候述起，转入对景物的描写，然后又将视线拉回到座中之人，最后抒写娱游所感。但是，二诗最大的不同在于，前者于所历所见一般皆作客观性的描述，其事其景，一一铺陈，即诗末表现由阁中坐阅行舟联想到昔日于行舟延望阁中的感想，也不例外，这是诗的常规作法；而后者于所历所见的叙述却大多直接以主观化的知性判断介入，即如原本应作景语的时节、气候、景物，在他写来也

① 《列朝诗集小传》丁集中《钟提学惺》。

是“岂曰桃李后，遂无莺花期？所以临眺事，首夏正攸宜”，“郭外自多胜，城居岂得之”，“物力苟居胜，山水亦听之”，更不用说诗末“吁嗟绮丽地，情理生幽奇”这样的感慨了。这种特征的出现，正是他欲运用心力表现“窥深领奥”之慧性孤诣的结果。至于字句层面上，后一首多出现以虚字结撰的散文化句式，以及像“孤衷士”“孤光”“幽奇”等竟陵诗常用的词汇，而在前一首诗中却概未出现，这同样反映了二诗前后风格的差异。由此我们同样可以据以说明，钟惺在这一阶段所作，总体上仍未形成所谓“深幽孤峭”之特殊风格。不过，他在己酉八月归楚际所作《秋日舟中题胡彭举秋江卷》，却第一次比较鲜明地向我们展示了他那荒寒淡远的境界：

> 淡远写秋江，秋意无起止。何曾见寸波，竟纸皆秋水。烟中过寒山，江净翻如纸。空色有无间，身在秋江里。

或许这首诗的境界本身受到了胡宗仁《秋江图》与钟惺自己“舟过三山”时的情景规定，在写作上也还缺少必要的提炼，但它毕竟开启了钟诗创作主要的一路意趣风格，代表了他在这一阶段诗境探索上的一种新的指向。

钟惺今存万历庚戌至万历甲寅九月与谭元春同游西陵前所作（同游西陵之作另结集为《西陵草》），约二百四十首。这是他创作上丰产的一个时期，而且因为主观上锐意求索，可以说是历年有进，日臻成熟。我们可将他在此期间的创作，再细分为三个阶段进行考察，即万历庚戌至万历辛亥（1611）四月奉使四川前，入蜀期间至万历壬子（1612）秋冬与谭元春、林古度、商家梅诸子在竟陵游处前，壬子秋冬至万历甲寅九月前。

第一阶段的诗以游宴唱酬为主，近体居多，所表现的主题、意趣，与他以后的人生经历相比较，用钟惺自己在万历四十七年（1619）寄赠同年韩敬的两句诗“各思看花时，少壮意难戢”（《得韩求仲书并所选文二编感而有寄》）来概括最为妥帖。尽管获得功名激发的少壮意气一般不易使人走向虚静沉潜，而游宴唱酬往往又难以让人摆脱俗套，但钟惺在这时的创作却明显地别出手眼，找到了一条“幽”径。游山，是“兹焉随览涉，著处得幽奇”，“石苔非一致，潭水各能幽”［《西山三首（同马仲良、汤去执）》］；看花，也是“往来能渐熟，耳目自多幽”［《集净业寺水次再过十方庵看荷花因宿其中（韩求仲招）》］。比较完整的试举《西山三首》之三为例：

过桥微径暝，稍不辨峰文。月散将残雪，烟迎欲堕云。洞岩窥气候，水木悟声闻。喧寂皆何往？空山方夜分。

整首诗在幽暝微茫中传递的是一份虚怀独往的感受，夏日的西山暮景显得如此空寂冷峭，谁能说这不是他心境的一种呈现？它比起上面那首《秋日舟中题胡彭举秋江卷》，无论从兴象、意境的浑融，还是从文字的琢炼程度来看，显然都要更胜一筹。万历庚戌夏秋间林古度来燕，已经是作为钟惺的追随者，与钟惺其身边的一二知己如同年张慎言、广东诗人韩上桂等经常在一起唱酬题咏，结成持择颇严、以清迥孤峭相标榜的文学小圈子。在这个小圈子中，钟惺更加有意识地实践并推衍他那种独辟蹊径的诗风，当时以他为核心所作的一些联句及同集诗，明显都带上了某种清幽寒僻的印记。如《夜归联句》：“砌虫泣惊露，篱犬吠残辉（惺）。霜静户逾皎，烟生墟更微（古度）。”《八月初二夜雨（示金铭、茂之）》：“但觉秋声剧，能令游子伤。衣裳蝉背叶，书信雁头霜。”《白衣庵水阁（同茂之、金铭）》：“暝兼沙草碧，秋借渚花红。肯待空潭月，移时已在东。”其所用意象很自然让人联想到晚唐孟郊一路的诗境。《八月初六夜小集联句》尤为典型：

睡起理残梦（张慎言），须臾故国身。好秋难作客（惺），新月易辞人（慎言）。露咽蛩声断（韩上桂），天低雁影亲（惺）。

空将无奈意，砧急任西邻（古度）。

从发端至收尾，每个人都在一种既定情景之下，推波助澜，争相将诗导入新警幽峭、孤寒逼人的境地。此外，即如钟惺《辛亥元日早朝》诗，也有意别出机心，力避历来高华典重的应制习气，如其“残雪在帘如落月，轻烟半树信柔风”一联，被王士禛讥为：“如此措大寒乞相，乃欲周旋金华殿中，将易千门万户为茅茨土阶耶？”① 倒是《带经堂诗话》的编者张宗柟，多少理解他的一番苦心，而为之说了回护的话：“‘残雪’一联，若作早春即景诗，亦不失为秀句。渠意在屏绝陈因，并欲扫却‘银烛朝天’等作，而不觉自堕鬼趣耳。”②

第二个阶段主要是纪游诗，古、近体参半，而以五言居多。在中国古代，自然地理景观对诗人性情的陶冶，往往被视作对其作品风格发生影响的一项要素，从刘勰的“江山之助”，到清人魏禧所说的“古之能文者，多游历山川名都大邑，而变化其天资”，③ 阐述的都是这样一个道理。钟惺自己向不以文章山水为二事。因为它们都与“神情”相关，而事实上每次他或谭元春游历奇异绝特的名山大川，往往都能成为他们诗文转进入深之验。这次钟惺因使事入蜀，所得“江山之助”着实让一些同年好友羡慕不已，马之骏感叹“胡为私所厚，而使多奇缘”④，王象春则赞誉说“前年陟峨嵋，山月映孤发”⑤，钟惺自己对在蜀中所历所作也十分看重，其《怀谭友夏时在金陵昨夜梦记伊书谈使事及诗兼征其近作》一诗，就曾透露出这方面的消息。因此，尽管钱谦益认为其“入蜀诸诗”同样“习气未深”，相比其后的阶段，这话也未必不是实情，但在这里，我们宁愿相信沈德潜所说的，“余尝观古人之诗，

① 《带经堂诗话》卷二“摘瑕类”。
② 《带经堂诗话》卷二“摘瑕类”。
③ 《曾庭闻文集序》，《魏叔子集》。
④ 《伯敬入都亟柬问蜀中山水》，《妙远堂集》诗天集。
⑤ 《伯敬至京有轩以儆月名着因同仲良颜之》，《问山亭诗集选》。

得江山之助者，诗之品格每肖所处之地”①。蜀中山水的奇险幽峭，通过对诗人心灵的震撼，显然赋予了他的诗同样的品格。如他写九湾，“果然备层峻，蛇鬼犹踯躅”，“鸿飞已青冥，背翮犹遭触”（《九湾》）；写雨中巫山，“云满谷皆波，两岸才若岸”（《雨行巫山》）；写瞿唐峡，“水石日夜戛，无所触而怒”（《瞿唐》）；写归州峡，“怒涛跳臼中，倒石日夜碾”（《归州峡》）；写过西陵峡的感受，“梦者入铁围，醒犹忘在几”（《西陵峡》）；写巴蜀圆月，“霜落寒流外，烟生无映边”（《十五夜月》），“岸迫衔江浅，山纡出峡残”（《月》）；写白帝城山水，“拳石勺水细已甚，无有不历落嵚崎”（《上白帝城望杜少陵东屯居止遂有此歌》）。这些诗句无一不是从自己“一往深心”的独特感受，来表现蜀中山水奇奥险怪之美，难怪马之骏说他蜀中游返，便有以“向客夸幽奇”②，他自己在上述这些诗中，也不止一次地慨叹说“深薄警营魄，幽幻豁心目”（《九湾》），“赖兹历奇奥，得悟垂堂理”（《西陵峡》）。

第三个阶段中，壬子秋冬林古度、商家梅由南京入楚从钟惺、谭元春游，所谓“相与方 舟溯大江、过云梦，憩竟陵者累月”③，是一尤须重视的事件，因为他们的诗歌风格自此被认为“一变而为楚音”，王士禛说林古度“壬子以还，一变而为幽隐钩棘之词”④；钟惺也说商家梅“盖自壬子后，始能为孟和（按：家梅字）”（《隐秀轩集·文昃集·种雪园诗选序》），原因无非如钱谦益说的，“已而从伯敬游，一变为幽闲萧寂”⑤。这一方面当然意味着他们对竟陵派文学活动的介入，而从另一方面来说，他们的诗风转变，恰恰是所谓“钟伯敬体”已经成立并产生影响的一个见证。在钟惺竟陵皂市之山居，钟惺、钟拴兄弟与

① 《芳庄诗序》，《归愚文钞余集》卷一。
② 《伯敬入都亟柬问蜀中山水》，《妙远堂集》诗天集。
③ 林古度《林茂之先生挂剑集》卷首王士禛序。
④ 林古度《林茂之先生挂剑集》卷首王士禛序。
⑤ 《列朝诗集小传》丁集下《商秀才家梅》。

谭、林、商诸子以及另一位南京来访的友人吴中彦，共同度过了一段悠闲快乐的时光，做了不少分韵分赋诗，于那样一种钟惺曾在序谭元春《简远堂近诗》中竭力追求的“逸”“净”“幽”“淡”“旷”的理想创作环境中，集中地使他“深幽孤峭”的诗歌风格又一次得到了加强和确认。如其《山月》：

山于月何与？静观忽焉通。孤烟出其外，相与成寒空。清辉所积处，余寒一以穷。万情尽归夜，动息此光中。

《寒月同友夏叔静作》：

清切山中月，依稀水际看。入霜惟觉淡，过雨自然寒。夕净来无累，窗深到已残。添衣须一出，此后对逾难。

《初阴》：

入冬晴夜夜，薄晦却从今。霜下暮寒半，鸦翻山气深。惜哉不能雪，聊复暂为阴。耳目一灯际，残更人外音。

《山夜闻鸦同诸子分韵即成（得明字）》：

乱处高飞每易惊，出林谁是最初鸣？几千万点孤村远，过两三声片目明。山晚后栖须好侣，天寒群影见慈情。闲闻亦复关何事？能使空斋客思生。

这些诗，一如谭元春在《告亡友文》中所说的“冥目幽思，望远汲深”①，无一不是发己之孤怀，探物之幽情，所呈现孤寒清幽的景物，完全成为精神世界静观寂悟的一种表征，且无论所展示的意境，还是诗歌语言本身，都已达到了相当圆熟的境界。一时同作如谭元春的《山月二首》《寒月同伯敬作》《山夜闻鸦（同诸子分韵即成）》，林古度的《山夜鸦同伯敬友夏诸子分得辛字限即成》等，也都承其意趣风格，诗不幽寂寒峭不已。这种完全趋于成熟定型的风格，在此后钟惺万历癸丑（1613）奉使山东，或是万历甲寅再至南京及返楚途中的纪游之作，也都有所体现，限于篇幅，这里就不再一一列举。

综上所述，我们可以得出结论，所谓的“钟伯敬体”正式形成于万历三十八年庚戌至万历四十二年甲寅这段时期，林古度万历甲寅在南京为钟惺所刊《隐秀轩集》，正是其创作上树帜的标志。作为最亲密的竟陵派同志，谭元春给予了这部作品集极高的评价：

> 人见只作数卷诗，我见熔裁成光彩。岁岁顾影步步入，取次观之深浅在。岭秀潭空云未作，静者独居百花落。有闻无声肃肃如，惟恬惟淡涵其博。千古不背今不袭，升沉其外中而立。古人变化真无穷，内有浮焰人误拾。与子劝戒非一端，如子深究者实难。②

这是对他们前此在理论与实践上作出种种艰辛探索而终于有所成就的一份总结，也可以看作竟陵派的创作宣言。钟惺在天启二年手授沈春泽付梓的自定稿仍以《隐秀轩集》命名，除了表示对“隐秀”创作旨趣的不懈追求外，是不是还有表示既定风格之承续性的意味呢？

载《中国文学研究》1999年第4期，第56~62页

① 《鹄湾集》卷七。

② 《题伯敬诗集》，《岳归堂合集》卷四。

# 论竟陵派出现的契机及钟谭的诗歌创作

沈金浩

## 一

万历时期，当活跃于中下层社会的小说、戏曲、民歌对越来越多的文人产生越来越强烈的诱惑的时候，当整个文人阶层醉心于以佛（狂禅）道解放儒教，整个社会自上而下弥漫着享乐主义的气氛，以及对政治前途功业的失望带来的普遍颓丧日益侵蚀着士大夫的心灵、新的经济因素所带来的新的社会生活在东南地区撑破了许多旧的观念的束缚的时候，公安派提出的“独抒性灵”理论，立即获得了诗界众多人的共鸣。年轻的袁宏道大概是受了前代性灵理论、吴地生活及这里的通俗文学的启发，又受李梦阳——这位未被他及其兄弟十分鄙薄的七子人物的“闾巷有真诗”说的影响，为避免重陷仿古者满纸浮词滥语的泥坑，提出了“宁今宁俗，不肯拾人一字”“信口而出，信口而谈”“以《打枣竿》《擘破玉》为诗”等主张，并以自己的创作作了榜样。这种作诗之法实在为久困于时文、无力作高古之诗的文人开了方便之门，也为粗通文墨又欲附庸风雅者提供了进门之阶。于是以俗为诗、以俚为诗的创作方法自然也就甚受青睐。用中道的话来说，当时的情况是“一二学语者流，粗知趋向，又取先生少时偶而率易之语，效颦学步，其究为俚俗，为纤巧，为莽荡，譬如百花开而荆棘之花亦开，泉水流而粪壤之水亦流”①。然而，也许当时的文人自己也尚不清楚，这种趋俗近俚的革新只是满足了他们心理需求的一个方面而已，积淀于文人心中的另一种更加根深蒂固的集体性意识——以古为高、蔑视下里巴人、文垂万世等意识并没有淡出，它很容易让文人回到追求传统的阳春白雪的老路。文人们的以俗为新并没有折腾出多少新花样来，颇类经商不成反蚀其本，随着年岁渐长，袁宏道开始心虚自疑了，他怀疑自己的俚俗会失了身份而贻笑后人。他开始重新重视锻炼雅的文字，作潇碧堂诗时走了一步，迨作《华嵩游草》时，就和俚俗作永久之别了。

然而，袁氏兄弟的勒马回首还是为时嫌晚。与他们公安地隔不远的竟陵的诗人——钟惺、谭元春之辈已经在评选古人诗歌的同时，对他们的俚俗表示不满，并提出自己的矫改主张。钟惺小于宏道 6 岁，小于中道 4 岁，在文坛上产生影响晚于宏道，只与中道较接近。钟惺中进士在宏道去世前一年（宏道卒于 1610 年），比中道登第倒早了 8 年，谭元春与他们相比则属于晚辈。根据钱谦益的说法，伯敬少负才藻，有声公车间，擢第之后，思别出手眼，另立幽深孤峭之宗，以驾驭古人之上。② 钟谭于万历三十二年（1004）相识，谭虽小于钟 12 岁，但因诗文理论相投而订了忘年交。而钟谭真正并名于世，成竟陵诗派，则在其合作编选的《诗归》行世之后，时间在万历甲寅乙卯即钟 41 ~ 42 岁、谭 29 ~ 30 岁期间。

当我们把目光从公安派移向继之而起的竟陵派的时候，一个明显的问题立即兀立在我们面前：为什么公安派刚刚时兴一二十年，黄茅白苇，才得弥望皆是，竟陵派旗号一举，又得万众归依，乃至海内风行 30 年，其所选诗出现家置一编、学者奉为准的局面呢？前文已经提到，文人士大夫在追随趋易近俚的风尚时，除了少数几个本身文化水平低、

① （明）袁中道著：《中郎先生全集序》，（明）袁中道著，钱伯城点校：《珂雪斋集》卷十一，上海：上海古籍出版社 1989 年版，第 523 页。

② （清）钱谦益：《钟提学惺》，《列朝诗集小传》丁集中，上海：上海古籍出版社 1983 年版，第 570 页。

素质差的附庸风雅者外，对于其余更多的文人来说，俚易只是满足了表达方便或懒散浮躁这一方面，那种以古为高、鄙视下俚、以文传世观念此刻只是暂时蛰伏，传统的审美意识并未被这样的一次冲击所解构。在这种情况下，竟陵派的一声冻雷就很容易让诗界的审美观从旧有的根节上抽出新的枝芽。此外，封建专制社会往往会形成文化上的少头寡元及人们的顺时随人心理，这应该也是对竟陵派形成新的响应的社会心理基础。

然而这些回答似仍嫌不够，要弄清这一问题，我们还得对竟陵派诗人所代表的那种心态加以考察。

明代文人在思想倾向和行为风格上主要表现为顿悟和渐修两种类型(当然也有大量介乎其中或先修后悟、先悟后修者。袁氏兄弟的心路历程即是比较典型的例子)。虽然狂禅之雾弥漫在整个文化领域，很多人沉醉在外向追求的现世享乐之中，但修身养性也始终大有人在，他们在外界恶劣环境的压迫下，或者是怀着满心的失望与忧伤，或者是执意淡化自己的情绪，努力把感觉的触角收回封闭的内心天地，达到心理的宁静和平衡。并且，从宏道和中道的最后归宿来看，返回内心的方式适用的时间和范围似乎要比混世、外求更为长久和广泛。以往一些研究者喜欢把晚明包括性灵派理论在内的许多文化现象与资本主义萌芽挂钩，而实际上资本主义萌芽只是各种作用力之一。晚明的商业和资本主义经济与传统的儒佛道思想以及它们共同氤氲运化出来的狂禅等，组合成了晚明的一个以传统文化为底色，以狂禅、享乐等为时尚新花样的文化生态场。但新花样看久了毕竟也会让人厌倦，更何况这种新花样的品位有时太俗了。就如穿衣，暖色调的花衣服穿久了，想穿冷色调的、本色的。

宏道与中道在走了一段狂禅派的弯路以后，兜回了修养派的老路。不过，袁宏道提出性灵理论、活跃于文坛的时候，虽然张居正已经去世，党派斗争愈演愈烈，但天空中毕竟多少还有几缕万历之治的余晖，且袁宏道提出这一理论时正在全国最繁华最具享乐气息、文化最活跃的苏州吴县做地方官。所以宏道与中道的诗中有不少作品显示出物欲世界对人的观念带来的冲击。而钟谭联袂而起时，山雨欲来的景象已遍满神州了。在钟谭的诗集中我们可以看到这类大厦将倾时的焦躁、恐惧、忧患。《隐秀轩集》卷二《邸报》曰：

曰余生也晚，前事未睹记。矧乃处下流，朝章非所识。三十余年中，局面往往异。冰山往崔嵬，谁肯施螂臂。片字犯鳞甲，万里御魑魅。目前祸堪怵，身后名难计。

形势如此严峻，冰山崔嵬，江河日下，螂臂难挽狂澜于既倒，更何况螂臂都无人肯施。远处已楚歌隐隐，而多嘴谋政反招目前之祸。世事风云变幻，反复无常，身后留名也难指望，还能做什么？及时行乐，须有铁石心肠，而钟惺恰恰不是这样的性格，他常感慨自己身处下流，离皇帝太远，谭元春写的《退谷先生墓志铭》中说，钟惺“在神宗时官行人，思有用于当世，与一二同官讲求时务”。他对当时的党派斗争、对“以庸自赎”的“年来误国”的大臣都非常不满，认为“庸即同凶族”。① 复杂的官场斗争以及他自己的官场困顿，日益加重他的失望，“阅人数十载，不容不索居”，② 他只能返回内心，将自己的忧绪引向静寂的山水自然和他那谢绝俗人来访的生活环境之中了。谭元春在谈论当时形势时也显得极为绝望和沮丧。《甲子夏答袁述之书》说：“弟素无好兴，昨行京都，亦触其倦，又读兄书，一身之倦不足言也。子美云‘文武衣冠异昔时’，弟窃以为人物仍旧，而破舟漏屋之气，行于其中，不可结构，此吾辈林麓之日也。而顷者凶饥告于闾里，生平不算米盐之人，不得不日问有亡。黔楚，辅车也，势足以相及，即其势旦夕未足以相及，而凶饥之祸，究将为乱，无论凶饥之究且为乱，而眼前凶饥，已是

① （明）钟惺：《王文肃公专祠诗》，（明）钟惺著，李先耕、崔重庆标校：《隐秀轩集》卷第四，上海：上海古籍出版社1992年版，第45页。

② （明）钟惺：《戢楞严注讫寄徐元叹》，（明）钟惺著，李先耕、崔重庆标校：《隐秀轩集》卷第四，上海：上海古籍出版社1992年版，第54页。

一乱。前日黔兵偶败，主之者，吾蔡司马也，爱之甚，闻其后放归，则又喜之甚。即以弟一人，其忧其喜皆以蔡司马故，而西南之不可为，又若其不甚切者，天下之人皆此一私心而已矣，其何能为！”既是这样的感受，他们写的怎能不是幽情单绪呢？

钟谭的诗歌理论正是产生于这样一种社会氛围之中，人们对政治、官场、个人前途的失望，由此带来的对国运普遍的既忧患又无奈，儒、道、佛及商业经济自私、急功近利意识在独善为己这一点上的统一，都促使诗歌在理论上继续走背离兼济的“独抒性灵”之路，在风格上向冷淡、幽深、孤峭发展，而竟陵二子的理论核心，正是这一路。《诗归》选就后，钟 谭各作了一篇序言，钟惺在序言中不指名地批评了七子“取古人极肤、极狭、极熟、便于口手”的学诗方法，而强调古人真诗之所在，并说“真诗者，精神所为也，察其幽情单绪，孤行静寄于喧哗之中，而乃以其虚怀定力，独往冥游于寥廓，而世有一二赏心人，独为之咨嗟彷徨者，此诗品也”。“夫真有性灵之言，常浮出纸上，决不与众言伍；而自出眼光之人，专其力，壹其思……”他们也讲性灵，但推崇的是幽情单绪式的性灵，是不同于流俗的真性情，这种真性情在下笔前体味须细、须远，挖掘须深，宁可出现他人不解、知音寥寥的结果。文坛风气既处于转移的当口，社会环境又是如此，钟惺、谭元春本身又是自称爱山丘的人，所以，他们也就很容易自己进入同时也引领别人进入“清凉门”了。

然而，尽管钟谭也讲诗要抒写独特的真情，且在学古方法上已懂得摆脱“极肤、极狭、极熟、便于口手”的俗套，但实际上，就如有的论者已经指出的，他们也冲不出传统的藩篱，因为他们仍以古人之精神为准。① 钟惺《诗归序》说：“诗文之年运，不能不代而趋下。”他们之所以在提倡写幽情单绪时特别强调“厚”，就是缘于他们有古人常有的那种“世风日下，人心不古”的看法。相应地就觉得诗中的性灵、

---

① 马美信：《论公安派和竟陵派的分歧》，《复旦学报》1985 年第 5 期。

“精神”也越来越薄。《诗归序》的第一句话就说：“选古人之诗而命曰《诗归》，非谓古人之诗以吾所选为归也，庶几见吾所选者，以古人为归也。引古人之精神以接后人之心目，使其心目有所止焉，如是而已矣。”他不敢宣称自己评选标准的合理性和优越性，而只是希望今天的学诗者能借助他的选本追攀古人。他们日常论诗，也总是一副古舌古眼，谭元春读了方秋涯的诗集后，特别看中其中的一首咏梅，有句云：“古心不为世情改，老气了非流俗图。三读《离骚》多梦怨，一生知己是林逋。”从诗心到人都是惟古是从。钟惺的《选蔡敬夫诗讫寄示三律》也说：“要以古人眼，深看今日诗。”他为自己的诗选和诗评能达到“仓卒中古今人我心目为之一易”而沾沾得意。清初的周亮工曾说：“竟陵矫公安之纤弱，人知复古，不无首功。”此语可从一个侧面证明竟陵派矫改公安派的实质。

关于公安竟陵在诗歌理论与创作方面的高下问题，自清初以来就一直存在不同的说法，钱谦益略宥公安，而对竟陵攻之甚厉。朱彝尊对竟陵亦甚相诋斥。一些研究竟陵派的人对其反对公安的俚俗非常赞赏（这一点连袁中道也是如此），一些研究公安派的人又贬低竟陵的幽深孤峭。其实，从文学本体的角度来看，俚俗和幽深孤峭都为一格，无可厚非。关键在于他们都用各自的风格表达了怎样的内容。在诗文正统文学的语言与口语严重脱节的情况下，俚俗倒在一定程度上起到了解放诗歌形式和表现手法的作用。只是由于他们的俚俗中没有足够新颖进步的思想，因而也就未能体现其应有的意义。

总的来说，竟陵派是性灵理论的接棒者，但他们的性灵与公安派中宏道、中道年轻时的性灵有差异，他们的性灵比公安的狭窄。其影响的形成，是各种因素同时作用的结果，古人好古观念的根深蒂固，公安派自身创作业绩的有限性，时局的进一步恶化对文人的物质生活的冲击，对国家、社会前途命运的失望，文学审美意识的钟摆式运动规律等，都是竟陵派这一秋虫寒蝉式的诗派能产生影响的原因（如果明朝能继续承平，苏州一带的社会状况能延续和扩展，袁宏道前期的诗论和诗风应该会有更广泛更深远的响应，甚至发展成为新的更加世俗化的、近代化的文学，周作人在《中国新文学的源流》中就说过，“民国以来的这次文学革命运动”与晚明“那一次的文学运动”“很有些相像的地方”）。它是明朝灭亡之前最后一缕淡弱的余光。

## 二

竟陵派诗人正是在这样的社会环境、这样的理论指导下进行创作的。与后期袁宏道、中期以后袁中道及其他所有接受道家、佛家思想的文人一样，钟谭在现世社会中感到不适以后，也都向山林泥淖遁逃。钟惺因为科举还算能得正果，虽然一直遭人之忌，“厄之使不得至台省”①，但还长期有官可当，后半生一直过着以宦为隐、以读书为宦的生活，但即使在这样的生活中，也似乎身在魏阙，心在江湖。谭元春于场屋牢落一生，至死未得一进士，因而隐居游历的生活较钟惺尤多，他们的诗歌中也就常写与这类生活有关的性情。钟惺《夜坐》诗曰：

> 阖门月自远，未见神先清。况复已秋静，寒意不我惊。微风交庭影，偃仰以逢迎。妄与二三子，共坐至深更。铛炉静夜语，悄然作秋声。

谭元春《同刘济甫桥坐》曰：

> 种秫常薄收，嗟嗟绿尊浅。子适断盘辛，虽饮不至湎。霜月没溪深，林径互隐显。端坐想十年，村舂送寒犬。相傍良夜深，褐中珠玉暖。

① （明）谭元春：《退谷先生墓志铭》，（明）谭元春著，陈杏珍标校：《谭元春集》卷第二十五，上海：上海古籍出版社1998年版，第681页。

这些诗都以静夜、微风、月色、树影、幽溪、小径来构成其意象，境界总是非常闪峭静寂，连“犬”的前面都加上“寒”来修饰，一味地营造冷碎静谧的意境。

不过，尽管他们的诗歌总体上都追求幽深孤峭，但在内容和风格上还是有些区别的。这可能与他们在哲学上的不同趣向及性格有关。钟惺半辈子浮沉于官场，其生活格调比谭元春略高。但其性格严冷，不喜与人交接。而谭元春则屡试不售，久居乡里，其性格也比钟平易、随便些。钟惺为谭元春《简远堂近诗》写的序说：“简远二字，则予近日所规友夏语，而友夏取而自命其堂者也。诗，清物也，其体好逸，劳则否；其地喜净，秽则否；其境取幽，杂则否；其味宜淡，浓则否；其游止贵旷，拘则否；之数者，独其心乎哉？市，至嚣也，而或云如水；朱门，至礼俗也，而或云如蓬户。乃简栖遥集之夫，不必于市于朱门，而古称名士风流，必曰门庭萧寂，坐鲜杂宾，以至清蝇为吊客，岂非贵心迹之并哉？索居自全，挫名自晦，虚心直躬，可以适己，可以行世，可心垂文，何必浮沉周旋，而后无失哉？”他对谭元春的泛爱容众不以为然，希望他也和自己一样不与俗人往来。钟惺年轻时曾关心过心性之学，晚年更遁于佛禅，因此他的诗中不时杂有禅味。如《两宿会圣岩》(游浮渡山作)：

> 灯光入幽薄，金碧照石土。夜雨间流泉，风竹连晨鼓。意象了不关，相与无相与。空山独卧人，虚怀而听睹。

又如《舟月》：

> 水夜独有月，秋亦难为清。光辉积而盛，众有莫能争。夜亦自有色，非皆因月生。

这种从具体的事物中细致深切地体味宇宙大地奥义的诗歌，似乎都含有一种禅宗偈语式的哲理，然而又显得不痛不痒，不着边际。而正是这一些，在钟惺看来却是诗佛结合的最高境界。

他在给同年进士尹孔昭的信中说："我辈文字到极无烟火处，便是机锋。"① 他所追求的，正是这些。不过就如陶渊明也有不平淡的时候一样，钟惺有时也流露出封建文人传统型的功业情结。如在其《寄叔弟恮》信中，就对叔弟有气骨、有志力的诗篇大加赞赏。

与钟惺不同，谭元春一生中相当长时间里对学道、谈心性不感兴趣，只是到晚年才有些近佛的倾向。他的思想主要是一个儒道互补的结构。他不仅不像钟惺那么严冷，有时还多少有点放达。38 岁入太学前，他多半居养在家。在《答李长叔表兄》中他自述其生活说："不才村居寡欲……性本朴率，无思无营，与人无争。高人衣钵，似欲传灯。而且村中林水幽翳，舟车野草，门无人门，闺无人闺，长衫径日不着，秃衿小袖，行过兄弟家，如东皋隔河故事，萧远不羁，恐城中大人君子犹未必相羡也。昨偶作六言诗云：'家添鹤鹿三口，僧与琴书半船。问古人中孰比？野夫行径多偏。'" 完全是宗法社会中的小国寡民生活。他除了与僧人有些往来外，自己的行为并无宗教色彩，且早期对宗教甚至很冷漠，连钟惺都劝不动他。而当金正希向他提出建议时，他反而将金质问一通。他不喜欢那些既欲学道、自称学道，又贪恋享受而自称无害于道的伪教徒。《答金正希》曰："两得吾兄书，汗出斗许。弟胸中虽有洒洒落落之趣，与世人入名利恩爱而不得出，入嗔恚热恼而不得出者，似乎有间。寻常厌人沾泥带水，喜一过而忘之。故伯敬诸子取其根器而恨其不肯学道。弟之不能学道，在弱而好弄，老而不衰。生平贪恋光景，极知光景朝暮更换，而实有所不能舍也。又见学道人爱官与我同，爱财与我同，爱色与我同，爱交游玩好与我同，而自以为学道，不知我不学道又在何处？及迫而问之，则曰：'此何碍于道，子真不知道矣。

① （明）钟惺：《答同年尹孔昭》，（明）钟惺著，李先耕、崔重庆标校：《隐秀轩集》卷第二十八，上海：上海古籍出版社 1992 年版，第 476 页。

弟愈不服其言，彼沾泥带水者而责洒洒落落者为不知道，宜其不相下而生退心也。乃出自吾兄，则实修实证，无所大恋恋于世，而忍得住苦得惯矣。伸手接引，含泪下棒，弟独何心，自甘昏沉。但不知兄所谓一刀割了者是何刀法？一刀遂了者是何了手？兄于所为，看经持咒，参禅念佛，必当从一门深入。我辈亦有清静时，万念歇下，觉此事不谬。而少顷事繁人杂，可笑可乐，神疲力倦，性命无归，未尝不悔，而卒无一法远此尘诟，野火烧不尽，春风吹又生。……弟则有不能者，虽不至取其光焰以自加，而未尝不资其津润以自美，方有惟恐其苦之意焉，而欲以学道，岂不疏乎？且不知正希官翰林，文章品格卓然一时，而学道之人果真无碍于是否？杂念果割尽否？反而求之，千万再以报我也。’”他的思想非常实在，只求当下现成的东西，而不愿自设羁绊。这种排斥学道的倾向，使谭元春的诗中较少钟惺的那种禅味佛理。虽然都喜欢表现某种幽情单绪，但野老乡居的生活是谭诗的主要内容。《承郡使君叶公玉壶徵及近状寄谢二十韵》曰：

> 一从山泽好，邛友渡边呼。敢谓胜情有，自知长策无。惊鱼闻罟急，闲鸟见林趋。逃雨雨盈野，放云云过湖。使君频致惜，长者自当殊。访道黄兼老，留心狗与屠。谒宁烦草芥，问即宠菰芦。清静真能载，形骸安肯拘。已无裾可曳，幸此杖相扶。白社惭前辈，青溪似小姑。如泡终幻化，惟谷且踌躇。知己肠犹在，难言性太孤。

《僧开之过访赠之》云：

> 雨晴俱历过，始觉到旬余。受荫常移舫，贪眠但枕书。钵才悬户牖，笋亦上阶除。不愿推敲苦，闲吟莽莽如。

不过他的记述自己偏放于田园的诗歌始终达不到陶渊明式的平淡，这可能与他的诗论有关系，因为对幽深孤峭的认同使他的吟诗难以达到莽莽如的境界。而更主要的，是他的心中一直存在着出世与入世的夙盾。他虽然清楚地认识到时势已不可挽回，他所处的时代是一个末世社会（《伤谭讷庵野老》有句云："送君辞末季，地下或羲皇。"），然而仍然无法摒除入世的夙愿。他曾对地方官叶某人说："年来营田十亩，已督率耕牛为太平农人。兼借析阴柳影，赍一卷自随。待亢秫上仓，于冬春闲月，放怀山水，学古人今旬不迫之迹。部署已定，非为高洁可慕。止以入此制科，本非真好，不过因功名所在，勉强为之，今又屡试不第，横以此得罪自叹。年命有尽，何苦为此。芒履扁舟，便可逍遥许时，不枉作一世人。初愿如此而已。"① 《颍川张同甫曾访予都门万福寺，投诗不值而去，丙寅冬日闲居有怀，始寄答此章》《小米弟四十感怀成诗》等作，都是这种矛盾心理的表白。《奉和座主李太虚翰林黄鹤楼放歌》说："我生四十常落羽，弹琴种圃甘自饴。"这是他在乡村居住时说的。而天启元年，38 岁仍是秀才的他再出来应试时又说："前果厌巾衫，今又厌滩钓。无恒则有之，亦曰任运妙。"他就是这么一个人，所以诗中不时流露出名士的习气，使他有别于钟惺之力去烟火，而显得离公安派之宏道、中道或晚明其他适世的人相近。对于学佛，他先是排斥，但在 40 岁以恩贡入太学学习前后一段时间，也受了些影响，暇则如退院僧，不常接城中人，躁心名根已退去四五。② 而此前写给钟惺的信中已说："固思世界之治不治，文章之法不法，游止之快不快，竹木之秀不秀，鬼神之灵不灵，日月星辰之变不变，总无关一切，而犹有敬身醒眼闲步朗怀，不敢自蹈于非礼之动，自蹈于有戾之物者，以为不如是无以毕我二三十年、一二十年中有生之味趣耳。……至于姬妾长斋，礼佛诵经，亦是添着颜色，取怜生爱之第一事也。"

---

① （明）谭元春：《奉郡尊叶公玉壶书》，（明）谭元春著，陈杏珍标校：《谭元春集》卷第二十八，上海：上海古籍出版社 1998 年版，第 767 页。

② （明）谭元春：《长安古意社序》，（明）谭元春著，陈杏珍标校：《谭元春集》卷第二十三，上海：上海古籍出版社 1998 年版，第 633 页。

这种既不虔诚但又迁就的礼物方式，使谭元春的诗歌偶然也有禅佛色彩。《与吴从闻夜坐》诗说："几度换居停，惟求户反扃。龛尘僧出院，塔响鸟冲铃。子谬推三益，予叨长数龄。牵从禅理入，文字尚空灵。"谭元春曾自道其诗学观念与钟惺的区别说："尝言诗文之道，不孤不可与托想，不清不可与寄迳，不永不可与当机。已孤矣，已清矣，已永矣，曰：如斯而已乎？伯敬以为当入之以厚，仆以为当出之以阔。使深敏勤壹之士，先自处于阔之地，日游于阔之乡，而后不觉入于厚中。"钟惺希望一开始就追求"厚"，所以他更重视在与世俗保持距离的过程中的身心修炼，其诗境相对也就仄而深。而谭元春愿意先求"阔"，所以他笔下的生活内容也就更广泛，诗境相对较开朗平淡一些。

从钟惺、谭元春的理论与创作中也可以看到，就如公安三袁相互间有许多差异一样，竟陵二子的性灵的内容也是多有不同的。性灵说只是在文人对社会失望或不再有兴趣用诗歌作为风教工具，自我意识比较强的时候较易出现的一种理论，性灵的内容可以因人而异，诗风亦可以因人而异。性格严冷内向、信佛参禅的钟惺愿意独自低吟，所以其幽深孤峭践行得彻底，而谭元春诗境虽然也颇清冷，但不算太幽深孤峭，生活内容和热情较钟惺丰富，写法上也相对自由活泼。

载《广州大学学报》2005年第11期，第20~25页

# 钟、谭“幽”“寒”心境与“竟陵体”之形成

刘德重　魏宏远

在晚明诗坛上，以钟惺、谭元春为代表的“竟陵体”曾风行一时。“竟陵体”的风格特点，钱谦益《列朝诗集小传》《明史》概括为“深幽孤峭”“幽深孤峭”，已为后世学者普遍认同，成为学术界的共识。然而，对钟、谭为什么会形成这种“幽深孤峭”的风格，也即“竟陵体”形成的原因，则存在着不同的见解。本文拟就这一问题，谈谈看法。

前人对此提出的一种观点，是“救弊”说。即认为钟、谭是因为救“七子派”和“公安派”之弊，才立此“幽深孤峭”一宗的。如《明史》卷二八八称：

> 自宏道矫王、李诗之弊，倡以清真。惺复矫其弊，变为幽深孤峭。

又如《湖北诗征传略》卷二十亦称：

> 时弊虽深，慎勿相救，公安救历下，失于佻；竟陵救公安，陷于孱。

“公安”救“七子”之弊，但又产生了新的流弊；钟、谭亦反“七

子”，同时又矫“公安”之弊，于是形成了“幽深孤峭”的风格，而此种风格又偏于孱弱。此说多为后人因袭，但仔细推敲，却未免过于简单。诚然，钟惺在《再报蔡敬夫》《诗归序》中曾表示过对“七子”“公安”的不满，“竟陵体”的形成在客观上也起到了矫“七子”“公安”之弊的作用；但“竟陵体”之所以以“幽深孤峭”的面目出现，其形成的根本原因并不在此。一种诗歌风格的形成，必定有着与作者自身有关的更深层的内在原因。上述观点，恰恰忽视了这一内在原因，而将风格形成后的结果说成了风格形成的原因。

前人对此提出的另一种观点，是“得名”说。即钟、谭为了“得名”，才有意“别出手眼”、另立一宗的。如钱谦益《列朝诗集小传》称：

> （钟惺）擢第之后，思别出手眼，另立深幽孤峭之宗，以驱驾古人之上。

今人亦有同意此说者，如朱东润《中国文学批评史大纲》称：

> 伯敬、友夏，皆一时才士，惟其急于得名，遂不恤趋于旁蹊曲径。其从者乐其幽渺深邃也，群起而争诵之，而钟谭之名成矣。①

追求“得名”，对古代一般士人来说，可谓人之常情。钟惺自己也说过：“文人为诗，则欲有诗之名。”② 这原本无可厚非。但称其“急于得名”，却与其事实不甚相符。李维桢在《玄对斋序》中曾特地称引钟

① 朱东润：《中国文学批评史大纲》，上海：上海古籍出版社 2001 年版，第 265 页。

② （明）钟惺：《董崇相诗序》，（明）钟惺著，李先耕、崔重庆标校：《隐秀轩集》卷第十七，上海：上海古籍出版社 1992 年版，第 263 页。

惺给他的信说："……而伯敬复致书余：'士立身有本末，岂在浮名？'"① 钟惺在《董崇相诗序》《潘无隐集序》中也表现出追求古人精神、淡泊名利的思想，在《题焦太史书卷》中更称"惺生平不喜无故而求见海内名人"，可见他不仅不是一个"急于得名"的人，甚至不喜欢结交名人。至于竟陵诗风盛行，而钟、谭终于"得名"，李明睿在《谭友夏遗集序》中认为：

> 今天下盖知宗景（竟）陵哉！景（竟）陵诗行，风雅为之一变。说者咸谓景（竟）陵思以易天下，予谓钟谭二子何尝有移易天下之想，亦其势之所趋不得不然也。②

所谓"势之所趋"，既可理解为钟、谭所处时代、社会之客观趋势，亦可理解为钟、谭因自身遭遇而形成的性格、心境之主观取向。李氏此说，知人论世，实为肯綮之论。

中国古代诗学，其实是生命之学；中国古代诗作，其实是生命美感之体验与观照。古人早就说过："慆快人诗必潇洒……寒涩人诗必枯瘠，丰腴人诗必华瞻，拂郁人诗必凄怨……此天之所赋，气之所禀，非学之所至也。"③ 风格决定于性格，所以说"诗如其人"。西人所谓"风格即人"，也是同样的意思。因此，探究"竟陵体""幽深孤峭"风格的形成，也应首先从"竟陵体"诗人自身去寻找其内在原因。

关于钟惺的性格、为人，有许多文献可考。钟惺在《潘无隐集序》中云：

① （明）李维桢：《玄对斋序》，《大泌山房集》卷二十一，《四库全书存目丛书》集部第150册，济南：齐鲁书社1997年版，第756页。

② （明）李明睿：《谭友夏遗集序》，（明）谭元春著，陈杏珍标校：《谭元春集》附录一，上海：上海古籍出版社1998年版，第949页。

③ （清）薛雪：《一瓢诗话》，北京：人民文学出版社1979年版，第143页。

（陈继儒）报予书曰：“始闻客云：钟子，冷人也，不可近。”

可见钟惺自己也知道别人称其为“冷人”，“不可近”，他不仅承认“诚有之”，而且坚持“甘为冷，为不可近而不悔”（《潘无隐集序》）。其“冷”之具体表现，谭元春在《退谷先生墓志铭》中作了这样描述：

退谷羸寝，力不能胜布褐。性深靖如一泓定水，披其帷，如含冰霜。不与世俗人交接，或时对面同坐起若无睹者，仕宦邀饮，无酬酢主宾，如不相属，人以是多记之。

《明史》卷二八八关于钟惺为人的记载，显然是根据这篇《墓志铭》的描述加以概括的：

惺貌寝，羸不胜衣，为人严冷，不喜接俗客，由此得谢人事。

还有两条同时人所写的材料，可以作为补充和佐证：

同官燕集，众方欢洽，独渺然若失。

（李明睿《钟谭合传》）

（钟惺）其人风貌清严，神简闲逸，与人居落落穆穆，间佐片语，微甚冷甚，令人旨，亦令人畏。

（《史怀》卷首邹之林序）

从这些记述中，都可以看到钟惺性格的幽深、冷漠、孤僻和落落寡合。称其为“冷人”，实不过分。钟惺“幽深孤峭”的诗风，与其冷僻的性格是完全一致的。

环境影响性格。钟惺的家庭环境和多灾多病的经历，是他这种冷僻性格产生的土壤。

钟惺的童年，便是在“严冷”的家庭环境中度过的。其自撰《家传》云：“甫出母腹，即养于伯父一府君裕斋公、伯母陈宜人，即惺今所为之后者也。”钟惺的伯父一理，长于其生父一贯二十岁而无子，钟惺刚一出生便养在伯父家，四岁后过继给伯父。因而他既要受伯父的管教，又要受生父的管教。伯父好洁成性，“然不喜见市侩及舆皂”，生父“廉俭之性，皎若冰霜”，“幽独心行略见乎词”。钟惺深受二人影响，其性格亦一脉相承。《家传》云：“（伯父）课生父及惺，望其成，朝不及夕。”可见伯父对钟惺及其生父期望甚高，督促甚急。而生父母对他则更为严厉：“生父课惺颇严，（生母）冯宜人亦不姑息之爱。”“一日，生父督惺过急，偶病悸”，竟至将他吓出病来。结果，伯父不得不“买诸陆博围棋具，令善其术者教惺使戏”，至第二年方渐渐“病已”。钟惺自幼便生活在这样一个双重严教、缺少温暖的家庭环境中，连生母对他也没有“姑息之爱”。后来生母去世，继母不贤，其弟钟栓受到继母虐待，家中冷言冷语更是不断：“（弟栓）两构继母，粗粝弃余，一饱无时，女子小人，细故碎语，耳目应接不暇。”这一切都在钟惺的心里投下阴影，使他自幼心灵就受到了严重压抑和伤害。家庭环境的影响，是造成钟惺性格冷漠、孤僻的重要原因之一。

钟惺一生，接连不断地遭受丧亲之痛，对他性格、心境的影响，更是不容忽视。其《家传》云：“惺自念老矣，生、嗣父母，三十年中俱没；有弟四人，先后亡其三。”其《告亡儿肆夏文》曾云：“自汝生后，汝弟妹十人，皆怀抱夭殇。”除父母、兄弟、子女外，其近亲中，弟栓妻王氏、妾董氏也相继亡故，十侄又有七殇，这样算来，在钟惺有生之年，共丧失二十七位亲人，且多为夭殇。① 他亲生的十一儿女，竟无一存活！这是何等沉重的打击！特别是在他三十五岁时，膝下所剩长子肆夏的夭亡，给他造成的心灵创伤几乎超过了他所能承受的极限，使他痛不欲生，心碎欲狂。他以泪和墨写成的《告亡儿肆夏文》，读之

① 参见陈广宏：《钟惺年谱》，上海：复旦大学出版社 1993 年版。

让人洒泪：

> 纵汝当死，汝弟妹十人岂皆如草芥，如猪狗，不足以赎汝一死？彼造化者，胡为赚我男女十人囊之已去，而未收其长且贤者乎！忍矣！忍矣！汝炯目疏眉，修膺映丽，志在度世、出世、不可一世，今闭汝以七尺之棺，使村巫里咸，剪纸招魂，加汝以亡人之名，汝甘之乎？汝受之乎？欲汝不甘不受得乎？冤哉痛哉！

直至其晚年撰写《家传》时，忆及此事仍痛心不已：“戊申，予丧长男肆夏，意怳惘不欲生。己酉，狂走南都。”谭元春在《答钟伯敬书》中也写道：“曾见兄于骨肉之变，不哭而神伤，不伤而神寒。”由“神伤”到“神寒”，正概括了由至亲之痛造成了他“幽”“寒”的心境。对于一生摆脱不掉“幽”“寒”心境的钟惺来说，其诗作形成“幽深孤峭”的风格，确实可以说是“势之所趋，不得不然也”。

钟惺不仅一生多难，而且一生多病。精神创伤和病魔困扰，始终与他相随相伴，所谓“貌寝，羸不胜衣”，其实正是其病态的写照。李维桢《玄对斋集序》云：

> （惺）逾二十而后为诗，复以善病讽贝典，修禅观。智慧生疢疾，虚空发光明，而所就若此，将释氏所谓宿因也？

因为“善病”，钟惺在万历三十七年（1609）其弟钟恮卒后，便开始诵经奉佛，每日半斋，静心潜养，其性格、心境亦更趋幽寂。然而，疾病的折磨并未因此缓解，不仅小病不断，大病也频频降临。万历三十九年春，一场暴病，使他几乎丧命。其《告雷何思先生文》云：

> 今年二月居燕，某病矣。病而垂绝，自谓不复见先生矣。以老亲后事属密友，国家后事属先生。

万历四十八年秋冬，又是一场重病，使他再次濒于死亡。其《送钱先生归娄东序》云：

> 予今年感疾，经秋涉冬，自以为无生矣。自以为无生而又更数医，计此身总非我所得有，不若姑付之医，而医实莫敢有也。

天启五年（1625）钟惺年五十二岁，终因沉疴不起，被病魔夺去了生命。临终之前，他写下了《病中口授五弟快草告佛疏》，发愿受五戒，取法名为“残断”。“残断”者，残生了断也，谓其一生饱受病魔摧残而终至以死了断也。可见疾病不仅一直折磨着他的肉体，也一直折磨着他的精神。丧亲之痛与罹病之苦，是笼罩钟惺一生的双重阴影，也是他内心挥之不去的两大情结。其性格之冷僻，心境之“幽”“寒”，“善病”不能不说也是一个重要因素。

钟惺性格、心境的形成，除了上述家庭环境和不幸遭遇的影响，还有着时代和社会的土壤。

钟惺一生（1574—1625），大抵与神宗万历朝（1573—1620）相始终。关于万历年间的社会政治状况，孟森《明史讲义》① 写道：

> 明之衰，衰于正、嘉以后，至万历朝则加甚焉。明亡之征兆，至万历而定。
>
> （神宗）怠于临政，勇于敛财，不郊不庙不朝者三十年，与外廷隔绝，惟倚奄人四出聚财，矿使税使，毒遍天下。庸人柄政，百官多旷其职；边患日亟，初无以为意者。
>
> 至四十六年，清太祖公然起兵，入占辽、沈，明始感觉，而征兵征饷，骚动天下，民穷财尽，铤而走险，内外交乘，明事不

① 孟森：《明史讲义》，上海：上海古籍出版社2002年版，第255页。

可为矣。

皇帝昏庸，宦官擅权，政治腐败，时局动荡，横征暴敛，民不聊生，再加上连年饥荒，民间竟出现了人食人的惨象。据《明神宗实录》卷一九七，万历十六年（1588）大学士申时行上疏说：

顷者天鸣地动，水涝旱干，岁屡不登，人至相食。

同书卷二五九又载：

阜平县民张世成以饿甚，手杀其六岁儿，烹而食之。

可见当时的社会一片黑暗，明王朝已病入膏肓，无可救药，呈现出亡国之象。生活在这样一个朝代，士人内心不可避免地弥漫着末世的悲凉。

钟惺不幸，正处于这样一个朝代。他原先也抱有经世致用之志，然而仕途偃蹇，始终郁郁不得其志。谭元春《退谷先生墓志铭》云：“退谷为诸生十二年，常不利。癸卯举孝廉。”他在困于诸生十二年后，至癸卯（1603）年三十岁时始举孝廉。又过了七年，至万历三十八年时方中进士，授行人。行人是掌管传旨、册封等事的闲官，不能有所作为。钟惺为行人八年，只能“以冷为闲常”。此时他还幻想能做到给事御史一类的言官，可以向皇帝进言，发挥一点作用。但到了四十七岁时，才做到南礼部仪制司主事，旋为祠祭司郎中，可身心俱病，遂潜心佛禅，最后以佥事提学福建，始终未能大用。对此，谭元春在《退谷先生墓志铭》中，为之叹息道：

退谷初在神宗时，官行人，思有用于当世，与一二同官讲求时务，厌呻吟不从，病起玄黄水火，终日聒渎。以为吾若居给事、御史，务求实用，不兢末节小名、爱恋身家，如鸡鹜之争食，妇女之简狎，庶不令主上厌极大创，祸流缙绅。然其要惟在读书，读书而后实忠、实孝、实用出矣。先机早见，已若知有熹庙之末年，与今上之神圣者，是其人真可大用。会有忌其才高者厄之，使不得至台省。后遂偃仰郎署，衡文闽海，终不能大有所表现，而仅以诗文为当时师法，亦可惜也。

“忌者厄之”是指明末齐党的给事中亓诗教，《明史》卷二三六《夏嘉遇传》：“时嘉遇及工部主事钟惺，中书舍人尹嘉宾，行人魏先国皆以才名当列言职，诗教辈以与之麟善，抑之，俾不与考选。”作为钟惺朋友的邹之麟本为浙党，依附于亓诗教，万历四十五年（1617），齐、楚、浙三党联合将东林党斥逐，其后齐、浙两党又产生矛盾，邹之麟因攻击亓诗教而遭黜，钟惺也受牵连，钟惺万历四十六年授工部主事未赴，请任南曹部，两年后获准，调任南京礼部仪制主事，不久转为祠祭司郎中。钟惺仕途偃蹇，有志难申，当与其受党争之累有关。

明熹宗天启元年（1621），钟惺方升任福建提学佥事，考校兴化、延平、福州三府。天启三年因丁父忧去职，而该年大计，由东林党赵南星主察，齐、楚、宣、浙、昆诸党成员尽遭逐斥，钟惺亦在中计之列。第二年，福建巡抚南居易疏劾其科场舞弊，丁父忧而挟妻妾游武夷山。《明实录》附录《熹宗七年督察院实录》卷七云：

福建巡抚南居易疏纠提学副使钟惺：“……公然弃名教而不顾，甚至承亲讳而冶游，疑为病狂丧心，讵止文人无行！”

欲加之罪，岂能无词！这次弹劾，对钟惺可以说是一次致命的打击，他就此坐废家中，爱欲几枯，不久便郁郁而终。在钟惺逝世之后，谭元春为之写了三十首《丧友诗》，其中两首写道：

影抱羸骸寒似梅，日驱寸管走惊雷。词场气魄争门径，逢尔幽吟入不来。

（其十）

清朝水火偶惊邻，仕路波涛益怆神。几度规君君亦悔，简交常有误交人。

（其十一）

前一首既有对钟惺神寒行羸之描述，更有对其诗作的钦佩之情；后一首则表达了对钟惺仕途多舛的同情，对其因“误交”而陷入党争的痛惜。后人亦有见及此者，以至比为柳宗元受王叔文之累：

伯敬所处，在中晚之际，复为党论所挤，当时以大行拟科，忽出而为南仪曹，志节不舒，故文气多幽抑处。亦如子厚之不能望退之也。党论以“十乱”呼之，与邹臣虎诸公同列，皆好学孤行，不肯逐队之士，几同子厚见累于王叔文矣。“冷”之一言，其诗其文皆主之，即从古人清警出。其平日究心经史《庄》《骚》，以官为隐，以读书为官，其人实不可及。①

（《陈伯玑复施遇山书》）

陈允衡不仅看到“‘冷’之一言，其诗其文皆主之”，而且正确地指出，其所处“在中晚之际，复为党论所挤”，“志节不舒，故文气多出抑处”。此说可谓中的，诚为有识之论。

“竟陵体”另一创始人谭元春虽无丧亲之痛与罹难之苦，但其一生却多年奔波在科举考试之途。他十九岁为诸生，以后屡试不第，后逢恩选入太学；天启四年以恩贡入京，仍未登第；四十一岁时，始拔楚闱第一。后遭母丧，服阙；再上礼部，又不第。在其“颠毛荡然，车牙豁

① 陈衍：《石遗室诗话》卷六，北京：人民文学出版社2004年版，第92~93页。

去”之年，公车赴考，行至离京三十里之长店，因病猝死逆旅，与钟惺一样，也只活到了五十二岁。由于久困诸生，一生偃蹇，故其“载心苦调，奇唱幽情”，“捐古人于烟霜冰雪之中，开后学以灵朴苍寒之绪”（高世泰《谭元春先生乡贤檄》）。作为钟惺之挚友，谭元春与钟惺通于“幽”，主于“寒”，钟惺绘有《寒河图》一轴，谭元春著有《寒河集》一书，且对于“寒”，二人亦自有独见。钟惺在《诗归》卷三一评贾岛诗时云：

> 东野诗有孤峰峻壑之气，其云郊寒者，高则寒，深则寒也，勿作贫寒一例看。

谭元春《郊岛辨》认为“（郊岛）其于奇险高寒，真所谓生于性，长于命，而成于故者”。钟、谭因为诗论主张、审美观点相近，以此成为至交。“世事每同见，知交已半生”（谭元春《舟夜寄伯敬》），相通的“幽”“寒”心境不失为钟、谭友谊之支点，更是“竟陵体”形成之沃土。

诗为心声，如薛雪《一瓢诗话》所云：“人之诗犹物之鸣：莺鸣于春，蛩鸣于秋。”钟、谭“幽”“寒”心境在他们诗作中表现出来，便形成了一种“幽”“寒”的诗歌风格。而这种诗风的形成，主观上是适应钟、谭情感之需要，同时，客观上也适应了当时社会心理、社会审美之需要。因此，“竟陵体”形成以后极为盛行，邹漪《启祯野乘》卷七《钟学宪传》云：“当《诗归》初盛播，士以不谈竟陵为俗，王、李之帜几为尽拔。”这也从一个侧面表明了明代诗风与时代之密切关系。而对于自己诗风之转变，钟惺在《隐秀轩集自序》中称：

> 予少，于诗文……大要取古人近似者，时亦肖之，为人所称许，辄自以为诗文而已矣。……庚戌以后，乃始平气精心，虚怀独往，外不敢用先人之言，而内自废其中拒之私，务求古人精神所

在。……乃尽删庚戌以前诗，百不存一；而庚戌以后，以为与其轻而弃之也，宁无轻而作之。

“庚戌”即万历三十八年，该年钟惺擢第，而在万历三十六年，其爱子肆夏病卒，万历三十七年，其弟怿卒，故万历三十八年，钟惺“幽”“寒”心境已经形成，其诗风也随之转变。而少于钟惺十三岁的谭元春，其诗风转变，则在万历四十二年甲寅与钟惺共同选定《诗归》之后。谭元春在《题西陵草》中云：

甲寅之岁，予与钟子选定《诗归》，精论古人之学似有入焉者。而适以其时往西陵，遇景触物，所思所笔，遂若又进一格。

“似有入焉”，表明谭元春在选定《诗归》时与钟惺“精论古人之学”已有所悟，在诗学观念上认同和接受了“竟陵体”之风格。此后，谭元春途经西陵峡，在创作上，从实践中完成了“竟陵体”之转化。“又进一格”，说明谭元春诗学境界在理论与实践上之提升。

钟、谭“幽”“寒”心境形成以后，表现在诗作中，往往追求一种阴幽孤冷的意境。如钟惺《正月二十四日始见人家瓶中粉红梅》一诗，就历来咏梅诸诗而言，其主题大抵为“凌寒”“报春”“孤清节”等内容，而钟惺却不从这些方面切入。若仅从该诗题目中“始见”一词推测，想必是写初见瓶梅时心头一振，喜不自胜之状，然而钟惺却这样写道：

坞边梅信反迟迟，珍重瓶中始数枝。为负红颜成异种，故超素质得先期。

愁同桃李春相见，兴托冷霜晚自持。一段神寒能立俗，岂因微艳损幽姿。

诗中"愁""冷霜""神寒""幽姿"等颇具"竟陵体"特质的冷色词语，使全诗一下子跌入低调。诗首联交代"坞梅"未开，而"瓶梅"却绽；颔联承上，点出"瓶梅"先期而发，是因"红颜"之偏爱，可这里的"成异种""超素质"却极具悲凉之意。欧阳修《戏答元珍》一诗，在"二月山城未见花"时，作者看到的是"残雪压枝犹有桔，冻雷惊笋欲抽芽"，想到的是"曾是洛阳花下客，野芳虽晚不须嗟"；而钟惺在看到"坞梅"未开，"瓶梅"已绽时，想到的却是"成异种""超素质"，其"幽深孤峭"之诗风由此可见一斑。颈联一"愁"字开头，全诗之情为之一转，点出"瓶梅"之"先期"实出无奈，为避"桃李"，虽"冷霜"也只得面对，可见"桃李"之害，远甚于"冷霜"。尾联卒章显志，"神寒""幽姿"二词，化景语为情思，变重为轻，姿态摇曳，暗香浮动。纵观全诗，诗人笔下之"瓶梅"，虽以"神寒""幽姿"立俗，却非完全自愿，为与"桃李"不同期而"托冷霜"，实为无奈。而这里作者所营构的"幽""寒"意境中，读者不难体悟到作者那种不得已而为之的心境。故钟诗"幽深孤峭"之风格不是求而得之，学而得之，而是环境、命运、性格使然。

不仅作诗如此，钟惺作画也多描绘一种寒荒景象。其《题画》诗序云：

> 向寄友夏《寒河图》，多其位置，竹树陂岸，不寒河不已。病起，偶得佳纸，作一古树，不觉高出于纸，茅斋之外，不益一物，空处忽露半舟，曰：此寒河也。戏题而寄之。作文之法亦如此。

其诗云：

> 孤树何曾近寸波，偶添舟影即寒河。高人宛在茅堂里，却悔从前点染多。

恽寿平《瓯香馆集》卷十二评其绘画云：“伯敬盖得之于诗，从荒寒一格悟入，所以落笔辄有会心。”恽寿平看到了他的画和诗属于同一风格，聊以说其画“得之于诗”。其实此言尚未中的，应该说其画、其诗均为其幽寒心境之表现。

这里仅举钟惺一诗、一画为例，以见其“幽”“寒”心境流露于作品之一斑。倘细细品读钟惺《隐秀轩集》、谭元春《岳归堂合集》诸诗作，则于字里行间，随处可见“竟陵体”“幽”“寒”之风格特征。他们在诗中多喜用冷色词语，如“寒”“残”“幽”“冷”“孤”“枯”等，多喜用冷色意象，如“寒花”“寒流”“寒岩”“寒瀑”“寒舟”“残露”“残月”“残秋”“残照”“残山”“孤光”“孤村”“孤峰”等，以表现作者的“幽情单绪”。在《诗归》中，二人评诗也多用“幽妙”“幽险”“幽寂”“幽奇”“幽闲”“幽甚”“孤甚”“孤清”“鲜寒”“深情孤调”等评语，称赏那些“幽”“寒”“孤”“冷”之作。“竟陵体”的诗风，正是这样形成的，郑日奎《竟陵诗》云：

> 诗境本灵旷，性情为之原缘。所以古作者，言无枝叶繁。竟陵探其要，孤往成幽尊，
>
> 遂令楮墨间，如有真气存。低头恣检阅，举首见明月。寒光一片秋，知从何处发。
>
> （《诗持·一集》）

亦颇为有识地指出“竟陵体”之“孤往成幽专”，实为“性情之所缘”，揭示了其“幽”“寒”的诗风，是由其“性情”（性格、心情、心境）所决定的。

综上，钟、谭“幽”“寒”心境是“竟陵体”形成的重要原因，“竟陵体”是一种“幽”“寒”人格精神之诗化。从钟、谭“幽”“寒”心境到“竟陵体”之形成，不难发现钟、谭创“竟陵一体”，其初始目的并非为反七子、公安而立。钟、谭所建构的“幽”“寒”艺术世界，

是末世之哀音，是苦寒心灵世界之载体。当钟、谭艺术大厦创建之后，钟惺内心有了“竟陵体”之审美标准和判断标准，目睹了七子、公安末流之弊，才予以批驳，但不能由此就简单地判断“竟陵体”之所以产生、存在，是因为钟、谭为了矫七子、公安之弊或为了出名。如果只注意竟陵与七子、公安对立之倾向，而对竟陵自身存在之意义认识不够，特别是不能用一种“知人论世”的人文关怀，从当时士人苦闷之内心及钟、谭“幽”“寒”凄苦之心境来寻找竟陵形成、存在之原因和意义，就会容易倒置“竟陵体”之创立与七子、公安之关系，认为钟、谭是为救七子、公安之弊而创竟陵之体，陷入“救弊”说，即一个诗学流派的出现只是为匡正前一个文学流派之弊端，而忽视了对诗派自身存在价值之探讨。

载《上海大学学报》2006 年第 3 期，第 64~69 页

# 竟陵派的诗歌

雍繁星

竟陵派是晚明文坛上一个重要的文学流派，也是继公安派之后继续扩大“性灵”文学影响，进一步削弱复古诗风余绪的重要力量。有论者说：“钟、谭一出，海内始知性灵二字。”这种评论固然如钱谦益之讥评的那般有些夸张，① 但也并非毫无所据。② 从明末清初诸多评论中，也透露出竟陵派不可忽略的消息。《明史》论竟陵派说：“自宏道矫王、李诗之弊，倡以清真，惺复矫其弊，变而为幽深孤峭。”（《袁宏道传》附《钟惺传》）这是从正面肯定钟、谭功绩。类似的评价还有陈子龙的：“贵乡钟、谭两君者，少知扫除，极意空淡，似乎前二者之失可少去矣。”（《答胡学博》）“扫除”之功，确然不移地可以作为竟陵派在晚明文坛上的一大功绩。但批评家们在对竟陵派略作肯定的同时，也有相当多的排击诟厉之词。《明史》所谓的“学不甚富，其识解多僻，大为通人所讥”，已算颇为客气；而常见之贬语则为“妄诞”（顾炎武《日知录》）、“三变之中，钟、谭为尤劣”（《明诗评选》卷六），并认为竟陵诗歌乃“亡国之音”（邵长蘅《明四家诗钞序》）。除去其中感情因素，这些评论也并非纯系空论。从历史的角度看，竟陵

---

① 钱谦益《列朝诗集小传》丁集中“谭解元元春”条：“然则钟、谭未出，海内之文人才士皆石人木偶乎？”

② 沈春泽于天启二年所作之《刻隐秀轩集序》中谓：“后进多有学为钟先生语者，大江以南更甚。”钱谦益自己也说竟陵之风“海内靡然从之，迄今三十余年”（《牧斋初学集》卷三一《刘司空诗集序》）。

派正是以清扫拟古之习，纠正公安俚俗之弊，提倡“幽深孤峭”之诗境进而独树一帜的。他们的诗学主张与诗歌创作，都带有那一时代的鲜明特色。

竟陵派的领袖人物是钟惺和谭元春，其成员有林古度、蔡复一等，而王思任、张岱等晚明重要诗人也明显受到竟陵派的影响。

## 一、幽深孤峭诗境与钟惺、谭元春的诗作

钟惺（1574—1625），字伯敬，号退谷，竟陵（今湖北天门）人。万历三十八年进士，仕至福建提学佥事。有《隐秀轩集》《史怀》等著作。谭元春（1586—1637），字友夏，号鹄湾，竟陵人。天启七年解元，崇祯十年病死于赴京会试途中。有《谭友夏合集》。

钟谭二人同乡同道，于万历四十二年共同编选《诗归》①。对竟陵派来说，《诗归》集中体现了两人共同的文学主张，其中所提出的审美范畴与理想诗境也颇能代表竟陵派的主要特色。钟惺在《诗归序》中提出：

> 诗文气运，不能不代而趋下；而作诗者之意兴，虑无不代求其高。高者，取异于途径耳。夫途径者，不能不异者也，然其变有穷也。精神者，不能不同者也，然其变无穷也。操其有穷者以求变，而欲以其异与气运争，吾以为能异而终不能为高。其究途径穷而异者与之俱穷，不亦愈劳而愈远乎？此不求古人真诗之过也。
>
> 今非无学古者，大要取古人之极肤、极狭、极熟，便于口手者，以为古人在是。使捷者矫之，必于古人外自为一人之诗以为异；要其异，又皆同乎古人之险且僻者，不则其俚者也；则何以服

① 关于相关具体问题的辨正，参见陈广宏《竟陵派研究》第五章“发展前期：《诗归》盛行与‘竟陵一脉’成为时响”。本节亦多处借鉴该书，特致谢忱。

学古者之心？无以服其心，而又坚其说以告人曰："千变万化，不出古人。"问其所为古人，则又向之极肤、极狭、极熟者也。世真不知有古人矣。……

真诗者，精神所为也。察其幽情单绪，孤行静寄于喧杂之中；而乃以其虚怀定力，独往冥游于寥廓之外。如访者之几于一逢，求者之幸于一获，入者之欣于一至。不敢谓吾之说非即向者千变万化不出古人之说，而特不敢以肤者、狭者、熟者塞之也。①

谭元春也在《诗归序》中说：

夫真有性灵之言，常浮出纸上，决不与众言伍。而自出眼光之人，专其力，壹其思，以达于古人，觉古人亦有炯炯双眸从纸上还瞩人，想亦非苟然而已。古人大矣，往印之辄合，遍散之各足。人咸以其所爱之格、所便之调、所易就之字句，得其滞者、熟者、木者、陋者，曰："我学之古人。"自以为理长味深，而传习之久，反指为大家，为正宗。人之为诗，至于为大家、为正宗，驰海内有余矣，而犹敢有妄者言之乎？呜呼！此所以不信不悟。而有才者至欲以纤与险厌之，则亦若人之过也。夫滞、熟、木、陋，古人以此数者收浑沌之气，今人以此数者丧精神之原；古人不废此数者为藏神奇、藏灵幻之区，今人专借此数者为仇神奇、仇灵幻之物。……夫人有孤怀，有孤诣，其名必孤，行于古今之间，不肯遍满寥廓。而世有一二赏心之人，独为之咨嗟徬皇者，此诗品也。②

① （明）钟惺：《诗归序》，（明）钟惺著，李先耕、崔重庆标校：《隐秀轩集》卷第一六，上海：上海古籍出版社 1992 年版，第 236 页。本文所引《隐秀轩集》皆据此本，后引仅标篇名、卷次及页码。

② （明）谭元春：《诗归序》，（明）谭元春著，陈杏珍标校：《谭元春集》卷第二十二，上海：上海古籍出版社 1998 年版，第 594 页。本文所引《谭元春集》皆据此本，后引仅标篇名、卷次及页码。

从二人的序看，其理论主张基本相同，符合性灵文学的主要特征：张扬个性，以作家情感的自我表现为鹄的，这些均与公安派大致相同。不过，他们尽管站在近似的出发点上，但终点却明显不同。公安派的诗歌讲究信口信心、表达无碍，有一种开放包容的气度；而竟陵派的诗歌则追求陶冶心灵、锻炼熔铸，有收敛孤高之态。

七子的复古之风经公安荡涤已有所削弱，但其领袖人物袁宏道的早逝在客观上限制了该派影响力的持续。更重要的是公安派反拨复古之风的主要理论"独抒性灵，不拘格套"也多有局限。钱锺书认为："盖三袁议论隽快，而矜气粗心，故规模不弘，条贯不具，难成气候。钟、谭操选枋，示范树鹄，因末见本，据事说法，不疲津梁。惊四筵而复适独坐，遂能开宗立教矣。"① 与钟、谭相比，三袁的理论体系确实不够完备，没有明确提出与其诗学理想相配套的诗学方法，唯以信手无法为宗旨。对于学诗者与论诗者而言，这都是难以准确把握的。再者，他们的理论与创作均易导致俚俗浅白的弊端，其主张虽可倾动一时，详加追究却缺乏余味深韵。因此，竟陵派诗论的提出便有双重任务：一是沿性灵一路继续清理复古模拟余波，二是反思公安诗论之不足，完善性灵派自身之理论。事实上，钟、谭二人正是从反思复古派与公安派的双重弊端开始其理论建构的。在上述两序中，他们异口同声地指责七子派的学古并非真知古人，而是取其便利，以格调字句为尚，因而只能得古人之"极肤、极狭、极熟"者，或得其"滞者、熟者、木者、陋者"，误认古人之真诗在是。而后之迅捷有才如公安诸人，为求新异，又落入险僻俚俗（或纤佻险僻）的歧路。究其原因，在于不知古人真精神、真性灵之所在。说复古派无关性灵很容易理解，但说公安派不知真性灵，则需细加考量。其间关键在于他们与公安派所言性灵有所不同。公安派之性灵重在发抒个性，强调自我的独立自足。他们的人格风度能够出入雅俗，自我作主；他们的诗作离弃法度格调，充分表现出作者的歌哭笑

① 钱锺书：《谈艺录（补订本）》，北京：中华书局1993年版，第425页。

骂。竟陵派之性灵则重在清高离俗，强调内心的与道冥合。钟惺的“幽情单绪”“独往冥游于寥廓之外”，谭元春的“孤怀”“孤诣”“不肯遍满寥廓”，都是对超绝人世的玄想状态的向往。简言之，公安派洒脱通达，竟陵派孤高僻静。

徐朔方说上述见解是“钟、谭两人清高内敛，拒绝世俗的人生态度在文学理论上的表现”①。“绝俗”确为竟陵诗论之核心。钟惺认为“世未有俗性情能作大文章者”（《题马士珍诗后》）。二人之所以批评诗坛熟软、狭僻、肤浅、滞窒、质木、鄙陋等弊端，因为他们认为“诗是清物”：

> 诗，清物也。其体好逸，劳则否；其地喜静，秽则否；其境取幽，杂则否；其味宜淡，浓则否；其游止贵旷，拘则否。②

所谓体“逸”、地“静”、境“幽”、味“淡”、游止“旷”，都是诗为清物的表现。在他看来，诗歌本出自然，只有不杂尘秽、境界幽深要眇、味道淡雅的作品才可当“清”之一字。钟惺说公安末流的诗作是“牛鬼蛇神，打油定铰，遍满世界”（《与王稚恭兄弟》）。绝俗对“清”而言是最要紧的，而要做到绝俗，诗人必须具备清逸幽淡之性情。钟惺的“真诗者，精神所为也”，谭元春所说的“精神之原”，也无非是说诗人精神和情韵的超凡脱俗。高绝的精神境界是诗文创作的根本保证，它是变幻无穷的；求异求新而不以此为据，则只能落入有限而无关根本的“途径”。因而追求特异孤高的人生境界是竟陵派诗论中最关键的要求，这便是前引谭元春所谓的“诗品”。

这与竟陵派刻意在复古与公安之间寻求出路有关。钟惺有志于用世，在政治方面却没有良好的机遇，反而不断遭到各种变故的磨难。在

① 徐朔方、孙秋克：《明代文学史》，杭州：浙江大学出版社 2006 年版，第 284 页。

② （明）钟惺：《简远堂近诗序》，《隐秀轩集》卷第十七，第 249 页。

此种状况下，他便试图在文坛崭露头角。按照其所谓“真诗者，精神所为”的观点，诗歌完全可以作为个人的情趣韵致、精神风操的表现途径。公安三袁是将诗文当作寻求人生适意的手段。在钟惺和谭元春眼中，诗文的价值则几乎成为生命的支撑性力量，具有其他方式无法取代的地位。钟惺说他与谭元春都是“书淫诗癖”，他又称引袁宏道之语说：“袁石公有言：‘我辈非诗文不能度日。’此语与余颇同。昔人有问长生诀者，曰：‘只是断欲。’其人摇头曰：‘如此，虽寿千岁何益？’余辈今日不作诗文，有何生趣？”（《自题诗后》）从生命诗学的角度，公安与竟陵多有相近之处，但二者之间又具有明显不同。钟惺《摘黄山谷题跋语记》说：“题跋之文，今人但以游戏小语了之。不知古人文章无众寡小大，有精神本领则一。”对钟、谭来说，不仅题跋，一切文字都是个人心性面目的反映。所以他很赞同黄山谷所谓“治经之法，不独玩其文章，谈说理义而已。一言一句，皆以养心治性。事亲处兄弟之间，接物在朋友之际，得失忧乐一考之于书”。诗文的价值同样是诗人“全副本领、全副精神”凝聚之所在。考察钟、谭就《诗归》一书的相关言论，多处就诗文“传”与“不传”发表的意见，似可得出如下结论：无论是被迫选择还是主动求取，竟陵派的诗论都不可避免地染上“刻意”求异的色彩。陈田说：“伯敬苦心吟事，雕镂镵削，不遗余力。”（《明诗纪事》庚签卷五）竟陵派的诗论及创作走向幽玄静渺，未必不与其欲避雷同专力出新密切相关。

就竟陵派的诗学理论而言，单纯的清静简远并不能涵盖人生之种种，曹学佺等人就对此提出异议。曹氏说钟、谭之作“清新而未免有痕”，钟惺自己也意识到此一点，提出“厚之一字可以救之”（《与谭友夏》）。他在《与高孩之观察》中说得更为详细：

诗至于厚而无余事矣。然从古未有无灵心而能为诗者。厚出于灵，而灵者不即能厚。弟尝谓古人诗有两派难入手处：有如元气大化，声臭已绝，此以平而厚者也，《古诗十九首》，苏、李是也；

> 有如高岩峻壑，岸壁无阶，此以险而厚者也，汉《郊祀》《铙歌》、魏武帝乐府是也。非不灵也，厚之极，灵不足以言之也。然必保此灵心，方可读书养气以求其厚。若夫以冥顽不灵为厚，又岂吾孩之所谓厚哉！①

谭元春也说：

> 与钟子约为古学，冥心放怀，期在必厚。
>
> （《诗归序》）

陈广宏以为钟、谭所谓厚具有与温柔敦厚“儒家诗教相通的一面”，厚是指“创作完成后所达到的‘朴而无态’的完美境界”，“是表现手法上所谓‘隐秀’的体现”。② 这无疑都是很恰当的看法。“厚”一出，竟陵二子在七子与公安之间的努力弥缝就显而易见了。竟陵派在理论上超越了公安派的粗鲁灭裂，“以‘厚’为诗学，以‘灵’为诗心”③，然而“灵”与“厚”的解决最终要落实到创作实践上，在这方面，他们却是“有志未遂”的。就性灵理论而言，“厚”的实现可以通过丰富的社会阅历、深刻的人生感悟、精到的历史见识等方面得以加强。钟、谭二人在这方面没有太多的关注，而仅提出一个“学”字，以为“读书养气”可以尽之。这不能不归因于儒家诗教传统与复古派影响力加在其头上的沉重负担，不能不归因于他们调和复古与公安的目的过于强烈。“性情”实可赋予无限广泛的内容，但就具体作家而言，通常只能是“偏”而不“备”的，而竟陵派偏偏把“性情”规范得更“偏”，以为只有清幽深刻、孤傲严峭式的玄境才是最高的。王夫之说：“居平

① （明）钟惺：《与高孩之观察》，《隐秀轩集》卷第二十八，第474页。

② 陈广宏：《竟陵派研究》，上海：复旦大学出版社2006年版，第353页。

③ 钱锺书：《谈艺录（补订本）》二九，北京：中华书局1993年版，第104页。

不喜人轻言仿陶，以非其人则疾入于褊率也。”（《明诗评选》卷四）竟陵派的推崇陶渊明、韦、柳一派，正坐此病。这样的诗学思想势必承担不了其历史任务，无论是“平而厚”还是“险而厚”，最终都只能是“平”“险”却有失于“厚”。

《诗归》问世不久，公安派后期主将袁中道便尖锐批评说：“杜之《秋兴》、白之《长恨歌》、元之《连昌宫词》，皆千古绝调，文章之元气也。楚人何知，妄加评窜，吾与子当昌言击排，点出手眼，无令后生堕彼云雾。”（《列朝诗集小传》丁集中）细味小修之言，重点似在“文章之元气”一句。小修的评论显然不仅仅针对杜、元、白等人的情况，也是针对《诗归》全书而发的。他说钟、谭“妄加评窜”，正在于二人割裂、损害了诗文的“元气”。所谓“元气”，通常是指宇宙万物之本源。诗文与元气的联系，一“是把文学看作天地元气的显现，可以包蕴自然天道的一体万殊”，二是“把元气论纳入儒家政教文学观的范围”。① 从这两个层面来看，竟陵派和公安派是有明显差异的。

具体到创作而言，诗文与元气相联系的第一个层面又可以理解为取材达情的无所不包，内容与风格的完备多样。公安派之诗虽难有涵括宇宙八荒之势，却也并不单调。其诗有典型的俚俗浅白者，也有显现功力的沉实静深者。相比之下，竟陵派的作品则单取幽深孤峭一路，重在表现“对幽孤之境的内省体验”②。

第二个层面的核心则是诗文与时代气运的关系。此一悠远的传统对理解竟陵诗论与创作甚为重要。竟陵派诗学深刻地反映出其“末世情结”，“他们在诗中所表现的种种凄清荒寒的意境与情调，毋宁说是那一时代趋于幻灭的生命精神的一种写照”。③ 因而前引许多论者指出的

① 参见李瑄《明遗民群体心态与文学思想研究》第五章第一节“天地之元气：文学与人生的本体同构”，成都：巴蜀书社 2009 年版，第 428~452 页。

② 陈广宏：《竟陵派研究》，上海：复旦大学出版社 2006 年版，第 425 页。

③ 参见陈广宏《竟陵派研究》第八章“竟陵派的文学创作”，上海：复旦大学出版社 2006 年版，第 416~477 页。

竟陵乃“亡国之音”，有“鬼趣”，在很大程度上是后来人的理性结论。三袁文字中很少提到“元气”，而小修在明亡前不到30年时特别针对竟陵派提及此语，应当是有深意的，也给“亡国之音”说开了源头。他尽管没有更深入的论述，但人们还是能感受到小修的敏锐。钟惺比袁中道小四岁，中进士还早了六年，因此二人算是同时代人。然而从心态看，二人则明显分属两个时代。中道虽很晚才得一第，但少年就享有大名，追随二兄结交天下名士，傲视一时豪杰，自信狂放的个性很早就已定型；而钟惺个性“严冷”持重，中年以后才渐有名气，不是少年得志的类型。因个性的不同，他们对世态的看法，对政治的介入程度也有区别。中道固有用世之志，但主要还是追求自适任情的，而府学教授、国子博士、南礼部主事一类闲散职务也使他远离当时的政治漩涡。以如此的心态与经历，中道自然不会过于受到世运局势的影响，其个性与诗作也多是符合承平气象的张扬放旷。钟惺则是带着比较强烈的入世情怀，深深地卷入了晚明混乱的政局之中。从他中进士前一年所作的《邸报》一诗中，即可看出钟惺对当时政治状况的认识：

> 曰余生也晚，前事未睹记。矧乃处下流，朝章非所识。三十余年中，局面往往异。冰山往崔嵬，谁肯施蜋臂？片字犯鳞甲，万里御魑魅。目前祸堪怵，身后名难计。迩者增谏员，韬铎略已备。褒诛两不闻，人人争慕义。请剑等寻常，折槛何容易？撩须料不啐，探颔何须睡。众响忽如一，一辞申数四。己酉王正月，邮书前后至。数十万余言，两三月中事。野人得寓目，吐舌叹且悸。耳目化齿牙，世界成骂詈。哓哓自哓哓，愦愦终愦愦。雄主妙伸缩，宽容寓裁制。并废或两存，喧嘿无二视。下亦复何名，上亦复何利？议异反为同，途开恐成闭。机彀有倚伏，此患或不细。遘兹不讳朝，杞人弥忧畏。①

① （明）钟惺：《邸报》，《隐秀轩集》卷第二，第7页。

作为一个关注现实的士人，他对万历皇帝即位以来30余年的政坛风云作了简明的记录。这期间发生的大事可谓头绪纷繁，有夺情、立储、矿税、台谏及内阁与六部的种种争斗等，其中牵涉到士人的风骨，也牵涉到士林的结党之风。在有些人眼里，大明王朝的元气已开始逐渐沦丧，治理此种纷乱已无法措手。作为一个对政治尚无真切感受的旁观者，钟惺居然能够不拘于儒家传统的道德判断，从而超脱君子与小人、气节与权势之间的矛盾，这也是很了不起的。“哓哓自哓哓，愦愦终愦愦”，如无良策便只能各是其是，于事无补。当然，上述局面的改变除了“雄主妙伸缩”，也就是寄托在拥有最高权力的皇帝身上之外，谁也没有办法予以解决。皇帝是否能够“妙伸缩”，此一希望也太过渺茫。因而钟惺在沉浮之中觉察到的是无法排遣的“忧畏”。钟惺中进士是在万历三十八年，本次科举因党争而纠缠数年之久，史称庚戌科场案。不久他又在戊午年的考选中被淘汰。此后，他被迫疏求南职。天启四年，因福建巡抚南居益疏劾，时任福建提学佥事的钟惺坐废家居，并于一年后去世。可知钟惺自入仕到死都在随着政局的变化而沉浮。基于此种原因，钟惺诗中便有不少忧生叹世之作。他早年就说自己处世“进退类羝触，前后终狼跋”（《乙巳卧病作》）；历经世事后，更有“浮沉十载内，毁誉众人间”（《喜钱受之就晤娄江先待予吴门不值》）的感慨。宦海风波、个人命运，对他来说都是那么的无法捉摸。其用世之志也就在每况愈下的政治局势中消磨殆尽：

侧席思元老，持筹借大农。邦家心笃挚，出处迹雍容。默默观时静，迟迟赴命恭。国储聊暂佐，圣眷有攸钟。遍地闻征调，频年议守攻。循良生不易，参罚数难供。腹馁徒剜肉，膏残况养痈。此途尤掣露，他事半弥缝。爱莫能相助，思真欲往从。杞忧无损益，蒿目有夔龙。①

① （明）钟惺：《送陈正甫先生之少农任》，《隐秀轩集》卷第十二，第202页。

此诗乃钟惺送其同乡前辈陈正甫任户部侍郎时所作。此类应酬作品通常无非是说一些前途无量、建功立业之类的套话，基调也往往是振奋的。钟惺此诗则在简单应酬之后，用中八句来写当时战乱频仍、征调不休的危难状况。在他看来，陈正甫将要面对的是民生多艰、剜肉补疮的困境，再加上官场的倾轧掣肘，可以预料他只能弥缝补罅而无法有所作为。“遍地闻征调，频年议守攻”的情势，使本应振奋的诗作转而成了一种无可奈何的悲凉情调。钟惺对世道多变的感慨是一以贯之的，直到临死前，他还写诗说：“拊心打手事填胸，日暮途遥莫适从。新报初传朝事变，书空咄咄未开封。”（《乙丑藏稿三十首》其二）尽管他晚年潜心禅学，但日暮途穷、茫然不知着落的末世之感总是不由自主地流露出来。以如此严冷个性、政治遭际以及衰疲心态，当然无法具备如小修所说的“元气”，只能是处处流露出末世的情怀。

比钟惺小 12 岁的谭元春，就更能感受到时代“元气”的缺失了。他功名偃蹇，至死未获一第。除了有一次难以证实的与魏忠贤不合作的行动之外①，他参与复社也是文学意义远大于政治意义。谭元春的个性与钟惺一样孤傲，钟惺说他：“居心托意，本自孤迥。”（《简远堂诗序》）他也自称“门无俗士、无残客”（《求母氏五十文说》）。此种孤傲情结，根植于其独立的人格精神。

他认为“士君子胸中不可无愚拙人事”（《吊忠录序》）。所谓愚、拙，是指不可为俗人道的傲骨与坚执，是与世不谐的节义与气概。不幸的是他以桀骜之姿却生不逢时，其科举之途较之常人尤为坎坷。他的知己兼座师李明睿为其所作传中对此有详细的叙述：“（谭元春）久困诸生。徐日久、葛寅亮皆贵其文，至被疏核，几落学籍。元春慨然谢巾衫。学使者周铉敦趣复学，然数试不利。恩选入太学，又不偶。……而谭子困顿久，性不柔耐，轻去易就，又愤世人劳役耻辱，博科名，至公

① 焦知云：《应公正地评价竟陵派对文学史的贡献》，竟陵派研究会编：《竟陵派与晚明文学革新思潮》，武汉：武汉大学出版社 1987 年版，第 4 页。

卿，负心而称善，以人之死而得安，尝慨不暇忍则抑其心勉就灰冷曰：‘何必富贵为？’然而感慨多矣，中怀横集，屡起屡抑，始信据枯食稿而死不悔之难也。生平最深知如钟、蔡，又相继沦没。颠毛荡然，车牙豁去。”（《钟谭合传》）因而他的末世情结更多地是来自于命运的不偶，较之钟惺更多了一分悲凉。

竟陵派诗歌幽深孤峭的体貌特征正是其性情心态的最好表征。从最表层看，钟、谭二人的诗作在题材选择上均比较单一，有相当数量的作品侧重写景。朱之臣在给谭元春别集作序时称：“谭友夏已行诗，有简远堂、虎井、秋寻、西陵、退寻、客心、游首诸集，大半皆游览所作。”（《寒河诗序》）钟惺作品亦然，以刻画自然景物之作居多。在自然景物中，他们尤其偏好雨雪、静夜、月色、水石等物象。钟惺有很多诗的题目便直接与此相关，例如《游齐山》《六月初五夜月》《七夕雨次夕复雨》《舟月》《月宿天游观》《中秋雨后月》《三月三日雨中登雨花台》《微雨》《雪夜同孟和作》《十月十六夜》《途中新月》《山雪引》《十月十三夜步月》等等。谭元春此类作品亦复不少：《趁月早行》《雨夜赠九雒》《夜泛》《山月二首》《途中新月》《山雪引》《连雨》《雪后》《渌口雨忧》《晴月》《复雨示伯敬》《月夜牛首往返作》等。从此类诗题中，大概便可领略他们对于水月、雨雪、夜色等物的偏好，更不用说作品里的着意描绘了。他们所选择的自然物象有一共同点，便是安静幽谧，有助于表现其幽静情怀或孤情单绪。即便是寻常交际中的高兴场景，竟陵作家也写得与众不同：

斗酒家中自不无，就君但觉主宾殊。岁过此夜谁能再？月比常时欲更孤。灯火半窗年事在，图书一室古人俱。出门看共闲行地，尽是明朝车马途。①

① （明）钟惺：《腊月十五夜携酒资约茂之过集彭举斋中》，《隐秀轩集》卷第十，第165页。

暇日多在秋，怀孤照晓月。白鸟飞高冥，一声砧际灭。我友同凉风，出入于林樾。帆影过天机，亭端有超越。各尽丘墟务，庶清烟火骨。秋草是何情？霜露莫相忽。①

至友人家饮酒、好朋来访，均系愉快之事，尤其是谭元春诗题中明有一“喜”字，可读者在其中却感受不到快乐的情绪，反而弥漫着一缕莫名的感叹。他们刻意将自己与尘世的“车马途”隔绝，追怀往古先贤；或如秋月白鸟一样，明灭于“高冥”天际。诗作中虽有知交好友间的感情流露，却又带着伤感的情绪。他们试图表现的，是自我离弃“烟火”的“清”。这便是竟陵派作家典型的“孤行静寄”的“精神”。钟惺有一首《喜汤嘉宾司成至白门晤宿燕矶舟中（同潘景升）》：“默然对揖已无穷，何似音书日日通。十载形魂凡屡定，一舟情事不堪终。别经覆雨惊涛后，见在清风朗月中。几欲过从托心口，君来予往亦相同。”也是言“喜”而不喜，反以人事不堪、默然无语呈现，悲生忧世之情见乎言辞。

竟陵诗作主题的单调，也决定了某些符合主题的字词出现频率甚高。王夫之便批评说：

诗莫贱于用字，自汉、魏至宋、元以及成、弘，虽恶劣之尤，亦不屑此。王、李出而后用字之事兴。用字不可谓魔，只是亡赖，偏方下邑劣措大赖岁考捷径耳。王、李则有“万里千山”“雄风浩气”“中原白雪”“黄金紫气”等字，钟、谭则有“怀归遇觉”“肃钦淡静”“之乎其以”“孤光太古”等字，舍此则王、李、钟、谭更无可言诗矣。钟、谭以其数十字之学，而诮王、李数十字之非，此婢妾争针线盐米之智，中郎不屑也。中郎深诋王、李，诋其

① （明）谭元春：《秋野喜王朱明李朱实见过》，《谭元春集》卷第三，第67页。

用字，非诋其所用之字。竟陵不知但用字之即可诋，而避中郎之所斥，窃师王、李用字之法而别用之。中郎不夭，视此等劣措大作何面孔耶？王、李用字，是王、李劣处。王、李犹不全恃用字以立宗；全恃用字者，王、李门下童僮也。钟、谭全恃用字，即自标以为宗，则钟、谭者亦王、李之童僮，而不足为中郎之长鬣，审矣。无目者犹以公安、竟陵相承而言，公安即以轻俊获不令之报，亦不宜如此之酷也。①

王夫之的评论较多地带有明亡之后对个人道德与政治立场反思的味道，因而时有偏激之处。抛开竟陵是否"全恃用字"立宗不论，他所指出的竟陵派好用"怀归遇觉""肃亲淡静""之乎其以""孤光太古"等字眼却是无可辩驳的。试举数例如下：

夏五戒舟游，清夜以为期。岂悟适维扬，停舟践前辞。矧乃值清昼，不复睹夕霏。霁景媚澄瀛，夜光鉴广陂。光明应如是，苍凉乃逊之。一峰一珊瑚，千波千琉璃。杂树缘层壁，点染若苔衣。岩纡云度艰，堕地力已微。及兹毗陵还，已复流火时。石意本孤峭，不秋森已威。苍翠与绀碧，绸缪以参差。往还阅凉燠，江山变秾凄。感兹燕子去，再历燕子矶。登顿快遐瞩，节物翻令悲。②

人见只作数卷诗，我见熔裁成光彩。岁岁顾影步步入，取次观之深浅在。岭秀潭空云未作，静者独居百花落。有闻无声肃肃如，惟恬惟淡涵其博。于古不背今不袭，升沈其外中而立。古人变化真难穷，内有浮焰人误拾。与子劝戒非一端，如子深究者实难。③

---

① 袁宏道《和萃芳馆主人鲁印山韵》评语，见王夫之《明诗评选》，北京：文化艺术出版社1994年版，第318页。

② （明）钟惺：《再过燕子矶作》，《隐秀轩集》卷第二，第8页。

③ （明）谭元春：《题伯敬诗集》，《谭元春集》卷第四，第115页。

在前文的描述中，已约略见到竟陵作家在用字、意象等方面的偏好。此处所引不过更为集中而已。除了“幽静肃淡”等字外，竟陵派作家也喜用“之乎其以”等虚字。例如：“山于月何与，静观忽焉通。”（《山月》）“水天夜无色，所有者苍苍。”（《舟晚》）“曰今之谭子，世遂子其编。”（《寄黄贞父先生兼怀汤临川》）“敬身抱一静，或以退反侧。”（《天启壬戌岁感时寄敬夫先生》）如果说爱用冷清幽淡的字眼反映出竟陵派诗人孤高傲然的人格追求，那么喜用虚字则是出于刻意营造自然简淡之诗境的目的。虚字的运用，有助于句子节奏的舒缓而有起伏，恰与诗人所要表达的平静安然的心境合拍。

钟、谭等人对幽深孤峭诗境的追求，还常常表现为喜欢说理。如：

> ……过去未来身，一日游屡遍。真身宛自如，光明时隐见。①
>
> 李老未忘骸，死前营夜壑。自谓出家儿，身世了无缚。灌灌身后谋，一塔申豫约。色身委圜扉，子神竟焉托？世无知我者，能杀亦云乐。偏逢高趣人，焚琴而煮鹤。②
>
> ……二曜轮昼夜，乾元何乃勤。……③

说理并非竟陵诗的独有特色，但他们的说理带着刻意惊人的意图。陈广宏说“他们于诗歌创作，一再强调须‘有一段至性至理相发’‘一段深奇出自至理’‘境、趣、理俱在内’”，又解释说这种现象是因为钟、谭“往往自觉不自觉地要将其（体道）所得之结果开示于人”，“处处

① （明）钟惺：《乙巳卧病作二首》其一，《隐秀轩集》卷第二，第6页。
② （明）钟惺：《读豫约》，《隐秀轩集》卷第二，第16页。
③ （明）谭元春：《趁月早行》，《谭元春集》卷第三，第30页。

要显现他们的慧识幽鉴，不与人同”。[①] 确是深中竟陵之弊病。诗并非不能说理，惜乎竟陵所言之理，无非是万物生息、时光流逝、生命短暂或自身情趣等等，而且往往是突兀地出现在句子中，未能使整首作品成为浑然无间的有机体。

竟陵派的上述特色，在其他成员那里也很明显，比如林古度与蔡复一。林古度（1580—1666），字茂之，一字那子。籍福清，后移居金陵。早年从曹学佺游，后学钟惺，是竟陵的主要作家之一。诗作为王士禛删定为《林茂之先生挂剑集》。蔡复一（1576—1625），字敬夫，号元履，福建同安人。万历乙未进士，历官刑部主事、员外、郎中，后出为湖广参政、按察使，历湖广、山西布政使，以右副都御史抚治郧阳，加兵部侍郎巡抚贵州，总督贵州、云南、湖广军务，卒于军。谥清宪，赠兵部尚书。有《遯庵集》十七卷。林、蔡二人与钟、谭友情极深，而且诗论、创作均为同道。古度诗自谓“好怀宜数子，幽事易三更。人外知何似，寥寥但此情”（《林茂之诗选》卷下），无论从情调韵味还是遣词造句来看，均带有深厚的竟陵味道。蔡复一与竟陵关系尤近，他在给钟、谭的诗中说自己近来有三大快事：壬子登泰山、甲寅简谭生、乙卯再觐钟惺。[②] 陈田说：“敬夫醉心钟、谭，摩拟酷肖，五言时有佳句……未尝不可节取也。”（《明诗纪事》庚签卷一八）考察蔡氏创作，也确乎带有竟陵痕迹：“雪散千林簷蔔花，马头孤月挂籐斜。行人不忍扬鞭过，未出闽关犹是家。”（同上）诗之情调冷清感伤，恋乡之情油然，生动地刻画出一位在月光夜色中离乡的游子形象。钟惺集中存有两首竟陵诗人的联句：

---

① 参见陈广宏《竟陵派研究》第八章“竟陵派的文学创作”，上海：复旦大学出版社 2006 年版，第 429~431 页。

② 参见陈广宏《竟陵派研究》第五章“发展前期：〈诗归〉盛行与‘竟陵一脉’成为时响”，上海：复旦大学出版社 2006 年版，第 256 页。

落月下山径，草堂人未归（林古度）。砌虫泣凉露，篱犬吠残晖（惺）。霜静户逾皎，烟生墟更微（古度）。入秋知几日，邻杵数声稀（惺）。①

睡起理残梦（张慎言），须臾故国身。好秋难作客（惺），新月易辞人（慎言）。露咽蛩声断（韩上桂），天低雁影亲（惺）。空将无奈意，砧急任西邻（古度）。②

第一首的落月、草堂、秋虫、秋霜、炊烟、砧杵，第二首的残梦、故国、秋夜、新月、寒蛩、孤雁、砧声，都是那么低回苍凉，从而构成了一曲竟陵哀歌，似乎要用诗歌昭告一个王朝的终结。

竟陵派的诗歌创作具有鲜明的艺术个性是自不待言的，尽管自钱谦益以迄清末，对其负面的评价占了绝对主导的地位，但从诗歌艺术自身看，竟陵派诗歌还是拥有不可替代的价值。竟陵派主张表达自我性灵，从而继承了公安派的诗学精神，成为晚明文学主流观念的体现。同时，他们又纠正了公安派的轻佻浅俗，以幽深孤峭之境开拓出新的诗境，表现出极为突出的艺术创新精神。更重要的是，无论是他们在诗中所体现的高洁人格还是所表达的清寒感伤情调，均为那一特定时代的真实感受。可以说，明代没有哪个诗派能够与时代如此贴近。清人对竟陵派所谓兵象鬼气而亡国的攻讦是毫无道理的，与其说是因竟陵诗风而亡国，倒不如说竟陵真实感受到了那种种的亡国征兆。当然，竟陵派的诗作也存在着明显缺陷。由于刻意求生新而导致生涩纤佻，由于人生感受的低沉悲凉而造成诗作的格局狭小，这均使其难以跻身一流诗人行列。在诸多评语中，也许陈田的较为客观一些："伯敬苦心吟事，雕镂镵削，不遗余力，五古游览之篇，犹有佳作；近体力矫王、李之弊，舍崇旷而人莽榛，薄亮音而矜细响，所谓以小智破大道者也。"（《明诗纪事》庚签

① （明）钟惺、林古度：《夜归联句》，《隐秀轩集》卷第六，第 77 页。
② （明）钟惺等：《八月初六夜小集联句》，《隐秀轩集》卷第六，第 77 页。

卷五）从纯诗学的角度讲，此种评价应该说基本合乎钟、谭创作的实际状况。但须补充的是，无论是他们的“舍崇旷而人莽榛”，还是“薄亮音而矜细响”，均有迫不得已的时代原因。在一个风雨飘摇而又无所措手的年代，正直的诗人是极容易走向孤高自傲的人生境界与狭小低沉的诗歌格调的。

载左东岭主编《中国诗歌通史·明代卷》，人民文学出版社 2012 年版，第 710~725 页

# 第四编 文学评点及其他

# 论《诗归》的美学价值
# （存目）

羊春秋

载《中国韵文学刊》1987 年第 1 期，第 131～137 页

# 论《诗归》中的别趣奇理

## ——兼论钟、谭选诗与论诗要旨的落差

陈美朱

## 前　　言

《诗归》① 一书，为晚明钟惺、谭元春二人所共同编选的古诗集，内容包括了自古逸至隋共十五卷，曰《古诗归》；初唐五卷，盛唐十九卷，中唐八卷，晚唐四卷，凡卅六卷，曰《唐诗归》。而这部古诗选集所以命名为"归"，据钟惺《诗归序》② 所言："非谓古人之诗以吾所选为归，庶几见吾所选者以古人为归也。引古人之精神以接后人之心目，使其心目有所止焉，如是而已矣。"可知这部选集除了是"以古人为归"，剔抉出古人的真诗使之传世外，也有助于开示读者掌握古诗精髓，使其心目有所依归。换言之，钟、谭选《诗归》实乃寓有"非惟开示后人，亦以深悯作者"③ 的用意。此书一出，海内风靡一时，证诸钱谦益所云："《诗归》盛行于世，承学之士，家置一编，奉之如尼丘

① 本文所使用的《诗归》版本，为《四库全书存目》集部第 337～338 册，台南：庄严文化出版公司 1997 年版。

② （明）钟惺：《诗归序》，（明）钟惺著，李先耕、崔重庆标校：《隐秀轩集》卷第十六，上海：上海古籍出版社 1992 年版，第 235 页。

③ （明）钟惺、谭元春："《还高冠潭口留别舍弟》钟惺后批"，《唐诗归》卷十三，第 11 页。

之删定。”① 以及朱彝尊所谓：“《诗归》既出，纸贵一时，正如摩登伽女之淫咒，闻者皆为所摄。”② 风行盛况，可见一斑。钱锺书在《谈艺录》中遂云：“余浏览明、清之交诗家，则竟陵派与七子体两大争雄，公安无足比数。”③ 其后并洋洋洒洒列出数十则资料，以显真理惑。可见要掌握明、清之交的诗学风尚转变，竟陵诗派是绝对不能忽视的一环；而对于像《诗归》这样流传广泛的诗歌选本，其产生的影响力也不应该被低估。

理解了钟、谭的诗歌选本在明、清之际的影响力之后，深入研阅，将可发现，“别趣奇理”实为钟、谭选诗时的好尚所在，诚如《唐诗归》卷十六钟惺总评王季友诗所云：“每于古今诗文，喜拈其不著名而最少者，常有一种别趣奇理，不堕作家趣。”④ 谭元春在《诗归序》⑤中，也有“不与众言伍而自出眼光”之论。在这种选诗标准的前提下，钟、谭所评选的诗作内容，自然会与流俗大异其趣，呈现出别是一家的面貌。然而，钟、谭选诗，为何要以别趣奇理为尚？这种选诗原则又如何具体落实在《诗归》当中？何况，选诗喜拈出具有“别趣奇理”者，难免会因尚奇太过而流于冷僻晦涩，如此一来，与钟、谭论诗的另一个重点——“期在必厚”⑥，必然会有理论上的矛盾与冲突，钟、谭又该如何自圆其说，以化解两者之间的理论落差？本文拟借由对《诗归》中“别趣奇理”的探讨，期能对以上问题有所爬梳与厘清。

---

① （清）钱谦益：《钟提学惺》，《列朝诗集小传》丁集中，台北：明文书局1991年版，第610页。

② （清）朱彝尊：“谭元春”条，《静志居诗话》卷十八，北京：人民文学出版社1990年版，第563页。

③ 钱锺书：《谈艺录（补订本）》，北京：中华书局1993年版，第418页。

④ （明）钟惺、谭元春：“钟惺总评王季友诗”，《唐诗归》卷十六，第21页。

⑤ （明）谭元春：《诗归序》，（明）谭元春著，陈杏珍标校：《谭元春集》卷第二十二，上海：上海古籍出版社1998年版，第594页。

⑥ 谭元春《诗归序》云：“与钟子约为古学，冥心放怀，期在必厚。”引文同前注。

# 一、钟、谭选诗以别趣奇理为尚的缘由

《唐诗归》卷十六钟惺总评王季友时指出：

> 每于古今诗文，喜拈其不著名而最少者，常有一种别趣奇理，不堕作家趣。岂惟诗文，书画家亦然。

这段话除了是钟、谭选诗的好尚所在，也是两人创作时的圭臬。印证于谭元春《高霞楼诗引》以下这段文字所言：

> 陈同父，奇人也，然生平不能作诗。观其为桑泽卿诗序，有“立意秀稳、造语平熟、不刺人眼目”之语，则同父真不知诗矣。诗岂如是之谓耶？郦生论山水曰：“峻崿百重，绝日万寻。既造其峰，谓已逾崧岱，复瞻前岭，又倍过之。”我等作诗，真当作如是想。(《谭元春集》卷第二十四)

在谭元春看来，陈同父所主张的“立意秀稳、造语平熟、不刺人眼目”，是“真不知诗”者所言，并非为诗之道。真欲为诗，就必须令人有山山奇崛、峰峰突异之感，所以造语就不宜平熟而须涩奥，立意也非仅求秀稳而应有别趣奇理。问题是：钟、谭选诗，何以要以别趣奇理为尚？何以要自出眼光，不与众言伍呢？要理解这一点，就必须先掌握钟、谭编选《诗归》的目的。在以下引文中，钟惺为后人提供了详细的线索，其云：

> 今非无学古者，大要取古人之极肤、极狭、极熟便于口手者，以为古人在是。使捷者矫之，必于古人外，自为一人之诗以为异。要其异，又皆同乎古人之险且僻者，不则其俚者也。……世真不知

有古人矣。惺与同邑谭子元春忧之。(《隐秀轩集》卷第一六，《诗归序》)

常愤嘉、隆间名人，自谓学古，徒取古人极肤、极狭、极套者，利其便于手口，遂以为得古人之精神，且前无古人矣。而近世极聪明者矫之曰："何古之法？须自出眼光。"不知其至处，又不过玉川、玉蟾之唾余耳，此何以服人？……是以不揆鄙拙，拈出古人精神，曰《诗归》，使其耳目志气归于此耳。(《隐秀轩集》卷第二十八，《再报蔡敬夫》)

这两段文字内容大同小异，一方面批评了明代拟古主义者（即"学古者"），所效法的不过是"古人极肤、极狭、极套者"，并不是古人真精神所在；另一方面，也批评了反拟古主义者（亦即"捷者""聪明者"）自出眼光，以求异于古人，但究其实，却又类同于古人险僻鄙俚的诗风，重蹈拟古主义者的覆辙。在钟惺看来，"学袁、江二公①与学济南诸君子②何异?"因为在本质上，"因袭有因袭之流弊，矫枉有矫枉之流弊"，二者各有缺失；但在程度上，"恐学袁、江二公，其弊反有甚于学济南诸君子也"③。在有感于"世真不知有古人"的情况下，钟、谭二人遂以"引古人之精神，以接后人之心目，使其心目有所止焉"④ 作为编选《诗归》的使命，并且"举古人精神日在人口耳之下，而千百年未见于世者，一标出之"⑤，引导读者从"因袭"与"矫枉"的迷雾中走出，期能确实掌握"真古诗"与体会古诗的"真精神"。

如果说"引古人之精神"是《诗归》预期对读者所作的贡献，那

---

① 此指袁宏道、江盈科为代表的公安派。
② 此指以李攀龙为代表的后七子。
③ （明）钟惺：《与王稚恭兄弟》，《隐秀轩集》卷第二十八，第463页。
④ （明）钟惺：《诗归序》，《隐秀轩集》卷第十六，第235页。
⑤ （明）钟惺：《与蔡敬夫》，《隐秀轩集》卷第二十八，第468页。

么“以选代著”，借由选诗来表达自己的诗观，冀能成为传世不朽的著作，则是钟、谭二人内在深切的期许。试观钟惺《与蔡敬夫》之二所言：

> 两三月中，乘谭郎共处，与精定《诗归》一事，计三易稿，最后则惺手钞之。……此虽选古人诗，实自著一书。(《隐秀轩集》卷第二十八)

谭元春的看法亦与之相近，其于《古文澜编序》中指出：“选书者非后人选古人书，而后人自著书之道也。”① 既然选书之功可以等同于著书立言，所以钟惺再三致言：“精于选者，作者之功臣也。……删选之力，能使作者与读者之精神心目，为之潜移而不知。”② “选者之权力，能使人归，又能使古诗之名与实俱徇之，吾岂敢易言选哉?”③ 在“以选代著”的前提下，自然要将平生精力，“十九尽于《诗归》一书”，④ 不但三度易稿，还亲自校刻，以求“成一家言，死且不朽”⑤。而为了达到以选代著、期能不朽的目的，选诗时别辟蹊径，自出机杼，显然是不可或缺的手段，印证于谭元春以下所言：

> 春与伯敬，盖厌诗之宗匠，人之所应有必有，事所众入必入，如书画名家，骨董之行家，虽曰可法，而识者憎焉。(《谭元春集》卷第二十七，《奏记蔡清宪公前后笺札》其四)

---

① （明）谭元春：《古文澜编序》，《谭元春集》卷第二十八，第601页。

② （明）钟惺：《题鲁文恪诗选后二则》，《隐秀轩集》卷第三十五，第561~562页。

③ （明）钟惺：《诗归序》，《隐秀轩集》卷第十六，第236页。

④ （明）钟惺：《与谭友夏》，《隐秀轩集》卷第二十八，第472页。

⑤ （明）钟惺：《与谭友夏》，《隐秀轩集》卷第二十八，第472页。

为避免选诗时发生“人有必有、众入必入”的情况，选诗时自然会有“彼取我删，彼删我取；又复删其所取，取其所删”① 的倾向，在这种前提下，《诗归》中所选的诗作与所评赏的重点，也就不与众言伍，而另有一番不堕作家趣的“别趣奇理”了。

此外，还要结合中、晚明文人在阅读与创作时重视趣味、自娱的倾向来看。如李贽自云：“大凡我书皆为求以快乐自己，非为人也。”② 袁宏道亦曾宣称：“诗以趣为主。”③ 江盈科将诗集取名为《闲闲草》，则明示“永日无营，取以自娱”④ 之意；郑元勋也在其所辑录的《媚幽阁文娱·前序》中，明确宣扬文学的作用是“供人爱玩”“怡人耳目，悦人性情”；⑤ 陆云龙甚至以“披览令人心目俱快”“句调灵隽”“奇快可喜”为标准，选辑了《五经提奇》《公谷提奇》，将儒家经典小品化、奇趣化。⑥ 在中、晚明这种重“趣”的时代氛围下，使得《快书》《广快书》《文娱》《提奇》之类的著作纷纷问世。钟惺在《东坡文选序》中，对于时人评选东坡古文提出了如下的批评：

> 今之选东坡文者多矣，不察其本末，漫然以“趣”之一字尽之。（《隐秀轩集》卷第十六）

---

① （明）谭元春：《奏记蔡清宪公前后笺札》，《谭元春集》卷第二十七，第758页。

② （明）李贽：《寄京友书》，《焚书》卷二，台北：河洛图书出版公司1974年版，第68页。

③ （明）袁宏道：《西京稿序》，《袁中郎全集·文钞》，台北：世界书局1964年版，第13页。

④ （明）江盈科：《闲闲草引》，（明）江盈科著，黄仁生辑校：《雪涛阁集》卷八，长沙：岳麓书社1997年版，第442页。

⑤ （明）郑元勋：《媚幽阁文娱·前序》，《媚幽阁文娱》卷首，《四库禁毁书丛刊》集部第172册，北京：北京出版社2000年版，第8页。

⑥ 参见袁震宇、刘明今：《中国文学批评通史——明代卷》，上海：上海古籍出版社1996年版，第542页。

在序文中，钟惺取人为譬，以为“人之能知觉运动以生者，趣所为也”，但也强调“为圣贤为豪杰者，非尽趣所为也”。亦即“趣”虽是人知觉运动的基本条件，却非成圣成贤的必要条件，所以反对时人漫然以“趣”来评选东坡文章的做法。然而，由钟、谭在评选《诗归》时的立意不与众言伍，以别趣奇理为尚，可见钟、谭对“趣”的内容虽然有异于流俗的诠解方式，却无法自外于这股重“趣”的时代潮流，甚至《诗归》所以能在当时造成纸贵一时、风靡海内的盛况，也应是钟、谭的选诗要旨契合了晚明文人重“趣”的阅读偏好所致。

要之，钟、谭选《诗归》所以以别趣奇理为尚，一方面是在“以选代著、期能不朽”的心态下，钟、谭别辟蹊径、自出机杼的选诗方式，使得《诗归》有着别是一家的“奇”与“趣”；另一方面，在晚明文人尚“趣”的创作与阅读偏好的影响下，钟、谭的立意不与众言伍、刻意不堕作家气，反倒使得《诗归》处处充满别趣奇理，成为晚明尚“趣”文学潮流的推波助澜者了。

## 二、《诗归》以别趣奇理为尚的具体表现

理解了钟、谭选诗的目的与好尚缘由后，进一步要探讨的问题是：钟、谭以“别趣奇理”为尚的选诗理念，如何在《诗归》中具体表现出来？以下将分别由钟、谭选诗时的必不肯俗、删诗时的笔削独狠，以及示人以奇的评诗特色这三方面来深入分析。

### （一）必不肯俗的选诗原则

所谓“不俗”，可引钟惺的《夏梅说》作为注解。① 文中以“多春冰雪，繁花粲粲”时节，雅俗之士争相观赏，为梅“极热”之时。反之，盛夏之际，梅“花实俱往”，只存叶干相守于烈日之下，这是梅

① （明）钟惺：《夏梅说》，《隐秀轩集》卷第三十六，第585页。

“冷极”之时。引申到人情世故上，那些争相歌咏“冬梅”者，是既有名实之得，却无附热之讥的“巧者”，在钟惺看来，实乃“真附热者”也。所以钟惺宁可欣赏花实俱谢、仅存枝叶的“夏梅”，也不愿顺随流俗歌咏“冬梅”。这种必不肯俗的理念反映在选诗原则上，也就是钟惺于《唐诗归》卷十六总评王季友时所说的“喜拈其不著名而最少者”“不堕作家趣”，愈是为人所忽略不收者，钟、谭愈加着意点出其中的奥妙所在。试由以下数例观之：曹植《圣皇篇》，钟前批：“此与《赠白马王彪》同一音旨，而深婉柔厚过之，人称彼遗此，何也?”（《古诗归》卷七，第14页）刘希夷《江南曲》其六，钟前批：“同一流丽之调，比《滕王阁》一歌胜多少。”（《唐诗归》卷二，第22页）宋之问《下桂江龙目滩》，钟前批：“沈、宋以排律著名，皆因应制诸篇，此等作幽奇深秀，正其长技，人皆不知，直以‘整栗’二字尽沈、宋耳。畏难就易，贵耳贱目，可叹！可叹!”（《唐诗归》卷三，第23页）阎朝隐《鹦鹉猫儿篇》，谭前批：“忽然起止，雷霆风雨，确然陈诉，忠臣仁人，非以诗文为戏，乃一肚奇趣正理，触物动摇耳。”（《唐诗归》卷四，第5页）李颀《题卢五旧居》，钟前批：“此首好人反不称。大要近人选七言律，以假气格掩真才情。”（《唐诗归》卷十四，第11页）严武《题巴州光福寺楠木》，钟前批：“此诗奇郁，有异采，人偏不收，却专取其‘军城早秋’一首。”（《唐诗归》卷二十三，第23页）

以上诗评的共通处在于：对于那些“人皆不知”“人反不称”“人偏不收”的诗作，钟、谭则特别点出其中具有“深婉柔厚”“幽奇深秀”“奇郁异采”的特质，并对世人“称彼遗此”的无目之识深表不解与慨叹。

以上这些“名不著”的诗作是否真具有钟、谭所评赏的好处，固然见仁见智，有待商榷，如阎朝隐的《鹦鹉猫儿篇》，清人贺裳的看法即与谭元春有异，其云：

按《唐诗纪事》称朝隐“性滑稽，属词奇诡，马武后所赏”。

生见薄于本朝，忽推崇于异代，余意选者不应悖谬至此。总是阅《诗纪》时见其体裁怪异而喜之，不考其何时何事也。①

选诗若舍却知人论世的背景，难免会有如贺裳所说的“见其体裁怪异而喜”的缺失，然而在“喜拈其不著名而最少者”的选诗前提下，愈是怪异或罕为人知者，自然愈能够得到钟、谭的青睐了。

此外，钟、谭选诗时必不肯俗的理念还表现在“不堕作家趣”这一点上。所谓的“不堕作家趣”，乃是钟、谭勇于颠覆读者对于诗人既定的印象，重新勾勒出诗人不为人知的面目与特质。举其荦荦大者，如有“乱世奸雄”之目的曹操，钟惺却由其“瞻彼洛城郭，微子为哀伤”“生民百遗一，念之断人肠”“不戚年往，忧世不治”等诗的发念起手中，肯定曹操“亦自以仁人忠臣自负”“不得概以‘奸’之一字抹杀之”，② 勇与世人忤而为曹操洗刷“奸”名。又如王维的诗作一向以富有禅趣著称，但钟惺却一反世俗习见，改由情艳诗以求其禅趣幽静，于选录王维的《西施咏》一诗时特别点出：

情艳诗到极深、极细、极委曲处，非幽静人原不能理会，此右丞所以妙于情诗也。彼以禅寂、闲居求右丞幽静者，真浅且浮矣。（《唐诗归》卷八，第 11 页）

再如读王昌龄诗，也绝非一味地赏其边塞雄浑之作，而是“当于静深中看其力量”③。读李白诗亦然，钟惺在总评李白诗时指出：

---

①（清）贺裳：《载酒园诗话》卷一，收录于《清诗话续编》第一册，台北：艺文印书馆 1985 年版，第 271 页。

②（明）钟惺、谭元春：《古诗归》卷七“《秋胡行》钟惺后批”，第 6 页。

③（明）钟惺、谭元春：《唐诗归》卷十一“《宿裴氏山庄》钟惺后批”，第 7 页。

> 读太白诗，当于雄快中察其静远精出处，有斤两，有脉理。今人把太白只作一粗人看矣，恐太白不粗于今之诗人也。(《唐诗归》卷十五，第1页)

这种于雄快中体察诗人静远精出处的看法，也体现在元、白身上。如钟惺总评元稹诗言："看古人轻快诗，当另察其精神静深处。"从这个角度来论元、白诗，其可传者，也就不是那些反映民间疾苦的新乐府，而是元稹的"秋依静处多"，与白居易的"清冷由木性，恬淡随人心""曲罢秋夜深"等句，① 大要"取其词旨蕴藉而能自出者，庶使人知真元、白耳"②，将世所习知的"元轻白俗"③，一改为"精神静深"的模样。至于杜甫的形象，也在钟、谭"不堕作家趣"的选诗原则下，被重新赋予新貌，此即谭元春所谓："选杜诗，最要存此等轻清澹泊之派，使人知老杜无所不有也。"④ 所以杜甫那些"极善写小鸟小虫、至细至微情景"的诗作，在谭元春看来，不但不是俚碎无聊，反倒是"最灵最奥、有神有味"之至；⑤ 钟惺也特别提醒读者，杜甫为诗"往往为家常琐细，娓娓不倦"，但在这些"奴婢事、账簿语"背后，其实是有大经济、大道理在的，"于此将心眼放过，宜其终身口耳杜诗，如未之见也"。⑥ 所以杜甫沉郁顿挫、忧国忧民的"诗圣"形象，也就在钟、谭的改头换目下，成为"轻清淡泊、家常琐屑"的琐琐凡夫。

---

① （明）钟惺、谭元春：《唐诗归》卷二十八"钟惺总批元稹诗"，第7页。

② （明）钟惺、谭元春：《唐诗归》卷二十八"钟惺总批白居易诗"，第10页。

③ （宋）苏轼《祭柳子玉文》："郊寒岛瘦，元轻白俗。"许顗《彦周诗话》中除引东坡所言，并谓"此语具眼"。

④ （明）钟惺、谭元春：《唐诗归》卷二十"《阆水歌》谭元春后批"，第4页。

⑤ （明）钟惺、谭元春：《唐诗归》卷二十一"《风雨看舟前落花戏为新句》谭元春后批"及"《苦竹》钟惺前批"，第17页。

⑥ 二语分见（明）钟惺、谭元春：《唐诗归》卷十九"《信行远修水筒》钟惺前批"，第14页；《唐诗归》卷十九"《催宗文树鸡栅》钟惺后批"，第12页。

由此可见，钟、谭所谓的“不堕作家趣”，在于剔抉出人所未知的诗人特质，赋予诗人新的形象，在这种情况下，曹操成了“仁人忠臣”，王维是情艳诗的高手，杜诗的精华则是在家常琐碎语中，而王昌龄、李白、元稹、白居易等以雄快诗风见长者，则改赏其“精神静深”处，凡此种种，都有别于世俗固知习见，具体展现了钟、谭选诗时“不堕作家趣”的理念。

## （二）笔削独狠的删诗原则

再就钟、谭删诗时其笔削独狠的心态来看。在“惜群是选诗一病”① 的认知下，《诗归》中屡见对于同一组诗题的作品笔削独狠的情况。如《古诗归》卷七中，钟、谭将阮籍八十二首的《咏怀诗》“尽情删之，止存三首”，理由是：陈子昂与张九龄的《感遇诗》，在格韵兴味方面，都远出于《咏怀》之上，② 所以没有必要为了“惜群”之故而予以保留。这种对同题诗作痛加削除的态度，同样表现在李白的《古风》上面。《唐诗归》卷十五中，李白的《古风》被删汰到只剩一首，理由是：“太白长处殊不在此，而未免以六十首故得名”；③ “唐人神妙，全在五言古，而太白似多冗易，非痛加削除不可”。④ 换言之，既然五言古体不是李白诗的长处所在，又何必滥收杂入呢？至于杜甫的诗作，虽然是《唐诗归》中选录数目最多者，但是杜甫那些“寻常口

① （明）钟惺、谭元春：《古诗归》卷十一“《西陵遇风献康乐》钟惺后批语”，第 20 页。

② （明）钟惺、谭元春：《古诗归》卷七“《咏怀诗》钟惺、谭元春批语”，第 27 页。（按：所存的三首诗分别为《灼灼西隤日》《杨朱泣歧路》《人言愿延年》）

③ （明）钟惺、谭元春：《唐诗归》卷十五“《古风》钟惺前批语”，第 5 页。（按：李白《古风》坊间版本皆为五十九首，与钟惺的“六十首”之说有所出入，但因无法得知钟惺所见的版本，故难理解其中差异所在。）

④ （明）钟惺、谭元春：《唐诗归》卷十五“《送韩准、裴政、孔巢父还山》谭元春后批”，第 20 页。

耳之前，人人传诵，代代尸祝”的名作，钟、谭照样“十或黜其六、七”①，如《八哀诗》无一入选，《咏怀古迹》五首选一，最引人争议的，莫过于将杜甫的八首《秋兴》之作删汰到只剩“昆明池水汉时功”一首，钟惺并云：“杜至处不在《秋兴》，《秋兴》至处亦非以八首也。”这种为避免因“惜群”而有滥收之病，不惜割裂原诗章法的选诗方式，难免引人侧目与非议，如贺裳《载酒园诗话》卷一即指责道：“（钟惺）因拟者之八首，并弃杜之《秋兴》，仍是胸中有八首，无《秋兴》也。”② 认为钟、谭所以将《秋兴》八首删汰到只存一首，重点不在于《秋兴》的内容，而是着眼于“八首”的数目上。然而，因笔削独狠所可能招致的非议，钟、谭倒是颇有先见之明。在杜甫《小寒食舟中作》后批中，钟惺自陈道：

> 予于选杜七言律，似独与世异同。……友夏云：“既欲选出真诗，安能顾人唾骂，留此为避怨之资乎？”知我者老杜，罪我者从来看杜诗之人也。(《唐诗归》卷二十二，第 12 页)

为选出心目中的“真诗”而独与世异、受人唾骂的境况，早在钟、谭预期之内，也因此，对于历来勇于与众不同、以少取胜的诗人，钟、谭不免要引为知己，惺惺相惜一番了。如颜延之排除了竹林七贤中的王戎与山涛，写成了《五君咏》，谭元春赞赏道：“七贤名盛，延之于其中黜却二人，如此眼中胸中，下笔何患不深细，何患不高洁？”③ 又如杜审言、刘昚虚的诗作因存世无多，成为钟惺论述“诗少而妙”时的夙

① （明）钟惺、谭元春：《唐诗归》卷二十二“《小寒食舟中作》钟惺后批”，第 12 页。

② （明）贺裳：《载酒园诗话》卷一，收录于《清诗话续编》第一册，台北：艺文印书馆 1985 年版，第 278 页。

③ （明）钟惺、谭元春：《古诗归》卷十四“《五君咏五首》谭元春前批”，第 4 页。

昔典范，试观以下所言：杜审言诗，钟总评：“初唐诗，至必简整矣、畅矣，吾尤畏其少。”（《唐诗归》卷二，第8页）刘昚虚诗，钟总评：“妙在只十四首，一字去不得，其用意狠处，全在不肯多。……读昚虚一字、一句、一篇，若读数十百篇，隐隐隆隆，其中甚多，吾取此为少者法。”（《唐诗归》卷六，第12页）

在钟惺看来，杜审言与刘昚虚的存诗虽少，却有“以少为多”之效，显示出作者严谨的创作心态与整畅的作品风格。相反的，那些诗作内容良莠不齐、冗杂繁芜者，则是须加删汰的对象，如钟惺总评独孤及诗集指出，集中虽有诗作将近八十首，却“冗累处甚不好看”，读毕全集，反令人有“生厌”之感，远不及刘昚虚的以少为妙。① 此外，在总评钱起诗时，钟惺也主张钱诗精出之处，虽盛唐妙手亦不能过，但泛览全集，反令人有冗杂难读之感，“以此知诗之贵选也”②。在“诗少而妙”与“冗杂难读”的对比之下，钟、谭更加确定诗歌以精心剪裁删选为贵，“所谓选者之功，能使作者与读者之精神为之一易耳”，③ 如此一来，钟、谭在删选古人诗集时，自然要大刀阔斧、笔削独狠了。

钟、谭笔削独狠的心态，除了反映在上述的同题诗与冗诗之外，还表现在黜落古人名篇方面。在“名之所在，非诗之所在”④ 的理念下，世人广为传诵的名篇，或是被视为诗人代表作的诗歌，反遭钟、谭黜落者，可谓不在少数。前者如王勃的《滕王阁》、卢照邻的《长安古意》与骆宾王的《帝京篇》；后者如刘希夷的《代悲白头翁》、李白的《清平调》三首，以及杜甫八首《秋兴》除“昆明池水汉时功”以外的七首，都在《诗归》黜落不选之列。至于黜落的理由，由以下所言观之：刘希夷《江南曲》其六，钟前批：“同一流丽之调，比《滕王阁》一歌

① （明）钟惺、谭元春：《唐诗归》卷二十四“独孤及诗总评”，第15页。

② （明）钟惺、谭元春：《唐诗归》卷二十五“钱起诗总评”，第17页。

③ （明）钟惺、谭元春：《唐诗归》卷十五“《送韩准、裴政、孔巢父还山》钟惺后批”，第21页。

④ （明）钟惺、谭元春：《唐诗归》卷十五“《古风》钟惺前批”，第5页。

胜多少。”（《唐诗归》卷二，第22页）王维《寒食城东即事》，钟后批：“此便是绝妙《帝京篇》《长安古意》，岂得以其少而弃之？”（《唐诗归》卷八，第17页）。杜甫《丽人行》，钟前批：“如此富丽一片，清明之气行其中，标出以见富丽之不足为诗累。予之黜《帝京》等篇非以富丽之故也。”（《唐诗归》卷二十，第2页）

钟惺认为，《滕王阁》调虽流丽，但刘希夷的《江南曲》更胜一筹；而《帝京篇》《长安古意》虽然堂皇富丽，但王维的《寒食城东即事》却能以短小的篇幅胜之，杜甫的《丽人行》则是以清明之气出之。既然有足以取代《帝京篇》《长安古意》的作品，又何必因其盛名而随俗滥收？此外，刘希夷的《代悲白头翁》所以被黜落，则是因为“希夷自有绝才绝情，妙舌妙笔”，相形之下，《代悲白头翁》本非刘诗佳处所在，而俗人专取之，反倒掩盖了刘诗的真精神，① 在钟惺看来，《捣衣篇》一诗“密理深情”②，其实远胜于刘诗诸作，只是不为人知罢了。而《诗归》所以不录李白的《清平调》三首，乃因三诗不过是李白“一时高兴耳，其诗殊未至也”，所以改收《宫中行乐词》一首“以塞聋俗之望”，“稍示近人之意”。③ 又如杜甫的《诸将》五首全部被删汰，《秋兴》八首只选其一，理由是“杜至处不在《秋兴》”，故改以“深心高调，老气幽情”的《覃山人隐居》一诗，谭元春并云：“此老杜真本事，何不即如此作此律，乃为《秋兴》《诸将》之作，徒费气力，烦识者一番周旋耶？”④

上述去取之择的共通点在于：黜落诗人颇负盛名之作，改以名虽不著却足以显现出诗人真精神、真本色的作品。由此可见钟、谭在选诗

① （明）钟惺、谭元春：《唐诗归》卷二“《公子行》钟惺前批”，第23页。

② （明）钟惺、谭元春：《唐诗归》卷二“《捣衣篇》钟惺前批”，第22页。

③ （明）钟惺、谭元春：《唐诗归》卷十六“《宫中行乐词》钟惺前批”，第9页。

④ （明）钟惺、谭元春：《唐诗归》卷二十二“《覃山人隐居》谭元春前批”，第11页。

时，是如何刻意地避免堕入“作家气”，又是如何地贯彻“人取我删，人删我取”的理念，从而展现出《诗归》不落俗套的别趣奇理了。

## （三）示人以奇的评诗原则

评诗时好示人以奇，也是《诗归》中展现别趣奇理的方式之一。至于钟、谭在评点时所关注之“奇”，则涵盖了诗题、篇法与字句各方面。

先就诗题观之，在“作题是诗家要紧事”① 的认知下，钟、谭遂屡屡点出诗题奇妙之处，如：古诗《枯鱼过河泣》题下，谭夹批：“此题最奇。”（《古诗归》卷五，第 19 页）陶潜《有会而作》，钟后批：“妙在有会而作，命题旷远，而序与诗，句句是饥寒衣食之言，真旷远在此。”（《古诗归》卷九，第 19 页）刘缓《敬酬刘长史咏名士悦倾城》，谭后批：“予见‘名士悦倾城’一题，不觉欣然以为知情者。”（《古诗归》卷十四，第 10 页）李白《答山中俗人》题下，钟夹批：“此题妙在不浑厚。”（《唐诗归》卷十六，第 16 页）杜甫《秋行官张望督促东渚耗稻向毕，清晨遣女奴阿稽、竖子阿段往问》题下，钟夹批：“题质奥，是一篇绝妙小序。”（《唐诗归》卷十九，第 9 页）司马退之《洗心》，钟后批：“句句是游仙深妙语，题却不是游仙，所以深妙。”（《唐诗归》卷二十四，第 19 页）

以上诗题，或者因事生奇，如《枯鱼过河泣》；或者因真情流露而妙，如陶潜“句句是饥寒衣食之言”的《有会而作》、刘缓的《名士悦倾城》与李白的《答山中俗人》；或者如杜甫以题为序的长题诗；或者如司马退之的“题非游仙，却句句是游仙”的《洗心》诗，都可见“奇”与“妙”是钟、谭关注的焦点所在。

在篇法方面，钟、谭对于杜甫诗中那些篇法幻妙、不可捉摸者特别

① （明）钟惺、谭元春：《唐诗归》卷十三“《初至巴陵与李十二白、裴九同泛洞庭湖》谭元春前批”，第 23 页。

感兴趣。如杜甫的《送重表侄王砅评事使南海》，钟惺在前批中指出此诗的篇法结构之妙为：

> 前段不过叙中表戚耳，忽具一部开国大掌故，无头重之患，自“往者胡作逆”以下，只是乱离相依，饮食仆马细故，无端无委，无转无接，首尾不应，细大不伦，胸中潦倒，笔下淋漓。非独诗，即看作一篇极奇文字亦可。（《唐诗归》卷十七，第17页）

诗中“无端无委，无转无接”的篇法结构之奇，显然是评赏的重点所在，印证于《唐诗归》卷十八杜甫《山寺》诗“以兹抚士卒，孰曰非周才”句下，钟惺夹批道：“无端忽说到此，奇甚。”以及同卷杜甫《北征》诗中叙己遭逢战乱、生还返家后，儿女“问事竞挽须”与“新妇且慰意，生理焉得说”，忽然接以“至尊尚蒙尘”，对于这样的篇法安排，谭元春于句下夹批中赞赏道：“其篇法幻妙。若有照应，若无照应；若有穿插，若无穿插。不可捉摸。”在《诗归》以别趣奇理为尚的前提下，钟、谭对杜诗中篇法奇妙者自然要再三致意了。

除了诗题与篇法之外，钟、谭对于诗中警句、警字，更是津津乐道，屡屡点出。以警句而言，如王昌龄的《送狄宗亨》首句“秋在水清山”，乍读之下，不免有文字脱误之感，但谭元春却特别点出：“首一句从何处拆开？何处运思？钝汉以为脱误，妙甚！”① 又如李颀的《临别途张谭入蜀》“落日感君深”一句下，谭元春夹批道：“无限情思，在此五字。”② 朱庆馀《送陈标》“满酌劝僮仆”一句，钟惺则指

① （明）钟惺、谭元春：《唐诗归》卷十一“《送狄宗亨》谭元春前批”，第23页。

② （明）钟惺、谭元春：《唐诗归》卷十四“《临别途张谭入蜀》谭元春夹批”，第3页。

出："厚在五字，不必终篇。"① 温庭筠《早秋山居》"池满水无声"一句，钟惺批道："五字虽小景，却是深思实景中出。"② 曹邺《三愁诗》其一"远梦如水急，白发如草新"，谭元春誉之为"奇想奇语"③。在好拈奇句的情况下，钟、谭选诗虽然笔削独狠，但亦有因一句之奇而全诗入选或删而复存者，前者如王维的《和太常韦主簿五郎温汤寓目之作》，钟惺直言此诗虽然"不曾深厚，不曾浑雅"，却因"一半夕阳开"五字入选；④ 后者如杜甫《白水县崔少府十九翁高斋三十韵》，钟惺也不讳言："此诗已删，因其警句复存焉。"⑤ 钟、谭好奇之习，据此可见。

警句之外，点出诗中的"警字"所在，也是钟、谭评选时的得意着力处，以下试举数例以概括其要：陶潜《时运》之一"有风自南，翼彼新苗"夹批，谭云："'翼'字奇古之极。"（《古诗归》卷九，第2页）王维《晚春严少尹与诸公见过》"鹊乳先春草，莺啼过落花"夹批，钟云："'先'字、'过'字，幻妙之甚。"谭云："'过'字尤不可思议。"（《唐诗归》卷九，第7页）常建《白龙窟泛舟寄天台学道者》"身与波上月"，钟夹批："'与'字不可思议，以未了语作结，妙妙。"（《唐诗归》卷十二，第17页）岑参《初过陇山途中呈宇文判官》"别家赖归梦"，谭夹批："从来作乡梦语奇妙者多矣，为此'赖'字占先。"（《唐诗归》卷十三，第1页）杜甫《同诸公慈恩寺塔》"回首叫

---

① （明）钟惺、谭元春：《唐诗归》卷三十三"《送陈标》钟惺夹批"，第7页。

② （明）钟惺、谭元春：《唐诗归》卷三十三"《早秋山居》钟惺夹批"，第12页。

③ （明）钟惺、谭元春：《唐诗归》卷三十四"《三愁诗》其一谭元春夹批"，第15页。

④ （明）钟惺、谭元春：《唐诗归》卷九"《和太常韦主簿五郎温汤寓目之作》钟惺后批"，第11页。

⑤ （明）钟惺、谭元春：《唐诗归》卷十七"《白水县崔少府十九翁高斋三十韵》钟惺后批"，第21页。

尧舜”，钟夹批：“‘叫’字奇，不善用则粗矣。”（《唐诗归》卷十七，第19页）

上述钟、谭所拈出的诗中警字，都具有“奇古”“幻妙”“不可思议”“奇妙”等特质。再者，由于钟、谭为诗，有“以语助为诗诀”①的习尚，故凡诗中以虚字出奇者，也是钟、谭所喜拈称道者，试由以下数例观之：张九龄《荆州作》，谭前批：“此诗以虚字虚句，乃能造古。”（《唐诗归》卷五，第6页）刘昚虚《寄阎防》，钟后批：“看他首首下虚字皆有力。”（《唐诗归》卷六，第15页）储光羲《题太玄观》“所喧既非我，真道其冥冥”，谭夹批：“著一‘其’字，神妙遂不可言。”（《唐诗归》卷七，第5页）孟浩然《行出东川望汉川》“万壑归于汉，千峰划彼苍”，钟夹批：“奇险在虚字。”（《唐诗归》卷十，第17页）王昌龄《箜篌引》“其时月黑猿啾啾”，钟夹批：“俗人以炼则不宜用虚，不知虚处益炼。”（《唐诗归》卷十一，第14页）李白《长歌行》“竹帛将何宣，桃李务青春”，钟夹批：“虚字有力，便生出情来。”（《唐诗归》卷十五，第4页）杜甫《曲江》二首之一“且看欲尽花经眼，莫厌伤多酒入唇”，钟夹批：“看他用虚字之妙。”（《唐诗归》卷二十二，第1页）

在钟、谭看来，虚字不但具有上述的“造古”“有力”“益炼”“生情”等种种神奇妙处，更是陶、杜为诗时的“秘法”所在，所谓：“每于庸常语意，著数虚字回旋，便深便警，此陶诗秘法也”，“不用实字，字字凄切，字字深远，老杜咏物诸作，得此法之妙”。② 钟、谭以虚字为独得之秘的自矜自喜之情，昭然可见。

综合以上论述，可见在以别趣奇理为尚的前提下，钟、谭选诗及删诗时，采取了“人取我删，人删我取”的态度，刻意不与俗同，以免

① 钱锺书：《谈艺录（补订本）》一八，北京：中华书局1993年版，第78页。

② 二语分见（明）钟惺、谭元春：《唐诗归》卷二十六“《林园晚霁》钟惺前批”，第6页；《唐诗归》卷五“《同綦毋学士月夜闻雁》钟惺前批”，第14页。

堕入作家气；在评点诗作时，则喜就题目、篇法或是字句的奇妙处来引申发挥，并矜为深警玄秘的创作法则。当晚明人心属厌之余，钟、谭但趣新隽、不原风格的评选原则，自然有别开生面、启人神智之效，《诗归》能在当时造成家置一编、纸贵一时的盛况，可谓其来有自。

## 三、“别趣奇理”与“期在必厚”之间的理论矛盾

### （一）钟、谭诗论之“厚”的内容及意义

然而，在以别趣奇理为尚之外，由钟惺《与高孩之观察》中所谓“诗至于厚而无余事矣”①，以及谭元春《诗归序》中自陈“与钟子约为古学，冥心放怀，期在必厚”②，可知钟、谭选诗，另有以“厚”自期的面向。而归纳《诗归》中的评点内容，也确实有反复于“厚”的现象，例如：苏武《诗四首》，钟前批：“只是极真、极厚。若云某句某句佳，亦无寻处，后人一效拟，便失之远矣。”（《古诗归》卷三，第16页）陶潜《乞食》，钟后批：“只作寻常素位事，便高、便厚、便深。”（《古诗归》卷九，第12页）王维《偶然作》，钟前批：“读王、储《偶然作》，见清士、高人胸中皆似有一段垒块不平处，特其寄托高远，意思深厚，人不能觉。”（《唐诗归》卷八，第13页）岑参《送杜佐下第归陆浑别业》，钟前批：“高、岑五言律，只如说话，本极真、极老、极厚。”（《唐诗归》卷十三，第10页）皇甫松《古松感兴》，谭前批：“极朴、极厚，亦极高，似子昂《感遇》妙诗。”（《唐诗归》卷三十五，第14页）

以上的评点内容，可说是以“厚”为核心，向外联结了“高”“真”“深”“老”“朴”等字，共同建构了钟、谭以“厚”论诗的内

① （明）钟惺：《与高孩之观察》，《隐秀轩集》卷第二十八，第474页。
② （明）谭元春：《诗归序》，《谭元春集》卷第二十二，第593页。

容。且在古今诗人中，陶潜因以“闲远”为本色，并具有“一段渊永淹润之气”①，所以是最能符膺“厚”字桂冠的诗人，成为钟、谭评论诗歌时的典范人物。如江淹的《陶征君潜田居》，是“以深细效其清适，妙于拟陶”;② 王维、孟浩然固然“出于陶”，但储光羲与王昌龄的古诗，更是“深厚益见陶诗渊源脉络”;③ 至于韦应物的诗则是“胸中腕中，皆先有一段真至深永之趣，落笔自然清妙，非专以浅淡拟陶者”“亦以其气韵淳古处似陶，不在效其清响”;④ 反之，“今人先无此手笔，又无此思理而文之以枯槁肤窘，曰此陶体也。唐名家不免失脚，而况后之庸庸逐逐者”,⑤ 可见胸中若无真至深永之趣，笔下无朴茂淳古之气，即使学陶，也只能有“轻光微响，体气不俗”之皮相，而非真陶诗。如柳恽的《捣衣诗》有此弊;⑥ 或者如柳宗元的《南涧中题》诗，虽然“非不似陶”，但在音调之外，却“不见一段宽然有余处”,⑦ 所以亦非得陶诗真精神的上乘之作。

由此可见，钟、谭论诗时所谓的“厚”，除了是指全篇宽裕朴拙的气势，亦即“浑厚”的艺术境界外，由《诗归》中“寓意立言，感慨深厚”“寄托深远，意思深厚”⑧ 等语来看，可见“厚”也指内容上的“立意深厚”。

---

① （明）钟惺、谭元春:《古诗归》卷九“陶潜诗钟惺总评”，第1页。

② （明）钟惺、谭元春:《古诗归》卷十三“《陶征君潜田居》总批”，第25页。

③ （明）钟惺、谭元春:《唐诗归》卷十一“王昌龄诗钟惺总评”，第1页。

④ 二语分见（明）钟惺、谭元春:《唐诗归》卷二十六“韦应物诗钟惺总评”，第1页;《唐诗归》卷二十六“《答畅校书当》钟惺前批”，第5页。

⑤ （明）钟惺、谭元春:《古诗归》卷十三“《陶征君潜田居》钟惺后批”，第24页。

⑥ （明）钟惺、谭元春:《古诗归》卷十四“《捣衣诗》钟惺后批”，第3页。

⑦ （明）钟惺、谭元春:《唐诗归》卷二十九“柳宗元诗钟惺总评”，第11页。

⑧ 二语分见《古诗归》卷九“陶潜《拟古》二首总批”，第1页；《唐诗归》卷八“《偶然作》四首总批”，第13页。

## (二) 钟、谭对“奇”与“厚”之间的理论辩证

然而，将钟、谭论诗时所反复强调的“厚”，与《诗归》中以别趣奇理为尚的具体表现互相对照，将可发现两者间是有所落差的。问题是：钟、谭对于论诗“期在必厚”与以“别趣奇理”为尚之间的落差是否有所自觉？又如何自圆其说，以弥合两者的落差呢？

观钟惺在《徐元叹诗序》中所言：“惺论诗，人罪其苛，苛于今，亦苛于古，此物论也。”① 可见钟惺对于其论诗而被人罪为“苛”，是有所自觉的。但钟惺为何会认为世人所指责的“苛”是“物论”而排实情呢？序文中钟惺进一步解释道：真正的“苛”，是指刻意黜落具有传世价值的诗作，借以凸显出选诗内容的与众不同，但这种做法，不但无损于诗作的原本价值，反倒让选者背负了“苛刻”的罪名，即使至愚者也不会这么做，又岂是自己编选《诗归》的初衷？谭元春在《答袁述之》中，也有呼应钟惺之言，所谓：“推尊人以成己之高，有之矣；诋诃不可朽之前辈，以成一敢说人、能说人之声，虽愚者知其不可。”② 如此说来，《诗归》理应只有“反复于厚”的宗旨，然则钟、谭又该如何解释选诗因以别趣奇理为尚，所造成的“奇”与“厚”之间的理论落差呢？

以选诗“必不肯俗”原则而论，钟惺再三表明，《诗归》所以黜落古人的一些名篇，改换以名虽不彰，却有别趣奇理的佳作，这种选法背后，“实有一段极核、极平之论，足以服其心处，绝无好异相短之习”③。例如李白的《古风》，其实并非李诗的深远精出者，但后人却多耳食前人之见，未深入研阅以掌握李白诗歌的精髓，如此反倒把李白当成了“粗人”看待了。又如《清平调》三绝，不过是李白酒后应制之作，既非出于深思熟虑，当然有未至之处。而杜甫《秋兴》“昆明池

---

① （明）钟惺：《徐元叹诗序》，《隐秀轩集》卷第十七，第 268~269 页。

② （明）谭元春：《答袁述之》，《谭元春集》卷第二十八，第 771 页。

③ （明）钟惺：《再报蔡敬夫》，《隐秀轩集》卷第二十八，第 471 页。

水汉时功”以外的其他七首，以及《诸将》等诗，既然不能表现出杜诗“深心高调、老气幽情”的特色，不删何为？至于世所习知的“元轻白俗”，实乃元、白诗歌累处，选时自应避免而改采其“精神静深”者才是。因此，《诗归》所选的内容虽然异于流俗，但对钟、谭而言，实乃为深入阅读古人诗作之后，深感“古人所可传之处，未必皆在所传处”① 所作出的抉择。何况，既然决定编选出一部足以拈出古人真精神所在、具有“可传”价值的诗集，内容上当然会与古人得享盛名，亦即历来“所传”的诗集有所出入，但这绝非刻意求异于人，反倒是“人不能同”所致。诚如谭元春《冷光亭制艺序》所言：

> 夫奇人之于文，非其自欲为异，乃其人不能同。因其不同而呶呶焉，以为怪物，以为戾气，避之唯恐其晚。予所以中夜彷徨，如有所结者久矣。(《谭元春集》卷三十一)

因与人异而被视为怪物、戾气，避之唯恐不及的苦闷，实有言语所不能宣泄形容者。为文如此，选诗何尝不然？但如果只为了避免批评、指责，而人云亦云地敷衍、塞责一番，人所有必有，人所入必入，于作者、读者何益？倒不如认真严谨地评选出足以点出古人精神所在的作品，才是真正的“厚”爱作者，也才能对读者有所助益，从而展现出选者眼光的独到与深厚处。姑且不论钟、谭选诗是否真能达到上述的预期目的，但由编选理念而言，选诗时的“必不肯俗”，绝非刻意求新出奇，而是为了求好、求厚所致。

至于删诗时所以“独狠”，同样不是负面的苛责古人，反倒是正面的厚爱成全之意，所谓：“自爱其诗文者贵少，爱人之诗文者贵严。必严，而作者之精神始见；必少，而观者之精神与作者之精神始合。”②

① （明）谭元春：《题简远堂诗》，《谭元春集》卷第三十，第 816 页。

② （明）谭元春：《谭元春集》卷第二十二《蔡清宪公全集序》谭元春转述蔡复一所言，第 592 页。

钟、谭之所以一再强调“诗贵选”，也就是这个道理。为论证此说，钟惺并举谭元春为鲁铎（文恪）选诗为例。虽然鲁铎的诗集最后被删汰到只剩九十首，但读后却令人且喜且敬，可见诗作经过严格删选之后，确实能使作者的精神面貌更加清楚。反之，“使予读文恪全集，固未必其且喜且敬之至此也”。① 另一方面，既然诗文多多益善者，古今无几，与其不能尽善，倒不如“止存一篇、数篇，一句、数句之长，此外皆能勿作；即作而能不使传，使后之读者常有其全决不止此之疑，思之惜之，犹有有余不尽之意焉”②。足见选诗精严，实乃有益于作者立不朽的“功臣”,③ 也是读者在茫茫书海中的灯烛舆杖。

由此可见，钟、谭巧妙地借由“诗贵选”的理念，试图消弭“奇”与“厚”之间的理论落差。换言之，选诗时的必不肯俗，与删诗时的笔削独狠，虽然是选者以别趣奇理为尚的具体表现，但通过严格的删选工夫、去芜存菁后，才能得见古人的精神静深处与诗作的立意深厚处，故钟、谭选诗以别趣奇理为尚的背后，实则还是以“厚”为依归的。

然而，“貌奇实厚”虽然可以解释钟、谭在删、选诗歌时所遭逢的理论矛盾，但由《诗归》中“好示人以奇”的评诗原则来看，却再度凸显了钟、谭诗论中“奇”与“厚”之间的理论落差。尤其当钟、谭明白点出某诗所以为妙，是因题名“妙在不浑厚”；或者是诗中的某字、某句“不可解”“不可捉摸”“不易上口”“不可思议”等因“用生”而得妙者；甚至有原诗已删，但因警句而复存；或者是全诗虽“不曾深厚、不曾浑雅”，却因警句而入选者。从这些诗评中，吾人都只见钟、谭“好奇求妙”的兴趣，却难以得见“期在必厚”的旨归。

① （明）钟惺：《题鲁文恪诗选后二则》，《隐秀轩集》卷第三十五，第562页。

② （明）钟惺：《题鲁文恪诗选后二则》，《隐秀轩集》卷第三十五，第562页。

③ 此即钟惺“精于选者，作者之功臣也”的说法。（明）钟惺：《题鲁文恪诗选后二则》，《隐秀轩集》卷第三十五，第561页。

对于这一点，钟惺在《与高孩之观察》中亦有深切自省之言。文中转述了友人曹学佺批评《诗归》“和盘托出，未免有好尽之累”，钟惺自承“有痕与好尽，正不厚之说也”，但又自我辩解道：

> 然和盘托出，亦一片婆心婆舌，为此顽冥不灵之人设。至于痕则未可强融，须由清新入厚以救之。岂有舍清新而自谓无痕者哉？（《隐秀轩集》卷第二十八）

足见钟、谭虽然好示人以奇，背后却另有一番指点顽冥不灵者的“婆心婆舌”在，即使因而与“厚”的论诗要旨有所距离，但由“深厚者易久，新奇者不易久也”①“必保此灵心，方可读书养气以求其厚”②等言，可知示人以奇，要求常保灵心，都是为求诗作入厚的手段，反复于“厚”才是钟、谭论诗的最终旨归。因此，钟、谭虽明知论诗当以“厚”为旨归，却知而未蹈、期而未至，所以然者，由引文中所谓“岂有舍清新而自谓无痕”之语，可见“清新”是钟、谭论诗“求厚”时重要且必要的条件，有时甚至因耽溺于追求一字一句之新奇，或是下题、篇法之妙，即使明知该诗并不“浑厚”，却又因难以割舍诗中新奇幻妙处而选入，无怪乎《诗归》会存在着“奇趣”与“归厚”的理论落差，会免不了“有痕而好尽”之累了。

## 结　论

要之，钟、谭在评选《诗归》时，虽然好以“别趣奇理”为尚，但背后其实另有“期在必厚”的要旨，只因眼高手低、期而未至，以致有痕而好尽、多奇而乏厚，使得《诗归》在诗评家眼中有了两极化

---

① （明）钟惺：《与谭友夏・又》，《隐秀轩集》卷第二十八，第474页。
② （明）钟惺：《与高孩之观察》，《隐秀轩集》卷第二十八，第474页。

的评价。誉之者称其“情理入骨，亦是千年仅见”,① “琐碎评语，皆如我意之所欲出”,②“识趣幽微”;③ 毁之者则斥其为“尖新诡僻，似鬼窟中作活计”,④“专求片语只字之工切而不知大体”,⑤“有句无章，不惟寒俭，亦且琐僻卑狭”。⑥ 以上二说分别由正、反两面立论，若合二者而观之，正可归纳出《诗归》在整体上的得失，诚如贺贻孙所言，《诗归》虽有“增长狂慧，流入空疏”之疵，但其中亦有可取之处，所谓：“诸家评诗，皆取声响，惟钟、谭所选，特标性灵……扫荡腐秽，其功自不可诬……何至如时论之苛也。”⑦ 王应奎也认为：“钟、谭《诗归》，或疑其寡陋无稽，错缪杂出，此诚有所不免，然以此洗涤尘俗，扫除熟烂，实为对症之药。”⑧ 贺、王二人共同指出《诗归》虽有狂慧空疏、无稽错缪之处，但也肯定其具有扫荡腐秽、洗涤尘俗之功。对照上述钟、谭在选诗、删诗及评诗时的特色来看，贺、王二人之说，堪称为公允之论。

至于《诗归》所好尚的别趣奇理，与严羽的“诗有别趣，非关理

---

① （清）雷士俊：《与孙豹人·又》，收录于周亮工：《赖古堂尺牍新钞》二选《藏弆集》卷十五，台北：“中华书局”1972年版，第419页。

② （清）牟愿相：《小澥草堂杂论诗》，收录于《清诗话续编》第二册，台北：艺文印书馆1985年版，第916页。

③ 钱锺书：《谈艺录（补订本）》二九，北京：中华书局1993年版，第102~103页。

④ （清）宋荦：《漫堂说诗》，收录于《清诗话》上册，台北：西南书局1979年版，第375页。

⑤ （清）黄子云：《野鸿诗的》，收录于《清诗话》下册，台北：西南书局1979年版，第790页。

⑥ （清）朱庭珍：《筱园诗话》卷一，收录于《清诗话续编》第三册，台北：艺文印书馆1985年版，第2330页。

⑦ （清）贺贻孙：《诗筏》，收录于《清诗话续编》第一册，台北：艺文印书馆1985年版，第197页。

⑧ 见《柳南随笔·续笔》卷二，北京：中华书局1983年版，第167页。

也”① 之说，以及晚明文人在创作、阅读时所追求的娱乐性、趣味性②，三者在“趣”的意蕴上有何异同之处？因篇幅所限，无法在本文中深入探讨，日后期能借由对三者“趣”论的分析比较，以进一步厘清其中的异同所在。

载《中国文哲研究通讯》2003 年第 3 期，第 109~128 页

① 见郭绍虞：《沧浪诗话校释·诗辨五》，台北：里仁书局 1983 年版，第 26 页。

② 关于晚明文人重趣味性与自娱性的阅读倾向，可参见侯美珍：《钟惺〈诗经〉评点性质析论》，《中国古典文学研究》2002 年第 7 期。

# 钟惺评点小说考

李先耕

国家图书馆（下简称“国图”）藏有《钟伯敬先生秘书十五种》，为明茂苑叶舟校镌。前有“戊辰（1628）中秋叶舟凌虚父题并书晚翠室”之“题辞”。此书计为艳编、逸籁、彩笔、韵笔、韵声、隽调、志薮、妙谭、旷记、快述、谐丛、核则、怪录、别辑、清汇、致品各一卷。盖皆小品逸闻之摘录，颇类陈继儒所荟蕞之笔记小品，恐为叶舟所托名而刻者。茂苑盖指吴中。或谓叶舟松江人，明亡隐居为僧。今人王利器《中国笑话选》从本书《谐丛》九十二则选录十五则，阿英曾在《论语》上著文介绍。

国图藏有《盘古至唐虞传》，为明书林余季岳刊本。孙楷第先生《中国通俗小说总目》记此书有日本内阁藏本。书原题“景陵钟惺景伯父编辑”，“古吴冯梦龙犹龙父鉴定”。封面分为上下两段，上段占不到1/3版面，中央为三人像，左边文字为“自盘古分天地起”，右边为“至唐虞交会时止”。下段中央大字为“盘古志传”，右侧“钟伯敬先生演义”七字顶格，左侧“金陵原梓”四字与下边框有一字距离。有所谓钟序及《历代统系图》《历代帝王歌》。书二卷十四则。余氏为福建建阳著名的刻书世家，自宋代已从事刻书行业，明初稍衰，万历间又大炽，可考者即有余象斗双峰堂、余建泉文台堂、余良史怡庆堂、余泗泉萃庆堂、余近泉克勤斋等 20 余家,① 余季岳即明代之一。故此处的“金陵原梓”不过跟“京本小说”的“京本”一样为广告宣传词语罢了。

现将卷首之《盘古至唐虞传序》录下:

> 太史公有云:“百家言黄帝其文不雅驯,荐绅先生难言之。”而况三皇盘古之时乎?又其轶往往见于他说,《庐陵》《路史》等书可得而稽也。然《卢陵》得之《洞神经》,上稽浑沌,下迄禅通,以至尧舜。尧舜中天事体昭昭矣。今依《鉴史》,自盘古以迄唐尧事迹可稽者为之演义,总编为一传,以通时目。虽治甚荒忽,井龟听通,事无足征,理有固然。王充曰:“古之水火,今之水火也;今之声色,后[世]② 之声色也。”鸟兽竹木,人民好恶,以今而见古。繇此以知来,千古之前,万世之后,无以异也。则予是编不几与庐陵而并志不朽乎!是为序。景陵钟惺题。

序后有“钟惺之印”与“伯敬父”两印。此书孙氏以为“明无名氏撰”,钟名实为“伪托”,极是。钟惺文风绝非如此,且其诗文中并无提及王充者。书后有跋语云:“迩来传志之书自正史外,稗官小说虽辄极俚缪,不堪目睹。是集出自钟、冯二先生著辑,自盘古已迄我朝,悉尊《鉴》《史》《通记》,为之演义,一代编为一传,以通俗谕人,总名之曰《帝王御世志传》。不比世之纪传小说,无补世道人心者也。四方君子,以是传而置之座右,诚古今来一大帐簿也哉!书林余季岳谨识。”此书与后文之《有夏志传》为余季岳计划中的《帝王御世志传》前两部。书中插有钟伯敬、冯犹龙、余季岳诗多首。钟诗显系伪托,此不具录。书中遇有“由”字或讳或不讳,可证此书刊于

① 周心慧:《明代版刻述略》,《中国古代版刻版画史论集》,北京:学苑出版社 2001 年版,第 233~298 页。

② 方括号中的文字系本文作者据原文添加,下同。

天启、崇祯年间。书上栏（约 1/3 弱）为图画，下栏为文字。半叶 10 行，行 18 字。

孙氏《书目》有与前书“为同时一人作刻”之“《有夏志传》四卷十九则”，“《有商志传》四卷”。前者有明刊本，后者仅有清嘉庆间稽古堂《夏商合传》本。按日本内阁文库藏有《有夏志传》的书林余季岳刊本。封面及正文样式同《盘古至唐虞志传》，仅图画变化，而说明文字也变化为“大禹受命治水起”“成汤放桀南巢止”。其他行款均同前书。其《有夏传叙》云：

> 孟子言：“天下之生［久矣］，治一乱。”遂以尧舜至纣为一节，语之中间羿、桀等，但以代作两字櫽之，所谓括言也。指其大而已。今细求之，则夏代四百五十八年中，治乱各三：禹启治也，太康即乱也。仲康力维乎治也，后相尸焉有穷则改物矣，是为宇宙中篡弑之始，不可谓之非大乱也。少康之兴，遂又为中兴之始治也。繇抒槐而下，渐至于微。一桀决裂为之大乱，（城）［诚］不可复矣！譬则病者元气未尽，虽既危矣，缓调之犹可复兴。兴之后缓散之，则气日尽于内，急吐之竭之，立亡耳！故夏之世，从前观之，急绝则缓起，亦如新林之木，斧之而复生也；从后观之，缓失则急亡，又如老朽之柯，梃之而自折也。然使仲康如相，则王已久亡；如桀，则商已久灭矣。乃能强自振惕，犹终其身，则夫使桀而如仲康，又安在不可永其年，寿其国乎？况其臣无寒浞之凶，有汤武之圣哉！故言天命尽人为之可也。此篇盖补孟子所括言代作两字之解，为千古治乱法戒之先。粗而语之，村市之谈；精而求之，圣贤之学也。孟夫子如复起乎其非我哉！

叙后亦有“钟惺之印”与“伯敬父”两印。此叙绝不类钟惺风格，亦为伪托无疑。

国图、首都图书馆均有《夏商合传》本，为稽古堂嘉庆乙亥（1815）序本。题为“钟惺伯敬父编辑、冯梦龙犹龙父鉴定”。共八册。《有商志传》为二十四则。柳存仁《伦敦所见中国小说书目提要》著录同。

孙氏《书目》有“《新刊按鉴编纂开辟衍释通俗志传》六卷八十回”，有明刊本、麟瑞堂刊本、清道光十年（1830）重刊本。明人周游撰，封面题“钟伯敬先生评”。是书从盘古开天辟地记至武王伐纣。《小浮梅间话》云“本之佛经”，恐非是。

国图藏有《封神演义》善成堂刊本，九十卷，一百回，共二十册。此书原题“伯敬先生评重镌绘像封神演义”，前有“康熙乙亥（1695）二月望后十日闾洲褚人获学稼题于四雪草堂”之序。孙氏《书目》还有明金阊舒载阳本，题为“新刻钟伯敬先生批评封神演义二十卷一百回”，别题“批评全像武王伐纣外史封神演义”。另有蔚文堂明本别题“商周列国全传”，“钟伯敬先生评”。巴黎国图藏清籁阁藏板本，刘修业《古典小说戏曲丛考》以为出自舒本。黑大藏此书学库山房重刻本亦同出自舒本。此外还有乾隆壬寅（1782）茂选楼二十卷本。国图还有康熙德聚堂本《新刻钟伯敬先生批评封神演义》一百回，乾隆四十七年茂选楼刊《新刻钟伯敬先生批评封神演义》二十卷一百回本，光绪十五年广百宋斋铅印《绣像封神演义》一本回本，清书业成刻《新刻钟伯敬先生批评封神演义》十卷一百回本，另有其八卷一百回清刻本。

“新刻剑啸阁批评西（东）汉演义传”，西汉八卷，东汉十卷，均题“钟伯敬批评”。中国国家、首都、黑大图书馆分别藏有清嘉庆十五年（1810）同文堂刊本、同治十一年（1872）杭州善成堂刊本、经元堂刊本、渔古山房藏板本、金阊敬业堂刊本。孙氏《书目》还有清初拔茅居中型本；柳氏《提要》还有五云楼本等。上述各本多有题名袁宏道之序。是书盖剑啸阁合刻甄伟《西汉》、谢诏《东汉》而成。

国图藏有《大隋志传》四卷四十六回，四册，题“明钟惺编次，明李贽参订”，清刻本。一般认为系割裂褚人获《隋唐演义》前半而成。首都图书馆有同治八年（1872）经纶堂刊本四册四十六回，均题“明钟惺编”。

孙氏《书目》又有“《薛家将平西演传》八卷三十二回，一名《混唐后传》”，为福建坊刻小本，题“景陵钟惺伯敬编次，温陵李贽卓吾参订”。首有钟序，实伪托。孙氏言：“此书实即恂庄主人编次《异说征西演义全传》，唯卷首征西事稍略。”谭正璧《古本稀见小说汇考》录有此书清芥子园刊本，并云“或以为系明万历刊本，不确”。近有疑实有明刊本者。

孙氏《书目》有《钟伯敬先生批评三国志》十七卷，明刊本，旧题“景陵钟惺伯敬父批评，长洲陈仁锡明卿父校阅”，为日本千叶掬香藏本。钟、陈之名显系伪托。

孙氏还记载了明季刊本《钟伯敬先生批评忠义水浒传》一百卷一百回，首有署名钟惺序及《水浒传人物评》等。孙氏言其“内容文字，与李卓吾评本略同”。郑振铎先生《西谛书话》节录《欧行日记》云：“（七月四日）九时赴（巴黎）国图，借出《觉世名言》《京本插增王庆田虎忠义水浒传》及《钟伯敬批评水浒传》三书来读……钟伯敬批评的《水浒传》，乃百回本，亦为极罕见之书。因书中多骂满人的话，故遭禁止。或坊贾畏祸，自毁其版及存书也。”书中骂满人的话，据曦钟《关于〈钟伯敬先生批评忠义水浒传〉》一文所载，巴黎国图藏本为四知馆梓行。序中说“世无李逵、吴用，令哈赤猖獗辽东”，可见时为万历末开原、铁岭失守之后，然则梓行或在启、祯间乎？

明末清初之小说甚多，此处仅就见闻举例而已。但仅此即可说明，钟惺当时在小说界之声望实不下李卓吾、袁中郎，起码书坊主人这么看。

| 书名 | 作者 | 版本 | 依据 |
|---|---|---|---|
| 钟伯敬先生秘书十五种 | 钟惺？叶舟 | 崇祯戊辰刊本 | 国图卡片 |
| 盘古至唐虞传二卷 | 钟惺？编辑冯梦龙鉴定 | 明书林余季岳刊本 | 中国通俗小说书目 |
| 有夏志传四卷 | | 明刊本、清袁庆稽古堂本 | |
| 有商志传四卷 | | 稽古堂本 | |
| 夏商合传 | | 稽古堂本 | |
| 开辟衍释通俗志传六卷八十回 | 周游撰<br>钟惺？评 | 明刊本、麟瑞堂本、道光重刊本 | |
| 封神演义十九卷一百回 | 钟惺？评 | 善成堂刊本、四雪草堂本 | |
| 封神演义二十卷一百回 | | 金阊舒载阳本、蔚文堂本、清籁阁本、学库山房本、乾隆四十七年茂选楼本 | 古典小说戏曲丛考 |
| 封神演义十卷一百回 | | 清书业成刊本 | |
| 剑啸阁批评西汉演义传八卷东汉演义传十卷 | 钟惺？批评 | 嘉庆同文堂刊、经元堂刊、渔古山房藏板、敬业堂刊、拔茅居袖珍本、五云楼本、杭州善成堂本 | 中国通俗小说书目 |
| 大隋志传四卷四十六回 | 钟惺？编次李贽参订 | 清刊本、经纶堂本 | |
| 薛家将西演传八卷三十二回（混唐后传） | | 福建坊刻小本、清芥子园刊本 | |
| 三国志二十卷 | 钟惺？批评 | 明刊本 | |
| 水浒传一百卷一百回 | | 明季刊本、四知馆刊 | |

载《古籍整理研究学刊》2007 年第 3 期，第 5~7 页

# 钟惺评点综述

郑艳玲

## 一、钟生好品诗

钟惺的好友高出在《寄询钟伯敬》一诗中曾说“钟生好品诗”①。这句话道明了钟惺在评点方面的喜好与贡献。

钟惺常常和师友们一起讨论，表现出与众不同的文学观。万历二十八年，还是秀才的钟惺和魏象先论明诗，提出“明诗无真初、盛，而有真中、晚，真宋、元”② 之论，语惊四座。后来，钟惺又和潘稚恭论因袭矫枉之弊，和谭元春等论诗文作法。商家梅、林古度等人受到影响，诗风因此为之一变。万历三十八年，刚中进士的钟惺意气风发，在文学上为求诗名而选诗。他读了董崇相的诗集后，自发地为之选诗而后成集：“闽有董崇相先生者，其人朴心而慧识，古貌而深情。所为诗似其为人，非惟不使人知，而若不敢以作诗自处者。庚戌，予始读而选之，见其力之至，巧之中。盖独胜者过于同能，而兼长者逊其专诣。公

① （明）高出：《寄询钟伯敬》，《镜山庵集》卷十九，《四库禁毁书丛刊》集部第 31 册，北京：北京出版社 1997 年版，第 179 页。

② （明）钟惺：《明茂才私谥文穆魏长公太易墓志铭》，（明）钟惺著，李先耕、崔重庆标校：《隐秀轩集》卷第三十三，上海：上海古籍出版社 1992 年版，第 522 页。

亦知予不妄，而诗始有集。”① 这大概是钟惺最初选诗的表现。后来，钟惺又为同里鲁文恪选诗文集，因诗集被汤宾尹索去而未果，不过他在《题鲁文恪诗后二则》中表达了自己的选诗理论，颇为精彩：“观古人全诗或不过数十首者，少或至数首。每喜其精。而疑其全者或不止此，其中散没不传者不无。或亦有人乎选之，不则自选，存其所必可传者而已。故精于选者，作者之功臣也。……删选之力，能使作者与读者之精神心目为之潜移而不知。”钟惺认为选诗的行为是一种文学批评活动，可以使作者与读者紧密结合，达到作品的目的。这种观点精辟地指出评点者在作者和读者之间的桥梁作用。此外，钟惺从“选”和“作”的先后关系出发，将作家分为三类：“故夫选而后作者，上也；作而自选者，次也；作而待人选者，又次也。”② 显然，钟惺把自己归为“上”者之类。基于这种认识，钟惺的选、评等活动就是很自觉的了。钟惺还进一步为好友陶崇谦定《镜佩楼诗选》，为谭元春选《简远堂近诗》，为商家梅选《种雪园诗》等。

从万历四十二年起，钟惺评点方面一系列著作的完成，是他在文学批评领域更深层次的开拓。这些评点所产生的巨大影响也印证了钟惺为一代评点名家的论断。

万历四十二年，钟惺和谭元春在浏览古人诗歌时得古人精神，进而评选古人诗，成《诗归》一书。《诗归》既倡导学习古人的风气，又高举抒发情感的旗帜，这种独特的艺术趣味和诗论思想在文坛产生了深远的影响。晚明文坛，名人辈出，流派峰起；宗唐崇宋，各有妙论。自李贽倡导“童心说”以来，徐渭、汤显祖、袁氏三兄弟等人都极力加以发扬。作为矫正公安之弊的竟陵派领袖之一，钟惺“别出手眼，另立深幽孤峭之宗……海内称诗者靡然从之”，《诗归》更是“盛行于世，

① （明）钟惺：《董崇相诗序》，《隐秀轩集》卷第十七，第264页。

② （明）钟惺：《题鲁文恪诗选后二则·又》，《隐秀轩集》卷第三十五，第562页。

承学之士，家置一编，奉之如丘尼之删定”①。在此需要强调的是，伴随着《诗归》的产生，钟惺的目光集聚于评点这种传统的文学批评形式。他的文学批评活动也主要围绕着“选”和“评”而展开了。钟惺对《诗经》很有研究，万历四十四年，钟惺评点《诗经》，提出了很有影响力的“活物说”。书成之后，凌濛初给予高度评价，他的侄子凌杜若刻印时，在《跋》中认为钟评可“标示法门”。② 钟惺的《诗经》评点在当时还被其他评点家摘录引用，例如徐奋鹏的《采辑名家批评诗经删补》、魏浣初的《批点毛诗振雅》等都辑入钟惺的评点，从中可窥钟惺的《诗经》评点在内容和形式方面都产生了很大的影响。万历四十三年起，钟惺在南京僦居三年，写成《史怀》。《史怀》包括对《左传》《国语》《战国策》《史记》《汉书》《后汉书》《三国志》《晋书》等史书的评论。《史怀》的创作初衷，是钟惺有感于晚明文坛不读书的不良风气。钟惺崇尚古人，要求文人“怀抱古今”，这样才能“于古人经世之旨颇有所窥”。③ 这些看法是对晚明浮靡世风的一种反拨。《史怀》一出现就影响很大，邹之麟《史怀序》有这样一个例子：“于时魏士为（魏国光）者，扁舟裹粮，不远数千里，来观伯敬所读之书，上下其议，凡月余。两人者居然有古人风概，士类翕盖以文人宗之。”④《史怀》虽为史评著作，但亦不乏文学评点之论，正如钟惺自己所言：“弟僦居金陵，心自怀归。……又将《二十一史》肆力一遍，取其事以经世，取其文以传世、以怡情。”⑤ 万历四十五年，钟惺将评点成的《三国志钞》八卷、《水经注钞》六卷、《世说新语钞》二卷汇辑一起，编为《三注钞》，写有《三注钞序》；万历四十八年，钟惺又选评苏轼

① （清）钱谦益：《钟提学惺》，《列朝诗集小传》丁集中，上海：上海古籍出版社 1983 年版，第 570 页。

② （明）钟惺评点：《诗经不分卷小序》（一卷），明凌杜若朱墨套印本。

③ （明）钟惺：《与林止岩座主》，《隐秀轩集》卷第二十八，第 486 页。

④ （明）邹之麟：《史怀序》，（明）钟惺：《史怀》卷首，北京：中华书局 1985 年版，第 1 页。

⑤ （明）钟惺：《与谭友夏》，《隐秀轩集》卷第二十八，第 472~473 页。

散文，编为《苏轼文选二十卷》，在《苏轼文选序》中批评了时人以“趣”总结苏文特色的说法。此外，钟惺还有很多评点著作，陶珽在钟评本《公羊传十二卷》卷首《钟伯敬评公羊穀梁二传叙》中说：“……独于竟陵得吾友钟伯敬所评公、谷、国策、国语、前后汉、三国史、暨通鉴、纂昌黎、选东坡、选古今文选与夫朱子纲目、传五经文字，观诸遗书一十八种，归途展晚差为快耳。”① 可知钟惺评点数量丰富，内容广泛。

从自己的文学观出发，对友人作品加以评选，进而提出“选”和“作”的关系之说，最终落实到大量文学评点之作的著述，这些文学批评活动的实践，可见钟惺“好品诗”之说实至名归，堪为影响晚明三十余年之久的一代评点名家。

## 二、钟惺评点的特点

钟惺的评点有其自身的特点。张寿林曾这样评价：“今考其书，大旨欲以意逆志，以破汉儒之拘牵。盖惺本文士，又为竟陵一派之宗主，故其说诗，意在品题，与经生说诗之株守门户，斤斤于名物训诂者，故自不同。其于经文之旁，加以圈点，具各附眉批旁注，以摘发字句，标示语脉。虽不脱时文之习，然其间品题玩味，多出新意，不肯剽袭前人，发之性情，参之义理，颇能平心静气，以玩索诗人之旨，于篇内微言，词外寄托，未尝无所阐发。……大抵语无多，而领会要归，表彰性情，深得诗人之本意。虽平心揣度，不无臆断之私，然千虑一失，贤者不免。必谓批点之法，非训诂之体，遂并其书而废之。是则未免门户之见，非天下人之公议矣。”② 这段话基本上道出了钟惺评点的三个特点。

① （明）陶珽：《钟伯敬评公羊穀梁二传叙》，（明）钟惺评：《公羊传》卷首，明崇祯刻本。

② 中国科学院图书馆整理：《续修四库全书总目提要》（稿本）（19），济南：齐鲁书社1996年版。

第一，钟生“说诗，意在品题”。评选前人文章，主题意义往往是钟惺的出发点。如钟惺评张说的《岭南送使》一诗“说不出，却妙在平平浅浅说来”；① 评苏轼的《易论》：“予尝谓叙事理幽处，能使不甚解者，读之了然，此文笔之妙也”；② 评《诗经·豳·东山》“曰归者，将未来归之时，心悲正在于此，该一篇之意”，③ 等等。这些都是从全局出发，评说作品的风格、表达和主旨。这种评点，常常给人比较完整的印象，同时也体现了钟惺对作品的整体把握。

第二，“摘发字句，标示语脉”。明代八股文风盛行，评点受此影响也很重视篇章结构和句法，钟惺评点也表现出这种倾向。例如，从用词、用句到章法、谋篇，钟惺对《诗经》的评点事无巨细。他评点《击鼓》“各后二句兴前二句，紧缓全不相蒙，后二章渐说开去”，认为《甫田》第一章“一反一正，无折腰之宾病，好法好力”，称赞《卷耳》“我马玄黄”句为“奇语”。又如他点评《静女》“说怿美女”句为“四字简妙”，点评《绸缪》“今夕何夕”句为“四字善甚”，认为《葛生》中的“角枕粲兮”“二语难堪”。④ 他认为《野有死麕》篇中的“如玉”二字很重要，因为这二字在全篇中起到了“承上启下”的作用，对于全篇的过渡很重要。⑤ 对苏轼的《滕县公堂记》中的“此其才易天下之养也”一句，钟惺这样分析：“只此一语，先破拘儒所

---

① （明）钟惺、谭元春：“《岭南送使》钟惺前批”，《唐诗归》卷四，明万历乌程闵氏刻三色套印本。

② （明）钟惺评点：《易论》，（宋）苏轼撰，（明）钟惺评选：《东坡文选》卷四，明万历刻本。

③ （明）钟惺评点：《东山》，《诗经不分卷诗序》，明泰昌元年闵氏三色套印本。

④ （明）钟惺评点：《静女》《绸缪》《葛生》，《诗经不分卷诗序》，明泰昌元年闵氏三色套印本。

⑤ （明）钟惺评点：《野有死麕》，《诗经不分卷诗序》，明泰昌元年闵氏三色套印本。

讳，后便滔滔然。”① 钟惺抓住这句话在全文结构、作用中的地位，认为有了这句话，整篇文章，从形式上破除牵制，从而文思滔滔不绝，所以这句话对于文章的布局、结构是很重要的。此外，钟惺评苏轼的《李氏山房藏书记》“此仁者之心也”一句“此一语动人”；② 评《晁君成诗集序》“名者，古今之达尊也”中“达尊”二字“下字于重而妙”。③ 这都是一种细细把玩、缓缓表述、渐渐体味的过程。这种逐字逐句的分析，和作品结合紧密，给读者提示了作品在结构和章法上的特点。

第三，“领会要归，表彰性情”。在《陪郎草序》中，钟惺以“诗道性情”④ 从理论上总结了自己的文学本质观。这种看法继承了我国古代的“缘情说”诗学传统，也是对公安派“性灵说”的继承。以此为基础，钟惺在评点中标举性情，他对人们不选李颀《题庐五旧居》一诗很有意见，对李攀龙把王昌龄的《出塞》（秦时明月汉时关）推为唐人七绝压卷也不以为然。他的《诗归》多选那些发自内心情感的真实作品，对《诗经》的评点多从情感入手，在《东坡文选》中也是反复强调“情”的作用。所以时人评价他的评点“秉笔而出入之，旨则归经，断则归史。一字褒驳，其难犯□《春秋》，眼明手捷，古人隐怀一笔刺入……论诗必论情与事及时代，风会高下，纸上悲喜，颜面若接。”⑤ 真正把“情感”作为衡量作品价值的标准，所以，鲍照的咏秋之怀、大义公主的家国破亡之叹、张若虚的月夜奇情，以及元结的穆穆

① （明）钟惺评点：《滕县公堂记》，（宋）苏轼撰，（明）钟惺评选：《东坡文选》卷三，明万历刻本。

② （明）钟惺评点：《李氏山房藏书记》，（宋）苏轼撰，（明）钟惺评选：《东坡文选》卷三，明万历刻本。

③ （明）钟惺评点：《晁君成诗集序》，（宋）苏轼撰，（明）钟惺评选：《东坡文选》卷二，明万历刻本。

④ （明）钟惺：《陪郎草序》，《隐秀轩集》卷第十七，第275页。

⑤ 王锡深：《古唐诗归序》，（明）钟惺、谭元春评，（明）王重点定：《古唐诗归》卷首，明季刻本。

情至，才会得到钟惺《诗归》的额外眷顾。

## 三、钟惺评点的价值

第一，钟惺的评点，提出了不少新颖的见解。在《诗归》中，钟谭提出了“求古人之真精神”的观点，以及对“灵”和“厚”的追求；在《诗经》评点中提出了“活物”说；在《三注钞》中提出了“注者精神可以独立”的观点；在《东坡文选》中对“变”与“法”、“情”与“理”等提出了有价值的观点，等等。这些提法和认识，和公安派过于强调“性灵”的理论不同，所以，清代贺贻孙《诗筏》公允地评价：“以余平心而论之，诸家评诗，皆取声响，惟钟、谭所选，特标性灵。其眼光所射，能令不学诗者诵之勃然乌可已，又能令老作诗者诵之爽然自失，扫荡腐秽，其功自不可诬，但未免专任己见，强以木槵子换人眼睛，增长狂慧，流入空疏，是其疵病。然瑕瑜功过，自不相掩，何至如时论之苛也。”① 此外，钟惺的学古主张，直接引发了清代诗学对传统的回归，继之而起的神韵说、格调说、肌理说都表现出这种倾向。因此，钟惺趣兼七子、公安的美学追求，成了清代诗学走向的引路灯。

第二，钟惺评点，推动和发扬了文学评点的批评方式和价值。钟惺及其竟陵派的得名就来自于《诗归》的评点。在我国文学批评史上，以选得名者不少。就钟惺的时代而言，钟惺和谭元春以选本为基础，加以评点，产生了广大的影响，并由此诞生了竟陵派，这的确是一件文坛盛事。《诗归》奠定了钟惺以及竟陵派的声势，也正是在此基础上，钟惺和竟陵派风行晚明文坛三十余年。钟惺的评点方式也被时人争相模仿和摘取，如凌濛初在自己撰写的《孔门两弟子言诗翼》中杂采钟惺等

① （清）贺贻孙：《诗筏》，郭绍虞、富寿荪编：《清诗话续编》上册，上海：上海古籍出版社1983年版，第197页。

六家诗评，甚至“经文圈点俱从钟伯敬本，诸评语圈点则不按，窃有取焉”①。陈淏子在《周文归大凡》中也说：“读书本在于吾徒，论文何假乎伯敬。今借钟名鼎望，以罔利者，先生不少，不可信也。今辑谈诗议汉，而评周者，先生诚多，可不观乎？乃于是纂。评宗伯敬，标佐月峰，……至如圈点，悉本钟、孙。”②

第三，钟惺的评点继承和发扬了公安派的“性灵说”。公安派的“性灵”说来源于李贽的童心说，他们高唱着尽情自适、还原本性欲望的赞歌，亟待摆脱封建观念给予人的束缚，一心想要创造一种独立自由的人格。钟惺与之不同。在强调“真”的问题上，钟惺肯定“诗道性情”，把“情”摆在首位，同时，钟惺又追求“古人之真精神”，明确提出了向古人学习的问题。钟惺也反对复古模拟之作，但他并不否定历代优秀的古人诗作，所以他评《史记》《诗归》《诗经》，又埋头读史书，著《史怀》。此外，钟惺还提倡学习古人的章法结构，进而表现出对“和平冲淡”之风的欣赏，这种提法与公安派只讲究“性灵”，排斥一切古学和形式的束缚都有明显的区别。因此，钟惺之“情”蕴含古人的精神，钟惺之“趣”也是古学所浸透的一种活泼情趣，钟惺之评点是带有很多传统精神的影响的，并非如公安派一般一味地反传统、反世俗。可以说，钟惺的评点，继承和扬弃了公安派的“性灵说”，同时又能够提出独到的看法，这些都是很可贵的。

## 四、托名钟惺的评点本

就目前各种资料来看，题名钟惺的各类著作有百余种之多。③ 除了

① （明）凌濛初撰：《孔门两弟子言诗翼》，《四库全书存目丛书》经部第66册，济南：齐鲁书社1997年版，第526页。

② （明）陈淏子：《周文归大凡》，（明）钟惺辑：《周文归》卷首，明崇祯刻本。

③ 郑艳玲：《钟惺评点研究》，北京：人民日报出版社2006年版，第148~172页。

少部分真作外，这些著述多为伪作。

具体来说，这些托名之作分为两种情况：一是有名无实的，即有题名，但是正文中没有出现钟惺的任何文字。这类托名有《盘古至唐虞传》《有夏志传》《有商志传》等。二是名不副实的，即有题名，正文中也有题为钟惺的一些文字，但明显非钟惺所为。这类情况为多数，主要集中在五个方面：一是诗归类、文归类评点。这些托名评点，多以“诗归”“文归”“文怀”等字眼命名，显然是受到了钟惺《诗归》《史怀》的影响。如《名媛诗归》《明诗归》《秦汉文怀》等。二是史书类评点。钟惺曾著《史怀》，包括对《左传》《国语》《战国策》《史记》《汉书》《后汉书》《三国志》《晋书》的评论。于是相应地出现了各种史书评点的托名本，如钟评《旧唐书论》、钟评《删补晋书》等。三是“诗经”类、“苏轼”类的托名评点，如《诗经纂注》《古名儒毛诗解十六种》《三苏文汇》《三苏文盛》《苏长公尺牍选》等。四是各种“通鉴”类、“纲鉴”类、“编年”类的托名本，如《通鉴纂》《鼎锓伯敬订正资治纲鉴正史大全》《明季编年》等。五是各种托名的小说评点。通俗文学，再假以名公评点，其经济目的是不言而喻的。托名钟惺的小说评点有《新刻钟伯敬先生批评封神演义》《新刻按鉴编集二十四帝通俗演义全汉志传》《大唐志传》《混唐后传》《钟伯敬先生批评忠义水浒传》《新订增补夷坚志》《盘古至唐虞传》《有夏志传》《有商志传》等十余种之多。

这些托名钟惺的评点之作，有其自身的价值。首先，这些托名评点，关注了一些新问题。如题为钟惺辑评的《历代文归》是卷帙浩荡的大型散文评选，在当时以及现在，都是极为罕见的。《历代文归》突破了七子派的复古观念，对每个时期的散文加以搜集整理，评选结集，具有一定意义。题名钟惺的《名媛诗归》《明诗归》把焦点集中在女性诗歌、明代诗歌上，《四六新函》以骈文为评点对象，《苏文忠公策论选》和《苏长公尺牍选》分别研究苏轼的策论和尺牍，等等。其次，托名评点本提出了一些新的观点。例如《名媛诗归》对妇女诗歌的认识很值得研究，尤其是评点中对妇女的尊重，对真实情感和行为的肯定。题名钟惺评点的《春秋左传》，基本上是以人物、情节评点为中心的，评点中提出人物塑造要形象，情节设置要奇特等观点，完全符合现代的小说审美观。题名钟惺评点的《刘文成公全集》，对一些修辞手法的总结和分析，即使现在看来也是很有意义的。最后，这些托名评点，从总体上来说，价值一般，不能和钟惺的《诗归》《诗经》评点等相提并论，其中的一些粗制滥造，给钟惺及其竟陵派造成了一定程度的误解。如《四库全书总目提要》中讥讽《诗经图史合考》“不知其何所取也”,① 挖苦《古名儒毛诗解十六种》“谬陋殆难言状”,② 嘲笑《明诗归》“鄙俚可笑”,③ 对《周文归》《宋文归》也是大加鄙薄，进而把这些弊病都归罪于钟惺。这种后果实在是钟惺及其竟陵派所不应承担的，但也是无法避免的。

钟惺的评点，内容丰富，观点鲜明。但从总体上来看只有《诗归》一书堪称经典，其他评点因价值不足而逐渐湮没在晚明评点的浪潮中了。

载《理论月刊》2009 年第 11 期，第 121～123 页

---

① （清）永瑢等撰：《四库全书总目》，北京：中华书局 1965 年版，第 141 页。

② （清）永瑢等撰：《四库全书总目》，北京：中华书局 1965 年版，第 141 页。

③ （清）永瑢等撰：《四库全书总目》，北京：中华书局 1965 年版，第 1759 页。

# 竟陵派诗学视野中的《庄子》诠释

## ——谭元春《遇庄》论析

谢明阳

## 一、前　　言

竟陵派是以钟惺（1574—1625）、谭元春（1586—1637）为首的晚明诗学流派。钟、谭二子结识于万历三十二年（1604），二人定交后，年纪较长的钟惺即以亦师亦友的身份带领谭元春逐步开创竟陵派的诗学事业。钟、谭二子经营诗派的策略，归纳起来约有下列三端：其一，游历南京、北京等地，结交四方文友，为诗派的发展寻求广大群体的认同；其二，努力琢磨诗艺，形成清幽冷峭的诗风，以引领文坛风骚；其三，共同编选《诗归》，将诗学思想落实为细致深微的评点，营造出新的美学范式。诗人、诗风、诗评，三项条件俱足，是以竟陵派能继公安派而崛起，并以所向披靡的声势席卷晚明坛坫。① 特别值得注意的是万历四十五年（1617）刊刻的《诗归》一书，不仅标志着竟陵派诗学思想的成熟与定型，对于竟陵诗学的传播更发挥了关键的作用。

天启五年（1625）钟惺病故，谭元春成为竟陵派后期的领导者，仍然持续拓展竟陵派的诗学势力，时人尝云“一时同人于友夏以物宗

---

① 关于竟陵派的形成与发展，参陈广宏：《竟陵派研究》，上海：复旦大学出版社2006年版，第131～316页。

推之”① “海内奉谭子之教也久矣”②，所言皆显示了谭元春于崇祯诗坛的宗匠地位。谭元春晚年着有《遇庄》，此书曾被视为竟陵派继《诗归》之后的另一部重要著作，如高世泰（1604—1676）《谭友夏先生乡贤檄》云：

> 《诗归》一选，手辟蚕丛；《遇庄》数篇，神传蝶梦。揖古人于烟霜冰雪之中，开后学以灵朴苍寒之绪。微言可寻，伊谁之力?③

论中将《诗归》与《遇庄》并列，认为二书皆能于“揖古人”而“开后学”，使古人、后学的素朴灵心交会于苍茫冷峭之中，此意即是钟惺《诗归序》所谓“引古人之精神以接后人之心目”④。由此可见，《诗归》与《遇庄》的写作旨趣当有相通之处。进一步推申，《遇庄》的成书其实也说明了竟陵派的诗学与《庄》学之间具有交互融摄的关系：一方面，钟、谭二子曾运用庄子思想来表现竟陵派虚怀独往的诗学精神；另一方面，谭元春也将建构完成的竟陵诗学反馈于《庄子》的阅读。关于前者，当代学者的相关论述已多，以研究竟陵派成就最高的陈广宏《竟陵派研究》为例，其书即明白指出：“钟、谭是将一种与道冥合的认知方式完全运用于包括创作活动与鉴赏活动在内的整个文学审美活动之中。”并云：“这种内向超越的审美精神，其源头可以追溯到道

① （明）陈际泰：《鹄湾集序》，收入（明）谭元春：《谭元春集》附录一，上海：上海古籍出版社 1998 年版，第 946 页。陈际泰（1567—1641），字大士，江西临川人，崇祯七年（1634）进士。此文作于崇祯五年（1632）。

② （明）张泽：《谭友夏合集序》，收入《谭元春集》附录一，第 946 页。张泽，字草臣，南直隶吴江人。此文作于崇祯六年（1633）。

③ （明）高世泰：《谭友夏先生乡贤檄》，收入《谭元春集》附录二，第 956 页。高世泰，字汇旃，南直隶无锡人，崇祯十年（1637）进士，官至湖广提学佥事。此文作于崇祯十四年（1641）。

④ （明）钟惺：《隐秀轩集》卷第十六，上海：上海古籍出版社 1992 年版，第 235 页。

家虚心应物的认知方式及其清静无为的生活态度。”① 至于后一议题，目前仍未受到学界充分的关注，因此，本文尝试以《遇庄》一书为讨论对象，探究谭元春如何透过竟陵派的诗学视野来诠释《庄子》，以及此一诠释理路在《庄》学史上的特殊性。下文，我们将先考察《遇庄》的成书经过，作为全文论述的基础；其次则阐发《遇庄》中所提出与庄子相遇的方法，此部分的讨论又可细分为阅读者的主体修养、阅读对象的客体认识两个层面；文章最后总结于谭元春对于庄子人格形象的体知，借以呈显谭子与庄子精神相遇的生命样态。

## 二、《遇庄》的成书经过

《遇庄序》文末题署“崇祯乙亥夏五闭户人谭元春序于岳归堂”，② 乙亥为崇祯八年（1635），当时谭元春五十岁，距其辞世时间仅有两年，故《遇庄》算是晚年作品。另观谭元春《答潘昭度中丞书·其一》云：

> 春五十老矣，独好思古人，落想出口之时，或偶一得之，则喜忭终日，又思得向大人君子而知我者告之，正未知负笈何日耳。今夏著《遇庄总论》一书，匆匆不遑印。③

同样证实此书成于谭元春五十岁时，也就是崇祯八年的夏天。但《遇庄序》也提道：“童年读《庄》，未有省也。十五年间凡六阅之，手眦出没，微殊昔观。”④ 可知《遇庄》的著成虽晚，却凝聚着谭元春多年

① 分见陈广宏：《竟陵派研究》，第 342、418 页。论中虽泛称“道家”，但“与道冥合”“虚心应物”的认知方式主要是就庄子而言。

② 《遇庄》，《谭元春集》卷第三十三，第 903 页。

③ 《谭元春集》卷第三十二，第 860 页。潘昭度，即潘曾纮，浙江乌程人，万历四十四年（1616）进士。

④ 《遇庄》，《谭元春集》卷第三十三，第 902 页。

的心血。

谭元春称其书为《遇庄总论》，有时又称为《遇庄》。《寄凌茗柯》云：

> 顷刻有《遇庄总论》一册，可供喷饭，函中不能附往。①

《寄刘同人》则云：

> 《遇庄》五册寄用。②

前说先言《遇庄总论》为一册，后说则言《遇庄》有五册，前后册数明显不同，可见二名最初的指涉应当有别。谭元春另曾评点《庄子南华真经》三卷传世，此书开端先载复社领袖张溥（1602—1641）《庄子序》、谭元春《遇庄序》两篇序文，正文则收录《庄子》三十三篇全文，随文并附谭元春评点，另于各篇篇末设有《总论》。③ 对照黄虞稷（1629—1691）《千顷堂书目》所记："谭元春《谭子遇庄》三卷。"④ 标明的卷数与谭元春评点的《庄子南华真经》相合，则谭评《庄子南华真经》当即是《寄刘同人》所说的《遇庄》，⑤ 此书各篇的《总论》

① 《谭元春集》卷第三十二，第878页。凌茗柯，即凌义渠（1593—1644），浙江乌程人，天启五年（1625）进士。

② 《谭元春集》卷第三十二，第866页。刘同人，即刘侗，湖广麻城人，崇祯七年（1634）进士。

③ 见（明）谭元春评：《庄子南华真经》（台湾"国家图书馆"藏，明崇祯刊本）。此书亦收入严灵峰编《无求备斋庄子集成续编》第27册（台北：艺文印书馆1974年版），与台湾"国家图书馆"藏本相较，二书版式全同，唯文字漶漫处不一，于辨读时可以相互参照。

④ （清）黄虞稷：《千顷堂书目》卷十六《道家类》，上海：上海古籍出版社1990年版，第434页。

⑤ 张溥《庄子序》云："张受先少锐道学，年来竟杜门导引，寡食少言，窥其意，亦在老、庄间。余间与语，亟称友夏《遇庄》为长。"正是将谭评《庄子南华真经》称为《遇庄》。见（明）张溥：《庄子序》，收入谭元春评：《庄子南华真经》，第5页。张受先，即张采（1596—1648）。

当即是《寄凌茗柯》所说的《遇庄总论》。《遇庄总论》只是《遇庄》的一部分，故二者册数不同。不过，谭元春对于书名的称呼有时也并不严谨，例如《答潘昭度中丞书·其二》云："近刻《遇庄》一册，寻味稍别，因风请教，不胜仰止。"① 又如《与万茂先》云："家制色布一端，《遇庄》一册，寄意。"② 二文所称的《遇庄》均为一册，则当是《遇庄总论》的简称。为了避免书名的混淆，本文沿袭惯说，以《遇庄》一名代指《遇庄总论》；至于《千顷堂书目》著录的三卷本《谭子遇庄》，则以现存刊本为据，名之曰谭元春评《庄子南华真经》。

前引谭元春《答潘昭度中丞书·其一》作于崇祯八年（1635），《其二》则作于崇祯九年（1636）。③ 前一封信尚云"今夏著《遇庄总论》一书，匆匆不遑印"，后一封信已云"近刻《遇庄》一册"，可推知《遇庄》的刻成应在崇祯八九年之际。此一卷本的《遇庄》，后来附入谭元春《鹄湾集》之后，《中国古籍善本书目》载录："《鹄湾集》九卷、《遇庄》一卷，明谭元春撰，明末刻本。"④ 明末刻本《鹄湾集》尚有孤本藏于湖北省图书馆，唯《遇庄》的部分已经残缺，仅存《遇庄序》及《遇庄总论》第二十二至第三十三篇。⑤ 至于谭元春评《庄子南华真经》的刊刻经过，张溥《庄子序》言之颇详：

> 《庄子》本多，亡虑数十，莫详于焦氏，泛滥通涉，心每不开。前寓京邸，从于司直所见谭友夏评本最善，携归钞录，语多未

① 《谭元春集》卷第三十二，第862页。

② 《谭元春集》卷第三十二，第884页。万茂先，即万时华（1590—1639），江西南昌人。

③ 系年据陈广宏：《钟惺、谭元春文学活动系年》，《竟陵派研究》附录一，第549、551页。

④ 中国古籍善本书目编辑委员会：《中国古籍善本书目》卷二十六《集部·明别集类》，上海：上海古籍出版社1998年版，第856页。

⑤ 参陈杏珍：《遇庄校语》，收入《遇庄》，《谭元春集》卷第三十三，第904页。

> 全。及谭服膺示友夏寄书，得睹全评，又读其《遇庄论》三十三篇，言辞亲切，若与庄语。门下士好读之，竞借传写，书不留簏，遂图摹板。服膺令清，不言而治，辄诗文赠答云："友夏于《易》、《诗》、《礼记》、三《传》、《国语》、《离骚》、《史记》、前后《汉书》皆有评，若以饷客，愿先《庄子》。"既闻刻成，许操笔作序。①

于司直，即于奕正（1597—1636），尝与刘侗合著《帝京景物略》。谭服膺，即元春之弟谭元礼（？—1636），崇祯四年（1631）进士，授浙江德清县令。② 起初，张溥于京师于奕正处得到谭元春的《庄子》评本，携归钞录，但所见并非全帙，直到崇祯八年，元春之弟元礼出示全评以及《遇庄总论》三十三篇，张溥才得以一览谭元春评释《庄子》的全部内容，并因为门下士好读之，故有摹版之想。当时，谭元礼担任德清县令，政令清简，因得闲暇刻印是书，书成之后由张溥撰序推荐。张溥序文最后言及："比刻成，服膺已逝，三卷书耳，为时忽有河山之异。今将寄友夏并此序，埋一通于服膺墓侧，庶几托孝标之答秣陵也。"③ 知谭元礼刻毕此书之后，竟忽然过世。考谭元礼卒于崇祯九年，④ 则《庄子南华真经》必刻于此年以前，与一卷本《遇庄》的刊行时间相去不远。今收录于上海古籍出版社本《谭元春集》的《遇

① 张溥：《庄子序》，收入谭元春评：《庄子南华真经》，第3~4页。

② 谭元春兄弟六人，依序为元春、元晖、元声、元方、元礼、元亮。见《先府君志铭》，《谭元春集》卷第二十五，第697页。又《复社姓氏传略》载："谭元礼，字服膺，崇祯辛未进士，受德清令。"见（清）吴山嘉：《复社姓氏传略》卷八，北京：中国书店1990年版，第20页。

③ 张溥：《庄子序》，收入谭元春评：《庄子南华真经》，第7页。"托孝标之答秣陵"，刘孝标于友人刘沼亡故后，作《重答刘秣陵沼书》，张溥引以为喻。

④ 谭元春弟谭元声所撰《先兄未刻诗文小引》云："元声兄弟六人，造物忍夺其半。回忆十年以往，仲氏早逝，已残我枝上之飞鸣。何堪两载之中，伯、季双亡，忽失我门内之师友。"据"两载之中，伯、季双亡"之语，可推知谭元礼早谭元春一年卒，即卒于崇祯九年（1636）。此文收入《谭元春集》附录一，第948页。

庄》，是点校者陈杏珍以一卷本《遇庄》为底本，并由《庄子南华真经》的《总论》辑得原书缺损的部分，汇整校订而成。

关于《遇庄》书名的由来，谭元春《与舍弟五人书》曾有详细说明：

> 《庄子》则我五六年苦心得趣之书。今春又看得诸家注，又参订过郭注，方自信为不谬不僻。若未看诸家注，自是贡高虚勇狂慧，未必无大失也。名曰《遇庄》，道路间或一遇之，不敢以为堂室在此。然嵇中散云："此书那复须注?"真是名言。不可注，或可遇耳。庄子亦云："有能通其解者，是旦暮遇之也。"则庄子未尝不许人遇矣。非但钝根如我，只可一遇，即圣贤知慧绝顶，不遇之，亦竟不遇之矣。孙登长啸一声，嵇、阮可谓遇矣，而犹怪其冥默不言，是于一遇之外，而求多于孙登，其可得乎？王烈遇石髓，而嵇公不遇，虽导之使往，留之使食，其可得乎？遇仙不必同升，遇佛不必同证，亦只要本来有此根器，此后留下种子，而必欲同升同证，其又何可得耶？"遇"之为言，甚活甚圆。庄子与读《庄子》者，俱可不罪我妄也。①

对照张溥《庄子序》"及谭服膺示友夏寄书，得睹全评"之语，可推知此文当即是谭元礼出示于张溥的友夏来信；信中所言费五六年苦心而得的《遇庄》，当即是《庄子南华真经》全评本。若从《庄子》原书探寻出处，《遇庄》之"遇"出自《齐物论》："万世之后而一遇大圣，知其解者，是旦暮遇之也。"② 谭元春自信其书可以与庄相遇，显然有意以后世知解《庄子》者自居。文中，并一连用了三个与嵇康相关的典故来阐发"遇"字的深意：其一，嵇康曾对注解《庄子》的向秀说：

① 《谭元春集》卷第二十七，第747页。

② （晋）郭象注，（唐）成玄英疏：《南华真经注疏》卷一，北京：中华书局1998年版，第54页。

“此书讵复须注？徒弃人作乐事耳！”① 谭元春称述此语，用意在于说明《庄子》不可注而可遇。因为注《庄》是思维活动、理性认知，注解者与庄子不免处于相互对立的状态；遇《庄》则是精神契入、情意感通，阅读者与庄子已然融合为一。两相比较，后者才是体悟庄子思想的最佳途径。其二，阮籍于苏门山遇孙登，嵇康亦于汲郡山遇孙登，孙登与二人相游而无所言说，嵇、阮皆曾以言语求之。② 此一典故，进一步强调了“遇”的本质在于心灵的印合，此中精妙处本非语言所能描述，反之，话语弥繁，可能去道弥远。其三，嵇康曾与王烈共入山，王烈得石髓，食之如饴，余半与康，却凝结为石，王烈因而叹曰：“叔夜志趣非常而辄不遇，命也！”③ 第三个典故，表明了遇或不遇并非吾人所能操控，其中有机缘存焉。即使相遇，众人的根器皆不相同，受庄子思想熏陶的状况也不尽一致，人人皆可拥有属于自己的庄子想象，所谓“遇仙不必同升，遇佛不必同证”，与庄相遇亦不定与之同逍遥。总括来说，谭元春认为“遇”字甚活甚圆，因为“活”，所以《庄子》的诠释可以不断生成，不断创造；因为“圆”，所以《庄子》的诠释可以圆融多变，没有固定僵化的规矩。

然而，谭元春毕竟将与庄子相遇的感受化为语言，形诸文字。为了避免陷入语言无法契道的困境，谭元春也学习庄子的表达方式，特别强调“卮言”的重要性，《遇庄·阅寓言》云：

> 繁绪单辞，触情触物，谓之卮言。此则手口之间，无日不出，

① 参（南朝宋）刘义庆著，（南朝梁）刘孝标注，余嘉锡笺疏：《世说新语笺疏·文学》，上海：上海古籍出版社1993年版，第206页，刘孝标注引《向秀别传》。

② 参（唐）房玄龄等：《晋书》卷四十九《阮籍传》，北京：中华书局1974年版，第1362页；卷四十九《嵇康传》，第1370页；卷九十四《隐逸传》，第2426页。据《世说新语·栖逸》记载，阮籍于苏门山所遇之真人莫知姓名，《晋书》指为孙登，实属附会。

③ 参《晋书》卷四十九《嵇康传》，第1370页。

> 如人饮酒，日弄一卮，天倪融美，穷年不休，所谓闭门著书多岁月也。士生浮世，然不然，可不可，万喙争鸣。庄子非如是立言，连犿无极，决难持久，故曰“莫得其久”。①

就发言的动机来说，“卮言”是触情触物而兴起的语言，触者，一时之触发感动，是人情与外物的随机遇合，而非刻意为之；就语意的传达来说，“卮言”是以单辞体现繁绪的语言，意即语辞虽然固定，却可以引发繁多的思绪、无穷的意义。如此的语言，没有特定立场，没有固定解释，作者可以如人饮酒，日弄一卮，著书以穷年。这是《庄子》和以天倪、曼衍穷年的“卮言”，也是谭元春自期于《遇庄》的表达方式。

## 三、藏去故我的阅《庄》态度

与庄子相遇虽然不能强求，但也并非全无门径。《遇庄序》所提出的“藏去故我”之论，即是读者在阅读《庄子》时应该具备的首要条件，论云：

> 阅《庄》有法，藏去故我，化身庄子，坐而抱想，默而把笔，泛然而游，昧昧然涉，我尽庄现。循视内外，其有不合者，听于其际与其数。如咒咒物，物利咒止，又如物获咒益，不断咒故，因而遇之，芒昧何极。②

故我即《齐物论》“吾丧我”之“我”，也就是有欲念、有成心的我。读者必须先丧去我执，才能以冥默抱想的姿态阅读《庄子》，使纯粹精神的真我泛然而游，于昧昧然中与庄子交涉。此时阅读者已提升至

① 《遇庄》，《谭元春集》卷第三十三，第926页。
② 《遇庄》，《谭元春集》卷第三十三，第902页。

“吾丧我”之“吾”①，并与作者交融为一，分不清谁是庄子，谁是我，故谓“我尽庄现”“化身庄子”。秉持此一阅读态度省察《庄》书内外，若仍有未能尽合之处，也只能听而任之，仅就相契的部分感知。谭元春以诵念咒语作为譬喻：一如以咒语祈愿时，应用真诚虔敬的心灵来感通神明，直到获得物利而咒语方止，同样的，读《庄子》书也应该涤除情欲，使精神保持在纯净清明的状态，才能让庄子现身，与庄子遇合；又如施用咒语时，虽因咒语而获益，仍无法明白此一神奇力量的来由，同样的，读者与庄子相遇于恍惚芒昧之中，此时情识已泯，彼我两忘，又何尝知其所以然哉？如此说来，谭元春是将《庄子》的阅读视为一种近乎宗教性质的神秘体验，此一神秘体验的最高境界即是妙应鬼神，《遇庄序》又云：

> 予既化身为庄矣，遇庄者，夫岂予哉？且夫景纯有笔，入梦求还；辅嗣玄理，出冢相告。精文妙道，鬼神所恋。如此，吾不忘庄，庄必绕吾。晨宇夜池，划剔吾膺臆，湿吾砚，往来不绝，岂但遇也？②

郭璞神灵进入江淹梦中，索回五色彩笔，江郎因而才尽；③ 王弼鬼魂出于荒冢，与陆机畅论玄理，陆机心服其能。④ 精文妙道向为鬼神所系恋，谭元春自信《遇庄》也是在类似的情境下诞生，此时与庄子的相遇已不止于“道路间或一遇之”，而是与庄生魂魄晨夕相处，并由庄生

① 《齐物论》：“今者吾丧我。”释德清注：“吾，自指真我。丧我，谓丧忘其血肉之躯也。”见（明）释德清：《庄子内篇注》卷二，上海：华东师范大学出版社2009年版，第21页。

② 《遇庄》，《谭元春集》卷第三十三，第903页。

③ 参（南朝梁）钟嵘著，曹旭集注：《诗品集注·诗品中》，上海：上海古籍出版社1994年版，第306页。

④ 一说与王弼鬼魂相遇者为陆云。参（南朝宋）刘敬叔：《异苑》卷六，北京：中华书局1996年版，第53页。

刻画胸臆，执笔湿砚，代为完成《遇庄》的写作。鬼神之论似涉玄虚，但事实上，谭元春此说正是庄子思想的发挥，且看《庄子·人间世》云："瞻彼阕者，虚室生白，吉祥止止。夫且不止，是之谓坐驰。夫徇耳目内通而外于心知，鬼神将来舍，而况人乎！"① 文中"坐驰"当从正面义解，释为"凝神以坐，而四应如驰"，② 意谓形体虽端坐于此，虚静之心却可与天地万物奔驰交感，即连鬼神亦将前来舍止。这是心斋工夫所企及的境地，也是谭元春得以感悟庄子的奥秘所在。

读《庄子》者可以和庄子相遇，尚有一基本前提，即：庄子与后世读者拥有类似的人生经验、相同的心理结构，以及因此而形成共通的人格志趣。如《遇庄·阅逍遥游》所揭示：

> 美胸期者，今古同声，谓之天海空洞。吾笑庄子，亦犹夫人之言也哉！从而广之宕之，杳忽杂之，绵邈究之，吾想其弄笔如目睹矣。③

此一论点可对应宋人姚勉所言："古今人殊，而人之所以为心则同也。心同，志斯同矣。是故以学诗者今日之意，逆作诗者昔日之志，吾意如此，则诗之志必如此矣。"④ 但姚勉提出的是一个全称的命题，谭元春则做进一步的限定，认为古人与今人必须是襟期怀抱之美善者，方可透过相通的生命情志，同声相应于海天辽阔处。然而，即使具备相同的心理结构，读者对于庄生之书，仍应推广之，放宕之，错杂之，参究之，加诸长时间的体会，才得以契悟书中的旨趣。关于此一阅读历程，《阅

① 《南华真经注疏》卷二，第 83~84 页。

② 用王夫之语。见（清）王夫之：《庄子解》卷四，《船山全书》第 13 册，长沙：岳麓书社 1993 年版，第 134 页。"坐驰"的解释，另参王叔岷：《庄子校诠》，台北："中央研究院"历史语言研究所 1999 年版，第 135 页。

③ 《遇庄》，《谭元春集》卷第三十三，第 904 页。

④ （宋）姚勉：《诗意序》，《雪坡舍人集》卷三十七，《丛书集成续编》第 131 册，台北：新文丰出版公司 1989 年版，第 694 页。

知北游》中有更细致的描述：

> 此《南华》参也。何谓《南华》参？……参者，不论何时何地何语，何人相对，但我无思无虑，无处无服，无从无道，无视无听，澹而静，漠而清，调而闲，恍恍冥冥，梅梅晦晦，至于榻穿石窖，柯烂桶脱。有一日焉，如泉脉初动，如雷乍响，如醉僧颠不止，如入水人笑不止，生死大事忽明，弢解袠堕，便足酬庄先生一片救度婆心也。①

《庄子·知北游》云："无思无虑始知道，无处无服始安道，无从无道始得道。""澹而静乎！漠而清乎！调而闲乎！""媒媒晦晦，无心而不可与谋。"② 谭元春化用诸语于论述中，借以说明"藏去故我"的读《庄》态度是一种无所思虑、淡漠闲适的精神状态。此一精神状态恰如入定参禅，若能不懈不怠，持之以恒，必有"榻穿石窖，柯烂桶脱"的一天，此时"泉脉初动，如雷乍响"，读者终能豁然开朗，得到最深刻真切的体悟。若用庄子本身的话语来表示此一过程，则如《大宗师》所言，体道者当先三日外天下，七日外物，九日外生，而后才能朝彻而见独，才能无古今而入于不死不生。③ 因此，《庄子》的阅读不是一般意义的认知活动，而是一段参禅证道的历程，从渐修以迄顿悟，虽须假以时日，但并非刻意求之，此正是《遇庄序》所谓："端居绝念，可以一遇；逐步追逋，忽失其处。"④

谭元春曾举自己阅读《庄子》的实际经验来作说明。《庄子·天地》篇"夫子问于老聃"的寓言中，老聃曾对孔子说："丘，予告若，而所不能闻与而所不能言。凡有首有趾、无心无耳者众，有形者与无形

① 《遇庄》，《谭元春集》卷第三十三，第920~921页。
② 分见《南华真经注疏》卷七，第420、424、430页。
③ 参《南华真经注疏》卷三，第148~149页。
④ 《遇庄》，《谭元春集》卷第三十三，第903页。

无状而皆存者尽无。其动止也，其死生也，其废起也，此又非其所以也。”① 此段文句的意涵极难索解，谭元春即曾以“藏去故我”的方式加以体会，《阅天地》云：

> 向阅前贤注疏，俱失之。忽一日静坐，取白文细讽，胸怀洞然。后阅《焦氏笔乘》相印，始喜有一人同者。大段读经子仙佛书，不须饶舌强解，只清心冥目，读白文，消归一二字，即自洞然无误也。②

前贤的注疏也算是先入为主的一种“故我”，故当扫去，直接阅读白文，直接与庄子会面。此时，读《庄子》者只需静坐细讽，清心冥目，让精神不被外在的种种物欲情思所干扰，自能洞察庄子所欲表达的意旨。谭元春后来发现焦竑（1540—1619）《焦氏笔乘》之说与己见相同，③ 得此事后的验证，更可证明此一阅《庄》态度的有效性。当然，明白文意只是阅读《庄子》的初步阶段，欲与庄子心灵交会，仍须超越字句的限制。试观《庄子南华真经》中，谭元春评《齐物论》“旦暮得此，其所由以生乎”一句云：“只可静读，不可着一语。”评《天运》“北门成问于黄帝”一段云：“斋心细读，可以目敛。”又评《知北游》“冉求问于仲尼”一段云：“想头远，文法远，须默默寻味。”④ 诸评语皆将阅读《庄子》的最终证悟，指向了文字之外的静心默想，亦惟如

---

① 《南华真经注疏》卷五，第 244 页。

② 《遇庄》，《谭元春集》卷第三十三，第 913 页。

③ 焦竑对于《天地》篇此段文句的解说，见（明）焦竑：《焦氏笔乘·别集》，北京：中华书局 2008 年版，第 581 页。另见（明）焦竑：《庄子翼》卷三，《正统道藏》第 60 册，台北：新文丰出版公司 1985 年版，第 824 页。据焦竑的解释，中间一段文句应断作：“凡有首有趾、无心无耳者，众有形者，与无形无状而皆存者，尽无。”

④ 分见谭元春评：《庄子南华真经》卷一，第 8 页；卷二，第 41 页；卷二，第 103 页。

此，才能达到《阅应帝王》所指出的阅读境界：

> 予窃谓《庄子》之妙，似不当竖一义，拈一语，信心游行，随手摹索，反在无字句处，有一漆园叟栩栩见梦也。①

庄周梦蝶，栩栩然蝴蝶也，已分不清自己究竟是庄周还是蝴蝶，此之谓“物化”。② 谭子梦庄周，栩栩然庄周也，同样也分不清自己究竟是谭元春还是庄周，此之谓“藏去故我，化身庄子”。

不仅阅读《庄子》必须遇之，谭元春并且主张：阅读山水、阅读诗歌，同样应该与所观照的对象遇合。就山水而论，例如《古诗归》收录谢朓《之宣城郡出新林浦向板桥》一诗，谭元春于“嚣尘自兹隔，赏心于此遇”句下评曰：“遇字妙。”③ 又如谭元春《秋寻草自序》云：“入西山恍然，入雷山恍然，入洪山恍然，入九峰山恍然，何恍然之多耶？然则予胸中或本有一恍然以来，而山山若遇也。”④ 二处皆拈出“遇”字来表明游赏者与山水之间的对应关系。然而，自然山水不是真实人物，观赏者又该如何与之精神相遇？对此，可以参考谭元春的两首五言古诗：

> 静一上佳山，清光幸我围。苟非真游人，山是光或非。山性与人性，所合在依稀。澄衷阅来久，每爱独往归。必欲偕而往，同趣安可希？令无叔齐情，衷当自采薇。(《山行谣》)
>
> 早夏寒尽脱，园夕余阴森。不知明所自，如霜白空林。净衷澄

① 《遇庄》，《谭元春集》卷第三十三，第910页。

② 参《齐物论》，《南华真经注疏》卷一，第58页。

③ （明）钟惺、谭元春编：《古诗归》卷十三，《诗归》，《四库全书存目丛书》集部第338册，济南：齐鲁书社1997年版，第30页。

④ 《谭元春集》卷第三十，第807页。

遐观，漠漠天外寻。良久乃可得，月魂一缕深。(《新月》)①

山有“山性”，月有“月魂”，山月风光不是无情之物。前诗开端提到“静一”，此词出自《庄子·刻意》：“纯粹而不杂，静一而不变。”成玄英疏云：“纵使千变万化，而心恒静一。”② 持静一之心登上佳山，清光月华将我围绕，登山者仿佛体道真人，山与光，皆在怀抱之中。以《齐物论》来说，真人达致“天地与我并生，而万物与我为一”③ 的境界，“山性与人性”融通为一，故云“所合在依稀”。谭元春以澄清之心浸阅其中，每爱独自体会，此一“独”字，也合于《庄子. 在宥》所云：“出入六合，游乎九州岛，独往独来，是谓独有。独有之人，是谓至贵。”④ 后诗则云，早夏之夕见得霜白光亮，此时“净衷澄遐观”，亦即以澡雪过后的澄净精神来玄览山水，长时间维持此一状态，才能深入契应，一如谭元春所云“良久乃可得，月魂一缕深”，这同样是万物与我为一的珍贵体验。

再联系到诗歌的阅读，谭元春《选语石居集序》述及：“夫诗文之道，上无所蒂，下无所根，必有良质美手，吟想鲜集，足以通神悟灵；而又有砚洁思深、惕惕于毫芒之内者，与之观其恒，通其变，探心昭忒，庶几一遇之而不敢散。”⑤ 诗文创作之道无根无蒂，不易掌握，唯拥有良质美手的诗人，才能感悟神灵，想象出新奇美好的事物；出自其手的作品，也唯有心思洁净、体察深微的读者，才能在“美胸期者，今古同声”的基础上，探得诗人的心意，与之坦怀相遇。此处，读者与诗人之“遇”，依然是阅读的最高意义，而这样的遇合，同样要从坐忘丧我的虚静功夫做起。钟、谭二子分别撰写的《诗归序》皆尝言及

① 分见《谭元春集》卷第三，第48、57页。
② 《南华真经注疏》卷六，第317页。
③ 《南华真经注疏》卷一，第43页。
④ 《南华真经注疏》卷四，第225页。
⑤ 《谭元春集》卷第二十三，第638页。

于此，先观钟惺之说：

> 真诗者，精神所为也。察其幽情单绪，孤行静寄于喧杂之中；而乃以其虚怀定力，独往冥游于寥廓之外。如访者之几于一逢，求者之幸于一获，入者之欣于一至。①

再观谭元春之说：

> 夫真有性灵之言，常浮出纸上，决不与众言伍。而自出眼光之人，专其力，壹其思，以达于古人，觉古人亦有炯炯双眸，从纸上还瞩人，想亦非苟然而已。②

所谓“虚怀定力，独往冥游于寥廓之外”“专其力，壹其思”，都是指凝神定虑、虚静澄明的生命状态。读者进入此一状态，外在环境的喧杂，内在心绪的纷乱，都将汰洗干净，不受拘束的心灵方可游于无何有之乡，广漠之野，以感知前代诗人的情思。此时读者凝视古人，古人亦将以炯炯双眸还瞩，四目相对中，达到彼此精神合一的境地。谭元春的其他文章，如《古文澜编序》云：“使非贞笃恬澹之人，讽高历赏，光影相涵，虽甚勤心，亦莫得而取之。”③ 又如《醉药轩遗诗序》云：“苟非有幽独刚静之士，不能宝赞叹，以待才士诗成之日。”④ 所言“贞笃恬澹之人”“幽独刚静之士”，都是以相同的虚静修养来要求读者。这样的读诗态度与阅读《庄子》、阅读山水相互一致，皆可视为参悟大道的体证过程。

---

① 《隐秀轩集》卷第十六，第236页。
② 《谭元春集》卷第二十二，第594页。
③ 《谭元春集》卷第二十二，第601页。
④ 《谭元春集》卷第二十三，第614页。

## 四、海中拾珠的诠《庄》方法

《庄子·天道》篇“世之所贵道者，书也”一段述及：“世虽贵之，我犹不足贵也，为其贵非其贵也。”又篇末“轮扁斲轮”的寓言中，轮扁描述自己的斲轮之技云：“口不能言，有数存焉于其间。”① 谭元春在《遇庄·阅天道》中特别标举出这两句话，以为：“此二语可谓论古读书之法。”② 意思是说，世人读书不过珍贵书面语言，事实上，语之所贵者在于意，意之所随者在于道，读者应该重视的绝非文字糟粕，而是语言文字之外的精微妙道。如此谈论读书之法，可谓直探本源，然而，舍筌无法得鱼，非蹄焉能得兔？读者欲体悟古人所传达的妙道，仍应以文章意旨作为根基；欲明白文章意旨，也必然要通过语言文字的诠释。因此，当我们面对以寓言、重言、卮言所写成的《庄子》，沉潜于书中的谬悠之说、荒唐之言时，不仅须注重主体精神的虚静修养，同时也不可忽略客体对象的认识方法。关于此点，《阅养生主》中曾有提纲挈领的说明：

> 庄子之书，虽无端无绪无伦，而胸中有主，矿杂金在，海涸珠出，历然见于中边。如所谓“遁天倍情，忘其所受”，“安时处顺，哀乐不能入”，皆一部中领要逢原之言也。③

无端无绪的《庄子》，各篇皆有旨归存在，只不过此一旨归仍有待读者区隔中边，方能察知。“中边”为佛学用语，意指超越于对立两边的“中道”以及执着于一端的“边见”，在谭元春的用法中，则是就一般意义的中心意旨及边缘陪衬而言的。以《养生主》为例，谭元春认为

---

① 分见《南华真经注疏》卷五，第280、281页。

② 《遇庄》，《谭元春集》卷第三十三，第914页。

③ 《遇庄》，《谭元春集》卷第三十三，第906页。

此篇的中心意旨在于指责哭老聃者“遁天倍情，忘其所受”，吾人当“安时而处顺，哀乐不能入也”,① 此二语虽一反一正，然皆论述的要点所在，意味着读者当认取中道，探得“领要”之言。“领要”者，领会精要，如同矿杂金在，故须矿中捡金；又如海涸而珠出，故须干涸海水，以便海中拾珠。海涸珠出的譬喻让我们联想到《天地》篇“罔象得珠”的寓言：“黄帝游乎赤水之北，登乎昆仑之丘而南望，还归，遗其玄珠。使知索之而不得，使离朱索之而不得，使吃诟索之而不得也。乃使罔象，罔象得之。黄帝曰：‘异哉！罔象乃可以得之乎？’”② 罔象因为无心而得珠,③ 但无心并非全无方法，而是技进于道，由有法而入于无心。那么，读者阅读《庄子》，究竟应该如何分辨中边？如何向大海掇拾玄珠？此一解读技巧仍待实际例证的说明。

庄子虽然身怀玄珠，却不直接示人，反而以海藏珠，欲读者自行探索。在谭元春看来，这其实是庄子著书的特殊笔法。《阅田子方》云：

> 是篇画老子新沐图，形神最妙，而孔知其遗物离人，老自露其游心于物之初。……吾又思之，点染着色，箸人入胜地，古人文妙得是法，而庄尤渊藻。若是篇无画史解衣、钓丈人见梦、伯昏射临百仞之渊，而弥望皆百里奚、孙叔敖、有虞氏、凡君，一派陈迹，将著书外物之旨，重宣复谈，如耄年人述旧闻，熟烂耳根，书之力，旦暮且朽矣，何自而达于千古？故令千古恍然于“物初”者，未必非浓淡点染，语言渊华之力也。④

论中指出，《田方子》篇的中心思想表现在“孔子见老聃，老聃新沐”

① 分见《南华真经注疏》卷二，第 71、72 页。

② 《南华真经注疏》卷五，第 237~238 页。

③ 成玄英疏：“罔象，无心之谓。”见《南华真经注疏》卷五，第 237 页。“罔象”，一作“象罔”。

④ 《遇庄》，《谭元春集》卷第三十三，第 919~920 页。

一则寓言，关键语则是老聃告诉孔子："吾游心于物之初。"① 此篇中，庄子虽借百里奚、孙叔敖、有虞氏、凡君等历史人物，重复宣扬外物的思想，但圣君贤相的事迹不过是熟烂旧闻罢了，恐怕无法引起读者太多的兴趣。是故，庄子创设"画史解衣盘礴""臧丈人钓""伯昏无人射临百仞之渊"诸则想象奇特的寓言，借以点染着色，引人入胜，希望借此渊华的语言吸引后世读者的目光，使其书得以流传千古。以海藏珠既然是庄子不得不然的著书方式，读其书者自应循着庄子的叙述策略，迎向大海，悠游涵泳，以期寻得玄珠。再参照《阅天地》所述：

> 又深又华，珠光错落，拾之不胜拾，而其难及常不在珠而在海。海者，不能胎珠，而能藏胎珠之物者也。若是篇无华封祝为之海，无伯成子高退耕为之海，无汉阴抱瓮为之海，一启箧而珠见，无余味之事也。珠何在？在玄。"泰初有无"一段，是谓玄德。②

《庄子》之难及在于海，唯海使得珠可深藏。谭元春以《天地》篇为例，认为"华封人三祝""伯成子高退耕""汉阴丈人抱瓮"等各则寓言皆为藏珠之海，若欲真正指明，玄珠仅在"泰初无有"一段。海虽不能胎珠，但却有存在的必要，因为玄珠之可贵不只在于玄珠本身，同时也在于寻觅的过程。也就是说，《庄子》迷人处不在于启箧则珠现，而在于由虚虚实实的寓言、曲曲折折的文句所构成的汪洋，让我们可以沉浸其中，摸索领会，也唯有参与阅读与诠释的艰辛历程，吸尽海水，我们才能在《庄子》篇章中找出核心段落，证悟玄珠的所在。所谓"海涸珠出"，意即在此。

然而，《田子方》的中心意旨是否真在"孔子见老聃，老聃新沐"的寓言？《天地》篇的中心意旨是否真在"泰初无有"一段？恐怕不无

① 《南华真经注疏》卷七，第408页。

② 《遇庄》，《谭元春集》卷第三十三，第912页。

疑问。这样的看法只能说是谭元春个人的领会，非但无法客观验证，也难以得到普遍的认同。特别是《庄子》的外、杂篇，不少篇章是由不相连贯的章节所组成，篇中的核心段落本不容易确认，也未必真的存在，欲拾海中之珠，容易流于穿凿附会。比如《列御寇》，各节文字的意义即不相统属，但因篇末有“庄子将死，弟子欲厚葬之”的寓言，谭元春遂由此得到灵感，于《阅列御寇》中推断“此庄子去世之言也”,① 进而阐发全篇要义：

> 篇中二语，可以持赠，庶几乎“虚而遨游”，“泛若不系之舟”者哉！故于书将终，身将尽，一叙其志。终日谈生死大事，临命终时，神明落落穆穆，盛水不漏，可谓得力矣。②

略去具有自序性质的《天下》篇不论，《列御寇》确实是《庄子》正文的最后一篇，庄子之死则成为全书的最后一段记录，“书将终”与“身将尽”正可相互呼应。谭元春于此执取玄珠，认为此篇所呈显的精神尤为豁达坦荡，说理也更加严密细致，原因即在于此文为庄子的临终赠言。如此标新立异之说，其实是将寓言错看成事实，可说是一种误读，但从另一个角度来看，谭元春的慧心妙解却也言人所未言，展现出不同于凡俗的眼光。后来林云铭（1628—1697）《庄子因》也曾提出类似的说法，认为《列御寇》：“篇末载庄子将死一段，以明漆园之绝笔于此，犹《春秋》之获麟，此外不容添设一字。”③ 其说同样只能以可爱而不可信的一偏之见来看待。

除了以核心段落作为海中玄珠之外，谭元春也以关键性的文句来掌握《庄子》各篇的精义，例如《阅齐物论》云：

---

① 《遇庄》,《谭元春集》卷第三十三，第929页。

② 《遇庄》,《谭元春集》卷第三十三，第930页。

③ （清）林云铭：《庄子因》卷六，《无求备斋庄子集成初编》第18册，台北：艺文印书馆1972年版，第580页。

> 庄子《齐物》，吾几无以寻之，尝瞪目直视，忽如有得。其得甚奇，不在中边，则以《逍遥游》有曰：“乘云气，御飞龙，而游乎四海之外。”是论亦曰：“乘云气，骑日月，而游乎四海之外。”故知齐物即逍遥游。……夫《齐物》之书，非齐物也，物化之为齐物。胡蝶梦周，周在胡蝶梦中，是谓物化。①

《逍遥游》说藐姑射之山有神人居焉，此神人“乘云气，御飞龙，而游乎四海之外”②，《齐物论》说至人“乘云气，骑日月，而游乎四海之外”③，二处文句几乎一致，意涵亦无差别，谭元春由此而得悟“齐物即逍遥游”。文中并以“物化”解释“齐物”，意谓神人、至人与物同化之后，精神已不局限于自我，故能自由自在，臻及“逍遥”的境界。此一旨趣的体会，是透过两篇文章的比对而探得，非从《齐物论》直接判读中边，所以说“其得甚奇，不在中边”；事实上，当谭元春对照关键文句之后，《齐物论》的中心意旨亦已显豁。如此的诠释，也是海中拾珠的一种方式。但谭元春寻找关键文句的诠解进路，有时却也推求过甚，例如《阅庚桑楚》云：“妙思是篇，惟‘不厌深渺’足以尽之。内、外篇皆是意也，而是篇坚之以天助，鄙之以贾人，恐之以鬼诛，欲其藏于密也，至矣。”④ 或如《阅徐无鬼》云：“如《徐无鬼》之篇，其最杂者矣。及读终篇曰：‘古今不代，而不可以亏，可不谓大扬搉乎？’乃知《庄子》全书，扬搉古今大事，特见于此也。”⑤ 前论以“不厌深渺”作为《庚桑楚》的中心观念，后论以“扬搉古今”作为《徐无鬼》乃至于《庄子》全书的撰作主旨，虽然也别有一番理趣，但

① 《遇庄》，《谭元春集》卷第三十三，第 905 页。
② 《南华真经注疏》卷一，第 13 页。
③ 《南华真经注疏》卷一，第 50 页。
④ 《遇庄》，《谭元春集》卷第三十三，第 922 页。
⑤ 《遇庄》，《谭元春集》卷第三十三，第 923 页。

却带有强烈的主观随意性，正应验了谭元春自己的说法："传世者之精神，其佳妙者，原不能定为何处，在后人各以心目合之。"① 玄珠究竟何在？最后仍须由自家认取。参照《庄子南华真经》，谭元春评《齐物论》"万物尽然，而以是相蕴"一句云："《南华》至处，专在此等不着眼、不烂熟语。"评《人间世》"气息茀然"诸字云："若此四字，文字鲜香，看古人书，当于此幽寻。"又评《天下》"謑髁无任，而笑天下之尚贤也；纵脱无行，而非天下之大圣"二句云："偏处即是妙处。"② 凡此，皆透露谭元春所体会的《庄子》要义，主要是向常人所未经意处探寻。

阅读《庄子》必须海中拾珠，领会要旨，此一读书法同样可以延伸到游历山水与欣赏诗歌。先论山水的游历。《唐诗归》收录杜甫《次空灵岸》一诗，诗作结尾云："回帆觊赏延，佳处领其要。"谭元春评曰：

> 杜诗中频用"领要"二字，吾尝取为读书法。所谓"尽则安能？身到处莫放过也"。然非解人不能。③

杜诗用"领要"二字并不多见，除此诗外，仅有《渼陂西南台》云："怀新目似击，接要心已领。"④ 谭元春所说的"频用"，并非事实，用意只在于强调"领要"一词的重要性。关于"领要"的意涵，谭元春借用了宋人罗大经《鹤林玉露》的话语来作说明，此书"观山水"条记载："赵季仁谓余曰：'某平生有三愿：一愿识尽世间好人，二愿读

① 《答袁述之》，《谭元春集》卷第二十八，第 770 页。

② 分见谭元春评：《庄子南华真经》卷一，第 14 页；卷一，第 24 页；卷三，第 80 页。

③ 《唐诗归》卷十八，《诗归》，第 338 册，第 306 页。

④ （唐）杜甫著，（清）仇兆鳌注：《杜诗详注》卷三，北京：中华书局 1979 年版，第 183 页。

尽世间好书，三愿看尽世间好山水。’余曰：‘尽则安能？但身到处莫放过耳。’……大抵登山临水，足以触发道机，开豁心志，为益不少。季仁曰：‘观山水亦如读书，随其见趣之高下。’”① 诚然，年寿有限，宇宙无穷，欲读尽世间好书，看尽世间好山水，根本是无法达成的梦想，观览者只能顺随着个人的见识与情趣，努力把握所能体会的部分。可见“领要”之意虽在于领会精要，但精要之所在原无定处，最终仍是众人各以其心接领其要。以孤高狷洁的谭元春来说，向往的是幽深静谧、冷清荒寒的风景，例如《游玄岳记》一文中，谭元春曾对同行的僧人说：

> 游他山人迹不接，从本路出入，稍曲折焉，即幻矣。此山有级有锁有絙，以待天下人，如人门前路，天下人咸来此山，如省所亲，足足相蹑，目目相因。请与师更其足目，以幻吾心。②

所谓“幻”，指的是欣赏山水时，观者心灵与自然景物相契合的迷醉精神状态。一般人迹罕至的山岳，只需踏寻原来的道路，稍入曲折即可感受到如梦似幻的美感体验；有“玄岳”之称的武当山则不然，天下人咸造访此山，足之所蹑尽皆相同的道路，目之所视也重复一样的风光，山岳的浑朴精神早已被天下人的足目所凿死。因此，谭元春要求引导的山僧能改换游山路线，变化沿途风景，以寻求人与自然的真正遇合。在攀登天柱峰时，谭元春即选择了最幽僻的一条路径，《游玄岳记》又载：

> 过斜桥，问斜桥人，上顶有三径。一为磴道，人所由三天门是也；一为官道，由欢喜坡往；一为樵人道，由铜殿（山亚）入。

① （宋）罗大经：《鹤林玉露·丙编》卷三，北京：中华书局 1997 年版，第 281~282 页。赵季仁，名师恕。

② 《谭元春集》卷第二十，第 546 页。

> 予樵人，当由（山亚）入。①

不由磴道拾级而上，不走公家开辟的官道，谭元春以樵人自居，故走樵人道。此种游览方式在于避熟而趋新，离喧嚣而就宁静，借用杜诗“佳处领其要”之句，可以想知，谭元春所欲领会的风光佳处，当在樵人道上一一展现。②

山水之玄珠隐匿于众人不常着眼之处，诗歌之玄珠亦然，同样也深藏在被忽略的作家、被忽略的作品中。搜寻这些诗人与诗作，便成为钟惺、谭元春选评《诗归》的重要工作，比如《唐诗归》中，钟惺评王季友诗曰：

> 余性不以名取人，其看古人亦然。每于古今诗文，喜拈其不著名而最少者，常有一种别趣奇理，不堕作家气。③

或如谭元春《诗归序》云：

> 因而代获无名之人，人收无名之篇，若今日始新出于纸，而从此诵之将千万口，即不能保其诵之盈千万口，而亦必古人之精神至今日而当一出，古人之诗之神所自为审定安置，而选者不知也。④

钟、谭二人选诗，每选取不著名之诗人、不著名之诗篇，重新加以评析，试图从别趣奇理中探得古人之精神。此中道理，正如谭元春所云：

---

① 《谭元春集》卷第二十，第549页。

② 关于谭元春的山水审美思想，参喻学才：《钟、谭的山水文学理论》，收入张国光主编：《竟陵派与晚明文学革新思想》，武汉：武汉大学出版社1987年版，第238~251页。

③ 《唐诗归》卷十六，《诗归》，第338册，第282页。

④ 《谭元春集》卷第二十二，第595页。

“夫人有孤怀，有孤诣，其名必孤，行于古今之间，不肯遍满寥廓，而世有一二赏心之人，独为之咨嗟彷皇者，此诗品。”具有孤怀孤诣的前代诗人，不以诗作取悦一般读者，声名自然不闻于世，这样的寂寞诗人，唯有等到真正的赏心之人出现，才可能被其作品感动，进而抉发其中所寄托的真意。反过来说：“彼号为大家者，终其身无异词，终其古无异词，而反以此失独坐静观者之心，所失岂但倍也哉？”① 名家名作，即使有真气存焉，也掩盖在僵化的定评中，失去了激发读者想象的潜能，欲于其中探求古人精神，只怕愈趋愈远。这样的选诗策略，同样可视为海中拾珠之诠释模式的体现。通过《诗归》的选评，钟、谭二子不仅以赏心人的姿态证得了古人的孤怀孤诣，同时也建立了新的美学范式，使得诗歌经典的内涵发生了转移与变化。② 谭元春尝言：“诗家变化，自盛唐诸家而妙已极，后来人又欲别寻出路，自不能无东野、长吉一派。”③ 此一说法，正可以视为竟陵派诗家的自我表白。

## 五、孤迥而深情的庄子形象

阅读者的虚静修养，阅读对象的要旨体认，两项条件同时俱足，谭元春因而可与庄子相遇于冥漠寥廓之域，与之精神融合为一。然而，对照谭元春《遇庄序》所言，即使与庄子相遇之时可以“我尽庄现”，但此刻呈现的庄子仍然是“我”的化身，仍然“划剔吾膺臆，湿吾砚，往来不绝”，是以《遇庄》所刻画的庄子形象，终究是谭元春自我生命的一种投影。

关于庄子形象的讨论，可从《天下》篇开始。庄子此篇自序评介

---

① 均见《诗归序》，《谭元春集》卷第二十二，第594页。

② 关于《诗归》的选诗策略，参陈国球：《复古派选本的反响——钟惺、谭元春选〈唐诗归〉》，见氏著《明代复古派唐诗论研究》，北京：北京大学出版社2007年版，第232~273页。

③ 《唐诗归》卷三十一，《诗归》，第338册，第462页。

天下学术之大要，其中以“古之博大真人”老聃、关尹为一派，“万物毕罗，莫足以归”的庄子之学则自立一派。① 对此，《遇庄·阅天下》评曰：

> 惟关尹、老聃始为至极，因赞曰：“古之博大真人哉!”不离于真，谓之至人，去才士远矣，然至人在天人、神人下。观庄所自道，其有不离宗、不离精之想乎？至人一座，犹似傲然不屑焉。狂哉周也!②

《天下》篇首段提道：“不离于宗，谓之天人；不离于精，谓之神人；不离于真，谓之至人。以天为宗，以德为本，以道为门，兆于变化，谓之圣人。”③ 谭元春据此认定：博大真人只是不离于真的至人，其境界尚在天人、神人之下，庄子标举自己于老聃、关尹之外独立一派，正是傲然不屑于至人的层级，进而以天人、神人来自我期许。也因此，谭元春文中以“狂哉”二字来评定庄子。事实上，天人、神人、至人，乃至于圣人，皆异名而同实，彼此的内涵并无差别，如郭象所注：“凡此四名，一人耳，所自言之异也。”④ 谭元春作此奇特体会，虽未能尽合庄子之意，但却凸显了庄子“独与天地精神往来”⑤ 的孤高形象。在谭元春心目中，庄子生命境界之高，诚非其他诸子所及，再看《阅秋水》的阐发：

> 井蛙不知东海之大乐，神龟、腐鼠、濠鱼，苦乐了然，与篇中意似相涉，似不相涉。夜坐思之，忽而得之。盖庄子之立言，与庄

① 参《南华真经注疏》卷十，第615~618页。
② 《遇庄》，《谭元春集》卷第三十三，第930~931页。
③ 《南华真经注疏》卷十，第604页。
④ 《南华真经注疏》卷十，第604页。
⑤ 《南华真经注疏》卷十，第617~618页。

> 子一生行藏，皆实有身世旷观，为诸子著书者所不及。寻其意，真觉洒然。若耽恋浮世，鼻息头颅受人招髦，禽鱼不来亲人，而口谈万物一齐、知命反真，如好啖肥酒大啇人，与人精言蔬笋清味，只增丑态耳。①

《秋水》篇出现井蛙、神龟、腐鼠、濠鱼各种鱼虫，令人难以窥测文意脉络，谭元春起初也困惑于其间，后来才体会到，这是生命与万物齐一的庄子，以超越世俗的旷达眼光观看世界，故能假借各种微物，表现出个人洒然峻拔的精神气象。这样的庄子形象，自然与“耽恋浮世，鼻息头颅受人招髦”者大不相同，若用竟陵派的语汇来说，可以谓之“孤迥”。

当然，孤高的庄子并未离弃人间，《阅天下》也指出：

> 周也慨叹衰晚民生离于王风，儒效不臻，别墨满天下，故伤心卒章，有“后世学者不见天地之纯，古人大体”之语。呜呼！泪与之下矣。②

《天下》篇有“内圣外王之道，暗而不明，郁而不发”“后世之学者，不幸不见天地之纯，古人之大体，道术将为天下裂”③ 之语，由此数语，谭元春体认到庄子感叹儒学衰微的著书动机，因而阅读此文时，不禁潸然泪下。此中所展现的，即是庄子关切现实人生的情怀。然而，面对战国时期的动乱杀伐，庄子纵使以深情的目光凝视天下，却也无处施展满腔的经世抱负，无可奈何之下，只好反求诸己，化身为道家思想的传播者。《阅刻意》中，谭元春曾留意庄子生命情调的转折：

---

① 《遇庄》，《谭元春集》卷第三十三，第 916 页。
② 《遇庄》，《谭元春集》卷第三十三，第 930 页。
③ 《南华真经注疏》卷十，第 606、607 页。

尝思庄子经世奇抱，哀悯伪薄，所遭昏上乱下，不见于施用。亦胸中有一广成、轩辕之好，思以封扃形神，餐沃精气，慎内闭外，传方度世，而养人民，遂群生，此肠又不可冷。①

庄子的心肠纵然未冷，却只能像《在宥》篇的广成子、黄帝，以抱神守形、慎内闭外的治身之道来化度世人。② 偏偏此一赡养精气的思想，又非芸芸众生所能体认，如《阅达生》所云："达生之人，壹性养气，游乎物之初，在人中，其实非人也。""此皆有一种不内变、不外从事精神，迥异乎蚩蚩之氓者。"③ 是以庄子仍然是孤迥的庄子，其内心的深情终究难为世人所察知。

依照谭元春的论述脉络，庄子内心的深情无由传达，最后只能将之转化为对于友道的追寻与实践。例如《庄子·大宗师》有"子祀、子舆、子犁、子来四人相与语""子桑户孟子反、子琴张三人相与友""子舆与子桑友"三则寓言，寓言中的人物或相视而笑，莫逆于心，或于友人亡故后鼓琴而歌，或于友人饥寒时裹饭往食之，④ 一一展现出超然于生死的情谊。对此数则寓言，《阅大宗师》论云：

或曰："相视莫逆，裹饭、鼓琴之友，于义何居？"曰："此性命友也。嗜欲不深，歌哭难断，人天之事，不得良友开发，愦愦一生。"庄子倔强孤迥，独于是篇缠绵俦匹，吾敢轻掷臭味哉！⑤

生死之交、性命之友，虽然是寓言情节，但谭元春认为，此中反映的其

① 《遇庄》，《谭元春集》卷第三十三，第915页。

② 详"黄帝立为天子十九年"之寓言，《南华真经注疏》卷四，第219~221页。

③ 《遇庄》，《谭元春集》卷第三十三，第918页。

④ 参《南华真经注疏》卷三，第150~153页，第154~158页，第164页。

⑤ 《遇庄》，《谭元春集》卷第三十三，第909页。

实是倔强孤迥的庄子渴望缠绵于俦侣的深情，论中并以“不得良友开发，愦愦一生”一语，强调了朋友对于启发生命的重要性。参照《庄子南华真经》，谭元春评《大宗师》“孰知死生存亡之一体者，吾与之友矣”一句云：“如此寻朋友，孤甚。”又评“裹饭而往食之”一句云：“死生可一，交情难忘。”① 庄子追寻友谊的“孤”与“情”，亦可于此窥见端倪。但寓言只是一种寄托，《庄子》书中的友道，更重要的是表现在庄子与惠子的交往中。再观《阅天下》云：

> 无惠子幻谲波澜，似难终篇。且惠已死，才可念，名不附道术不传，不尽写其幻谲亦不传。古人之汲汲传其死友如此，古人之不苟夸其死友，以图必传其友又如此，皆非人所知。②

《天下》篇并不是以庄子自道学术来总结全文，而是止于“惠施多方，其书五车”一段，如此收尾，不免显得有些突兀。谭元春却认为，这是因为庄子汲汲于传死友之书，传死友之名，所以才尽写惠子的幻谲思想以附天下道术之后，可惜此中深意，并非常人所能知晓。《天下》篇在评述惠施的学术之后，作了如下的总结：“惜乎！惠施之才，骀荡而不得，逐万物而不反，是穷响以声，形与影竞走也。悲夫！”③ 谭元春于《庄子南华真经》中评此段文句曰：“明友奇才，不掩其短，且惜且悲，以此终篇。”④ 此一评语同样是从友情的角度进行解读。若依谭元春的说法来作体会，则《天下》篇论惠子的文字便充满耐人寻味的深意，庄子的深情形象，于此可以得到更为具体的呈显。联系到现代学者的论述，徐复观《中国人性论史》曾提道：“《天下》篇若为《庄子》一书的自叙，其以惠施终篇，并结以‘悲夫’二字，以深致惋惜之情，

---

① 分见谭元春评：《庄子南华真经》卷一，第 41、45 页。

② 《遇庄》，《谭元春集》卷第三十三，第 931 页。

③ 《南华真经注疏》卷十，第 622~623 页。

④ 谭元春评：《庄子南华真经》卷三，第 84 页。

这正足以证明《天下》篇乃出于庄子之手。他人对于惠施，没有这幅深厚感情的。”① 其说点出庄子对于惠施的深挚情谊，正可与谭元春之说前后呼应。

《遇庄》中的庄子形象，是谭元春与庄子相遇的结果，其中自然投射着谭元春自我人格的认同。钟惺曾云“友夏居心托意，本自孤迥”②，谭元春也说自己“空旷孤迥”③，此孤迥性情的形成，不全然取决于先天禀赋，同时也包含了后天的因素。比如《简远堂诗序》中，钟惺曾叮咛谭元春：“索居自全，挫名用晦，虚心直躬，可以适己，可以行世，可以垂文，何必浮沉周旋而后无失哉？”④ 遵循着钟惺的规勉，谭元春戒除了泛爱容众的举止，终能将孤迥的性情内化至个人的生命中。既然孤迥，则不应雷同，为了不成为钟惺的分身，谭元春于创作诗文时“常避同调之声”，目的即在于朗现个人的风貌，“以雪天下人‘二子一手’之名”⑤。试看《丧友诗三十首·其二十三》云：

> 被人相强立虚名，刘白韩张唤一生。美耻同归谗独受，此中真赏在孤行。⑥

一如“刘白”（刘禹锡、白居易）与“韩张”（韩愈、张籍）并称，“钟谭”二子也被他人强立虚名，合而为一，二人必须共同承受外界的赞美与指责。谭元春虽然也愿意接受这样的结果，却不忘记强调“此中真赏在孤行”，指出钟子与谭子真正值得欣赏之处，其实是各自独立于流俗的风格与人格。

---

① 徐复观：《中国人性论史》，台北：“商务印书馆”1994年版，第360页。
② 《简远堂近诗序》，《隐秀轩集》卷第十七，第249页。
③ 《渚宫草序》，《谭元春集》卷第二十三，第627页。
④ 《隐秀轩集》卷第十七，第250页。
⑤ 《告亡友文》，《谭元春集》卷第二十六，第724页。
⑥ 《谭元春集》卷第十五，第431页。

若与钟惺相比，谭元春对于政治的态度较为疏离，这固然与其终身困于场屋，未能取得功名的际遇有关；但更重要的，当是身处晚明险恶的政治环境中，谭元春采取了明哲保身的处世态度。即使崇祯年间，谭元春偕诸弟加入复社，但主要仍是从事诗文活动，并未卷入政治斗争之中。① 因此谭元春的深情所往，每不在于天下国家，而是和《遇庄》中所刻画的庄子一样，寄托衷情于性命之友。比如《丧友诗三十首·小引》中，谭元春回顾与钟惺相处的情形：

> 循省情事，每别必思，思必求聚，将聚必倚槛而待，聚必尽其欢，欢必相庄。词组出示，作者敛容；一过相规，傍人失色。于是天下人皆曰："此二子真朋友也。"客有善谮者，钟子笑应曰："吾两人交，所谓虽苏、张不能间也。"②

别后则思聚，相聚则尽欢，或评论诗文，或规劝言行，二人情谊之深，即使口才便给如苏秦、张横者，也无法离间。如此情谊，较之"子祀、子舆、子犁、子来四人相与语""子桑户、孟子反、子琴张三人相与友"两则寓言提到的"相视而笑，莫逆于心"，当已相去不远。钟惺辞世后，谭元春在《告亡友文》中还曾向友人的魂魄表白：

> 世无严人，因无知己。彼都门中纸贵而酬绢者，岂皆我知己耶？今而后，决不敢以漫好浮动之物裹我心手，请日日悬吾钟子冰面霜瞳，照察物我，终其身而后已。③

故人逝去之后，举世再无知己。为了谨记那生命中无可取代的情谊，谭元春愿意终身奉行钟惺生前的教导与劝勉，甚至希望知己的精神常在，

① 关于钟惺、谭元春的政治态度，参陈广宏：《竟陵派研究》，第34~60页。
② 《谭元春集》卷第十五，第425页。
③ 《谭元春集》卷第二十六，第725页。

时刻以凛若冰霜的面庞与眼瞳，严格察照“我”的言行。此中缱绻之意，与庄子过惠子之墓而兴发运斤成风的寓言相近，其中皆含有“自夫子之死也，吾无以为质矣”① 的伤感。谭元春乡试座师李明睿（1585—1671）说谭元春“至于师友之情，当吾世罕见其俦”，② 又说“景陵之文，不在文而在交谊之厚”，③ 此深厚的情感特质，也是我们阅读《遇庄》时所不可忽略的作者要素。

## 六、结　论

钟惺《诗论》曾提出一个关于诗歌诠释的重要命题：“《诗》，活物也。”④《诗经》之所以为活物，关键在于诗歌的譬喻象征原无定旨，而诗歌的譬喻象征原是出自诗人的比兴手法。钟惺的说法当为谭元春所接受，且在谭元春看来，《庄子》与诗歌的创作模式有异曲同工之妙，如《阅寓言》所云：“作文者少寓言，如作诗者少比兴，宁复有诗、古文乎？”⑤ 无寓言则不成《庄子》，无比兴则不成诗，寓言一如比兴，二者皆是作者将情志假托于物象的一种表现方式。如此说来，《庄子》在本质上也是一部象喻性的文本，也应该以活物视之，谭元春说庄子可遇而不可注，“‘遇’之为言，甚活甚圆”，正是触及了《庄子》与诗歌的同构型。同样的，本文透过竟陵派的诗学视野来考察谭元春《遇庄》一书的精神内涵，也是基于此一理由。

最后，我们再从“《庄》学史”“竟陵诗学”“作者谭元春”三个层面，为本文的论述作出总结。以《庄》学史的角度来说，谭元春的《遇庄》是相当奇特的书，此书不是一般的注本，谭元春甚至反对注解

① 《徐无鬼》，《南华真经注疏》卷八，第478页。

② （明）李明睿：《谭友夏遗集序》，收入《谭元春集》附录一，第950页。

③ （明）李明睿：《钟谭合传》，收入《谭元春集》附录二，第960页。

④ 《隐秀轩集》卷第二十三，第391页。

⑤ 《遇庄》，《谭元春集》卷第三十三，第926页。

《庄子》，因为注《庄》是对于文句的认知和解释，主客二者不免相互对立。《遇庄》则有别于此，谭元春以触物而起的随兴语言来写作此书，是希望借由个人体悟《庄子》的经验，引领读者也能在心境清明的状态中与庄子精神遇合。再以竟陵诗学的角度来说，《遇庄》的写作可以视为竟陵派诗学思想的延伸，所谓“藏去故我”的读《庄》态度，与虚怀定力、恬澹幽独的读诗心境并无差别；所谓“海中拾珠”的诠《庄》方法，与探索古人精神于幽深孤峭处的评诗策略亦相近似。亦即《诗归》的选评，《遇庄》的写作，基本宗旨无二，用意同在于引古人之精神以接今人之心目。最后以谭元春个人的角度来说，《遇庄》中呈现了孤迥而深情的庄子形象，此一形象有得庄子之孤高，而未得庄子之闳大，实质上是谭元春精神意志的一种投射。在《遇庄》的写作过程中，庄子的思想影响了谭元春，谭元春的人格又反映于庄子，两个精神主体交互融摄，因此，既可以说谭子化身为庄子，但也无妨反过来说，此书的庄子已化身为谭子。

本文原载于《台大中文学报》2012 年 3 月第 36 期，第 157 ~ 192 页，兹征得《台大中文学报》编辑委员会同意后转载于此。

# 竟陵派的诗经学

## ——以钟惺的评价为中心

[日] 村山吉广　著

林庆彰　译

## 明代的说诗

明代说《诗》分为四派。其一，沿袭元代，墨守朱《传》。典型的著作是胡广等奉敕撰写的《诗经大全》。这书是明永乐年间修纂的《五经大全》之一。《四库全书》的《提要》（以下称《总目提要》）对这书有如下描述：

> 其与纂修者，自胡广以下，如：杨荣、金幼孜等凡四十二人，悉一时知名之士。然其书实本元安成刘瑾所著《诗传通释》而稍损益之。今刘氏之本尚存。取以参校，大约取其冗蔓者，略删数条。又刘本以《小序》隶各篇之下，是书别为一编，小变其例而大指则全相蹈袭（下略）。（译者注：此系文渊阁《四库全书》的书前《提要》）

这书依照刘瑾的《诗传通释》，而将《小序》别为一编。《总目提要》严厉地批判该书“乃剽窃旧文，以应诏。此书名为官撰，实本元安城刘瑾所著《诗传通释》而损益之”。但这书颁布学宫，“学举业者，必以此为准则”（《提要》语），因此有很大的影响。

其二，不偏于朱《传》，汉、宋兼采，博考名物。例如：季本的《诗说解颐》可举为一例。这书《总目提要》有相当好的评价。该书所述如次：

> 是书凡总论二卷、正释三十卷、字义八卷。大抵多出新意，不肯剽袭前人，而征引该洽，亦颇足以自申其说。凡书中改定旧说者，必反覆援据，明著其所以然。如以《南山》篇之“必告父母”句，为鲁桓告父母之庙，《九罭》篇之“公归不复”句，谓以鸿北向则不复为兴…… 如斯之类，皆足于旧说之外，备说《诗》之一解。虽间伤穿凿而语率有征，尚非王学末流，以狂禅解经者比也。

季本《诗说解颐》撰作的动机，在《序》中所引张横渠的话，有如下的叙述：

> 张子曰：置心平易，然后可以言《诗》。涵泳从容则忽不自知其解颐矣。此说《诗》者以意逆志之宗旨，而《诗》传之所以可续也。(下略)

关于《诗序》曾给予“谓学《诗》而不求《序》，犹入室而不由户也”的评价（译者注：此为季本评前人对《诗序》的看法，原作者误为季本的观点）；关于朱子，也有“为《辨说》一洗《序》说之陋，而又为《集传》以详解之。可谓有功于《诗》学矣”，来肯定他们的意义。但也指出朱氏书“特其所见，犹泥旧闻而《诗》之大意不能超然悉会于言表，则反有以起人复寻毛旧”的局限。季氏的主张，在“首篇”的末尾“盖于旧说多所破之而一以经文为主”，已作了很详尽的说明。

对于季本这样的立场，朱竹垞的《经义考》也说：“徐渭曰：会稽季先生所著《诗说解颐》，其志正、其见远。其意悉本于经而不泥于旧闻，深有得于孔氏之遗旨，有裨后学。”可说给予了很高的评价。季本，字明德，号彭山。师事王阳明。但他的学问并没有远离实证，《总目提要》在该书提要之末有如下的话：

> 尚非王学末流，以狂禅解经者比也。存此一编，使知姚江立教之初，其高足弟子，研求经传，考究训诂，乃如此。亦何尝执六经注我之说，不立语言文字哉。

和《诗说解颐》有同样立场的同时代著作，有郝敬的《毛诗原解》、李先芳的《读诗私记》、朱谋㙔的《诗故》、姚舜牧的《诗经疑问》① 等。这些书，有时毛《传》、朱《传》兼用，有时主毛、郑，而批判朱子。折衷和批判的根据，大部分是吕氏的《家塾读诗记》、苏辙的《诗集传》、严粲的《诗缉》等。

其三，大胆主张自己的说法，以独特的见解向世人宣示。最显著的是何楷的《诗经世本古义》。这书特别强调论定诗篇的时世，各篇诗，从夏的少康到周的敬王，分三代二十八王的时代加以说明。他不理会以前诗篇的排列，将诗篇按世次来分类。

在他的《自序》里，有如下的话：

> 书成悉依时代为次，名曰《世本古义》。伸子舆氏诵《诗》论世之指也。卷凡二十八，与经宿配。每篇仿古《序》体，更定小引，以冠其前。其诸义未安者，则附见之章句之后，欲使观者了其颠末，有所考镜焉。

关于编次改变和《诗序》制作二事，论难很多。《总目提要》强烈地批判说："楷乃于三千年后，钩棘字句，牵合史传，以定其名姓时代。

① 关于郝敬，请参照［日］村山吉广：《"毛诗原解"序说》，《诗经研究》1987 年第 12 号。

如：《月出》篇有‘舒窈窕兮’‘舒忧受兮’之文，即指以为夏征舒，此犹有一字之近也。《硕鼠》一诗，茫无指实，而指以为《左传》之魏寿余，此孰见之而孰传之。以《大田》为豳雅，《丰年》《良耜》为豳颂，即属之于公刘之世，此犹有先儒之旧说。以《草虫》为《南陔》，以《菁菁者莪》为《由仪》，以《緡蛮》为《崇丘》，又孰传之而孰受之。大惑不解，楷之谓乎！”

但何楷的学问博洽，后世诸家认为引用资料丰富。清初姚际恒在所著《诗经通论》卷前《诗经论旨》有如下的批评：

> 何氏书，刻于崇祯末年。刻成，旋遭变乱。（中略）大抵此书《诗》学固所必黜，而亦时可备观，以其能广收博览。凡涉古今《诗》说及他说之有关于《诗》者，靡不兼收并录。复以经、传、子、诗所引《诗》辞之不同者，句栉字比，一一详注于下。如此之类，故云可备观尔。有志《诗》学者于此书不可惑之，又不可弃之也。然将来此书日就澌灭，世不可见。重刻亦须千金，恐无此好事者矣。

《四库提要》作者的意见大抵相同，该书说：“楷学问博通，引援赅洽。凡名物训诂，一一考证详明，典据精确，实非宋以来诸儒所可及。”

依《明史》卷二七六，何楷字玄子，漳州镇海卫人，天启五年进士。曾任工科都给事中。他是个硬骨之士，起先和魏忠贤对立，仕福王朝时，曾上疏言事。从唐王时，与郑芝龙、鸿逵兄弟相争。辞归时，遇山贼被削去一耳。姚际恒也说：“玄子官闽朝，为郑氏所害，印行无多，板亦毁矣。”①《明史》何氏传末尾说：“楷博综群书，寒暑勿辍，尤邃于经学。”总之，不但热心于创造新见，而且做旁征博引的考据。

① 何楷《诗经世本古义》二十八卷，现为《影印四库全书珍本四集》所收，很方便。

这可以说是何氏的特质。

显示独自见解的《子贡诗传》和《申培诗说》二书也可以入这一类。两书是丰坊伪撰。关于两书的批评，姚际恒《古今伪书考》有如下一段：

> 二书，明丰坊伪撰（中略）。《子贡诗传》，徒以孔子有“可与言《诗》”一语，遂附会为此。其诞妄固不必言。若申培者，《汉志》有《鲁故》《鲁说》。《隋志》云：“《鲁诗》亡于西晋。”则亡佚久矣。坊之作此，名为二书，实则相辅而行，彼此互证，若合一辙。中多暗袭朱氏《集传》，以与《诗序》异者。又袭《诗序》为朱之所不辨者。其他自创虽不无一二合理，然妄托古人以欺世，其罪大矣。

不用说，二书中的前者是子贡记述孔子的《诗》说，后者是汉文帝时博士申培已亡佚《诗》说的重新出世。书体也用篆、隶装作时代很古。这样做无非要引起世人的关心，各地也纷纷传刻刊行。《总目提要》的《诗传》（“子贡诗传”条）述及，《诗传》《诗说》出现后，由郭子章、李维桢为其“传刻释文”，何镗的《汉魏丛书》、毛晋的《津逮秘书》均将二书收入，实在是谬妄之举。

但是，关于这两本书，夏传才氏的《诗经研究史概要》（中州书画社出版，1982年）中“伪诗传及其影响”一节，却有如下相当积极的评价：

> 明代后期伪书成风，像伪《诗传》这样的伪托，当代学者崇信将近百年，不能辨识，正反映明人学问空虚浅薄，丰坊玩世不恭，伪托欺世，对于明人的空疏不学，是强烈的讽刺和否定。（中略）伪《诗传》产生在明代后期宋学定为官方统治思想的时候，朱熹《诗集传》及其疏释几乎盘踞了整个《诗经》传习和研究领

域。这两本书，托名古人，突破汉、宋以来传统《诗》说，表现出对《诗经》重新研究的要求，他对有些诗篇的具体见解，在明人的《诗经》研究史上不失为一家之言。

说是伪托、伪书，在丰坊的著述里，果敢地向固定化、权威化的汉、宋《诗经》学作挑战。按《明史》的传（列传第七十九丰熙的附传），丰坊"博学工文，兼通书法"，而"性狂诞"，别为《十三经训诂》，"类多穿凿语"。丰氏是秉持明末人特有奔放精神的自由人，有背离以前解释的构想和创意，一路向前推进。①

其四，是古音研究的一派。陈第的《毛诗古音考》可作为代表。陈第，连江人，字季立，号一斋，万历诸生。官游击将军。诗精巧，多藏书。《经义考》中载有焦竑《序》和陈第的《自序》。入清以后，顾炎武著《诗本音》，以作为清代古韵研究的奠基者受到重视。②

以上四派的著述，《明史·艺文志》《诗》类都有著录，总数是八十七部九百八十卷。但是，这些并不包括钟惺等人所谓"竟陵派"的《诗经》著述。

《四库全书总目提要》存目部分有《诗经图史合考》《毛诗解》二书，但给它们的评价很低。作为本论文讨论重点的《诗经钟评》，存目部分也没有记录。存目中，另列有章调鼎的《诗经备考》、钱天锡的《诗牖》、万时华的《诗经偶笺》、贺贻孙的《诗触》、戴君恩的《读风臆评》等竟陵派之流的《诗》解，态度很冷淡。

---

① 关于《子贡诗传》，[日] 有坂田新：《"子贡诗传"始末》，《早稻田大学大学院研究科纪要别册》1978年第4号。关于申培的《诗说》，可参照吴春山《申培诗说考》，《孔孟月刊》1972年第3期。杜松柏《申培诗说辨伪》，《孔孟学报》1983年第45期。林庆彰：《考辨〈诗传〉和〈诗说〉》，《清初的群经辨伪学》第五章，台北：文津出版社1990年版。

② 关于陈第业绩的评价，参赖惟勤：《顾炎武の〈诗本音〉について（一）》，《お茶の水女子大学人文科学纪要》1968年第3期。其他，可参照康瑞琮：《陈第及其〈毛诗古音考〉》，《天津师大学报》1985年第3期。

这点，是清代学界对这个学派作严厉批判的原因。在讨论这派说《诗》在明代《诗经》学所占的地位之前，先谈谈清代以来对这个学派批评的妥当性这一论题。

## 竟陵派批判

湖北天门古称竟陵。南齐时代，环绕武帝第二子竟陵王的八个文士，谢朓、任昉、沈约、陆倕、范云、萧琛、王融、萧衍，总称“竟陵八友”。竟陵在历史上也因此而有名。以《茶经》知名的唐人陆羽，也在这里出生，号竟陵子。明末从这里出生的钟惺、谭元春两人，提倡与当时盛行的公安派相对的独特诗论，推展旺盛的学术活动，竟陵派也因此得名。两人的传，附存于《明史》卷二八八《文苑四》的公安派袁宏道、中道兄弟传的后面。现在，列举如下：

> 惺，字伯敬，竟陵人。万历三十八年进士。授行人，稍迁工部主事。寻改南京礼部，进郎中。擢福建提学佥事，以父忧归，卒于家。惺貌寝，羸不胜衣。为人严冷，不喜接俗客。由此得谢人事。官南都，僦秦淮水阁读史，恒至丙夜。有所见即笔之，名曰《史怀》。晚逃于禅以卒。
>
> 自宏道矫王、李诗之弊，倡以清真，惺复矫其弊，变而为幽深孤峭。与同里谭元春评选唐人之诗，为《唐诗归》，又评选隋以前诗为《古诗归》。钟、谭之名满天下，谓之竟陵体。然两人学不甚富，其识解多僻，大为通人所讥。元春字友夏，名辈后于惺，以《诗归》故，与齐名。至天启七年始举乡试第一。惺已前卒矣。

钟惺号退谷。明万历二年（1574）生，天启五年（1625）殁。享年五十二岁。谭元春初举乡试是钟卒后二年的天启七年。传中“惺已前卒矣”，即指此事。钟氏中进士是万历三十八年，他三十七岁的时候。最终的官位是天启元年他四十八岁时的福建提学佥事。从二十岁起多病，因此亲近佛典。晚年精通《楞严经》，并为其作注，有《楞严经如说》十卷。死前受五戒，法名断残。

生前的盟友谭元春，万历十四年生，比钟惺小十二岁。相交于万历三十二年，钟惺三十一岁、谭元春十九岁。两人文坛上的声望，决定于万历四十五年，钟惺四十四岁时，刊行的《诗归》。在这年，钟氏也作《史怀》。谭元春短命，崇祯四年（1631）去世，年四十五岁。钟惺的传，在谭元春所作的《退谷先生墓志铭》有相当详细的记载。该墓志铭收入谭元春的著作《谭友夏合集》卷十二中。

苏州诗人徐波，在万历四十七年，因他的作品受到钟惺的激赏，而成为竟陵派中人，他在天启末年刊行了《钟伯敬先生遗稿》。此外，沈春泽刊行《隐秀轩集》，陆云龙也出版《钟伯敬先生合集》。

竟陵派抬头，打击公安派，并取代它。《明史·文苑传四》中，《袁中道》传之后，有如下的话：

> 至宏道，益矫以清新轻俊。学者多舍王、李而从之，目为公安体。然戏谑嘲笑，间杂俚语，空疏者便之。其后，王、李风渐息，而钟、谭之说大炽。

简单地说，公安派主张舍弃李、王古文辞学派的形式主义，而主张“性灵”的发露，使他们的文字变成恣意的“戏谑”和“俚语”，而受到空疏的非难。指摘这弊端，主张“真诗”，鼓吹“幽深孤峭”的诗境的，是竟陵派。① 但是，对于竟陵派的抬头，在同时代的作家里，也有

① 关于《诗归》，有［日］入矢义高：《诗归について》，《东方学报》（京都）第16册，1948年。关于公安派和竟陵派的关系，可参照［日］入矢义高：《公安から竟陵へ——袁小修を中心として》，《东方学报》（京都）第25册，1954年；高仁德：《竟陵派の文学理论——公安派との差异点に重点をおいて——》，《艺文研究》1989年第56号。

持着《明史》所引的“两人学不甚富，其识解多僻，大为通人所讥”的看法的人。时值明清的交替期，入清以后，这样的批评变得更加严厉。

第一位批评竟陵派的是钱谦益。他所著《列朝诗集小传》的“钟提学惺”条，有如下的叙述：

> 伯敬少负才藻，有声公车间。擢第之后，思别出手眼，另立深幽孤峭之宗，以驱驾古人之上。而同里谭生元春，为之应和，海内称诗者靡然从之，谓之钟谭体。（中略）数年之后，所撰《古今诗归》，盛行于世，承学之士，家置一编，奉之如尼丘之删定。而寡陋无稽，错缪叠出，稍知古学者咸能挟筴以攻其短。《诗归》出而钟、谭之底蕴毕露，沟浍之盈于是乎涸然无余地矣。当其创获之初，亦尝覃思苦心，寻味古人之微言奥旨，少有一知半见，掠影希光，以求绝出于时俗。久之，见日益僻，胆日益粗。举古人之高文大篇，铺陈排比者，以为繁芜熟烂，胥欲扫而刊之，而惟其僻见之是师。其所谓深幽孤峭者，如木客之清吟，如幽独君之冥语，如梦而入鼠穴，如幻而之鬼国。浸淫三十余年，风移俗易，滔滔不返。（中略）钟、谭之类，岂亦《五行志》所谓诗妖者乎。

前半段，说到钟惺、谭元春的《诗归》盛行于世，“家置一编，奉之如尼丘之删定”的情形。后半段，述及两人的浅学和充满僻见的论断，而把他们称为“诗妖”。

对他们的论难不亚于钱谦益的是顾炎武。他在所著《日知录》卷十八的“钟惺”条，有如下的论评：

> 钟惺字伯敬，景陵人。万历庚戌进士。天启初任福建提学副使，大通关节，丁父忧去职，尚挟姬妾，游武夷山而后即路。巡抚南居益疏劾。有云百度逾闲，五经扫地，化子衿为钱树，桃李堪

羞，登驵侩于皋比，门墙成市。公然弃名教而不顾。甚至承亲讳而冶游，疑为病狂丧心。讵止文人无行。

坐是沈废于家，乃选历代之诗，名曰《诗归》，其书盛行于世。已而评《左传》、评《史记》、评《毛诗》，好行小慧，自立新说。天下之士，靡然从之。而论者遂忘其不孝贪污之罪，且列之文人矣。余闻闽人言，学臣之鬻诸生，自伯敬始。当时之学臣，其于伯敬，固当如茶肆之陆鸿渐，奉为利市之神，又何怪读其所选之诗，以为风骚再作者耶。其罪虽不及李贽，然亦败坏天下之一人。（下略）

顾炎武的论点有二：一是私行上的问题；二是“好行小慧，自立新说”。顾氏的书在这条之前有“李贽”一条，对李贽作纠弹，说李贽“挟妓女白昼同浴，勾引士人妻女，入庵讲法，至有携衾枕而宿者，一境如狂”。现在，要弄清其中的真相是不可能的，但这两者都一起说到明末风气中有着放纵的伦理观。还有，说到钟惺“大通关节”“学臣之鬻诸生”等，为官不正的事。事实关系姑且不论，或许有让人家持那种看法的背景吧！

但是，他们的事情和钟惺学术上的立场和主张的是非，很自然地，非从别的地方来思考不可。顾炎武上述的话，感情太激越，有失公平的判断。

先前所举钱谦益曾对钟惺作无谓的“人身攻击”。此点张国光氏的《论竟陵派诗歌理论的进步意义兼评钱谦益的误说》（竟陵派文学研究会编：《竟陵派与晚明文学革新思潮》，武汉：武汉大学出版社，1987年）一文已有论及。以下举其中的一节：

钱氏为了要雄长清初诗坛，当然要反对前、后七子的诗必汉、魏、盛唐的复古主义。但如果仅反对前、后七子，那就谈不上有什么建树。因为公安派与竟陵派早已完成了反对前、后七子的历史使命，为此钱氏对这两派就也要痛下针砭，乃至肆意贬斥。如果说由于钱氏同公安三袁私交颇深，因而有时不得不在表面上对他们有所褒扬的话，那么他更要把代公安派而起，并且事实上已主宰诗坛三十年的竟陵派，当作自己称霸诗坛的最大障碍，因而就放肆地加以攻击了。（中略）斥之写鬼趣，诬之为诗妖，钱氏对竟陵派的敌视竟到了此极端的程度！这哪里是文学批评？实际上是对竟陵派的人身攻击。（下略）

张氏想说的是，钱谦益对钟惺的批评，是由于他那诗坛霸者的企图心，再加以扩大所形成的极端之言。

《明史》的传，钱谦益、顾炎武等，所说的“学不甚富”“寡陋无稽”“好行小慧”的批评，以及“不学”的定评，也有必要一考。

关于这点，近人郭绍虞氏所著的《中国文学批评史》（商务印书馆刊），为钟惺作了辩护。兹引用如次：

人家说，钟、谭不学，而他们则正欲以学救其弊。钟氏《与友夏书》云：“轻诋今人诗，不若细看古人诗，细看古人诗，便不暇诋今人也。”（《隐秀轩文·往集·书牍一》）他们何曾号呼叫嚣，心粗胆横。如牧斋之所言者。钟氏《孙昙生诗序》云：“人之为诗，所入不同，而其所成亦异。从名入、才入、兴入者，心躁而气浮；……从学入者，心平而气实。”（《隐秀轩文·昃集·序又二》）盖从名入、才入、兴入者，则欲其心之由躁而平，气之由浮而实，必待年而定。年愈高，学愈进，则诗之所成也随以异。从学入者便不须如此。可知钟氏论诗，正以从学入者为高，是则竟陵派之诗论，又何尝废学！（下卷，第三篇“明代”，第三节“竟陵派”）

这样看来，清代对于钟惺一派的批判，并不一定恰当。因此，对于他在明代《诗经》学上的位置，这样的批判并不容易让人接受，从新的观点来评判是可以考虑的。①

## 训诂和评经

钟惺学《诗归》的方式来圈批和评骘《左传》《毛诗》《史记》，前举顾炎武的《日知录》已有指摘。关于其中的《左传》，现在我所见过的是内阁文库所藏的《左传合注详解》一册本（二卷）。钟惺点评，古吴杜麟征振公、王道焜昭平订正。崇祯十二年序刊，近圣居藏版。

关于《诗经》的著述，钟惺所著的《诗论》一文有如下记述：②

> 予家世受《诗》，暇日取三百篇正文浏览之。意有所得，间拈数语。大抵依考亭所注，稍为之导其滞，醒其痴，补其疏，省其累，奥其肤，径其迂。业已刻之吴兴。

把这个和《日知录》的记述相对照来看，在这里，应该去考究的书有两种：一种是《钟伯敬先生评点诗经》。这书没有序，二册本，来因堂藏版。另一种是题《诗经钟评》的三册本。明泰昌元年刊，有杞堂藏版。这二书由内阁文库所藏本可以得到确认。③

---

① 20世纪80年代，在中国，显示出对竟陵派进行评价的征兆。那是从这个派的“改革”和“创新”的精神，去看出它的价值。在钟惺、谭元春的出生地湖北省，于1984年8月成立了“竟陵派文学研究会”。不久，开了第一回学术讨论会。讨论会的成果，于同年12月，由主编张国光、副主编张业茂编成《竟陵派与晚明文学革新思潮》，收《应公正地评价竟陵派对文学史的贡献》（焦知云）以下30多篇论文。

② （明）钟惺著，李先耕、崔重庆标校：《隐秀轩集》卷第二十二，上海：上海古籍出版社1992年版。另有［日］加藤实氏：《诗论译注》，《诗经研究》1981年第6号。

③ 关于内阁文库所藏《诗经钟评》，村山吉广有《钟伯敬〈诗经钟评〉の周边》，《诗经研究》1981年第6号。

另外，前述《四库全书总目提要》存目部分所记的《诗经图史合考》《毛诗解》二书的书名，根据《提要》的文章，这两书很明显地与谈及《诗论》的书物并不相符合。又《毛诗解》有内阁文库藏本，可看出其内容。

现在，《续修四库全书提要》曾采入作为钟惺著作的《诗经评》不分卷，明闵氏刊朱墨印本。该文引述如次：

> 明钟惺评点。是书废弃一切传笺注，止就三百篇正文，略拈数语，或著行间，或列栏上，或括题下。语简而弥隽永。大抵本其所撰《诗归》之旨。亦说《诗》者别一法门也。(下略)

从形式和内容的共通性判断的话，这里所说的《诗经评》，和内阁文库所藏二书中的《诗经钟评》比较接近（但《诗经钟评》不是朱墨印本）。总之，钟惺学《诗归》的方式，在经典中的《诗经》加上圈选，呈献给世人，使后世议论不断。前引的《日知录》钟惺条原注，顾炎武对钟惺有如下的批评：

> 钱氏谓古人之于经传，敬之如神明，尊之如师保。谁敢僭而加之评骘。评骘之多，自近代始，而莫甚于越之孙氏、楚之钟氏。(下略)

这里所说的“越之孙氏”，不用说也知是孙矿，即孙月峰。“孙月峰评经”是很著名的。

另外，《日知录》说的“评骘”，是对本文所作的简短的评语。从广义来说，那是对本文所作的圈点、批点的意思。但是，圈评的方法，绝非孙矿和钟惺所创始。近人尤信雄氏《桐城文派学述》（文津出版社，1975年）第四章第二节“评点之学”，关于这事有很详细的介绍。① 尤氏还引述了曾涤生《经史百家简编序》一文如次：

> 前明以《四书》经艺取士，我朝因之。科场有勾股点句之例，盖犹古者章句之遗意。试官评定甲乙，用朱墨旌别其旁，名曰圈点。后人不察，辄仿其法，以涂抹古书，大圈密点，狼藉行间。故章句者古人治经之盛业也，而今专以施之时文。圈点者科场之陋习也，而今反以施之古书。末流之变迁，何可胜道。

用朱墨圈点的例子，从唐刘蜕的《文泉子集》卷三《文家铭》开始，宋吕祖谦的《古文关键》也将唐、宋文六十余篇施予圈点，谢枋得的《文章轨范》有批注圈点，人所皆知。但是，一到明代，会试的主考官在写有答案的优秀文卷上施加圈评，也变成很平常的事。这点也影响到出版界，民间的书店在刻《四书》时，会在上面加上圈评。曾涤生所说的“科场之陋习”就是指这件事。

但是，书店除加圈评在《四书》上外，像孙矿和钟惺活跃的明末间，胆敢在《左传》和《诗经》这样的“五经”经典上加圈评的学者是极为稀少的。因此，他们的做法，也引起了坚持“古之于经传，敬之如神明，尊之如师保，谁敢僭而加之评骘”的立场的顾炎武的反感。②

那么，钟惺所持的《诗经》观如何呢？这点，可从检讨他的《诗论》得知。《诗论》开头有如下的话：

---

① 关于桐城派的圈点，有武内义雄博士的《桐城派の圈识法》，《“支那”学》1921年第8号。

② 清代中期，桐城派盛行，对经传的评点也变得相当自由，姚姬传的《评点左传》《评点礼记》《评点易经》等也被刊行。还有，清末吴汝纶有《评点诗经》《评点书经》。

《诗》，活物也。游、夏以后，自汉至宋，无不说《诗》者。不必皆有当于《诗》，而皆可以说《诗》。其皆可以说《诗》者，即在不必皆有当于《诗》之中。非说《诗》者之能如是，而《诗》之为物，不能不如是也。

《诗》的注释，时代不同，解释的人也不同。从历史来看，所见到的也不一定妥当。但是，那并不是说《诗》者的罪过，而是《诗》本身是“活物”的特性所造成的。此事将于以下再加说明：

说《诗》者盈天下，达于后世，屡迁数变。而《诗》不知，而《诗》固已明矣，而《诗》固已行矣。然而《诗》之为《诗》自如也。此《诗》之所以为经也。

说《诗》者作出和时代共同变化的注解，那是说《诗》者的问题，诗本身并未受任何影响。“《诗》之为《诗》自如也”，就是这个意思。因为具有这样的特质，《诗》才能叫作“经”。

那么，说《诗》者的注解有何意义呢？《诗论》有如下的说法：

古之制礼者，从极不肖立想，而贤者听之。解经者，从极愚立想，而明者听之。今以其立想之处，遂认为究极之地，可乎？

总之，那样的注解并不是究极之物，为了帮助读《诗》的人，作为理解的起点来考虑，倒不如置于读《诗》人之侧，自由去接受。

还有，即使同一人的注解，在同一首诗中，引出的感情通常也是不一定的，情趣时时刻刻都在变化中，所谓“趣以境生，情由日徙”。从《诗》中求固定训诂，是不可能的。这有如下的记述：

欲使宋之不异于汉，汉之不异于游、夏，游、夏之说《诗》，不异于作《诗》者，不几于刻舟而守株乎？

把注解从古到今定于一的说法，可说类似于“刻舟守株”的谬见。在该文里，他作了如下的结论：

故说《诗》者散为万，而《诗》之体自一，执其一，而《诗》之用且万。噫，此《诗》之所以为经也。

还有，在这里，作为钟惺的问题的“诗”，是作为主导的《诗经》的诗，但在他的意识里，《诗经》的诗和古诗、唐宋诗，并没有什么区别。选录古诗、唐诗的《诗归》的《序》，有如下的说法：

选古人诗而命曰《诗归》，非谓古人之诗以吾所选为归，庶几见吾所选者以古人为归也。引古人之精神以接后人之心目，使其心目有所止焉，如是而已矣。

“非谓古人之诗以吾所选为归”这种说法，是反对自己的见解变得固定化、权威化。

钟惺从《诗经》开始解说历代诗的时候，坚持去探求诗中寄托的古人，乃至作者之心的所在——这叫真诗。但是，把握真诗因时因人而有限制，是必须考虑的。① 这是从《诗》的本质产生的，对读者来说，可以说是一种无可逃避的命运。因此，注解可以说仅止于个人而已。用一种方法了解作《诗》者的心，而为后人扮演参考的角色已足够。

因此，他认为历代的训诂注释，不论哪一家都不是绝对的权威。它

① 关于“真诗”的解释，入矢义高氏有如下的说明：“谈到诗文古今不动的规格的存在，宏道并不赞成。他所信奉的唯一东西，是自己胸臆中的‘性灵’。钟氏把那叫‘精神’。……所谓‘真诗’的观念，实脱胎于袁宏道，由钟氏把它表现出来。”（前文《诗归について》）

们全部有它们的界限和制约。① 现在，看看《诗经钟评》，钟惺在《诗》的本文（正文）任意施加批点和圈点；句中或栏上，任意加上叫“评语”的感想，乃至记下批评。这种奔放的做法，有时被认为是“浅陋”“不学”。但是他并不在乎。

他否认传注的权威，排斥历代的训诂，重视以直感、直觉作论断。他所尊重的是自己的“感性”。他以自己一人的感性提出圈评这种形式，以提供给读者。他用这种批评方式，引导读者作为“欣赏”作品的媒介。从这里可以看出他全部的使命观。②

这是属于明代说《诗》流派中的第三派“大胆主张自己的说法，以独特的见解向世人宣示”。其中极为不同的是叫“评经”的新立场。这竟陵派的《诗》说，不久由同时代的章调鼎、钱天锡、万时华、贺贻孙③、戴君恩④等人所继承，至清代，则有姚际恒、崔述、方玉润等解《诗》者的出现。⑤ 有关他们，将另有论文详述。总之，钟惺的《诗经》学促进了近代《诗经》的“欣赏”，也对所谓“文学鉴赏派”的成立有很大的贡献。这是我们不得不承认的。

载《东洋の思想と宗教》1993 年第 10 号，第 1～14 页

---

① 在文学史上，从时代先后来建立评价基准的是，所谓李、王的古文辞学派的立场，公安派、竟陵派则掊击这观点。在这里，这种研究也适用于《诗经》的解释。

② 在《诗归》的序中，钟惺的盟友谭元春表明了如下的立场：“法不前定，以笔所至为法；趣不强括，以诣所安为趣；词不准古，以情所迫为词；才不由天，以念所冥为才。恬一时之声臭，以动古今之波澜。”

③ 关于贺贻孙，有嶋崎一郎氏的《周作人〈贺贻孙论诗〉翻译》，《诗经研究》1992 年第 17 号。

④ 关于戴君恩，可参照［日］村山吉广：《崔述〈读风偶识〉の一断面——戴君恩的〈读风臆评〉とのかかわりについて》，《中国哲学》（北海道中国哲学会）1992 年第 21 号。

⑤ 关于方玉润，有［日］村山吉广：《方玉润の诗经学》，《日本中国学会报》1989 年第 41 集。

**附记**：本文翻译过程中，曾得东吴大学中研所日籍研究生大薮久枝小姐指正部分缺失，并蒙本所蒋秋华、杨晋龙两先生提供意见，谨志谢忱。

载《中国文哲研究通讯》1995 年第 1 期，第 79~92 页

# 略论钟惺与南宗画

王启元

湖广竟陵人钟惺（1574—1624）字伯敬，号退谷。因所创之竟陵派而留名文学史。钟惺曾任南工部主事，长期游走陪都，其所倡竟陵之风，于南国悄然而起，渐成宗风，已为世所习知。竟陵派得以兴起，其中各种机缘迭出，前人著述亦多有论及，若钟惺论诗另辟蹊径，异于前人；抑或老辈文坛将星寥落殆尽、同乡袁中道提携，凡此种种，皆中肯綮。本文所欲论，则为竟陵派成功借鉴诗文外之另一艺术表现形式——文人画而取其中精义，以变文坛论诗之体，或可补竟陵派文学研究一隅。

## 一

晚明南都之文学，自有其独特气息。此乡所哺育之文学诸流派，与崛起于京师之前后七子，旨趣表现大异，或由于南橘北枳，土壤不同所致。钱谦益《列朝诗集小传》丁集上“金陵社集诸诗人”条言：“海宇承平，陪京佳丽，仕宦者夸为仙都，游谭者指为乐土。”① 南都有此乐土，皆因其政治上远离中枢，兼晚明党争纷繁，南曹中人多备林下之优

① （清）钱谦益：《金陵社集诸诗人》，见（清）钱谦益著：《列朝诗集小传》丁集上，上海：上海古籍出版社 1983 年版，第 462 页。

游，寄情山水。① 归有光所云“承平二百年，不特诸曹职务清简，而禁旅闲静无事。其佐幕之官，曰乘马，具名刺相过从，饮酒游山而已”②，亦为实录。

然此地另有一风气绝异于他处。西洋利玛窦氏初到东南，便惊诧于此土擅绘画者人数甚众，遂请耶稣会赞助西洋画教习之力，冀其成为融入中国文人圈以求传教之绝佳手段。顾起元即曾见利氏传授西洋“凹凸画”，“与生人不殊”，然时“无解此者”耳。③ 可见当时东南一隅，确是一方绘画艺术的热土。大略此时，钟惺于南都交游，结识多位南方诗画界耆老，如陈继儒、曹学佺辈；后南游苏州，所结赵宧光、文震孟、文震亨、徐波、范允临等名士，④ 亦皆为丹青名家。

画坛耆老沈周有诗谓“自是田间快活民，太平生长六经旬”⑤，感叹苏松诸府富饶自在，艺坛长盛或因于此。中晚明时南国画派林立，人才辈出，号称极盛。吴门画派早在弘治、正德年间，为沈周、文徵明等诗画大家推向高峰，艺术上远祧元人黄公望、王蒙，近则推崇元末入明之陈汝言、徐贲等吴中画坛先贤。日后“吴中四子”及其追随者皆兼通诗画，诗史留名者不在少数。嘉靖、万历后吴门派及其余绪，对明末画坛的影响仍是巨大的，董其昌所主之松江画派，与吴门派便有私淑之

① 叶晔《明代中央文官制度与文学》曾专门讨论明代南都文学变迁，着重分析南都文学与官僚机构设置的关系，所及南都正四品官乃大部分南都官员的最终归宿，官员普遍于仕途表示出消极态度；以及南都文学去政治化的进程，为郎署文学去馆阁化下，继而下移到山林文学之典型等诸观点，皆于笔者多有启发。见叶氏2009年复旦大学博士学位论文，第251~259页。

② （明）归有光：《送南京虎贲卫经历郑君之任序》，《震川先生集》卷九，上海：上海古籍出版社1981年版，第200~201页。

③ 参顾起元《客座赘语》卷五“凹凸画”条及卷六“利玛窦”条，《续修四库全书》第1260册，上海：上海古籍出版社2002年版，第169页上，第192页下。

④ 陈广宏：《钟惺年谱》万历四十七年条下，上海：复旦大学出版社1993年版，第181页。

⑤ （明）沈周：《六旬自咏》，《石田诗选》卷六，《文渊阁四库全书》第1249册，第640页上。

谊。董其昌辈绘画的旨趣与造诣，大致不出沈、文的构造，如其于山水画“南北宗”和“文人画”等观点的阐发，是晚明绘画界重要的贡献之一，究其根源，也不出吴门派的创作思路。

钟惺在绘画上的造诣，研究界关注不多，然据当时人记载，伯敬可称一知名画人。清初卞永誉《式古堂朱墨书画记》即收录钟惺。①“四王吴恽”之一的恽寿平曾云：“伯敬先生画宗逸品，绝似宋元人一派，笔致清逸，有云西（曹知白）、天游（陆广）之风，真能脱落町畦，超于象外。长蘅（李流芳）、孟阳（程嘉燧）微有习气，皆不及也。”恽氏分析这位文坛领袖之所以也能颇工绘画，则谓其画“得之于诗，从荒寒一境悟入，所以落笔辄有会心”②。在恽氏看来，钟惺有元人所尚“清逸”的南宗画法一派的遗风，同时胜过时人李流芳、程嘉燧一筹。鉴于恽氏论钟惺之画，已为伯敬身后而饱受文坛非议之时，而犹能持此公允评价，则钟惺之画作，当非尔尔。

查恽氏口中之李、程，皆为东南名士，同是钱谦益好友。钱氏《列朝诗集小传》除称道二人作诗外，亦有赞誉二人作画者。③ 吴伟业有《画中九友歌》一诗，二位名列“画中九友”间。此“九友”之松散圈子，某种程度上体现了董其昌所倡之松江画派在文人中的普及与传播。全诗仿杜甫《饮中八仙歌》，所及人物依次为董其昌（玄宰、思白）、王时敏（烟客）、王鉴（玄照）、李流芳（长蘅）、杨文骢（龙友）、张学曾（尔唯）、程嘉燧（孟阳）、卞文瑜（润甫）和邵弥（僧弥），加上作者吴伟业（梅村），虽不至将画坛高手网罗殆尽，仍可窥

① 卞永誉：《中国古代书画人物编年》（20），北京：国家图书馆出版社 2008 年版，第 7 页。

② 恽格：《瓯香馆集》卷一二，《清代诗文集汇编》（129），上海：上海古籍出版社 2010 年版，第 699 页下。

③ （清）钱谦益《列朝诗集小传》丁集下谓程嘉燧“善画山水，兼工写生”，李流芳“画出入元人，尤好吴仲圭（镇）”，第 576、582 页。

天启、崇祯间苏松画坛概貌。① 查梅村《画中九友歌》言李长蘅：

> 檀园著述夸前修，丹青余事追营丘。平生书画置两舟，湖山胜处供淹留。

又及程嘉燧：

> 松圆诗老通清讴，墨庄自画归田游。一犁黄海鸣春鸠，长笛倒骑乌犉牛。②

靳荣藩在《吴诗集览》“湖山胜处供淹留”下注云：长蘅“著述则不止于丹青矣，故云余事，而书画双举，亦见长蘅身分”。“长笛倒骑乌犉牛”句下亦云：“写孟阳亦先诗后画。后二句即自画归田中事。”③ 长蘅、孟阳皆擅诗画，为时人所熟知。后世多有取钟惺与李、程二人相比较，或可推知伯敬画坛地位高下，其中以钱锺书先生呈意最巧妙。钱氏请钟惺诗“去程李远甚，而以其诗境诗心成画，品乃高出二子”④。钟惺诗作本非擅长，其于诗坛贡献多在诗论、评点之中，而钱先生所摘“诗境诗心”所成之“画”，尤为伯敬过人之处。

今据钟惺本人自叙，始学作画似已逾不惑之岁，这位才子在世仅五

① 今按董其昌是松江画派的领袖自不待言，王时敏则为“四王”之首，王鉴亦在“四王”之列。吴骏公亦擅画，清人谓得法董源和黄公望。参张庚：《国朝画征录》，《四库全书存目丛书》（子部 73），第 578 页上“吴伟业条”。余若杨文骢、张学曾、卞文瑜、邵弥亦画坛留名，兹不赘述。

② （明）吴伟业：《画中九友歌》，见（明）吴伟业著，李学颖集评标校：《吴梅村全集》（上），上海：上海古籍出版社 1999 年版，第 289~290 页。

③ （明）吴伟业撰，靳荣藩注：《吴诗集览》卷六下，《续修四库全书》第 1396 册，第 537 页上、下。

④ 钱锺书：《谈艺录（补订本）》二九，北京：中华书局 1993 年版，第 106 页。

十二载，其绘画创作期实在不算长。钟惺有《自题小像》一文载其自画像事，事在万历四十五年（1617）：

余年四十有四，始画一小像。野服杖松下。松又友人胡彭举所补。题曰：颜胡以不少？余不以此始也。服胡以不官？余欲以此止也。胡子者置我于长松之下，知我者，胡子也。①

胡彭举为钟惺好友胡宗仁，论者谓之“喜谭论，作画师云林（倪瓒）、子久（黄公望）”②。然此时钟惺绘画尚未窥得门径，著自画像时，所倚之松还是胡氏手笔。泰昌元年（1620）秋冬之际，钟惺自谓大病几死，作画倏忽有心得。其作《寒河图》及《题画》诗并序示谭元春，与谭氏论作画之道，中有“高人宛在茅堂里，却悔从前点染多”③ 句，请旧时所作之画，用笔累赘。又多次讨论“真”与下笔的关系，作画时不可太过求真，求真则愈不真，比如“性习所至笔或后，笔亦时过性习先。点染何尝不求似，似者有时不必然。迁作精神漫作形，虎头半处即其全”④。其《画龙说赠王生南游》就提到了“真”与写意的关系：

邑子王生画龙。戊申春，持友人手札，觅作南中贵人书为南游资粮，而以所作画龙一幅饷余。客戏语余曰：“生其以子畏真龙，故持其画者示子耳。”予谓好画龙亦复不易。昔张僧繇画龙不点睛，或令点之，疾雷破壁飞去。使叶公见此，能无反走邪？南中人矜尚书画，工者价或等于诗文。且画之用或不减于真，甚且过之。

① （明）钟惺：《自题小像》，《隐秀轩集》卷第四十一，上海：上海古籍出版社1992年版，第595页。

② （清）钱谦益：《胡布衣宗仁》，（清）钱谦益：《列朝诗集小传》丁集上，第467页。

③ （明）钟惺：《题画有引》，《隐秀轩集》卷第十四，第217页。

④ （明）钟惺：《范漫翁画山水歌》，《隐秀轩集》卷第五，第67~68页。

今夫一草一木，一花一石，一竹一禽，一鱼一虫，以至竹篱茅舍，断桥垝垣，草衣芒跷，人见其真者，如未之或见也。一入名手点染，好事者即成佳观。以此知真者细，入画则重；真者恒，入画则奇；真者近，入画则远。子第工其画者，何必真？即如今人作诗文，自托名家，其远神远体，时似恒似，宁渠能起古人而肉朽骨，使之言笑步趋？余以为人巧之极，错以天工，不过如顾、陆写生止耳。由此观之，世固鲜有真者，皆画之类也。子第工其画者，何必真也！①

钟惺此文所言，未必尽是戊申年三十五岁时之见解，然诗中所举“草木鱼虫”“竹篱茅舍”之比，即为证其一味求其似“真”，非作画之终旨；真正所成之“佳观”，当是由“真”而进入的“重”“奇”“远”的高度。文中亦旁敲侧击所谓“今人作诗文”云云，似攻击拟古之流，即如学画者不能自创，徒临摹顾恺之、陆探微之作而习之。

作画实践上，钟惺主下笔宁少勿多，前引“却悔从前点染多”语即是其意。《自题画赠陈子素考功》中则有“以我云烟笔，传君丘壑心。无人山路远，不夜水亭阴”②，只消数笔便能得“丘壑心”。明清之际的程正揆所谓“论文字者谓一分见不如增一分识，识愈高则文愈淡。予谓画亦然，多一笔不如少一笔，意高则笔减”③，为此画论别致之注脚。伯敬曾与其友商家梅论作画，其《自题画赠商孟和》诗云：

计君别我六年矣，予之学画今年始。懒衰事事减于前，却有闲心到画理。久近工拙不必言，别来新事添惊喜。士隔三日当刮目，意外他长宁止此。授我蜀笺诚自作，恐负佳纸笔未落。交情虽复意

① （明）钟惺：《画龙说赠王生南游》，《隐秀轩集》卷第三十六，第584～585页。

② （明）钟惺：《自题画赠陈子素考功》，《隐秀轩集》卷第十二，第200页。

③ （清）程正揆：《青溪遗稿》，《清代诗文集汇编》（20），第290页上。

欣然，心手从违亦斟酌。数撇枝柯不敢多，箫疏乃反得婆娑。中年服官始作画，势亦不能复求苛。君言贵具文人气，正于离处察其意。熟后求生稚求老，再晤君时方许议。①

钟惺诗作远非高手，然其诗所记仍有可注意者。除感叹中年学画而悟“数撇枝柯不敢多，萧疏乃反得婆娑”等艺术手法外，据诗意，商氏似曾与钟惺提及伯敬画中之“文人之气”，此气恐伯敬自身亦未自知。钟惺绘画显然谈不上有师承，然伯敬由诗而入画，诗画同参之道，如恽寿平之语“从荒寒一境悟入，所以落笔辄有会心”的艺术追求，是晚明当时东南艺术圈的时尚，钟惺可称当时一位不错的画家。

其实，钟惺这种诗画同参的风格，深合同时代松江董其昌所标榜的“文人之画”的主张。董氏南宗画崇尚淡雅、斟酌笔墨，尤重“士气”：“士人作画，当以草隶奇字之法为之。树如屈铁，山似画沙。绝去甜俗蹊径，乃为士气。不尔，纵俨然及格，已落画师魔界，不复可救药矣。若能解脱绳束中，便是透网鳞也。”② 文人之“士气”，为区别文人画与画师画关键一点。宋元间已出现“士夫画”提法，似乎也泛指文人、士大夫所作之画，以别于民间画工和宫廷画院之作。然董其昌为“文人之画”于绘画技巧风格之外，添加进文人“士气”等元素，如文人所尚之诗赋、文字禅诸类，以充实山水画意，此为董氏“文人画”主张所以能成功之一大关键。今观董其昌所摘“文人之画”与中国画“南宗”两点，大略被画史界看作同一概念，就连对外的翻译也把“文人画”直接译成“Southern School”（南派），后人遂把“文人画”与“南宗”两种表达看作明末东南画坛的两种属性：习者身份为文人士大夫，地域则初创于东南。董氏除扩大绘画给养之外，同时重修文人画之谱系，亦为别致之创建，其列画坛“南宗”诸先贤如下：

---

① （明）钟惺：《自题画赠商孟和》，《隐秀轩集》卷第五，第 66 页。

② （明）董其昌：《画禅室随笔》卷二，《文渊阁四库全书》第 867 册，第 446 页下。

> 文人之画自王右丞始，其后董源、僧巨然、李成、范宽为嫡子；李龙眠、王晋卿、米南宫及虎儿皆从董、巨得来。直至元四大家黄子久、王叔明、倪元镇、吴仲圭，皆其正传。吾朝文、沈则又遥接衣钵。①

绘画界是否真有南北之分，以及所谓之南北宗究竟如何鉴别，董氏皆不能详其实。然仅观此南宗谱系，仍有几点可注意者：南宗高祖为王维，身份不独画坛耆老，亦为诗坛名宿；其近尊吴中文、沈，亦为对弘治、正德间吴中诗派与画派的追奉，其中诗画互参意味颇浓。董氏为画坛巨匠而远祧诗宗，钟惺则以诗坛新贵而入画境，两者所为互补，并非偶然所致，而为当日文化风尚所染，有驱诗画二元归一之势。

## 二

钟惺诗论吸取书画奥义，并非其个人独创，“诗画一律”的创作评论模式在晚明已有一定规模。此种文学、艺术甚至还有宗教元素相融的潮流，伴随一人地位上升而产生化学作用，此人便是盛唐时兼擅诗画禅的王维。钱锺书先生在《中国诗与中国画》一文中，对“诗画一律”与王士禛对王维的崇拜现象，提出了精辟的论断。“诗画一律”的大背景下，王维逐渐成为明末清初一部分诗论家笔下无比的高峰，其中原因之一，有当日南宗画勃兴，阴助王维 渐渐登上诗坛第一之位。而钟惺论诗，颇有与此一群体声气相通者。兹依照晚明“诗画”相与关系的理路，讨论竟陵所造诗论，有间接受南宗画审美影响之可能。

明代诗坛推崇王维的风尚姑且搁置，详下文再论。王维在世之时，

① （明）董其昌：《画禅室随笔》卷二，《文渊阁四库全书》第 867 册，第 452 页下。

诗已名动天下，有唐一代之追奉者即络绎不绝，宋时更有特标出“王右丞体”者。① 北宋山水画兴起后，王维的身份认定亦出现微妙的变化，有人认为他是画家，而诗也写得精妙，宋时苏轼、黄庭坚即持有此论。② 这到了晚明被书画家所传承，于王维之评价亦随中国画，尤其是山水画派的兴起而水涨船高。明代画坛耆老，即多将所崇拜之画人与王维作比，如文徵明便把自己的老师沈周比作王维，其《题庐山图》一诗云：

已拟先生谢幼舆，故著逸士泉之湄。就中有理未可说，却被石翁加品题。惟翁自有王维笔，谓我解画欧公诗。由来绝倡不可和，况此粉墨那容追。秖应披雾见突兀，庶此峻拔如吾师。③

又《雨中杂述》第五亦怀沈周“高人不见王摩诘，长笛空悲向子期”④。王士禛亦屡比王时敏为王维，如“夙世谬词客，前身应画师。居然辋川隐，高咏右丞诗”⑤。另程嘉燧也有相似的比方。⑥ 王维画坛偶像地位已不低，然明代的诗歌成就似乎远不如绘画；诗画高低，渐有伯仲。陈正宏先生曾论明代“诗画合璧”时说：“画在明代是如此地受

① 魏庆之《诗人玉屑》卷二引严羽《沧浪诗话》，上海：上海古籍出版社1978年版，第25页。

② 参张进：《宋金元王维接受研究》，《西北大学学报》（哲社版）2010年第2期。

③ （明）文徵明：《题庐山图》，《甫田集》卷二，《文渊阁四库全书》第1273册，第19页下。

④ （明）文徵明：《雨中杂述》第五，《甫田集》卷七，《文渊阁四库全书》第1273册，第52页下。

⑤ （清）王士禛：《奉常烟客先生八十初度寄呈兼寄端士异公怿民虹友藻儒诸兄弟四首》，《渔洋续诗》，见《王士禛全集》（1），济南：齐鲁书社2007年版，第707页。

⑥ 程嘉燧《风雪行柬姚允初丈》：“野罾渔屋入微茫，画中水墨王摩诘。踟蹰欲贯暖寒杯，黄公酒垆寒未开。”见《松圆浪淘集》卷十八，《续修四库全书》第1385册，第730页上。

欢迎，但其社会文化地位却不高；诗在明代是这样地乏味，但已成为一般士绅交往的必需品，则最可接受的办法，就是将两者合一。”① 放眼钟惺生活的嘉靖、万历间，南宗山水画早已誉满天下；至董其昌借禅、诗重塑南宗画之时，王维身份虽画中第一之位，于诗坛却颇尴尬，进退不定。

李梦阳论诗讲究“古诗妙在形容之耳，所谓水月镜花，所谓人外之人，言外之言”②，而“王维诗高者似禅，卑者似僧。奉佛之应哉”？注曰：“人心系则难脱。”③ 则王维之妙，有如南禅之“教外别传”“不立文字”，并具有直指人心之法，令人印象深刻。而明代中前期选家眼中盛唐诗，多以王维长于应制饯送、山水游览等题材，风格近乎雄浑自然和委婉闲适，然综合论之，右丞终让李杜，仅位列第三。④ 王维各体诗如五律、五绝各有其妙处，后七子之李攀龙以王维七律为最佳：“七言律体，诸家所难，王维、李颀颇臻其妙，即子美篇什隆众，愦焉自放矣。”⑤ 选家笔下与王维比肩者，多李颀、孟浩然、韦应物等诗人，亦可推知王维于当时诗坛之处境。⑥ 这种状态到晚明时发生了变化。

---

① 陈正宏：《诗画合璧与明代士绅的社交方式》，见复旦大学文物与博物馆学系、复旦大学文化遗产研究中心编：《文化遗产研究集刊》（3），上海：上海古籍出版社 2003 年版，第 153 页。

② （明）李梦阳：《论学下》，《空同集》卷六六，《文渊阁四库全书》第 1262 册，第 605 页上。

③ （明）李梦阳：《论学上》，《空同集》卷六六，《文渊阁四库全书》第 1262 册，第 603 页上。

④ 孙武军、张进：《明代前中期唐诗选评中的王维接受》，《宁夏大学学报》（人文社科版）2011 年第 5 期。钱锺书先生谓之如西洋论诗中那是“小的大诗人”，重要的不甚明显，语颇精巧。参钱锺书《中国诗与中国画》中所引语，见《七缀集》，上海：上海古籍出版社 1985 年版，第 18 页。

⑤ （明）李攀龙：《唐诗选注序》，《四库全书存目丛书》集部第 309 册，济南：齐鲁书社 1997 年版，第 2 页。

⑥ 《明代前中期唐诗选评中的王维接受》一文还提到前七子同时代的顾璘，于《批点唐音》中言王维“首首如画”等点评，唐诗选本研究者已有关注；因顾璘时代南宗画亦初兴，遂一并附注于此。

隆庆、万历时后七子的辅翼胡应麟（字元瑞），论诗之余亦善论画。其论诗虽欲复古汉、唐，然最崇拜者严羽沧浪，则自有别于前后七子。胡氏重提沧浪之以禅论诗，不仅合乎晚明士大夫崇佛之旨趣，而所论角度新颖，渐开晚明诗画禅融会化境之格。晚明文人圈，诗、画、禅三元素互相交织，如山水之南宗画本即与禅宗、华严诸佛理有关联。诗、禅两者关系之紧密自不待赘述，则本文欲言之诗、画互相影响，便难离开“禅那”这一中介而独论。严沧浪之说于晚明重提，自有其时代需要。胡氏尝自言：

> 汉、唐以后谈诗者，吾于宋严羽卿得一悟字，于明李献吉（梦阳）得一法字，皆千古词场大关键。第二者不可偏废。法而不悟，如小僧缚律；悟不由法，外道野狐耳。①

严羽即为诗史中加王维“右丞体”者。《沧浪诗话》于元明之际为人发掘，渐成元明时唐诗系谱之开端，严氏之“正体论”开明代唐诗复古之论；② 同时沧浪以禅解诗亦随其说风行，虽不至为主流，然私淑者仍不在少数，胡应麟于沧浪能得“悟”字，即为一例。若此，则元瑞诗云“王维元擢隽，杜牧载抡魁”者，③ 亦合乎其审美之旨。同时人屠隆亦擅兼诗画禅。研究者关注屠隆诗论之“性灵说”，是要求诗歌体现超乎具体物象而潜含在象外世界的一种“韵外之致”或“味外之旨”。

---

① 胡应麟：《诗薮》内编卷五，上海：上海古籍出版社 1979 年版，第 100 页。

② 参陈广宏：《元明之际唐诗系谱建构的观念及背景》，《中华文史论丛》2010 年第 4 期。

③ 胡应麟：《不佞自燕中归后，却扫闭关，一时艺苑诸名公以吏事来越者，虽闻问间通而逢迎都绝。乃君禹苏丈，独下询刍荛，穷搜草莽，停驺倾盖，把臂忘形，至贻赠诸篇，金石铿訇，风霜错落。揄扬蔑副，愧汗弥深。敬题排律五十韵，奉酬大雅》，《少室山房集》卷四十二，《文渊阁四库全书》第 1290 册，第 271 页上—下。

此说除对佛性本体意义的直接汲取，同时也特别受到佛道两家观照方式与处世态度的陶染。① 屠隆以禅解诗，于王维亦别有心得，其《羼提垒稿叙》言：

> 唐人称诗无虑数千家，乃神解妙诣独推右丞。则以右丞之于佛理深哉？右丞名维而字摩诘，盖如来上足之验也……余尝谓右丞非特诗臻化境，盖于大道有证者，裴平章（度）之后一人。②

屠隆亦是倾心王维者，其于王维禅学之推重，与自身修禅游于紫柏、云棲之门有关。王维诗借禅、画二旨而能渐脱颖于盛唐之音，晚明以来佛教中兴及南宗画皆阴助之，曾有凌驾李杜韩白之势。崇祯时陆时雍选《古诗镜》《唐诗镜》即标举神韵，指摘李杜韩白，独尊王维、韦应物，以为摩诘不宜在李杜下。其说虽上接司空图《与王驾评诗书》中尊王维、韦应物之说，然因其影响有限，此时间诗风尚亦未兴南宗、神韵之类的话头，遂沉匿许久。然其竟能于沉寂不闻之中，开启日后王士禛之说。③ 康熙诗坛盟主王士禛之崇王维，世所习知，然其刻意抬高王维，后人已多有非议。渔洋论诗于其标举之“神韵”“南宗”下重新给予辩体分流，其云：

> 古今《风》《骚》流别之道，固不越此。……唐、宋以还，自右丞以逮华原（范宽）、营丘（李成）、洪谷（荆浩）、河阳（李迪）之流，其诗之陶、谢、沈、宋、射洪、李、杜乎？董、巨，

---

① 郑利华：《屠隆与明代复古派后期诗学观念》，《文学评论》2010 年第 1 期。

② （明）屠隆：《羼提垒稿叙》，《栖真馆集》卷十，《续修四库全书》第 1360 册，第 418 页下。

③ 钱锺书：《谈艺录（补订本）》六，北京：中华书局 1993 年版，第 41 页。

其开元之王、孟、高、岑乎？降而倪、黄四家，以逮近世董尚书，其大历、元和乎？非是则旁出，其诗家之有嫡子正宗乎？……沉着痛快，非惟李、杜、昌黎有之，乃陶、谢、王、孟而下莫不有之。子之论，论画也，而通于诗矣。①

此处恭维北人而南宗，实贬北而崇南之意。罗列北地诸贤，亦非王士禛推崇北地之诗、画，而是点明诗文中的韩、柳、杜甫这些历史上的北人，本其“神韵”“南宗”体系内之元素。王氏此类谱系归宗之说，无非欲置李杜韩白等大家，列于王维为偶像之“南宗”诗论体系之下。不过他始终还是对杜诗非常恭敬，终未能安然地把王维抬到李杜的身前，② 却已为评论家所讥。王士禛“南宗”一说，实欲一肩挑诗、画两端的重担：一方面是说南宋代表绘画的最高境界，另一方面是要证明，它离诗坛的巅峰亦不远。他发挥这种借画论诗的逻辑云：

宗侄茂京（原祁），庚戌进士，今为礼科都给事中，太常烟客先生孙，同年端士兄（揆）长子也。画品与其祖太常颉颃。为予杂仿荆、关、董、巨、倪、黄诸大家山水小幅十帧，真元人得意之笔。又自题绝句多工，其二云：“蟹舍渔庄略彴边，柳丝荷叶斗清妍。十年零落荒园景，仿佛当时赵大年。”（《西田图》）“横冈侧面出烟鬟，小树周遮云往还。尺幅峦容写荒率，晓来剪取富春山。”（《大痴富春山岭》）一日秋雨中，茂京携画见过，因极论画理，其义皆与诗文相通。大约谓始贵深入，既贵透出，又须沉着痛

① （清）王士禛：《带经堂诗话》卷三，北京：人民文学出版社1963年版，第87页。

② （清）翁方纲《七言诗三昧举隅》有云：渔洋“先生于唐贤独推右丞、少伯以下诸家得三昧之旨。盖专以冲和淡远为主，不欲以雄鸷奥博为宗”；又有“先生又不喜多作刻画体物语”云云。见丁福保编：《清诗话》，上海：上海古籍出版社1978年版，第291~292页。钱锺书曾引用并加以阐述，见其《七缀集》，第20页。

> 快。又谓画家之有董巨，犹禅家之有南宗；董巨后嫡派，元惟黄子久、倪元镇，明惟董思白耳。予问倪董以闲远为工，与沉着痛快之说何居？曰：闲远中沉着痛快，惟解人知之。又曰：仇英非士大夫画，何以声价在唐沈之间，征明之右？曰：刘松年、仇英之画，正如温李之诗，彼亦自有沉着痛快处。昔人谓义山善学杜子美，亦此意也。（《居易录》）①

文中所称颂者为南宗画四王之一的王原祁，同时温、李两位晚唐的词宗，也被拉进南宗诗的审美范畴。茂京之画，评画者尽能自识，然欲论其诗同其画一般出众，于渔洋亦非易事，遂止言茂京作诗“始贵深入，既贵透出，又须沉着痛快”。王原祁诗中所有悠远清淡、娴静婉转之风被总结为“沉着痛快”，亦即前引《芝廛诗集序》所言陶、谢、王、孟、李、杜、昌黎所共有之长，其大俗中却见禅意。不过钱锺书先生即尝谓“不解闲远中何以有沉着痛快”，因渔洋此处为捋撦前人之语，蹈袭严沧浪而仅知抬高王、韦，遂“识力仍去沧浪一尘矣”。② 王渔洋诗论高下已有定论，其意欲借画坛影响，置王维于诗画两界座主之意，亦可略窥其一二。约略同时之世情小说《红楼梦》里，还能见得一些清初诗坛的痕迹。作者一面讽刺学诗不能从宋人如陆游者入手，另一面假林黛玉之口道明学诗正途：

> 你若真心要学，我这里有《王摩诘全集》，你且把他的五言律读一百首细心揣摩透熟了，然后再读一百二十首老杜的七言律，次之再李青莲的七言绝句读一二百首，肚子里先有了这三个人做了底

① （清）王士禛：《带经堂诗话》卷三，北京：人民文学出版社 1963 年版，第 86 页。

② 钱锺书：《谈艺录（补订本）》六，北京：中华书局 1993 年版，第 41 页。

子，然后再把陶渊明、应、刘、谢、阮、庾、鲍等人的一看。①

王维不仅排在李杜之前，而且辅以两晋六朝的山水诗家，这声势仿佛闺阁中倒有人声援王士禛了。

如今回到钟惺，其论诗所持观点，与此种标举王维、阴袭画禅之旨颇有几分相似，这也是伯敬于诗坛最卓著之贡献。钱锺书先生谓之云：

> 钟谭论诗皆主“灵”字，实与沧浪、渔洋之主张貌异心同。《隐秀轩文》往集《与高孩之观察书》曰：“诗至于厚，无余事矣。然从古未有无灵心而能为诗者。厚出于灵，而灵者不即能厚。古人诗有以平而厚者，以险而厚者，非不灵也，厚之极，灵不足以言之也。然必保此灵心，方可读书养气，以求其厚”云云。……议论甚佳。即沧浪所谓“别才非学，而必学以极其至也”。亦即（陆）桴亭所谓“承艾添膏，以养火种”也。以“厚”为诗学，以“灵”为诗心，贤于渔洋之徒言妙悟，以空为灵矣。②

钟惺论诗之要，源出严沧浪，钱先生多次言及，其与胡应麟、陆时雍等所好暗合，又为王渔洋“神韵”之先声，晚明诗学之一支脉至清初而成主流。今观此一诗论传统，本背离明中期以来前后七子所关注之汉魏盛唐诗格调、体制之谭，而多留心抽象之“性灵”“诗心”之旨；虽亦欲观照学问积累，如严羽之“读书养气”或竟陵之“厚”，然渐入清初而消弭殆尽，成渔洋之“华严楼阁，弹指即现”③之相了。此一诗论

① 《红楼梦》（三家评本）第四十八回《滥情人情误思游艺 慕雅女雅集苦吟诗》，上海：上海古籍出版社1988年版，第769页。

② 钱锺书：《谈艺录（补订本）》二九，北京：中华书局1993年版，第103～104页。

③ 施闰章论王渔洋之语见《渔洋诗话》“洪升昉思问诗法于施愚山，先述余夙昔言诗大指。愚山曰：‘子师言诗，如华岩楼阁，弹指即现’”云云，见《王士禛全集》（6），第4794页。

渊源流变，与尊王维之诗论与画风紧密贴合。钟惺以自身诗学天赋异禀及绘画实践，预流其间，而为一得力推手，终开清初诗坛之大观。

## 三

竟陵论诗与文人画有千丝万缕的关系，不仅出于“诗画一律”理论上的可能，也被当日批评或同情竟陵者察觉到。首先，挖苦钟惺者，除了道德上的打击外，审美上的品评就有兼对当日画人不满意者。南宗山水之高下今不置辩，仅讨论文人画影响下的竟陵派，给当时人留下怎样的印象。

持道德之名攻击竟陵，除陈子龙、顾炎武外，最先发难且用力最勤者，为钟惺同科之钱谦益。钱氏于《列朝诗集小传》丁集中“钟提学惺”条责钟谭及其追随者，乃“寡学之士”而“衡操斯文之柄”，竟为亡国之兆。① 然此见解实过于迂腐，陈寅恪先生尝谓：

> 牧斋排击钟谭尽嬉笑怒骂之能事，读者可披阅列朝诗集原文，于此不详引，以省枝蔓。所可注意者，詈伯敬之辞，略宽于友夏，殆由钱钟两人有会试齐年之谊。旧日科举制度与社会之关系，即此可见一斑。牧斋讥蔡敬夫，实讥林那子，所谓指桑骂槐，未识茂之读之，何以为情也。②

由此可知，钱谦益所攻或出于私忿，今不具论。然从审美角度攻讦者则如王夫之，所言尚属理性，亦能深解竟陵论诗之意：

---

① （清）钱谦益：《钟提学惺》，（清）钱谦益：《列朝诗集小传》丁集中，上海：上海古籍出版社 1983 年版，第 571 页。另参《南雷文定》附录所收钱牧斋至黄宗羲信中谓“世间三大妖孽”之“楚人之诗”，亦为深诋竟陵者。

② 陈寅恪：《柳如是别传》，上海：上海古籍出版社 1980 年版，第 952 页。

> 门庭之外，更有数种恶诗：有似妇人者，有似衲子者，有似乡塾师者，有似游食客者。妇人、衲子，非无小慧；塾师、游客，亦侈高谈。但其识量不出针线、蔬笋、数米、量盐、抽丰、告贷之中，古今上下，哀乐了不相关。即令揣度言之，亦粤人咏雪，但言白冷而已。然此数者，亦有所自来，以为依据。似妇人者，仿《国风》而失其不淫之度。晋宋以后，柔曼移于壮夫。近则王辰玉、谭友夏中之。似衲子者，其源自东晋来。钟嵘谓陶令为隐逸诗人之宗，亦以其量不弘而气不胜，下此者可知已。自是而贾岛固其本色；陈无己刻意冥搜，止堕齑盐窠臼；近则钟伯敬通身陷入；陈仲醇纵饶绮语，亦宋初九僧之流亚耳。①

尽管竟陵论诗，未明确标举，然其论诗旨趣如王夫之所言，或崇尚陶渊明、贾岛、陈师道、宋九僧之体；同时姜斋于妇人诗、衲子诗之溯源亦不可谓无理。然取竟陵与妇人比较，当属刻薄。但此不独姜斋，钱牧斋亦云："王微杨宛为词客，肯与钟谭作后尘。"② 然王夫之在攻击钟谭之时，取画界王烟客之父王衡辰玉、征君陈继儒成了陪坐，是能体会钟惺论诗近画之旨。王夫之本人似不擅画，然颇懂得赏画，这里对当时苏松的南宗画派代表人物的讽刺，其态度值得回味。

观竟陵遭诗坛攻击纷扰之时，画坛多对其抱有相当的同情。钟惺晚年追随者徐波字元叹，刻《钟伯敬先生遗稿》于苏州者。③ 崇祯十二

---

① 戴鸿森：《夕堂永日绪论内编》，《姜斋诗话笺注》卷二，北京：人民文学出版社 1981 年版，第 144~145 页。

② 全诗见《姚叔祥过明发堂共论近代词人戏作绝句十六首》之十一："不服丈夫胜妇人，昭容一语是天真（吕和叔《上官昭容书楼歌》云：自言才艺是天真，不服丈夫胜妇人）。王微杨宛为词客，肯与钟谭作后尘?"见《钱牧斋全集》（1），上海：上海古籍出版社 2003 年版，第 606 页。钱集咏王微、杨宛颇多，二人与柳如是并为当世名姝，陈寅恪先生指出，此地明指王杨恐暗寓河东君。此第十一首诗则实钱谦益咏河东君等女性诗词，而牧斋特地拈出钟谭作比，还是很看得出钱氏心中两者的可比性的。

③ 《钟惺年谱》，第 246 页。

年（1639）徐波五十岁生日时，苏州名僧苍雪读彻和尚题诗予徐波庆生，表彰徐元叹所亲之钟谭云：

> 爰及我明兴，王业贯百史。文运继天开，三百年于此。时盛推钟谭，初创追何李。纷纷无定评，中原空七子。幽秀与沉雄，性灵齐成毁。①

这位吴中华严唯识学高僧兼擅诗画，以对徐波的交谊，② 进而产生对竟陵派的同情。此种批评者，明清之际已颇多见，如遗民画家傅山也不屑时人对钟谭的刻薄。傅山论诗，推崇南宋刘辰翁，本朝则有杨慎、钟惺、董其昌之诗。③ 杨、董并钟惺，皆为一时著名画人，亦与傅氏相同。不过，傅氏将钟惺与南宋的刘辰翁同列而论，则正合钱牧斋讽刺今人注老杜诗的"鬼窟活计"，都是拾刘辰翁牙慧之说，四库馆臣亦从此说而为刘辰翁评杜诗"标举尖新字句"，归为竟陵先声。④ 晚明时刘辰翁之处境也像竟陵派一样，身价时有涨落。辰翁与竟陵关系可参《谈艺录》二九：

> 牧斋以辰翁为竟陵远祖，元瑞（胡应麟）以辰翁为沧浪别子，

---

① 读彻苍雪：《徐元叹五十初度，拙句亦如数赠》，《苍雪大师南来堂诗集》补编卷一，《清代诗文集汇编》（5），第80页下~81页上。

② 苍雪之外，其师一雨通润，与钟惺及徐波亦有交游，见钟惺《城南古华严寺半就倾颓，奇为清崎，同一雨法师、徐元叹、陈盘生往访。诗纪冥游，兼劝募复》，《隐秀轩集》卷第四，第49页。

③（清）傅山：《杜遇余论》："吾尝谓古文古书之不可测处，囫囵教宋儒胡乱闹坏也。然本不可坏解者，至今在终不随不解者瞎圪塔去。近来觉得毕竟是刘须溪、杨用修、钟伯敬们好些，他原慧、他原慧，董浔阳亦不甚差。"见《霜红龛集》卷三十，《续修四库全书》第1395册，第648页上。

④《四库全书总目》卷一四九"集千家注杜诗二十卷"条，北京：中华书局1965年版，第128页下。

> 《总目》顾谓渔洋好辰翁为不可解。夫渔洋梦中既与沧浪神接，室中更有竟陵鬼瞰，一脉相承，以及辰翁，复奚足怪。①

钱先生旁征博引之下，我们可以看出，明清之际，为了自己的一个主张得以成立，作为参照坐标的古人，却能被当代人随意地抬高或贬低，刘辰翁只是这不幸而幸中的一例。

清人借论钟惺画，对其诗作、遭遇多有同情者。钟惺在庚申（1620）秋冬因病成画一册二十六幅画存世。至清嘉庆、道光间，梁章钜经眼而跋钟惺画时云“隐秀轩中清气集，底须多事作诗归”②。其从赏钟惺之画，进而对竟陵中之“清气”，亦持肯定态度。同一卷轴，后生谢元淮则在看了梁氏的藏品后题道：

> 竟陵以诗鸣，诗偏遭世訾。偶然作画幅，画乃为人喜。未知訾喜间，究竟谁知己。有明宏嘉际，风雅稍颓靡。旗鼓竞雄豪，何李暨王李。标榜互推崇，前后广七子。开口夸盛唐，宋元卑卑视。四肢胂且僵，阔步高举趾。声调技已末，模范识尤鄙。余波流至今，喧争迄未止。钟谭生当日，救偏矫诙诡。鱼丽整以暇，堋云集众矢。千古郢中歌，阳春杂下里。一夫首发难，群咻肆萋毁。余亦荆楚人，学诗庭趋鲤。本自无所得，未敢轻比拟。人各有性情，亦各有其是。何能强同之，优孟衣金紫。譬如凤与鹤，鸣声皆悦耳。谓鹤不如凤，欲凤与鹤似。赋予属天籁，岂能顺人指。不问首制冠，不知足为履。得者人自私，市肆何彼此。事有在诗外，人有在诗里。三百诵葩经，一言蔽厥旨。文章秉公论，固非袒桑梓。嗟兹绢

① 钱锺书：《谈艺录（补订本）》二九，北京：中华书局1993年版，第105页。

② （清）梁章钜：《题竟陵钟氏一门画册后》，《退庵诗存》卷十七，《清代诗文集汇编》（515），第182页上。

数幅，幽兰兼山水。第五擅高名，彩鸾亦画史。为酒复为药，微言实至理。装池付流传，一门真具美。梁公今硕儒，收藏富莫比。才名惊海内，脱手贵洛纸。自写幼妇词，命展雕虫技。楚客歌楚风，激昂不自揣。题画忽论诗，放笔忘所以。商也始起予，公应笑莞尔。①

谢元淮身为荆州之籍，极美誉乡贤钟谭，而数落“何李”“王李”等前后七子则颇带讥讽。赞钟惺矫正一代诗风，如郢中之屈子，如此高誉出于伯敬殁近二百年之后学之口，阅其遗墨同时仍能忆及其谭诗旧说，不知钟惺泉下作何感想。

晚明至清，南国书画艺术多崇南宗，诗坛亦渐重王维，以禅解诗、诗画同源诸说日益风行，其中钟惺之竟陵派，于晚明中接力一员。然伯敬天资卓然，终留名诗史，至后人议论纷然，悉如上文已述。今补一诗画论外之说，查明代中晚期的诗文界都有共同的先天不足：凡开文坛风气之领袖大家，其寿皆不永。放眼前后七子献吉、大复、于麟，唐宋派唐顺之、王慎中，以至公安三袁，到竟陵钟、谭，皆过五十不久即殒殁。当然有一反例，为太仓王世贞弇州，其历嘉、隆、万三朝，享年六十五岁。作为后七子的共同领袖，后人质疑攻击李攀龙拘泥刻板者，显然多于王世贞。查其中最要者，因弇州晚年对当年文学观点作出了很大的修正，此已多有研究者涉及。此种修正出于世故还是文学观念本身，已非本文讨论范围。然弇州正因为有致仕后十余年南都赋闲之生活，方成就其晚年或“自然”或“自谶”或“自悔”的转变,② 此远非何李、钟谭等辈年岁未及花甲者可比拟。人生阅历之积，无疑于谈艺论道皆有

① （清）谢元淮：《题竟陵钟氏画册有叙》，《养默山房诗稿》卷三十一，《续修四库全书》第1512册，第194页下~195页下。

② 魏宏远：《王世贞晚年文学思想转变“三说”平议》，《浙江社会科学》2008年第4期。

深刻影响，老成如弇州、牧斋，抑或画坛之烟客、思白辈，其论必能较早年周全无疑。钟谭遭人曲解之悲，亦有此一层原因。然竟陵之幸，则在融入明末诗画禅圆融之潮流，其于文化史之意义，亦不逊其诗论贡献。

载《中华文史论丛》2013 年 2 月，第 321~341 页

# 第五编 竟陵诗史

# 公安竟陵的疙瘩

怀　琛

所谓“公安”“竟陵”，就是明末文坛上的两大派。被称为“公安派”及“竟陵派”。他们的文章实在有些疙瘩。思想原是很浅薄，很平凡的，文字方面很像今日的白话，并不是什么古奥；但也确是难读。以前的人本来是不注意他们的，不知怎样，最近一二年来，被一二名人所提倡，又忽然盛行起来！这不能不说是一件怪事！

闲话少说，我们且看公安、竟陵文是怎样的疙瘩罢。从前《古文观止》里所选的一篇《徐文长传》，就是“公安派”巨子袁宏道作的。中间有几句云：

> 喜作书，笔意奔放，如其诗，苍劲中姿媚跃出，欧阳公所谓“妖韶女老自有余态”者也。

这一段中间的“女老”二字。十个读《古文观止》的就有七八个不知是怎样讲。有的是含糊读过去，有的是疑心应作“老女”，乃是误刻作“女老”。然多数人都是在“老”字断句。我曾查过原刻本《瓶花斋集》，确是“女老”，不是“老女”，可证明不是刊误。

那么“女老”二字，究作何解呢？我想：他既然是引用的欧阳修的话，就无妨把欧阳修的原文查出看看。后来在《六一诗话》中把原文查出来了。原来是两句五言诗如下：

□□妖韶女，老自有余态。

这里用□□为记处，《六一诗话》原书上是有两个字，但我现在记不起是何字了，所以用□□代替。好在《六一诗话》并不是一部冷僻书，卷帙又不多，读者如高兴查时，查查也很便。不过我从一·二八劫后，手边恰没有此书罢了。

如今再说欧阳修的原诗，“老自有余态”，这句的句法虽然生硬些，但是他规定了五个字一句，所以读起来便不觉得怎样地困难。谁知被袁宏道一引，把上句五个字硬截去两个，弄得和下句分不清，这岂不是袁宏道故意地这样做，想以此见奇么！这种方法，完全没有一点好处，只不过增加读者的困难而已。这是“公安派”的疙瘩的一斑。

“竟陵派”是怎样的呢？最近在报上看见人家引的谭元春的尺牍一篇。谭元春是“竟陵派”的巨子，他这篇尺牍当然可以做“竟陵文学”的代表。引这篇尺牍的人也说：“信中语有不可解者。”可想见有难解的程度了。

现在且看谭氏的尺牍是怎样？题目是《寄四弟书》，原文如下：

要两婢答应，此方人粗蠢，弟可便船带回。每婢价可二三十金。却要面不可憎，长于寒碧一尺五寸，手指莫似悬槌，脚比苏州梢婆要小一尺；又要是女身；十二尚不足，十岁颇有余，是其年也。会郑宗超，当得可者。

我想：这封短短的家信中，难解的地方有四处。(1)“答应”二字用得怪，难解。(2)“寒碧”二字难解。(3)“女身”二字用得怪，难解。(4)“当得可者”一句中的“可”字难解。我仔细读过，倒觉得不过是这么一回事，并没有多少精深奥妙的道理在里面。我现在把它一一笺释如下。

(1) 所谓“要两婢答应”，就是要两婢供呼唤。他自己呼唤，必须有人答应。所以说“要两婢答应”。

（2）“寒碧”二字，大概是他原有的一个婢女的名字。他的弟弟当然是知道的。“寒碧”又是琴的名字，或者此处就是说琴。

（3）“又要是女身”。这一句真奇怪。既然前面说是买婢，所买的当然是女身。为什么要特别地提出这一个条件呢？我想不是没有缘故的。大约在当时候，贩卖婢女的人，往往以男孩子冒充女孩子，买主曾经上过他们的当了，所以谭元春特别地提出来，叫他弟弟要留心，不可再上当。

（4）郑宗超，当然是一个贩子的名字。姓郑，名宗超。这里是说：“你如会见郑宗超，应该可以得到合意的婢女。”“可”字就是“可以合格”的意思。

以上四处要这样地加以解释以后，才能读得通，岂不是太疙瘩了吗！

但是在谭元春本人，还是情有可原。何也？他是写给他弟弟的一封信，信中的话只要他们彼此能懂，就行了。不必要第三人能懂，更不必要数百年后的人能懂。今人却要把他提出来，认为是文学中的一种特别的好的风格，这就错了。

这样错认还不要紧；只怕青年读者，看见是经过名人鉴定的，认为真是文学上的一种好的风格，因此想学他，不管写什么文，有意地或无意地都写成这类的文，那就要闹到“不通”为止。岂不糟糕？

我们现在所需要的文，是明明白白舒舒畅畅的文，不是这样疙疙瘩瘩的文，所以这种文真有排斥的必要。

至如买婢女，应该不应该，这是另一问题，不是在我们所讲的范围以内，所以不再说了。

也有人说：这是他的家书，无妨是随便写的，我们不必据此就说是他的文章疙瘩。

我说：家书姑且不必讲，且看钟氏的其他的文是怎样。他的《浣花溪记》，中间有几句云：

人家住溪左，则溪蔽不时见。稍断，则复见溪。

按，这是说溪被人家所蔽。然“溪蔽”二字文义不明。

他的《游浮渡山记》云：

出岩，见锁云石一片，苔绣水泐坚而藻也。

此句亦极疙瘩。

再看“竟陵派”谭元春的文是怎样。他的《游玄岳记》云：

渐不逢人，橡叶正秀。壑平其阜。柳家涧初自林出。岭行，屡折，橡辄随其折处，忽从万橡中下一壑。

这几句又多少疙瘩。原文在没有断句以前，几乎不容易断句。

原来他们的文是故意做得如此的，结果是往往弄得不通。这或不是我的过甚之言罢！

载《读书顾问》1934年第2期，第56~60页

# 什么叫做公安派和竟陵派？他们的作风和影响怎样？（存目）

陈子展

载郑振铎、傅东华编《文学百题》，上海书店 1981 年版，第 386~395 页

# 竟陵诗派
# （存目）

钱锺书

载钱锺书《谈艺录（补订本）》，中华书局 1993 年版，第 102～106 页

# 为竟陵派一辩
# （存目）

吴调公

载《文学评论》1983年第3期，第109~120页，第69页

# 论明末公安派、竟陵派文学革新思想之渊源

## ——兼驳清初学者对竟陵派的不实之词

（存目）

张国光

载张国光等编《竟陵派文学研究论集》，中国社会科学出版社 1990 年版，第 1~15 页

# 竟陵派与晚明时代（存目）

商　传

载《历史研究》2004年第1期，第33~44页

# 简论钟惺

## ——兼论竟陵派在文学史上的地位

李先耕

钟惺祖籍江西吉安府永丰县（今江西永丰县）。其高祖钟协祚始徙居湖广竟陵县皂市（今湖北天门市皂市镇）。钟惺于万历三十八年（1610）成进士，曾为行人等闲散之官，后为福建提学佥事，丁忧遭人言，家居而卒。他与同邑谭元春并称“钟谭”，同是竟陵派的领袖。作为一个文学流派的领袖，人们自然会有不同的评价——主张相同相近的会加以赞扬，主张相反相远的会加以批评。然而钟惺的遭遇却令人深思：尊之者称之为一代文宗，贬之者则说他是鬼趣诗妖，甚至称其作品是亡国之音。在相当长的时间内，贬斥之说似乎是主流，但赞赏竟陵派与钟惺的人也不在少数。必须指出，与钟惺时隔已久的批评者，特别是乾嘉以后的批评者，大都以耳代目，并未认真研读过钟惺及竟陵派的著作。遗憾的是，今天的一些文学史家似乎也是凭二手材料作的结论①。最近出版的两部明代诗选，一部与沈德潜《明诗别裁》一样，不收钟惺一字；另一部则与钱谦益的《列朝诗集》相类，仅从钟惺的《江行俳体》中选取了一首②。当然，这两部诗集的编选者各有其理由，但他们的去取实际上体现了对钟惺及竟陵派的忽视。这一忽视说明至今许多人对钟惺及竟陵派在文学史上的地位认识不足。这或许是我们这篇文章

---

① 参见笔者《〈中国大百科全书·中国文学卷〉钟惺条辨正》，《烟台大学学报》1988年2期。

② 《中国古典诗歌基础文库·元明清诗卷》，杭州：浙江文艺出版社1994年版；《中国诗歌宝库·元明诗选》，上海：上海书店1993年版。

不得不写的一个理由。

## 一

文学艺术总会随着时代而变化。这里既有社会风尚的变化，也有社会思潮的变化，就语言艺术来讲，还有语言本身的变化，中国古典诗歌在盛唐完成了以平仄为中心的格律化（所谓近体诗）以后，随着语言的变化而有词曲的勃兴。但高踞文坛统治地位的仍然是诗——对大多数人来说，他们言志以及应酬的主要工具还只能是诗。对于唐以后的诗人来说，唐诗既是继承的榜样，也是难以摆脱的影子，这在明朝的诗坛上是极为明显的。自称在校定“四库”时“所见不下数千家”诗集的纪昀，他说明诗：“至嘉隆七子时变无可变，于是转而复古。古体必汉魏，近体必盛唐，非如是，不得入宗派。然模拟形似可以骇俗目，而不可以炫真识。于是公安、竟陵乘机别出，幺弦侧调，纤诡相矜。风雅遗音，迨明季而扫地焉。论者谓，王（世贞）李（攀龙）之派，有拟议而无变化，故尘饭土羹；三袁（袁宗道、宏道、中道）、钟（惺）谭（元春），有变化而无拟议，故缅规破矩。”（《纪文达遗集·四百三十二峰草堂诗钞序》）纪氏对公安竟陵的评价尽管带有传统的偏见和不准确，但他还是注意到了他们的创新。钟惺的同年好友，也是他后来最严厉的批评者钱谦益是这样描写万历中年的诗坛：“王李之学盛行，黄茅白苇，弥望皆是。”于是这种千篇一律的所谓盛唐风调就引起了人们的强烈反感。王世贞的乡人徐学谟就说：“近来作者，缀成数十艳语，如黄金白雪，紫气中原，居庸碣石之类，不顾本题应否，强以窜入，专愚聋瞽。自以为前无古人。小儿效颦，引为同调；南北传染，中做痗风，诗道几绝。”（转引自《四库全书总目提要》）另一位李攀龙的同乡于慎行也说：“近世一二名家，至乃逐句形模，以追遗响，则唐人所吐弃矣。”他们“大者模拟篇章，小者剽剥字句……形腴神索”（见《谷城山馆文集》）。连“七子”的乡人都如此厌恶他们的诗风，可见这种诗风是到了该寿终正寝的时候了。公安袁氏兄弟起而矫之，给了这种诗风以沉重的打击。而以钟谭为代表的竟陵派的兴起，更形成取代之势。

早在万历二十九年，还是秀才的钟惺就对同乡诗人魏象先说："明诗无真初、盛，而有真中、晚，真宋、元。"又说："近日尸祝济南诸公，亲尽且祧。稍能自出其语，辄诧奇险：'自我作祖，前古所无。'而不知已为中、晚人道破，由其眼中见大历前语多，长庆后语少。忘其偶合，以为独创。然其人实可与言诗。"这里钟惺明确地表示了他对"七子"诗风的不满，而在对公安派"实可与言诗"的赞扬中也流露了一些微异。万历三十二年，钟惺第一次与谭元春相见。此后在给谭元春诗集作的序《简远堂近诗序》中，钟惺正面提出了他的诗学主张："诗，清物也。其体好逸，劳则否；其地喜静，秽则否；其境喜幽，杂则否；其味宜淡，浓则否；其游止贵旷，拘则否。"这就需要加强修养学习，否则就会"欲以明厚而反薄"。钟惺的论述十分清楚地表明了他对诗歌艺术的非功利性的看法。所谓清、静，就是要远离世俗污秽，保持诗人心灵的清静；所谓幽、淡，就是要保持诗人内心精神世界的独立与自然；所谓逸、旷，则强调了诗人心灵的自由，他既不受世俗的干扰，也不会拘泥于什么声调、体裁、气象、格力而蹈人陈言。实际上，"简远"二字，也是他诗风的象征之一。① 而在《与王稚恭兄弟》的信中，钟惺表明了他虽然赞同公安派的革新，但对公安末流的鄙俚无文则明确反对。他尖锐地抨击公安派的骁将江盈科说："江令贤者，其诗定是恶道，不堪再读。从此传响逐臭，方当误人不已。才不及中郎，而求与之同调，徒自取狼狈而已。"这里强调的是，要想有中郎创新的诗文，必须要有中郎独具的才情。所以这种胜过七子"假初、盛"的诗文是"不可多得"的。钟惺警告道："学袁、江二公，与学济南诸君子何异？恐学袁、江二公，其弊反有甚于学济南诸君子也。眼见今日牛鬼

① 钱锺书先生在《谈艺录》中说："友夏以'简远'名堂，伯敬以'隐秀'名轩，宜易地以处，换名相呼。伯敬欲为简远，每成促窘……伯敬有才，五律可为浪仙之寒。"

蛇神，打油定绞，遍满世界，何待异日?”钟惺的这些言论，说明了他与公安派的异同，也表明了独立的竟陵派的诞生。其后他与谭元春评选的《古唐诗归》更是“纸贵一时”（朱彝尊《明诗综》），当时的读书人几乎是“家置一编”（钱谦益《列朝诗集》）。竟陵派从此风行全国，其流风余韵直至清初而未熄。

## 二

评论钟惺诗文风格影响最大的当数钱谦益的“深幽孤峭”四字。就此四字的本义来讲，应该说是差不多的。钟惺的诗文，有的清新，有的秀美，但更多的却是荒寒淡远，幽邃朦胧，有时不免奇险涩口，难以断句。他的一些诗句也曾被人传诵。如袁枚与杨际昌这两位自称不喜钟惺诗者都曾称赞过“子侄渐亲知老至，江山无故觉愁生”这一联诗。至于喜好钟诗者，那赞赏就更多了。陆次云评钟惺《八月初六夜归联句》说：“‘枕上片时清梦，行尽江南数千里’，不若‘须臾故国身’更觉简明。”的确，简洁幽远本是钟惺的追求。《诗持·一集》郑日奎的《竟陵诗》云：“诗境本灵旷，性情之所缘。所以古作者，言无枝叶繁。竟陵知其要，孤往成幽专。遂令楮墨间，如有真气存。低头恣检阅，举首见明月。寒光一片秋，知从何处发?”郑诗所说的“幽光”“真气”，或者形象地描述为“寒光一片秋”，确实是钟诗的意境之一。我们看到，他笔下的巴东江峡是“霜落寒流外，烟生远映边”（《十五夜月》）；他诗中的运河秋色是“细火沾林露，遥钟过浦霜”（《舟晚》）；他《早冬游摄山》是“空林行有得，静夜坐方知”；他在《碧云寺早起》见到的是“行经绝涧数花落，坐见半山孤鸟翻”。诗中的寒、细、空、静、孤等字正体现其兴味。他在《月夜过胡彭举》中说：“素心朝夕近，僻径往来清。”诗人的“素心”是与幽静的“僻径”相通的。钟惺的另一句诗“寒吟抱影微”（《访友夏不值自朝坐至日暮》），也正是诗人的自画像。清人程正揆说：“竟陵诗淡远又淡远，以至于无……每见断草荒岩，孤城古渡，辄令人作竟陵诗想。”《清溪遗稿》这种诗风在画坛上很受推崇。恽恪评价说他远远超过李长蘅等人，又说：“笔墨精微，造化所极，本未易知，操觚之士，终身从事于此而不知其要妙者皆是也：伯敬盖得之于诗，从荒寒一境悟入，所以落笔辄有会心。”（《瓯香馆集》）

但是一般认为，钟惺诗不如文。施闰章《与陈伯玑书》言：“其（指钟惺）文良胜诗。宁不厚不浑，不光焰，不周详，而必不肯俗。其手近隘，其心独狠，要是着意读书人。可谓之偏枯，不能目以肤浅。其于师友骨肉存亡之间深情苦语，数令人酸鼻，未可以一冷字抹煞。史论诸篇别有见解，笔力从《左》《国》秦汉中来。次则题跋铭赞，蓄意矜慎。其序赠之作，稍涉泛滥，毕竟为应酬所累……大抵伯敬之集，如橘皮橄榄汤，在醉饱之后，洗濯肠胃最善；饥时却用不得。然当伯敬之世，天下文士，酒池肉林矣，那得不推为俊物？善读其书者，心中宁尝存一严冷不屑之意，其去俗自远，不数读可也。”这里所强调的“不肯俗”，也就是力去陈言，寻求独特的意境与语言。钟惺为此苦读书，苦作文。钟惺在《自题诗后》说：“余辈今日不作诗文，有何生趣？”这正是他把文学事业融入自身的写照。他的史论以及佛学著作也获得许多称赞。① 特别是钟惺注重性灵、强调独创的做法，更吸引了众多的追随者。我们从《帝京景物略》的写景以及张岱等人的小品文字中很容易看到他的影响。《四库全书》对钟惺及竟陵派是大加排斥的，但实际主持其事的纪昀，也不得不承认“竟陵之文，虽无当古作者，而小品点缀，则其所宜”（《帝京景物略》跋）。就是大唱义法的桐城派作者林

① 如王士禛说：“藐姑（钟惺的同年张慎言）精禅理，尝云《首楞》一经，密因了义，性相二宗，居然略备。安得如昔者友钟伯敬之笔，精以《首楞》为经，以《杂华》《维摩》《金刚》《般若》等为纬，会性相，融经论，妙宗教，破名相，尽斩葛藤，使学人冰消雾释也。”（《居易录》）纳兰性德说：“《愣严》……钱牧斋研究之工远过钟伯敬。钟于《愣严》知有根性，钱竟不如也。升天牧斋必在伯敬前，成佛当在伯敬后。”（《渌水亭杂识》）李中黄说：“好学深思，心知其意，钟竟陵《史怀》是也。”（《逸楼四论·论文》）

纾，尽管习闻“竞陵公安之文轻儇”之说，但他经过实践之后却说：“今读其文，钟伯敬涉于简易者多，然能自圆其说，亦颇有首尾；惟时病流走，过目即逝，不复耐人寻绎。谓之轻可也，而弊尚不至儇。”林纾所谓的“流走”或“轻”，是说钟惺的文字不够“严重森肃”，有时不免任由性灵所至而“随意挥洒”。这是桐城派的偏见。其实钟惺的文章，多数还是较有味道耐人咀嚼的，还是施闰章的“橘皮橄榄汤”之喻确切。

钟惺及竟陵派的诗文尽管有一定的成就，但他们最成功的并非创作而是评论。钱锺书先生说：“以作诗论，竟陵不如公安”；“然以说诗论。则钟谭识趣幽微，非若中郎之叫嚣浅卤”（《谈艺录》）。前文已经指出，钟惺与竟陵派的兴起是由于他们的创作及评论在一个比较广阔的领域给当时的人们提供了一种参照系。特别在“七子”以后，人们已经对那些“极肤极狭极熟便于口手者”深感厌倦的时候，钟惺与谭元春从崭新角度评选的《诗归》给当时的文坛带来了一股清新的空气。

钟惺论诗主张灵与厚，这从《简远堂近诗序》开始已有许多文章说过了，而说得最为明确的当数《与高孩之观察》。文中说：“诗至厚无余事矣。然从古未有无灵心而能为诗者。厚出于灵，而灵者不能即厚。然必保此灵心，方可读书养气，以求其厚。”只有内心丰厚与清灵，才能写出好诗。由此可见，钟惺对于诗才、诗学都是极为重视的。这里首要的就是厚。清人贺贻孙在《诗筏》中说：“钟评《诗归》，大者不出厚字。”钟惺在评论储光羲《同王十三维偶然作》时说：“末首较前数首觉气平，其极厚，极细，极和，乃从平出。”如他评李白《赠柳园》“悲调而厚”，评王维《送孟六归襄阳》“极真极厚”“深浑不觉”，评杜甫《舍弟占归草堂检校聊示此诗》“笔老气厚”等，都是其例。在评语中钟惺还涉及了灵与厚的关系。比如钟惺在评论常建时说：“初盛唐之妙，未有不出于厚者。常建清微灵洞，似厚之一字，不必为此公设。非不厚也，灵慧之极有所不觉耳。灵慧而气不厚，则肤且佻矣，不可不知。”可以说，这里体现了对“厚”的追寻。而宋征璧在

《抱真堂诗话》中说："'山光悦鸟性，潭影空人心'，乃钟谭之嚆矢。"这两句诗出自常建《题破山寺后院》的颔联。钟惺评论说："无像有影，无影有光。"这同他评论另一首诗"清健"二字都是钟惺的所求。钟惺集名《隐秀》，这出自《文心雕龙》。据张戒《岁寒堂诗话》所引，刘勰云："情在词外曰隐，状溢目前曰秀。"这应是钟惺所向往的风格，亦即王孟储柳一派的风格。钟惺在评论储光羲时说："其诗清骨灵心，不减王孟。一片深淳之气，装裹不绝，人不得以清灵之品目之。所谓诗文妙用，有隐有秀，储盖兼之矣。"这种风格在画中是上品大家，而在诗中则并非极致。更何况钟惺"取法乎中，仅得其下"呢！所以人们说他"深幽孤峭"，甚至"酸寒促窘"。有人说这是由于钟惺不读书所至，这实在是一种误解。实际上，钟惺与严羽一样，他们都要求诗歌的妙悟必须通过"读书养气"而来。钟惺诗中的奇险是为了力去陈言。他也向往天然平淡。他说像王维《终南别业》"此等作，只似未有声诗之先便有此一首诗。然读之如新出诸口及初入目者，不觉其成，其故难言"。也有人认为钟惺追求的是荒寒淡远，这确是钟诗所常见的境界。但是钟惺十分清楚地知道，这并非大家风范。他在评论中唐时说："汉魏诗至齐梁而衰，衰在艳；艳至极妙，而汉魏之诗始亡。唐诗至中晚而衰，衰在淡，淡至极妙，而初盛之诗始亡。"在评论刘长卿时，钟惺说："中晚之异于初盛，以其俊耳。刘文房犹从朴入，然盛唐俊处皆朴，中晚人朴处皆俊。文房气有极厚者，语有极真者，真到极快透处，便不免妨其厚。"作为诗人，钟惺大概也不免有"妨其厚"之处；而作为诗论家，钟惺以厚为准的说法还是比较全面的。

《诗归》在评与选的两方面都引起了不同看法的激烈争论。《四库全书总目提要》可以说是反对意见的代表之一。《提要》说：钟谭"大抵以纤诡幽渺为宗，点逗一二新隽字句，矜为玄妙。又力排选诗惜群之说，于连篇之诗，随意割裂。古来诗法，于是尽亡"。这种全面的否定实在牵强。《提要》在另一个地方也不得不承认，"惺撰《诗归》，别开蹊径，尚能成一家之言"（《四库全书总目提要》卷三十）。实际上，钟惺把选诗视为极其严肃的事业。他不止一次地说："精于选者，作者之功臣也。""删选之力，能使作者与读者之精神心目为之潜移而不知。"(《题鲁文恪诗选后》二则)"选者之权力能使人归，又能使古诗之名与实俱殉之，吾岂敢易言选哉！"（《诗归序》）他在与谭友夏"精定《诗归》"时，"计三易稿，最后则惺手钞之。……至手钞时，灯烛笔墨之下，虽古人未免听命，鬼泣于幽，谭郎或不能以其私为古人请命也。此虽选古人书，实自著一书。言及此，惺真不妄作诗矣"（《与蔡敬夫》）。那么，这种"不能以其私为古人请命"的标准是什么呢？钟惺自认为是"求古人真诗所在。真诗者，精神所为也。察其幽情单绪，孤行静寄于喧杂之中；而以其虚怀定力，独往冥游于寥廓之外。如访者之几于一逢，求者之幸于一获，入者之欣于一至"（《诗归序》）。正是本着这种精神独往的美学观点，钟惺在许多地方对诗歌的解释做到了"以意逆志"，别有会心。一些真正的研究者也吸取了他的成果。比如被仇兆鳌称为对杜诗"最有发明"的《杜臆》，其作者说："古来选诗者最多，其佳者前推《品汇》，后则《诗归》"（《管天笔记外编·文学》），"善读古人诗者，昔称须溪，今推竟陵"。作为一位倾四十年心力于杜诗的专门家，他提到《诗归》对杜诗的评论已近百次，可见《诗归》的巨大影响。

对钟谭《诗归》作过比较系统的评论的古人以毛先舒、贺裳、贺贻孙为著。毛先舒在《诗辩坻》中专门有《竟陵诗解驳议》。他说钟谭"惜乎驰骋小慧，河伯自欣。然彼所见，如窦中窥日，明虽不多，景非假借。故《诗归》诠谛，亦有可算"。但他列举了其"立说之善者"三十八条、"立说缪者"三十条，仅此比例就可以看出，《诗归》绝非窦中日影，而是大有益于人们对诗歌的理解。实际上，毛先舒对钟谭的赞赏多于批评，就是批评也不是全盘否定。在列举钟谭之"缪"时，他说："避痴重可也，削腴不可也；避板可也，导流不可也；避套可也，废法不可也；冥搜可也，害气不可也；谢已批之华可也，竞雕锼之字不可也。皆当辨于毫末。偏者顾失之远，但欲洗去诗家故常语；然别径一开，康衢有不践者焉。故器不尚象，淫巧杂陈；声不合律，艳逸竞想。此钟谭持论，虽颇有可喜，不欲深道之。”这与其说是钟谭之“缪”，不如说是钟谭之善。原来毛先舒是认为钟谭持论“可喜”，只是在一片反对钟谭的舆论声中，他不便“深道之”而已。另一位说“诗至钟谭衰极矣”的沈德潜，阅此之后也不得不承认钟谭“持论极善”（《说诗晬语》）。

贺裳在《载酒园诗话》中，全面肯定了钟谭对沈佺期、钱起、耿沣、白居易、元稹、曹邺、李咸用、杜荀鹤等诗人诗作的评选（吴乔在《围炉诗话》中赞同地引用过其中对耿、曹、杜等人的称赞）。在总述《诗归》时他说：“钟氏《诗归》失不掩得，得亦不掩失。得者如五丁开道，失者则钟鼓之享爰居。大率以深心而成僻见，误认浅陋为高深。”贺氏认为，钟惺的许多失误是由于选诗时“止看《诗记》，未尝再参他本故”。《诗归》“于寻常口耳之语，人人传诵，代代尸祝者，十或黜其六七……钟意先务人弃我取，安得不僻，僻则安得不错”？换言之，钟惺的失误在于：首先，他在寻求摆脱七子以来因袭俗套的文风时，未免走得太远了点，想得太深了点，以致有时陷入僻见。其次，在具体的评选中，参考校勘之功不足，以致出现了一些错误。① 可见这是在肯定的前提下指出其缺点的。

贺贻孙《诗筏》说：“今人贬剥《诗归》，寻毛煅骨，不遗余力。以余平心而论之，诸家 评诗，皆取声响；惟钟谭所选，特标性灵。其眼光所射，能使不学诗者诵之勃然固可已；又能令老作诗者诵之爽然自失。扫荡腐秽，其功自不可诬。但未免专任己见，强以木槵子换人眼

① 钟惺在《诗归》中录诗有误是屡遭攻击的，但他绝不像有些人所说的那样，是肆无忌惮，恣意篡改，而是其底本有误所致。对钟谭并无好感的四库馆臣就已指出，《黄瓜台词》诗，《唐诗品汇》已作“摘绝”，并非如顾炎武所说是钟谭“肆臆”“无忌惮”的乱改。《诗纪匡谬》的提要又指出，“李攀龙《诗删》，钟惺谭元春《诗归》所载古诗，辗转沿讹，而其源总出于冯惟讷之《古诗纪》”。这与贺裳的看法相同。顺便说一下，贺裳在指出《诗归》的误字时，有时恰恰是他自己所据的《诗归》刊本有误，而较好的本子则没有错误。这一点，黄白山在评语中已经指出了。

睛，增长狂慧，流入空疏，是其疵病。然功过瑕瑜，自不相掩，何至时论之苛也。”可见贺贻孙是强调《诗归》“特标性灵”的功绩的。虽然钟谭有时会“舍章法而求字句”，但在许多场合，钟谭的评语“不可谓非别眼”，会给人以有益的启示。

我们引用这些说法是为了证明钟惺评选诗歌是着重性灵，注重阐发诗人独特的美感真情。这就是钟惺所说的“幽情单绪”。它是一种远离世俗喧闹的真情，只有保持诗人纯真的“灵心”，在不断“读书养气”的努力下，你才能拥有它，并使它不断地丰厚起来。用钟惺评论杜甫“意匠惨淡经营中”与“颠狂此技成光景”这两句诗的话说，这是“苦心作诗文人”所必须经历的过程。钟谭便以此为标准进行创作评论，他们识趣幽微的见解，开启了一代以至几代人的诗学兴趣，获得了许多富有独立思考精神的学者的肯定。如明末清初的傅山就称赞，“毕竟刘须溪、杨用修、钟伯敬们好些，他原慧”（《霜红龛全集》卷二十三）。稍后的王应奎则说钟谭《诗归》“以此洗涤尘俗，打除熟烂，实为对症之药”（《柳南随笔》）。清朝末年的邓保之在与王湘绮“纵谈诗法”时说“唐人能与古为新，学诗者不先从唐入则为明七子也。唐诗选又以《诗归》为善，先隔断尘俗。《诗归》为世所訾议，非吾辈不能用有效也”（《湘绮楼说诗》卷二）。

## 三

竟陵派雄踞文坛是从万历年间开始的。钱谦益在《列朝诗集小传》中把“海内称诗者靡然从之，号之竟陵体”说成是在钟惺擢第以后的事，这大致不错。而且，“数年之后，所撰《古今诗归》盛行于世，承学之士，家置一编，奉之如尼丘之删定”。于是钟谭体的诗歌便“浸淫三十余年，风移俗易，滔滔不返”。直至明亡而未已。朱彝尊也说，竟陵派风行是在“万历中”，特别是在“《诗归》出而一时纸贵”之后。实际上，竟陵派从万历末年到天启、崇祯都极为风行，而且直至清初顺、康之时。

钱锺书先生在《谈艺录》中说："后世论明诗，每以公安、竟陵与七子为鼎立骖靳；余浏览明清之交诗家，则竟陵与七子体两大争雄，公安无足比数。"钱先生列举了王铎、陈子龙等二十二家，还有"清初广采时人诗篇三大总集"《诗持》《诗观》《天下名家诗永》中序例评按为证。此外"其它熟知习见"，如吴伟业、王士祯、冯班等"均可征七子、钟谭两派中分诗坛，对垒树帜，当时作者如不归杨则归墨然。"钱先生所举诸家，有的宗唐，有的主宋，有的喜好钟谭，有的却厌恶钟谭，但他们异口同声地说出了一个事实：竟陵派是在明末清初的文坛上有着巨大影响的流派。我们再举一些反对竟陵者的意见以作为证据。《四库全书总目提要》说："明之末造，太仓历下，余焰犹张；公安竟陵，新声屡变。文章衰弊，莫甚其时。"清初邵长衡在《明四家诗钞序》中说："大抵羽翼四家（指前后七子的代表李何王李）者，病在雷同沿袭，而自得之趣鲜；击排四家者，病在尖新僻涩，而膏肓之锢深。故万历、启、祯六七十年间，天下无诗。非无诗也，其所谓诗者非也。诗亡而国运从之。呜乎，重矣哉！"实际上，不仅"启祯间诗家多惑于竟陵流派"（朱彝尊语），而且其"惑"直至顺康之世。杨际昌在《国朝诗话》中说："顺治、康熙之际，正声甫奏，王李流弊亢而浮，钟谭流弊僻而细，犹有存者。"可见其影响的深长。

至于濡染竟陵，喜好竟陵，甚至就是竟陵派的人在当时可以说是不胜枚举的。这里不仅有钟谭的后辈，而且有他们的同年、先辈，还有一些高官显宦，豪杰之士。比如很早成为竟陵派诗人的蔡复一就是万历二十三年（1595）进士，比钟惺早了十五年。极力痛骂钟惺的王夫之就说："竟陵狂率，亦不自料遽移风化。而肤俗易亲，歙然于天下。谑庵（王思任）视伯敬为前辈，天姿韶令，亦十倍于伯敬，且下徙而从之，余可知矣……谑庵、鸿宝（倪元璐），大节磊落，皆豪杰之士，视钟谭相去河汉，而皆不能自拔；则沈雨若（春泽）、张草臣（张泽）、朱云子（朱隗）、周伯孔（圣楷）之沿习竟陵门，持竟陵钵者，又不足论已。”其实王夫之自己就是持过“竟陵钵”的。1686年，68岁的王夫之在《述病枕忆得》中回忆说：“崇祯甲戌（1634），余年十六，始从里中知四声者问韵，遂学人口动……已而，受教于叔父牧石先生，知比耦结构。因拟问津北地、信阳，未就；而中改从竟陵时响。至乙酉（1645）乃念去古今而传己意。”船山的这位叔父，据说是“诗绍黄初、景龙，视竟陵蔑如也”。但是他也没能使青年王夫之逃脱“竟陵时响”，而且这一学就是十年以上。这样的例子确实还有不少，比如王铎，这位名列贰臣的高官，他自管说钟谭竟陵“此等诗决不富不贵，不寿不子”（见谈迁《枣林杂俎》卷上）。然而钱锺书先生就说他的五言古近体“亦染钟谭体”。再如李世熊，他自管痛骂钟谭“譬如平康面首……气韵妖冶，不似大家风范”。然而他的诗作却“镂错见长，澄滤不足”（朱彝尊语）；陈田也说他的诗“薰染时习”，也就是具有竟陵调。又如严守升，他论诗“不许竟陵，而所作乃与竟陵无殊”（《明诗纪事》）。这都说明，作为一种文学思潮，竟陵派所具有的巨大影响，是公安派所不能与之相比的。钱先生指出，“中郎之子已化于竟陵”，小修“亦不能谨守家法而坚公安壁垒矣”。中郎非常推崇的汤显祖、王稚登，他们的儿子汤季云、王留“酷嗜钟谭”，其诗作“赫然竟陵体也”。有的著作可能要为尊者或贤者讳，回避了作者所受到的竟陵影响。比如《四库总目》是这样介绍李流芳的《檀园集》的：“当天启、崇祯之时，竟陵之盛气方新，历下之余焰未绝，流芳容与其间，独守先正之典型，步步趋趋，词体雅洁，二百余年之中，期亦晚秀矣。”但是我们只要翻阅一下他的集子，就会发觉李流芳不仅长相酷似谭元春，而且一些诗作也明显地受到钟谭的影响，陈田就承认“其诗未免为楚咻所夺”。再如《总目》说：倪元璐“其诗文率不脱北地、弇州旧格”，仿佛倪的诗文是沿袭七子的。其实许多评论者（如王夫之、宋俊、陈田、钱锺书）都说他的诗文趋向竟陵。宋俊是其乡人，他在《柳亭诗话》中说：“明末诗文之弊，以雕琢小巧为长，篏骖飙犊之类，万口一尊。吾乡先正如倪文正鸿宝，王文节季重，皆名重一时，代言文范，有识者所共见矣。”更多的情况是《总目》采取了婉言的说法。比如说到申佳胤时道：“今观所作，与何李颇不相似。大抵直抒胸臆，如其为人。”读到这里，你会认为申的风格类似公安的浅直，但接下去却是“体格尚未成就，且未免浸淫明末纤仄之习”。所谓“明末纤仄之习”，即竟陵也。又如《总目》评梅鼎祚的《梅禹金集》时说：“鼎祚辑《八代诗乘》，又辑《古乐苑》，于诗家正变源流，不为不审，而作止此，则囿于风气委曲偕俗之过也。”这里的“风气”，就是竟陵诗风。总之，竟陵派风靡明末清初整个文坛。这就难怪一些记载当时情况的书中，碰到不是倾心钟谭竟陵的作者便要大呼“豪杰之士”，能够“蝉蜕秽浊”“矫然拔俗”了。

钟惺与竟陵派的影响不仅涉及纯文学领域，而且深入整个文化领域。邹漪《启祯野乘·钟学宪传》写道：“公书既行于世，诸评断小语皆流布海内。窃附者或委托以传，然莫能私焉。”当时，钟惺的诗文集及用他的名义编选评阅之书有如一股不可遏止的洪流席卷全国，甚至旁及海外。各地书贾也乘机大刻伪书。郑振铎先生在《插图本中国文学史》中说：当时，“坊肆所刊，冒名为他所阅定的书籍，竟多至不可计数”。据笔者不完全的统计，以钟惺名义编选评阅的书籍多达百种，其内容涉及经史子集各个方面，而其真者不足十一（对此笔者另有专文论述）。像《周文归》《秦汉文归》直至《国朝文归》，以及《明诗归》《名媛诗归》，显然是受到《诗归》的影响而伪托的；而像《秦汉文怀》之类则是模仿《史怀》。这还属于当时的文学（或曰纯文学）领域，但还有两大类应引起我们的注意。一是许多署名钟惺编评的各种《通纪》《编年》《捷录》之类，① 这些书“在清初传诵最广”（王重

① 如《通纪会纂》四卷（崇祯本）、《通纪会纂》十卷（顺治本）、《明纪编年》十二卷（清初本）、《新刊明朝通纪会纂》七卷（清初本）、《重刊通纪集略》五卷（清初本）、《皇明通纪直解》十六卷（崇祯本）、《通纪纂》二十卷（约天启本）、《资治通鉴正史大全》七十四卷（约崇祯本）、《捷录大成》四卷（约崇祯本）、《历朝捷录大成》五卷（约崇祯本）、《历朝捷录增定全编大成》四卷（约崇祯本）、《捷录法原旁注》十卷（清初本）等。

民：《中国善本书提要》），因为那些忙于背经书八股的士人没有时间读《通鉴》，更不用说卷数浩繁的正史了。用作伪者的话来说，就是“言简而事赅”，可以满足一般考试的需要。有趣的是，尽管那些以文坛领袖自居的人在骂钟惺的诗文是“亡国之音”，但这些以史为鉴的署名钟惺编著的书却极为流行。王士禛《池北偶谈》记载说：“坊间又有《皇明通纪》亦托名钟惺，内载左都御史曹思诚为魏忠贤建祠事。曹近刊冤揭云‘与惺素无仇怨，惺何不自惺’等语。不知惺殁于天启乙丑，而坊贾伪托之也。曹氏遍诉京师，与惺为难，可发一笑。此康熙二十年事，去惺之殁已五十七年矣。”从这个笑话中，我们看到，钟惺死后近六十年，冒名伪托之书仍极流行，可见其影响的深长。另一类是托名钟惺批评的戏剧与通俗小说，①它们告诉我们，“伯敬先生”对俗文学的影响，丝毫不次于人们所熟悉的李贽与袁中郎。虽然我们至今没有发现钟惺真评过小说或戏剧，但明末他的诗文集的编评者陆云龙却是小说的刊行、批评者以及作者。陆的弟弟人龙则是新发现的《型世言》的作者。或许这可以说明，竟陵与公安两派，尽管在文学风格上相距较远，但在文学的解放上还是一致的。笔者曾经说过，钟惺的竟陵派是明代纯文学大树上最后的花朵，这是就“真的”钟惺的文学作品而言的。但是时代却强迫他扮演了他自己极不愿意充当的角色。当然，无所不在的“伯敬先生”是书贾借名人谋利的结果，但是，自以为主持风雅者与俗文化的传播者他们对钟惺及竟陵派评价的差异仍然值得我们深思。

## 四

为什么有着如此巨大影响的文学流派会遭到今人的忽视呢？这同清人对明朝特别是晚明思想、学术的轻视有关，也同清朝统治者大兴文字

① 如《玉簪记》《绾春园传奇》《盘古至唐虞传》《有夏志传》《有商志传》《开辟衍释通俗志传》《封神演义》《剑啸阁批评西汉演义传》《剑啸阁批评东汉演义传》《大隋志传》《薛家将平西演义传》《水浒传》等。

狱的做法有关。

在明清之际，贬斥钟谭及竟陵派影响最大的要数钱谦益、朱彝尊、顾炎武等人。他们或则与钟惺有个人恩怨，或则其艺术爱好、欣赏趣味大相径庭。但他们有一个共同点，即不是从文学艺术本身来评价钟惺及竟陵派的。钱谦益说钟惺是“五行志所谓诗妖者”（《列朝诗集小传》），是“以清深幽渺为致者，如鸣蚓窍，如入鼠穴，凄声鬼魄，此鬼趣也”（《徐司寇画溪诗集序》）。朱彝尊同样用神秘的谶纬学说与传统的儒家诗教理论来歪曲文艺的功能，并以此作为批评钟惺的武器。他说：“国家将亡，必有妖孽。非必日蚀星变，龙漦鸡祸也，惟诗有然。万历中竟陵……取名一时，流毒天下，诗亡而国亦随之矣。”可以说，钱朱二人的批判是完全不顾文学艺术本身的特点与规律的，而且也比较肤浅陈腐。相比之下，顾炎武的批判较为深刻。他在《日知录》第十八卷，接连写了两段批评钟惺的文字，把钟惺与王守仁、李贽放到一起去批判。他所宣布钟惺的罪状是：“不考古而肆臆之说，岂非小人而无忌惮哉？”还有“不孝贪污”。所以“其罪虽不及李贽，然亦败坏天下之一人”。尽管他所宣布的罪状不免有罗织之嫌，① 但他认为，王、李、钟三人的作为“皆一代之大变，不在王莽、安禄山、刘豫之下。故书其事于五经诸书之后。呜乎！‘四维不张，国乃灭之。’管子已先言之

① 顾氏对钟惺“不考古而肆臆之说”的批评并不符合事实，这已见于前注。至于说“不孝”，是指钟惺“丁父忧去职，尚挟姬妾游武夷”。游武夷之事不虚，有钟惺的《游武夷山记》为证，不过这似非“冶游”，亦不至称为“不孝”。“贪污”则是说钟惺收受考生贿赂。此事见于福建巡抚南居易的奏疏，顾氏又言“余闻闽人言”，似有人证。但此亦非定案。在当时的官场中，奏疏完全可以添枝加叶甚至无中生有，道路传闻更可以捕风捉影。此事亦有相反的记载，钟惺在福建的学生韩锡就有为他老师辨诬的书信，写的真是声泪俱下（见《韩子》）。据笔者考辨，钟惺在福建任上，请托自所难免，而“化子衿为钱树”，则未免过甚其词了。如本文所说，顾氏此言实在是有所为之言。故有时不免为了其所为而忘却考辨。比如他说，钟惺“沉废于家”之后，“乃选历代之诗，名曰《诗归》”。其实此事发生于钟惺“沉废于家”之前十年，以顾氏之学力及时代，考辨此事可谓易易，只是满腔的愤懑使他无暇去考辨罢了。

矣。”从这些满怀愤怒的谴责中，我们不难看出一个经历了明清易代大变动的学者对亡国之源的思索。他把这归于世道人心、纲常伦理的大变，归结于晚明思潮的反传统性，而钟惺不过被他视为晚明思潮的代表之一罢了。顾炎武的看法自然是唯心的，而且在这一点上还是保守传统的，本文不想就此进行分析。但不管我们对晚明思潮如何认识，顾炎武的看法从一个角度说明了钟惺与竟陵派何以风靡一时，“如摩登伽女之淫咒，闻者皆为所摄”（朱彝尊语）。

钱先生指出，“有清一代，鄙弃晚明诗文；顺康之后，于启祯家数无复见知见闻者”。所以能对钟惺及竟陵派有确切了解的人很少。这里还有一个重要原因，就是钟惺的诗文集在乾隆时已成禁书。就是《四库总目提要》对钟惺的批评也只能见于他书的提要。施山是一位博学多识者，他在《姜露庵杂记》中说：“予家藏钟伯敬集，为姚云坡携去，毁于兵燹。初以钟谭夙负盛名，尚非难得之物。数年来楚中搜访，竟不可得。庚午在天门，即明之竟陵也。遍索之，仅得谭友夏自选《岳归堂集》钞本。已而，江决钟祥，城不没者三板。近体一册又已失去。今所在者，惟古体一本。晨星硕果，惧其复失，爰择其不甚晦涩者，别录数章，与朋辈共尝异味焉。”以施山的博学，又是在钟谭的故乡，钟惺之集还是不可求索。与之相同的还有他的同乡李慈铭，也是仅见谭集而未见钟集。晚清另一位博学的叶德辉，他倒是见过钟集，但他反而生疑道：“《明史·艺文志》载钟惺《隐秀堂集》八卷，《四库全书总目·集部》不独此书未著录，即十卷本（？）亦不载，当时传本罕见欤？”其实四库馆臣是见过此书的。查《四库各省采进书目》，在《江苏巡抚续购书目》中有《钟太史集》四本，即《隐秀轩集》。再查《清代禁毁书目》与《禁书总目》，我们看到如下的记载：《军机处奏准全毁书目》云：“查《隐秀轩集》系明钟惺撰，惺诗文纤佻诡僻，破坏风气，本无足取，词句内亦有悖犯处，应请销毁。”另一则云：“《钟伯敬全集》系钟惺撰。惺有《隐秀轩集》，已经销毁。此本内亦有违碍词句，应请一并销毁。”军机处对钟惺的诗文从政治到艺术一概抹杀，实在干脆（这里要说明一下，所谓“违碍”“悖犯”，是指钟惺不止一次地提到了“辽事”，攻击“建虏”）。清政府的文化专制政策对钟惺著作的扼杀从反面证明了这样一个事实：钟惺绝不是如同一些文学史家所说的那样“对现实淡漠”，以“孤僻的情怀”专门写作“苍白空虚”的作品的文人。

在经受了许多年许多人的冷落忽视之后，“五四”之后的新文学家在追述新文学运动的思想先驱时，有人想到了公安、竟陵，因为他们主张性灵，与新文学运动的看法相似。稍后，在随笔、小品的一度热潮中，钟谭之集也有了铅印本。但是，大时代的风云与战火粉碎了小摆设的清梦，钟惺与竟陵又归入沉寂。1949 年以后的文学史家许多在为政治服务的要求下未能深详分析钟惺与竟陵派独特的诗学理论及审美情趣。但在刘大杰、郭绍虞等先生的著作中，仍然可以见到较为公允的评价。拨乱反正以后，有关的研究逐渐增加，钟谭的故乡天门市也成立了竟陵派文学研究会。但正如本文开头所说，传统的力量实在强大，对钟惺及竟陵派的忽视依然存在。但愿本文能抛砖引玉，使人们对钟惺及竟陵派的认识更为深化，也更符合历史事实。

# 竟 陵 派

## ——晚明浪漫文学思潮的余波

廖可斌

晚明浪漫文学思潮蜕变的一个重要表现，就是公安派在诗文领域的主导地位被以钟惺、谭元春为代表的“竟陵派”所取代。如果把公安派正式形成的时间定在万历二十年（1592）左右，那么它盛行的时间不过二十余年。钟惺大约于万历三十三年（1605）认识谭元春，两人诗论主张一致。钟惺在万历三十八年（1610）写给蔡复一的信中，就称赞谭元春之才十倍于己。此时钟已表示对公安派诗风不满，但他们的诗文主张产生广泛影响，还是在《诗归》出版以后。钟、谭从万历四十二三年（1614—1615）起合作编选《古诗归》十五卷、《唐诗归》三十六卷，两书俱于万历四十五年（1617）刊行。钟惺的《隐秀轩集》初刊于天启二年（1622）；谭元春的《谭友夏合集》刊于崇祯六年（1633），其中一部分题为“已刻诗选”，则此前他已有诗文集印行。自《诗归》及两人文集出版，“海内称诗者靡然从之，谓之‘钟、谭体’”①。连许多书商也纷纷借用他们的名字，在许多戏曲小说出版物上题上“钟伯敬先生评点”之类的字眼，以招徕读者。这无疑是他们不仅在文人圈子内，而且在社会上也产生了广泛影响的一个标志。同时，这些通俗读物的流行，又为钟、谭文学主张的盛行起到了推波助澜的作用。《明史稿·袁宏道传》云：“其后，王、李之风渐息，而钟、

---

① （清）钱谦益：“钟提学惺”条，《列朝诗集小传》丁集中，上海：上海古籍出版社1983年版，第570页。

谭之说大炽。钟、谭者，钟惺、谭友夏也。中道忧之，将昌言掊击，然时方竞趋，不能止。”① 袁中道“掊击”不仅没有成功，连自己的亲生儿子袁祈年（过继为宗道后）也被竟陵派吸引过去了。“诗笔有家风，秀而不实”，使袁氏兄弟的好友钱谦益“深痛之”。② 即在钟、谭两人去世后［钟卒于天启四年（1624），谭卒于崇祯十年（1637）］，他们的影响也仍然不减。明末许多重要作家如周圣楷、林古度、钟惺、倪元璐、徐弘祖（霞客）、刘侗、于奕正、张岱等都崇尚竟陵派的主张，它实际上是明末最重要的诗文流派之一。钱锺书先生《谈艺录》指出：“后世论明诗，每以公安、竟陵与前后七子为鼎立骖靳。余浏览明清之交诗家，则竟陵派与七子体两大争雄，公安无足比数。”③ 钱先生备征当时文献，以证明这一事实，姑转引数条：王觉斯《拟山园诗集》七律卷五《酬王玉烟数诗同饮吴隆薇斋中》第三首：“词坛今日眩《诗归》，大复、空同知者稀。”周栎园《赖古堂集》卷十三《赖古堂诗序》“肤七子，浅竟陵”，卷十四《南昌先生四部稿序》“竟陵、历下各树旌旗，不相统一”，同卷《汪舟次诗序》“夫世尚苟同，分竟陵、历下而驰者，驱染成风”，卷二十一《书程石门再游燕台诗后》“近日为两家骑驿者，笔在李而意实在钟”。陈确庵《从游集》卷上评王抃：“当代作者，钟、谭、王、李，各有宗师，物我异观，更相嘲笑。”

钟惺万历三十八年（1610）中进士，授行人，转工部主事，调南京礼部主事，升郎中，官止福建提学佥事。谭元春参与选《诗归》时，还是一名秀才。天启七年（1627）才考取举人第一名，后屡赴会试不第，最后赴试时病死在旅店中，两人的社会地位都不高。据《明史》本传，钟惺“貌寝，羸不胜衣，为人严冷，不喜接俗客，由此得谢人

① （清）王鸿绪：《袁宏道传》，《明史稿》卷二六九，（清）王鸿绪等：《明史稿列传》，《明代传记丛刊》本第三册，台北：明文书局 1991 年版，第 447 页。

② （清）钱谦益：“袁中道”条，《列朝诗集小传》丁集中，上海：上海古籍出版社 1983 年版，第 569 页。

③ 钱锺书：《谈艺录（补订本）》，北京：中华书局 1993 年版，第 418 页。

事。官南都，僦秦淮水阁读史，恒至丙夜，有所见即笔之，名曰《史怀》。晚逃于禅以卒”①。由此看来，竟陵派的盛行，也不大可能是钟、谭本人大力鼓吹宣扬的结果。张岱认为这仅仅是人们“厌常喜新之习”所致，② 未免浮泛。钱谦益在《列朝诗集》中，附会“洪范五行”之说，指竟陵派为“鬼气幽、兵气杀”，为明王朝亡国之征兆云云，③ 更是以谩骂代替论证，于正确解释竟陵派流行的原因无补。

万历后期到天启年间，公安派的代表人物三袁相继谢世，其他重要成员和支持者也先后云亡。如江盈科万历三十三年（1605）病卒于四川提学副使任上；屠隆同年卒于家；黄辉卒于万历四十年（1612）左右；④ 陶望龄亦卒于万历后期；⑤ 汤显祖万历四十四年（1616）卒于家；焦竑卒于万历四十八年（1620）；⑥ 虞淳熙卒于天启初。⑦ 文学家队伍的新陈代谢，应是竟陵派取代公安派的原因之一。

从艺术角度来看，竟陵派的文学主张有其合理之处，这也应是它能取代公安派的一个原因。作为局外人和后起者，钟、谭对公安派的末流之弊比袁中道等人看得更清楚，并进行了激烈批评，目标尤集中于江盈

---

① （清）张廷玉等：《文苑四 · 钟惺传》，《明史》卷二八八，第 24 册，北京：中华书局 1974 年版，第 7399 页。

② （明）张岱：《钟惺谭元春列传》，《石匮书》卷二〇七下，第 3 册，上海：上海古籍出版社 2008 年版，第 156 页。

③ （清）钱谦益：“钟惺”条，《列朝诗集小传》丁集中，上海：上海古籍出版社 1983 年版，第 571 页。

④ 江盈科卒年，见《袁宏道集笺校》卷三十四《哭江进之》诗小序，第 1091 页；黄辉卒年，见同卷《西来僧云平倩初病痹今已痊复志喜》诗下钱伯城先生“笺”，第 1100 页。

⑤ （清）黄宗羲：《泰州学案五》“文简陶石篑先生望龄”条，见（清）黄宗羲著，沈芝盈点校：《明儒学案》卷三十六，北京：中华书局 1985 年版，第 869 页。

⑥ （清）张廷玉等：《文苑四 · 焦竑传》，《明史》卷二八八，第 24 册，北京：中华书局 1974 年版，第 7393 页。

⑦ （清）钱谦益：“虞淳熙”条，《列朝诗集小传》丁集下，上海：上海古籍出版社 1983 年版，第 619 页。

科。钟惺《与王稚恭兄弟》云："江令贤者，其诗定是恶道，不堪再读。从此传响逐臭，方当误人不已。才不及中郎，而求与之同调，徒自取狼狈而已……学袁、江二公与学济南诸君子何异。恐学袁、江二公，其弊反有甚于学济南诸君子也。眼见今日牛鬼蛇神，打油钉铰，遍满世界，何待异日。慧力人于此尤当紧着眼。"①

作为生活在明末的文学家，历览有明一代文坛的风云变幻，尤其是经历了万历朝复古派与公安派勃焉而兴、遽尔而衰的过程，钟惺、谭元春虽不能明确揭示这种文学现象背后的深刻历史原因，从而对它们作出辩证合理的评价，但他们对文学思潮久必生变、因变生敝规律的感触更深了，并似乎隐隐约约觉察到复古主义与浪漫主义两大文学潮流各有其合理性。在上封信中钟惺就还说道："大凡诗文，因袭有因袭之流弊，矫枉有矫枉之流弊。前之共趋，即有今之偏废；今之独响，即后之同声。此中机捩，密移暗度，贤者不免，明者不知。"在《问山亭诗序》中他更说：

> 今称诗，不排击李于鳞，则人争异之。犹之嘉、隆间不步趋于鳞者，人争异之也。或以为著论驳之者自袁石公始，与李氏首难者楚人也。夫于鳞前无为于鳞者，则人宜步趋之。后于鳞者，人人于鳞也，世岂复有于鳞哉。势有穷而必变，物有孤而为奇。石公恶世之群为于鳞者，使于鳞之精神光焰不复见于世，李氏功臣，孰有如石公者。今称诗者，遍满世界化而为石公矣，是岂石公意哉。②

钟惺认为袁宏道并不反对李攀龙的文学主张，而只是反对复古派末流人人学李攀龙。此说虽然新颖，但掩盖了复古主义和浪漫文学思潮的根本

① （明）钟惺：《与王稚恭兄弟》，《隐秀轩集》卷第二十八，上海：上海古籍出版社 1992 年版，第 463 页。

② （明）钟惺：《问山亭诗序》，《隐秀轩集》卷第十七，上海：上海古籍出版社 1992 年版，第 254~255 页。

分歧，实属舍本逐末。它不会得到袁宏道的首肯，至少不符合袁氏前期的思想实际。袁宏道固然也反对复古派末流人人学李攀龙，造成黄茅白苇弥望皆是。但他如果仅止于此，那就和后七子复古派中对人人学李攀龙表示不满的王世懋的见解差不多了。袁宏道文学思想的要义，在于从根本上怀疑和否定复古主义，大胆突破古典审美理想，倡导具有近代色彩的审美理想。没有这一点，袁中郎就不成其为袁中郎，浪漫文学思潮也就不成其为浪漫文学思潮了。不过，撇开这些不谈，钟惺这段话中提出的任何一种文学主张或文学流派都不应该要求人人同己，任何时候人们也不应该共同模仿同一种风格，否则就会弊端丛生，不失为文学发展中的一种规律。这是钟惺从明代文学的发展过程中总结出来的一条重要的经验教训。

由于对这一经验教训感受颇深，钟、谭对开宗立派问题相当谨慎小心，甚至产生了一种畏惧感。钟惺《潘稚恭诗序》比较生动地反映了他们的心态：

> 稚恭之友有戴孝廉元长者，序稚恭诗，忧近时诗道之衰，历举当代名硕，而曰："近得竟陵一脉，情深宛至，力追正始。""竟陵"不知所指，或曰钟子竟陵人也，予始逡巡踧踖，舌挢而不能举。近相知中有拟"钟伯敬体"者，予闻而省愆者至今。何则，物之有迹者必敝，有名者必穷。若北地、信阳、历下、弇州，近之公安诸君子，所以不数传而遗议生者，以其有北地、信阳、历下、公安之目，而诸君子恋之不能舍也。夫言出于爱我誉我者之口，无心而易。于警人传之，或遂为口实，元长之论是也。烦稚恭语元长，请为削此"竟陵"之名与迹，予序子诗以报子，稚恭许诺。①

① （明）钟惺：《潘稚恭诗序》，《隐秀轩集》卷第十七，上海：上海古籍出版社 1992 年版，第 267～268 页。按钟惺此文作于光宗泰昌元年（即万历四十八年）。

从公安派特别是其末流的失误中，钟、谭也进一步认识到学古人、遵古法的重要性。如谭元春《序操缦草》云："伯甘曰：'书无不阅者，惟不爱阅近代文集耳。'呜呼，得之矣。诗之衰也，衰于读近代之集苦多，而作古体之诗苦少也。近代之集，势处于必降，而吾以心目受其沐浴，宁有升者？子之不阅诚是也。"① 这种意见，与李梦阳、李攀龙等提出的不阅中唐以后书、取法乎上等观点如出一辙。

竟陵派的诗文主张，是一方面继承公安派的性灵说，另一方面又强调遵循古典诗歌的法度要求，并力图将二者统一起来。它对复古派与公安派各有取舍，至少从逻辑上看，这是一种比较合理的主张，因此它受到当时认清了公安派末流种种弊端的广大作家的共同欢迎。钱锺书先生在比较了袁宏道与谭元春两家选的《东坡诗选》后指出："竟陵、公安，共事争锋。议论之异同，识见之高下，乃如列眉指掌。凡袁所赏浮滑肤浅之什，谭皆摈弃；袁见搬弄禅语，辄叹为超妙，谭则不为口头禅所谩，病其类偈子。盖三袁议论隽快，而矜气粗心，故规模不弘，条贯不具，难成气候。钟、谭操选枋，示范树鹄，因末见本，据事说法，不疲津梁，惊四筵而复适独坐，遂能开宗立教矣。"②

然而，竟陵派取代公安派并在明末广为盛行的根本原因，还在于当时社会现实的发展变化及由此而导致的国人特别是士大夫们思想状况和心态的变化。从万历后期到天启年间，明王朝政治、经济、军事各方面的状况更趋恶化，外有满族的侵逼，内有宦官的专横。神宗更加昏聩堕落，长期不理朝政，熹宗同样荒嬉昏庸。以东林党为代表的正直士大夫进行了激烈的反对魏忠贤宦官集团的斗争，惨遭迫害。朝野上下，乌烟瘴气，阴风惨惨。人们的心情越来越沉重焦虑。在这种氛围里，公安派及所有浪漫文学思潮的作家前一阶段内那种佻达放任的作风显然已不合时宜。进步知识分子普遍沉静下来，开始反省。他们感到前一阶段的思

① （明）谭元春：《序操缦草》，《谭元春集》卷第二十三，上海：上海古籍出版社1998年版，第625页。

② 钱锺书：《谈艺录（补订本）》，北京：中华书局1993年版，第425页。

想解放过头了，必须加以检束收敛。于是，一部分人开始由王学转向程、朱派理学，并讲求经世济用，注重伦理道德实践，以顾宪成为首的一些东林党人是其代表。另一部分人则由王学左派或异端思想转向王学右派，由狂禅转入净土，由追求放情任诞转向清修，只有少部分人沿着狂禅的道路变得更为颓放。袁宏道等人后期已表现出清修的倾向，钟、谭基本是沿着袁宏道等人的路子走。只不过他们年辈较晚，耳闻目睹的现实状况更加严重，他们的反省就更加彻底，对浪漫文学思潮和个性解放思想做了更大幅度的修正，所保留的思想解放精神比袁宏道等人后期还要微弱一些，与当时广大士大夫的思想水平和心理趋向更为吻合。同时，虽然袁宏道等人晚年已作了自我修正，但人们熟悉的是早期的袁中郎，甚至是比早期袁中郎更偏激的袁中郎。当时有《狂言》《续狂言》之类的书冒袁宏道的名义出版，就是明证。对于袁宏道等人后期的变化，人们已经不大理会了。至于钟惺、谭元春，他们作为新起的人物，打出新的招牌，就此较容易引起世人的注意。

不过，晚明的个性解放运动和浪漫文学思潮，毕竟是代表时代要求的进步思想潮流。它的思想基础即自然情欲论的合理性是显而易见的。而且思想运动的发展有一种惯性，要某种兴起不久并牵动过广大知识分子和民众的心弦并使其为之风靡的思想潮流迅速终止和倒退，这也是人们心理上难以接受的。也就是说，当时民众特别是知识分子承认对个性解放运动和浪漫文学思潮进行一定程度的收束和修正是必要的，但又不愿意完全放弃它。恰恰在这点上竟陵派的主张投合了人们的这种心态。像在艺术方面一样，他们一方面提倡“柔厚”“坚大卓实”的诗风文风，反复强调“诗以静好柔厚为教”①，“冥心放怀，期在必厚”②。这已接近复古派的诗论，甚至退回到程朱理学的文学观了。但在另一方

① （明）钟惺：《陪郎草序》，《隐秀轩集》卷第十七，上海：上海古籍出版社 1992 年版，第 276 页。

② （明）谭元春：《〈诗归〉序》，《谭元春集》卷第二十二，上海：上海古籍出版社 1998 年版，第 593 页。

面，他们又在一定程度上继承了公安派重情、重性灵的文学思想，有时甚至还保持了一定的离经叛道精神，有些议论与李贽、袁宏道等人一脉相承。马积高师在《宋明理学与文学》一书中对此作了精辟论述。他指出，钟、谭的《诗归》以“柔厚”相标榜，但所选艳情诗之多却超过了《玉台新咏》以外的其他许多选本。以《古诗归》为例，张衡的诗，他们就不选蕴藉含蓄、寄托深长的《四愁诗》，而选其称为“情语至境”的《同声歌》。至于南朝诗，所采情诗尤多。仅乐府诗《清商曲辞》中的艳情诗即选了四十八首（沈德潜《古诗源》一首未选）。这些诗多数是把恋情表现得很热烈的，既不“幽”也不“厚”。最有趣的，是他们在评语中还常借端为恋情唱赞歌，并对诗中的某些描写尽量加以抉发和渲染，使之显得更加刻露。马积高师举例甚富，这里选摘数条：

《李夫人歌》，钟评：“真惑溺，俗人假作不得。”又评：“英雄往往打不破此关，然亦不必打破。”

《白头吟》，谭评：“有此妙口妙笔，真长卿快偶也，不奔何待。”

《陇西行》，钟评：“男女几乎狎矣，而不及乱，真所谓好色而不淫。世上淫人与好色人是两种。阮嗣宗日狎邻女，终无所私，死又哭之，真好色惟此一人。若有所私而狎之而哭之，便是泛泛用情矣，乌乎好？”

《古诗为焦仲卿妻作》“同是被逼迫，君尔妾亦然”句，钟评：“府吏之死，其母杀之也。其妻之死，妻之母之兄杀之也，二语便是公案。父母俗恶之效，遂能杀其子女，可畏可畏。”

刘缓《敬酬刘长史咏名士悦倾城》谭评：“耳食者多病六朝靡绮，予谓正不能靡不能绮耳……盖才人之靡绮，不在词，而在情。此情常留于天地之间，则人人有生趣。生趣不坠，则世界灵活，含素抱朴，一朝而寻其根，此不易之论也。”

《陌上桑》“十五颇有余”句，谭评：“口角媚。”钟评：“摇摆语态之妙在一'颇'字。""为人美白皙"句，谭评："女人情深在此。"

《孟珠》第二首"愿得无人处，回身与郎抱"句，谭评："太妖矣，然既已有情，何必讳其妖。"钟评："妙在不故作羞态。"①

比较起来，谭元春的语气似更佻达一些。他本人的艳情诗，也写得绮靡刻露，王夫之甚至批评它们"浑作青楼淫咬，须眉尽丧"②。

既重性灵、真情，又强调"柔厚"，竟陵派的文学主张因此存在深刻矛盾。钟惺在《东坡文选序》中表达他们的文学宗尚是"能全持其雄博高逸之气，纡回峭拔之情，以出入于仁义道德礼乐刑政之中"③。这里第一句近复古派，第二句近公安派，第三句又近理学家口吻，竟陵派的文学主张因此显得不伦不类。当时人高孩之已看出这种矛盾，他致信钟惺指出，钟、谭《诗归》"反覆于'厚'之一字，而下笔多有未厚者"。钟惺回信承认这是"洞见深中之言"。同时他又力图辩护，说什么唯有"灵"才能"厚"等，但终究说不清楚。④ 因为"性灵"与"温柔敦厚"的诗教是根本冲突的。在艺术上，抒写性灵、真情与古典诗歌的法度要求也是不可能完美统一的。竟陵派力求调和二者，结果是古典诗歌的法度要求没有得到真正遵守，性灵、真情也没有得到淋漓酣畅的表达，于是陷于一种尴尬境地，左顾右盼，顾忌重重，最后走入一条狭僻的道路。总之，竟陵派文学主张折中调和的特点，符合当时人们特有的心态，因此不胫而走，风靡一时；但它的内部矛盾也迅速暴露出

① 马积高：《宋明理学与文学》，长沙：湖南师范大学出版社 1989 年版，第 314~316 页。

② （清）王夫之：《夕堂永日绪论 · 内编》，见（清）王夫之著，戴鸿森笺注：《姜斋诗话笺注》卷二，北京：人民文学出版社 1981 年版，第 149 页。

③ （明）钟惺：《东坡文选序》，《隐秀轩集》卷第十六，上海：上海古籍出版社 1992 年版，第 240 页。

④ （明）钟惺：《与高孩之观察》，《隐秀轩集》卷第二十八，上海：上海古籍出版社 1992 年版，第 474 页。

来。无论是重法度的，还是重性灵的，都对它产生不满，因而马上遭到唾弃。不过，在我们看来，竟陵派继承和保持公安派精神的一面是占主导地位的。后来保守的批评家对竟陵派的抨击往往比一般人更激烈，即是因为他们认清了这一点。竟陵派对公安派的文学主张作了修正，但不是全盘否定。因此，它属于晚明浪漫文学思潮的余波，而不是其反动。

载廖可斌：《明代文学思潮史》，人民文学出版社 2016 年版，第445~454 页

# 附录　21世纪竟陵派研究著述目录

## 一、研究专著

邬国平：《竟陵派与明代文学批评论稿》，上海：上海古籍出版社2004年版。

陈广宏：《竟陵派研究》，上海：复旦大学出版社2006年版。

郑艳玲：《钟惺评点研究》，北京：人民日报出版社2006年版。

李先耕：《钟惺著述考》，哈尔滨：黑龙江大学出版社2008年版。

## 二、期刊论文

陈广宏：《论竟陵派形成、发展的四个阶段》，《中国文学研究（辑刊）》2000年第1期。

王辉斌：《明代托名小说批评叙论》，《南昌大学学报》（人社版）2000年第1期。

郭顺玉：《从〈游玄岳记〉看谭元春的山水欣赏理论》，《郧阳师范高等专科学校学报》2000年第4期。

刘湘松：《嗣音幸借采茶名——钟惺传情茶诗浅析》，《茶叶机械杂志》2000年第4期。

王晓顺：《竟陵派诗论及其源头初探》，《内蒙古社会科学》（汉文版）2000年第6期。

刘毓庆：《锺惺〈诗〉学略论》，《山西大学学报》（哲学社会科学版）2001 年第 5 期。

白汉坤：《试论钟惺的诗歌理论与创作》，《广州大学学报》（综合版）2001 年第 12 期。

陈少松：《钟、谭论“灵”与“厚”的美学意蕴》，《东南大学学报》（哲学社会科学版）2002 年第 4 期。

贺国强：《竟陵派诗歌理论刍议》，《阜阳师范学院学报》（社会科学版）2002 年第 2 期。

陈广宏：《万历文坛“楚风”之崛起及其背景》，《中国文学研究》2002 年第 3 期。

毛洪文、鄢传恕：《评钟惺》，《晋东南师范专科学校学报》2002 年第 3 期。

陈文新：《明代诗学论“清”》，《三峡大学学报》（人文社会科学版）2002 年第 3 期。

毛洪文、鄢传恕：《评〈诗归〉》，《荆州师范学院学报》2002 年第 4 期。

周荷初：《竟陵派与废名的散文创作》，《船山学刊》2002 年第 4 期。

白汉坤：《试论严羽对竟陵派的影响》，《乐山师范学院学报》2003 年第 2 期。

陈广宏：《谭元春启、祯间交游考述——兼论竟陵派发展后期影响的进一步拓展》，《南京师范大学文学院学报》2003 年第 1 期。

谢之：《竟陵派钟谭韵文用韵所反映的明代天门方音特点》，《中央民族大学学报》2003 年第 5 期。

熊礼汇：《略说竟陵派对公安派性灵说的修正》，《荆州师范学院学报》2003 年第 6 期。

商传：《竟陵派与晚明时代》，《历史研究》2004 年第 1 期。

张明海、刘再华：《王船山论明诗评议》，《长沙电力学院学报》（社会科学版）2004 年第 1 期。

李圣华:《钟惺与李维桢诗歌之比较研究》,《郑州大学学报》(哲学社会科学版)2004 年第 1 期。

陈敏:《“灵”而“厚”的创作要求——从〈诗归〉看竟陵派之诗论》,《济南大学学报》(社会科学版)2004 年第 3 期。

闵虹:《竟陵别调——马之骏与〈妙远堂诗钞〉》,《河南教育学院学报》(哲学社会科学版)2004 年第 3 期。

严志雄:《钱谦益攻诽钟、谭侧议》,《中国文哲研究通讯》第 14 卷第 2 期,2004 年 6 月。

潘承玉:《“真诗”的探寻:清初明遗民诗论》,《中山大学学报》(社会科学版)2004 年第 5 期。

陈广宏:《谭元春年谱》,《中国文学研究(辑刊)》2005 年第 1 期。

李圣华:《近四百年竟陵派散文研究史述》,《郑州大学学报》(哲学社会科学版)2005 年第 1 期。

祝诚:《论谭元春和他的散文》(上、下),《镇江高专学报》2005 年第 1、2 期。

丁功谊:《竟陵派崛起成因及文学思想探析》,《内蒙古师范大学学报》(哲学社会科学版)2005 年第 4 期。

李桂芹:《厚:竟陵派的诗学审美理想》,《华南农业大学学报》(社会科学版)2005 年第 3 期。

李圣华:《论竟陵体》,《山东师范大学学报》(人文社会科学版)2005 年第 5 期。

李圣华:《重估明代学术价值建构“明学”研究新体系——从竟陵派“学殖浅陋”谈起》,《郑州大学学报》(哲学社会科学版)2005 年第 5 期。

曾肖:《以谭元春为首的竟陵派与复社诸子的交游》,《湖北大学学报》(哲学社会科学版)2005 年第 5 期。

沈金浩:《论竟陵派出现的契机及钟谭的诗歌创作》,《广州大学学报》（社会科学版）2005年第5期。

陈广宏：《晚明文学变奏的政治考察——钟惺、谭元春与晚明党争之关系平议》，《南京师范大学文学院学报》2006年第1期。

王艳红：《解读〈名媛诗归〉》，《山西煤炭管理干部学院学报》2006年第1期。

丁俊玲：《发愤不平——论性灵说的生命意绪》，《上海大学学报》（社会科学版）2006年第2期。

张亚权：《水木清华，江山有待——读钟惺〈浣花溪记〉》，《名作欣赏》2006年第2期。

邵吉志：《钟惺诗学概念辨析》，《山东教育学院学报》2006年第2期。

何宗美：《〈谭元春集〉复社成员考——兼论复社与竟陵派的相互影响》，《中国典籍与文化》2006年第2期。

刘德重、魏宏远：《钟、谭“幽”“寒”心境与“竟陵体”之形成》，《上海大学学报》（社会科学版）2006年第3期。

李金松：《谭元春佚文一篇》，《文献》2006年第3期。

江瑛：《贾岛诗与竟陵派源流新探》，《成都理工大学学报》（社会科学版）2006年第3期。

冯晓庐：《“功臣”说：明代文学流派批评态度的历时性转向》，《商丘师范学院学报》2006年第4期。

查清华：《袁中道和竟陵派：性灵论与格调论唐诗观的调和》，《湖北师范学院学报》（哲学社会科学版）2006年第5期。

解国旺：《〈古诗归〉选诗的标准》，《河南教育学院学报》（哲学社会科学版）2006年第6期。

魏宏远：《钟惺的病与画、诗及禅》，《文史知识》2006年第11期。

李先耕：《钱谦益论钟惺发微》，《文艺研究》2006年第12期。

郑艳玲：《钟惺评点三种》，《广西民族大学学报》（哲学社会科学版）2006年第S2期。

陈美朱：《钟、谭评点与钱笺对清初杜诗阐释的开启》，《东华人文学报》第10期。

解国旺：《〈古诗归〉：体现竟陵派诗学思想的选本》，《古典文学知识》2007年第1期。

郑艳玲：《从辉煌一时到沉寂百年——明清时期的钟惺研究》，《理论月刊》2007年第1期。

陈广宏：《竟陵派文学的发端及其早期文学思想趋向》，《复旦学报》（社会科学版）2007年第1期。

郑艳玲：《题名钟惺评点的〈名媛诗归〉》，《黄冈师范学院学报》2007年第1期。

郑艳玲、刘益梅：《关于钟惺〈诗经评点〉的版本考辨》，《燕山大学学报》（哲学社会科学版）2007年第1期。

严赛梅：《谭元春诗歌创作初探》，《湖北教育学院学报》2007年第4期。

陈敏：《简析〈诗归〉对竟陵派诗风的影响》，《潍坊学院学报》2007年第3期。

李先耕：《钟惺评点小说考》，《古籍整理研究学刊》2007年第3期。

曾肖：《论谭元春与复社的诗学关系及相互影响》，《宁夏大学学报》（人文社会科学版）2007年第3期。

曾肖、蒋述卓：《论竟陵派儒道结合的批评》，《深圳大学学报》（人文社会科学版）2007年第4期。

郑艳玲：《析钟惺评选的〈东坡文选〉》，《广州大学学报》（社会科学版）2007年第9期。

李圣华：《清初人论竟陵派平议》，《郑州大学学报》（哲学社会科学版）2007年第5期。

李先耕：《〈钟惺文钞〉辨伪》，《文献》2007年第4期。

王昕：《近三十年竟陵派研究综述》，《齐齐哈尔大学学报》（哲学社会科学版）2007年第6期。

黄细梅：《试论王夫之对明代竟陵派的诗学思想的批评》，《南华大学学报》（社会科学版）2007年第6期。

张永刚：《钟、谭与东林党议》，《湖北职业技术学院学报》2008年第2期。

郑艳玲：《陆云龙对钟惺诗文的评点》，《温州大学学报》（社会科学版）2008年第3期。

邵春驹：《论竟陵文人集团对中古小说发展的影响——兼论竟陵文人集团的趋俗倾向》，《乐山师范学院学报》2008年第4期。

张永刚：《论"钟谭体"的形成》，《衡阳师范学院学报》2008年第4期。

邓新跃、黄细梅：《以毒清流以殄宗社——试析王夫之对竟陵派诗学思想的批评》，《华东理工大学学报》（社会科学版）2008年第4期。

魏攀：《浅析竟陵派的诗学思想》，《华商》2008年第7期。

侯文冉：《从〈四库全书总目〉到〈续修四库全书总目提要〉——钟惺对〈诗经〉评点的评价》，《诗经研究丛刊》（第十七辑），第八届《诗经》国际学术研讨会论文选刊之二，2008年7月。

胡继林：《竟陵派的人生美学：寄情山水浅吟低唱》，《语文学刊》2008年第20期。

欧孔燕：《论"幽深孤峭"的形成及其价值》，《文教资料》2008年第28期。

曾肖：《论竟陵派对明末"性灵说"的创新与发展》，明代文学与科举文化国际学术研讨会论文集，2008年11月。

周静敏：《谭元春的文学史观探微》，《安徽文学（下半月）》2008年12期。

戴红贤：《袁中道与钟惺断交时间和原因考论》，《长江学术》2009年第1期。

廖正华：《明末清初士人论〈诗归〉评议》，《湘潭师范学院学报》（社会科学版）2009年第1期。

宁夏江、魏中林：《竟陵诗派与清代诗坛》，《湖北民族学院学报》（哲学社会科学版）2009年第1期。

曾肖：《谭元春与江西复社文人之关系考察》，《井冈山学院学报》2009年第2期。

宁夏江、魏中林：《清代诗坛对竟陵诗派批评的偏激与自纠的偏失》，《山西师大学报》（社会科学版）2009年第2期。

熊江梅：《"性灵"内涵变迁的历史考察》，《湖南师范大学社会科学学报》2009年第3期。

刘静：《"诗为活物"之因的接受诗学辨异》，《云南农业大学学报》（社会科学版）2009年第3期。

曹春茹：《朝鲜文人对竟陵派的褒奖与责难》，《北京教育学院学报》2009年第3期。

侯文冉：《从〈四库全书总目〉到〈续修四库全书总目提要〉——钟惺对〈诗经〉评点的评价》，《诗经研究丛刊》2009年第2期。

孟光全：《王微与谭元春的诗歌唱和》，《内江师范学院学报》2009年第7期。

岳进：《论〈古诗归〉的"隐语"式评选》，《江西社会科学》2009年第7期。

王鹤：《被诗与禅搭救的出水青莲——王微与谭元春、许誉卿》，《书屋》2009年第9期。

解国旺：《明代古诗选本与评点批评——以钟惺、谭元春的〈古诗归〉为例》，《中州学刊》2009年第5期。

黄霖：《另辟蹊径论钟惺——〈钟惺评点研究〉序》，《燕山大学学报》（哲学社会科学版）2009年第3期。

岳进：《〈诗归〉中的陶渊明——兼论明代复古派对陶渊明的评价》，《殷都学刊》2009年第3期。

岳进：《笑向冥理游——论竟陵诗歌中的玄思理趣》，《名作欣赏》2009 年第 26 期。

郑艳玲：《钟惺评点综述》，《理论月刊》2009 年第 11 期。

夏咸淳：《论公安竟陵六家游记》，《中国文学研究（辑刊）》2009 年第 2 期。

谢明阳：《周亮工的"反流派"诗学》，《"中央"大学人文学报》2010 年第 41 期。

代亮：《钟惺〈三国演义〉评点的理论内涵》，《荆楚理工学院学报》2010 年第 3 期。

代亮：《钟惺〈三国演义〉评点的人物鉴赏模式》，《怀化学院学报》2010 年第 3 期。

岳进：《与复古派对抗视阈下的杜甫——论明竟陵派对杜甫的接受》，《杜甫研究学刊》2010 年第 2 期。

岳进：《论竟陵派对唐五言古诗的接受》，《江西社会科学》2010 年第 4 期。

曾守仁：《魔、鬼与真诗——试论竟陵诗学话语中的离心性》，《辅仁国文学报》2010 年第 30 期。

岳进：《竟陵诗歌幽孤风格探因》，《名作欣赏》2010 年第 17 期。

沈菲：《邢昉与竟陵渊源考》，《文教资料》2010 年第 18 期。

宋立英：《论竟陵派与贾岛、姚合之关系》，《兰州学刊》2010 年第 11 期。

陈小英：《重情求真——竟陵派文学思想的进步色彩》，《福建论坛》（人文社会科学版）2010 年专刊。

岳进：《竟陵论唐人七律——以〈唐诗归〉为中心》，《中国诗歌研究》2010 年第 00 期。

詟高槐、廖宏昌：《从〈唐诗归〉看晚明诗学论争中的李白诗》，《兰州学刊》2011 年第 1 期。

曾肖：《论竟陵派诗学思想与创作实践的离合》，《中国文学研究》

2011 年第 1 期。

张则桐:《钟惺的岕茶缘》,《古典文学知识》2011 年第 2 期。

吴琼华、黄建辉:《〈古诗归〉与〈昭明文选〉文学观念的比较——以选陶诗为例》,《内蒙古电大学刊》2011 年第 2 期。

曾肖:《论竟陵派后期与复社结合的深层原因》,《甘肃社会科学》2011 年第 2 期。

孙欣欣、王彩梅:《唐诗选本与晚明诗歌思潮》,《河北大学学报》(哲学社会科学版) 2011 年第 2 期。

熊淩:《浅析"诗为活物"》,《长沙大学学报》2011 年第 3 期。

张清河:《论〈明诗归〉伪书的价值》,《贵州师范大学学报》(社会科学版) 2011 年第 3 期。

邢满:《晚明"竟陵派"兴起的社会文化背景考论》,《牡丹江大学学报》2011 年第 10 期。

刘宇、王泽远:《〈诗归〉的选诗与评诗》,《齐齐哈尔师范高等专科学校学报》2012 年第 1 期。

魏宏远:《论明代中后期"吴风""楚调"之嬗替》,《学术界》2012 年第 2 期。

岳进:《性灵与格调对抗视阈下的明代诗选——以〈古今诗删〉〈诗归〉为中心》,《北方论丛》2012 年第 3 期。

童正祥、张雅琴:《"竟陵版"〈茶经〉的善本形态与出版源流》,《湖南农业大学学报》(社会科学版) 2012 年第 3 期。

施姝:《新世纪竟陵派〈诗归〉研究综述》,《北方文学(下半月)》2012 年第 7 期。

雷莎:《谭元春诗文集版本考辨》,《社会科学论坛》2012 年第 9 期。

陆敏、张祝平:《二刻〈英雄谱〉中〈水浒传〉插图摹刻钟惺批本插图考》,《文教资料》2012 年第 29 期。

陈靖华:《关于"竟陵版"〈茶经〉的几个问题——兼与童正祥先

生商榷》,《湖南农业大学学报》(社会科学版) 2012 年第 5 期。

陈美朱:《〈唐诗归〉与〈唐诗别裁集〉之杜诗选评比较》,《东吴中文学报》2012 年第 21 期。

戴红贤:《从“独抒性灵”到“真诗精神”——袁宏道、钟惺“性灵说”离合关系探析》,《贵州社会科学》2013 年第 1 期。

张爽:《钱谦益排击“竟陵钟、谭”与〈列朝诗集〉编纂旨意》,《故宫学刊》2013 年第 1 期。

王赫:《竟陵诗心的现代重演与新变——评〈破晓〉兼论林庚的诗歌改革》,《剑南文学(经典教苑)》2013 年第 6 期。

乔光辉、何平:《“无知子”像赞与〈水浒传〉钟评、李评关系探微》,《明清小说研究》2013 年第 4 期。

翟勇:《竟陵派与晚明闽地诗坛》,《长春工业大学学报》(社会科学版) 2013 年第 4 期。

梁琨:《论钟惺散文的艺术成就》,《新乡学院学报》(社会科学版) 2013 年第 4 期。

黄斌:《试析〈我侬说诗〉对〈诗归〉评选思想的继承与批评》,《江苏广播电视大学学报》2013 年第 4 期。

曾肖:《竟陵派以庄禅说诗的理论述评》,《中国文学研究》2013 年第 4 期。

郑艳玲:《钟惺品评〈左传〉》,《海南师范大学学报》(社会科学版) 2013 年第 11 期。

欧阳含其:《明代诗歌批评——以“七子”与“竟陵”为例》,《才智》2013 年第 35 期。

杨佳鑫:《从李贽到钟惺:明代中后期“异端”史论的发展和转向》,《人文论丛》2013 年第 00 期。

翟勇:《钟惺与晚明闽诗坛关系初探》,《中国韵文学刊》2014 年第 1 期。

岳进:《明代唐诗选本与“唐无五言古诗”之争》,《云南师范大学学报》（哲学社会科学版）2014年第2期。

赵建军、闫雪：《竟陵派钟惺、谭元春小品的审美理性》，《中国石油大学学报》（社会科学版）2014年第2期。

康馨：《“幽深孤峭”之余的“轻巧倩丽”——论谭元春〈游南岳记〉》，《赤子（中旬）》2014年第2期。

邵军：《竟陵派的书画鉴藏和创作活动管窥》，《湖北美术学院学报》2014年第2期。

张涛：《由幽深孤峭到醇雅浑厚：文学社群与晚明复古文风的转变——重点论述晚明复古文风形成的社群推动作用及其转变方式兼与陈广宏教授商榷》，《内蒙古大学学报》（哲学社会科学版）2014年第4期。

梁琨：《钟惺的生平与交游考》，《品牌》2014年第1期。

郑礼炬：《晚明福建的竟陵诗歌创作》，《闽南师范大学学报》（哲学社会科学版）2014年第3期。

曾肖：《“诗以静好柔厚为教”——论竟陵派的审美追求与诗学宗尚》，《中国韵文学刊》2014年第4期。

邵军：《从竟陵派与画家的交游看晚明文人的“诗画兼善”》，《文艺研究》2014年第11期。

颜子楠：《锺惺七律的创作技法》，《励耘学刊（文学卷）》2014年第2期。

郑恩赐：《徘徊空谷的幽灵——钟惺行旅诗研究》，《中极学刊》2014年第8期。

冯小禄、张欢：《明抄本〈储王合集〉手批作者考——兼论竟陵派评点特色》，《文献》2015年第4期。

颜子楠：《谭元春与锺惺七律创作技法的对比》，《励耘学刊（文学卷）》2015年第1期。

陈庆元：《蔡复一的本来面目——钟惺谭元春周边人物论之一》，《东南学术》2015年第5期。

冯小禄、张欢：《竟陵派的竞争策略、改编行动和群体心理阐释》，《宁夏大学学报》（人文社会科学版）2015年第5期。

郑艳玲：《钟惺品评〈国语〉》，《五邑大学学报》（社会科学版）2015年第4期。

林茂森：《竟陵派对近现代文学的影响研究》，《太原城市职业技术学院学报》2015年第11期。

郑凯歌：《从“妙”评看〈诗归〉对〈沧浪诗话〉的接受与改造》，《新疆大学学报》（哲学·人文社会科学版）2016年第1期。

魏友：《竟陵派与〈古诗十九首〉》，《四川职业技术学院学报》2016年第1期。

赖昭君：《钟惺〈诗经〉观析探》，《彰化师范大学文学院学报》2016年第13期。

郑凯歌：《钟惺“真诗精神”说及其诗学史意义》，《广西民族大学学报》（哲学社会科学版）2016年第2期。

王美云：《从公安派到竟陵派趣味取向的演变》，《文学教育（上）》2016年第6期。

张日郡：《破与立之间：论〈唐诗归〉中李白诗歌的编选策略》，《世新中文研究集刊》2016年第12期。

刘敏：《从钟惺评〈史记〉看其隐含的史评观》，《社科纵横》2016年第9期。

师雅惠：《“遇”与性灵：谭元春的文学接受理论——以〈遇庄〉为个案的考察》，《文学遗产》2016年第5期。

张日郡：《试论〈古今诗删〉〈诗归〉中陶渊明诗之编选意识》，《语文与国际研究》2016年第16期。

张悦：《千载之下，谁为知音？——论〈古诗归〉〈采菽堂古诗选〉〈古诗评选〉对陶诗的选评》，《河南大学学报》（社会科学版）2017年第1期。

师雅惠：《乱世文人的持守与展望：竟陵派的文章理论与创作》，

《苏州大学学报》（哲学社会科学版）2017年第2期。

夏咸淳：《公安竟陵诸家与园林艺术》，《中文论坛》2017年第1期。

杨森旺：《势有穷而必变——竟陵派对晚明文学的反思与重构》，《河北北方学院学报》（社会科学版）2017年第3期。

李瑄：《钟惺的佛教生活及其佚诗三首》，《中国诗歌研究》2017年第1期。

徐永珍：《钟惺诗论对〈沧浪诗话〉的接受与改造》，《北方文学（下旬）》2017年第7期。

韩敏、王伟：《明代中后期朱淑真诗词的接受与批评——以杨慎、钟惺为中心》，《山西大同大学学报》（社会科学版）2017年第4期。

马小明：《论竟陵诗风的形成原因》，《大庆师范学院学报》2017年第5期。

马小明：《〈诗归〉的选编与影响》，《前沿》2017年第11期。

雍繁星：《20世纪竟陵派诗歌研究述论》，《中国诗歌研究动态》2017年第2期。

徐华中：《用〈易经〉思想解读〈三国演义〉评点》，《鹅湖月刊》2017年第510期。

袁宪泼：《竟陵派的书画游艺与诗学观念》，《文学遗产》2018年第2期。

李瑄：《禅宗“机锋”与钟惺诗的标新》，《中山大学学报》（社会科学版）2018年第2期。

王雅辰：《对〈古诗归〉及其辑录汉诗的研究现状探微》，《兰州教育学院学报》2018年第3期。

王镱苏：《钟惺对〈楞严经〉的文学式评点》，《中国佛学》2018年第1期。

何素婷、何宗美：《明末清初南京的“竟陵馀响”——以顾梦游、邢昉为中心》，《中国诗歌研究》2018年第1期。

徐圣心：《文学性〈庄子〉诠释学公安、竟陵、桐城取例合论》，《中国文化》2018 年第 1 期。

曾肖：《论复社对竟陵派的诗学批评与接受》，《玉溪师范学院学报》2018 年第 10 期。

鲁芳冰：《论谭元春对〈庄子〉的接受》，《大众文艺》2018 年第 21 期。

郑凯歌：《钟惺诗趣论探赜——以〈古诗归〉和〈唐诗归〉为中心》，《贵州社会科学》2018 年第 12 期。

王炜、李质繁：《清代前期竟陵派的接受情况论略》，《中国矿业大学学报》（社会科学版）2019 年第 1 期。

## 三、学位论文

陈敏：《〈诗归〉与竟陵派的诗论纲领》，山东师范大学硕士学位论文，2000 年。（指导教授：裴世俊）

李桂芹：《竟陵派的诗学观》，华南师范大学硕士学位论文，2003 年。（指导教授：覃召文）

邵吉志：《钟惺诗学体系研究》，山东大学硕士学位论文，2003 年。（指导教授：王小舒）

谢荣娥：《明清竟陵代表诗文用韵与现代天门方音》，华中师范大学硕士学位论文，2004 年。（指导教授：范新干）

金天：《论谭元春的诗歌理论及实践》，辽宁大学硕士学位论文，2004 年。（指导教授：胡胜）

魏宏远：《竟陵体研究》，上海大学硕士学位论文，2005 年。（指导教授：刘德重）

郑艳玲：《钟惺评点研究》，复旦大学博士学位论文，2005 年。（指导教授：黄霖）

严赛梅：《谭元春诗文理论及创作研究》，华中师范大学硕士学位论文，2006 年。（指导教授：谭邦和）

唐娜：《钟惺〈诗归〉文艺思想研究》，南京师范大学硕士学位论文，2007年。（指导教授：郭泉）

李娟：《复调变奏曲——钟惺〈诗经〉评点析论》，广西大学硕士学位论文，2007年。（指导教授：谢明仁）

王昕：《〈四库提要〉竟陵派条目辨证》，黑龙江大学硕士学位论文，2008年。（指导教授：李先耕）

杨爱军：《〈周文归〉研究》，西北师范大学硕士学位论文，2008年。（指导教授：伏俊琏）

刘静：《语言陌生化与竟陵派诗风研究》，江南大学硕士学位论文，2009年。（指导教授：赵建军）

廖正华：《论明末清初文人对竟陵诗派的评价》，湖南科技大学硕士学位论文，2009年。（指导教授：邓新跃）

郭韵雯：《〈古今图书集成〉中的竟陵派——清初竟陵观之个案研究》，黑龙江大学硕士学位论文，2009年。（指导教授：李先耕）

雷群州：《竟陵派散文美学研究》，暨南大学硕士学位论文，2010年。（指导教授：刘绍瑾；危磊）

徐卓：《晚明诗话中的竟陵派研究》，黑龙江大学硕士学位论文，2010年。（指导教授：李先耕）

代亮：《钟惺〈三国演义〉评点的理论价值》，广西民族大学硕士学位论文，2010年。（指导教授：冯仲平）

李晓蓉：《明代陶诗批评研究——以〈诗薮〉〈诗源辩体〉〈古诗归〉〈古诗镜〉为中心》，福建师范大学硕士学位论文，2012年。（指导教授：陈斌）

王松景：《〈诗归〉研究》，南京大学硕士学位论文，2012年。（指导教授：周群）

郜卫博：《竟陵派诗学观探幽——以〈古诗归〉为探讨中心》，陕西师范大学硕士学位论文，2012年。（指导教授：赵望秦）

陈艳芬：《〈唐诗归〉与〈唐诗镜〉比较研究》，黑龙江大学硕士

学位论文，2012年。（指导教授：李先耕）

童小丽：《〈民国诗话丛编〉中的竟陵派研究》，黑龙江大学硕士学位论文，2012年。（指导教授：李先耕）

孔海亭：《钟惺“清物”说诗学思想研究》，广西师范大学硕士学位论文，2012年。（指导教授：袁愈宗）

刘宇：《晚明竟陵派诗歌理论研究》，齐齐哈尔大学硕士学位论文，2012年。（指导教授：王则远）

李苏娟：《马之骏研究》，黑龙江大学硕士学位论文，2013年。（指导教授：李先耕）

王梅：《谭元春及其诗文研究》，山东师范大学硕士学位论文，2013年。（指导教授：魏青）

张爽：《钱谦益与钟惺之交往及其对“竟陵钟、谭”的评价》，西南大学硕士学位论文，2013年。（指导教授：陈宝良）

刘珊珊：《竟陵派山水游记研究》，辽宁大学硕士学位论文，2014年。（指导教授：孟庆丽）

刘朋娜：《〈钟评左传〉研究》，河南大学硕士学位论文，2014年。（指导教授：赵奉蓉）

孙佩：《〈古诗归〉选诗与评点研究》，河南大学硕士学位论文，2014年。（指导教授：王宏林）

王雅辰：《〈古诗归〉与〈古诗镜〉中辑录汉诗的比较研究》，西北师范大学硕士学位论文，2014年。（指导教授：马世年）

孙达时：《明末清初诗人群体的文化品格与诗学发展》，河南师范大学硕士学位论文，2014年。（指导教授：李永贤）

辛玉晶：《钟惺序跋文研究》，辽宁大学硕士学位论文，2015年。（指导教授：孟庆丽）

吴纯：《钟惺、谭元春散文研究》，南京师范大学硕士学位论文，2015年。（指导教授：马珏玶）

胡迎会：《〈帝京景物略〉小品文研究》，山东师范大学硕士学位论

文，2016年。（指导教授：魏青）

刘敏：《钟惺评〈史记〉研究》，陕西师范大学硕士学位论文，2017年。（指导教授：高益荣）

薛佳惠：《〈诗归〉疑误辨析》，河北大学硕士学位论文，2018年。（指导教授：智延娜）